W0348459

Satoshi

Die Bitcoin-Erfinderin

Linus Ortelli

LINUS ORTELLI

SATOSHI

DIE BITCOIN-ERFINDERIN

THRILLER

EDITION KLICKWERKSTATT

© / Copyright: 2021 Linus Oertli
Klickwerkstatt GmbH
Adligenswilerstrasse 94
6006 Luzern
CH - Schweiz

Verlag: Edition Klickwerkstatt GmbH
Bestellung und Vertrieb: Nova MD GmbH, Vachendorf
Umschlaggestaltung, Buchsatz: Catherine Strefford unter der
Verwendung von © Elnur und © Askhat / Adobe Stock
Lektorat, Korrektorat: Magret Kindermann
Druck: SOWA Sp. z.o.o., Raszynka

Weitere Infos auf: linus-ortelli.com

ISBN Paperback: 978-3-96966-496-4
ISBN e-Book: 978-3-033-08403-2

Das Werk, einschließlich seiner Teile, ist urheberrechtlich geschützt.
Jede Verwertung ist ohne Zustimmung des Verlages und des
Autors unzulässig. Dies gilt insbesondere für die elektronische oder
sonstige Vervielfältigung, Übersetzung, Verbreitung und öffentliche
Zugänglichmachung.

Für meine Familien

Niemand hat das Recht zu gehorchen.
Hannah Arendt (angeblich)

VORWORT DES AUTORS

Liebe Leserin, lieber Leser,

2017 besuchte ich eine Weiterbildung zum Thema Blockchain und Bitcoin an einer Fachhochschule in der Schweiz. Die Spezialisten dort waren sich einig: die Blockchain ist das neue Ding!

Weniger einig waren sich die Experten über die Perspektiven der ersten und bekanntesten Kryptowährung, des Bitcoins. Der Streit drehte sich darum, ob die Blockchain nur eine bahnbrechende Technologie für den Einsatz künstlicher Intelligenz, effizienterer Prozesse, Smart Contracts und schnellerer Logistik ist, oder ob diese auch einen sozialen Wendepunkt darstellt: die neue Form des Geldes. »Sound Money« – ein gesundes, inflationsresistentes Währungssystem, in dem nur die Teilnehmer des Systems den Wert eines Guts bestimmen. Keine Banken. Keine Zentralbanken. Keine Staaten. Nur die Menschen untereinander, grenzenlos, über die Mathematik verbunden.

Ich glaube, dass die Blockchain nur dann ihr volles Potenzial ausschöpfen wird, wenn sie auch tatsächlich als neues Währungssystem wirkt. Es ist unbestritten, dass das aktuelle »Fiat«-Geld – also die Dollars, Euros und Franken, die von Zentral- und Geschäftsbanken aus dem Nichts geschöpft werden – zwar ein gutes Mittel ist, um Wachstum und Wertschöpfung voranzutreiben, doch schlussendlich werden die erfolgreichen Nationen des einundzwanzigsten Jahrhunderts nicht diejenigen sein, die natürliche Ressourcen möglichst umfassend und effizient ausbeuten. Vielmehr werden es diejenigen sein, die kollektives Handeln nachhaltig und weitblickend auf eine lebenswertere Zukunft hinsteuern.

Aber diese anstehende gesellschaftliche Veränderung ist auch eine große Gefahr, denn Technologie ist immer wertfrei. Sie hat keinen inhärenten, moralischen Kompass. Deshalb bedroht dieser aufziehende technologische Quantensprung unsere Freiheit und das Wohlergehen der Menschen.

Modernes Geld wird uns als Kollektiv so steuerbar machen, wie es noch bei keiner anderen Zivilisation der Fall war. Wenn wir keine freiheitliche Lösung finden, ist die Gefahr groß, dass unsere nächste Währungsreform ein freiheitsfeindliches »Social Scoring«-System gebären wird, wie es in anderen Teilen der Welt bereits implementiert ist. Unsere Wahl ist: Mut zur dezentralisierten Geldschöpfung oder die Etablierung eines zentralistischen, autoritären Molochs. Noch bin ich optimistisch, dass sich die richtige Idee und damit auch der Bitcoin-Standard durchsetzen wird.

Bei aller Begeisterung gibt es zwei Gesichtspunkte beim Bitcoin, die diese so brillant entworfene Währung existenziell bedrohen können: großflächige, lang anhaltende Strom- und Internetausfälle (geplant oder als Unfall) oder ein »Evil Satoshi Nakamoto«. Der unbekannte Schöpfer des Bitcoins verfügt bis heute über ein unschätzbares Bitcoin-Vermögen, das seiner Währung zum Verhängnis werden kann, falls er seinen »Stack« umfassend abstoßen sollte.

Wenn Sie Fakten über den echten Satoshi Nakamoto erfahren möchten, lesen Sie unbedingt sein White Paper oder suchen Sie nach Zitaten im Internet. Diese lassen wenig auf die Person schließen, verraten aber vieles über ihre Ideen. Mich hat die Frage nach diesem unbekannten Genie, das auf tönernen, theoretischen Grundlagen eine solch ausgeklügelte Technologie schuf, seit jeher mehr fasziniert als so mancher Bull-Run und Bärenmarkt.

Wer ist der wirkliche Satoshi Nakamoto? Ein »Lonely Wolf«? Ein genialer Wohltäter? Der wiedergeborene Jesus Christus? Anonymous? Ein Hacker-Kollektiv? Oder steckt gar ein Geheimdienst dahinter? In jedem Fall ist es eine Geschichte, die erzählt gehört.

Satoshis Identität in diesem Buch – Carmen Chavez – ist frei erfunden. Die Umstände, mit denen sie über die Geschichte hinweg konfrontiert wird, entsprechen jedoch einer realen Vergangenheit oder realistischen Zukunftsszenarios, in denen die Idee dezentralisierter Geldschöpfung gescheitert ist.

Ich wünsche Ihnen viel Spaß beim Lesen.

Herzlich,
Linus Ortelli im Herbst 2021

26. SEPTEMBER 2033

Prolog

Admiral Jamal N. Lewis beobachtet von der Brücke aus, wie sie die Geschütze laden.

Er kneift die Augen zusammen und geht näher ran, denn der Nebel, der über dem Pazifik hängt, ist schwer und milchig und versperrt auch seinen Augen die Sicht.

Das Gefühl, das sich in den letzten Stunden in seinem Magen immer weiter ausbreitete, hatte er zuletzt als Marine-Aspirant verspürt. Damals, während seiner ersten Stürme auf See. Er war schrecklich seekrank und wusste am Ende nicht mehr, wie oft er sich unter Spott seiner Vorgesetzten übergeben hatte. Diese Zeit liegt glücklicherweise seit zwanzig Jahren hinter ihm. Seitdem war er steiler aufgestiegen, als er je zu träumen gewagt hatte. Aber jetzt fühlt er wieder dieses beklommene Feuer in seinen Eingeweiden, diesen Schwindel. Ist die Peitsche der Meere, die gefürchtete Seekrankheit, nach so langer Zeit etwa zurückgekehrt? Nach all den Jahren? Ist das bei einem solch erfahrenen Matrosen überhaupt möglich?

Nein, es ist die Aufregung, die Nervosität.

Er muss schließlich den Überblick behalten. Selbst für den stärksten Krieger ist das eine enorme Herausforderung. Der Druck ist vertraut, deswegen ängstigt er ihn.

Er geht die Treppe hinunter zum Deck, atmet einmal tief die salzige Luft ein und berührt die stählerne, kalte Außenhülle des Flugzeugträgers, auf dem er das Kommando führt. Die USS Gerald R. Ford: ein fast hunderttausend Tonnen schwerer, hochmoderner, bis an die Zähne bewaffneter, schwimmender Flughafen. Aktuell durchpflügt die größte jemals existierende im Meer treibende Streitkraft der Welt den nördlichen Pazifik. Der Bau des maritimen Ungeheuers hatte bis zu seiner Wasserung 2017 bereits zwanzig Milliarden Dollar verschlungen und seitdem für Wartung und Unterhalt noch deutlich mehr.

Aktuell befehligt Admiral Lewis den Flugzeugträger und dazu einen begleitenden Verband mit über dreitausendfünfhundert Frauen und Männern. Als Flotte umfassen sie zwei U-Boote, mehrere stählerne Beiboote, Versorgungsschiffe mit Nahrungsmitteln, Treibstoff und Munition sowie diverse Kampfflugzeuge. Dazu die vor Kurzem generalüberholte und modernisierte USS Gerald R. Ford, das Herz der riesigen Seemacht. Dreihundert Meter lang und knapp achtzig Meter breit.

Alles ist auf Admiral Lewis' Befehl ausgerichtet. Militärische Rangfolge, klare Befehlsketten.

Und der nächste Befehl wird der entscheidende sein!

»Ich muss schauen, dass wir nicht zu spät dran sind«, denkt Lewis und blickt auf seine Hublot-Uhr, angeblich bis zu einer Tiefe von viertausend Metern wasserdicht. Zeit checken. Eine hundertfache, tägliche Routine.

Doch dieses Mal stockt er, denn er blickt nicht auf die Uhrzeit, sondern auf das Datum: 26. September 2033.

Die Erinnerung an dieses Datum durchdringt ihn wie starker Regen undichte Kleidung.

Heute vor 50 Jahren rettete der russische Oberleutnant Stanislaw Petrow die Welt vor der totalen Zerstörung.

Petrow war der leitende Offizier einer mit nuklearen Raketen bestückten sowjetischen Satellitenüberwachungsanlage, die am 26. September 1983 fälschlicherweise einen Atomangriff durch die USA detektierte. Durch Petrows Eingreifen und seine Weigerung, einen eigentlich befohlenen nuklearen Gegenschlag einzuleiten, verhinderte der Mann den dritten Weltkrieg. Die stets befürchtete Apokalypse des Kalten Krieges blieb aus.

Admiral Lewis fühlt sich plötzlich zurückversetzt in seine College-Zeit. Damals, als er der umschwärmte Running-Back auf der Militär-Universität Naval Academy war und ihm alle zujubelten. Aber er wollte mehr. Sein Wunsch war es, tiefe Spuren in der Weltgeschichte zu hinterlassen. Nicht als College-Sportler, sondern als Mann mit Einfluss.

Mit diesem Hintergrund stolperte der junge Student damals über eine Fernsehdokumentation, die sich um eben diesen Petrow drehte – und die ihn tief beeindruckte. Was für ein Mann. Was für ein Mut.

Deshalb hat er sich dieses Datum gemerkt, in Gesprächen immer wieder auf das Ereignis verwiesen und davon geträumt, auch einmal eine heldenhafte Tat zu vollbringen. Petrow ist für ihn der Beweis, dass ein einzelner Mensch eben doch einen entscheidenden Unterschied in der Weltgeschichte ausmachen kann.

Aus dem sportlichen Studenten wurde bald darauf ein Navy Seal, der den Traum von historischer Größe mit Beharrlichkeit verfolgte.

In der modernen US-amerikanischen Eliteeinheit fand Lewis schon bald heraus, wie man Karriere macht: mit unerbittlichem Durchhaltewillen, adrettem Auftreten und bedingungslosem Gehorsam. Für einen schon immer ehrgeizigen, farbigen Jungen aus bescheidenen Verhältnissen durchaus bekannte Tugenden. Diesen Prinzipien folgend brachte er es zu einem der mächtigsten Soldaten der Weltmeere. Zum Admiral, dessen Vorgesetzte und Crew ihn ausnahmslos respektieren und ihm uneingeschränkt vertrauen. Ein stolzer Patriot, zu dem man aufblickt.

Lewis läuft die restlichen Treppenstufen langsamer hinab. Dann unterbricht er seinen Abstieg. Er blickt zur Seite und betrachtete sein Abbild in einem der spiegelnden Fenster, das entlang der Treppe angebracht ist. Er sieht einen groß gewachsenen, attraktiven Mann mit breiten Schultern, akkuratem Haarschnitt und makelloser Haut.

Durch sein Gesicht ziehen sich nun aber tiefe Sorgenfalten. Seit drei Tagen hat er nicht mehr als zwei Stunden am Stück geschlafen. Seitdem sind sie in höchster Gefechtsbereitschaft, und dieser Rhythmus zerrt selbst an den stärksten Nerven.

Die Situation scheint sich sekündlich zu verschärfen, wenn er den Befehlen und Warnungen seiner Vorgesetzten Glauben schenken darf. Die Düsenjets kreisen über der Flotte, ausgestattet mit maximaler nuklearer

Bewaffnung. Die Tomahawks mit über eintausendfünfhundert Kilometern Reichweite sind geladen und schussbereit. Auch das U-Boot ist in der Lage, seine Wasserstoffbomben innerhalb von wenigen Minuten zu zünden. Im Visier: Russland. Die zweitgrößte Militärmacht mit einem Atomarsenal, das ausreichen würde, um die Welt alleine in einen jahrzehntelangen nuklearen Winter zu hüllen.

Ist es Zufall, dass gerade er – ein tiefer Bewunderer von Petrows damaliger Entscheidung – sich hier und jetzt an dieser Stelle der Geschichte befindet?

Er blickt nachdenklich auf die See und prüft nervös seine wie immer perfekt sitzende Uniform mit den zahllosen Abzeichen und Ehrenzeichen. Er hatte bisher immer Vertrauen in die Führungskräfte seines Landes, doch die Dinge scheinen gerade schrecklich außer Kontrolle zu geraten. Werden sie es tatsächlich wagen, anzugreifen und einen Atomkrieg zu riskieren?

Der Gedanke an Befehlsverweigerung streift seinen Geist. Trägt er nicht auch Verantwortung für das Leben seiner Matrosinnen und Matrosen? Als Aggressor würde sein Flottenverband natürlich sofort unter Gegenbeschuss kommen. Und das vermutlich auf eine Art, die auch ihre modernsten Abwehrsysteme – die neueste Phalanx-Generation von Raytheon – überfordern würde. Muss er nicht schon seiner Mannschaft wegen einen solchen Angriffsbefehl verweigern? Sollte er es machen wie seinerzeit Petrow, wenn die Zeit kommt? Niemand kann doch bestreiten, dass eine solche Attacke Wahnsinn ist.

Aber Widerstand scheint zwecklos. Sie würden ihm sofort das Kommando entziehen und einen willigen Stellvertreter benennen. Aber dann würde das Blut der Welt nicht an seinen Händen kleben.

Nein, es darf nicht sein! Sie werden es nicht wagen! Sein Funkgerät piepst.

Admiral Lewis presst es sich ans Ohr und sein eigentlich stabiler Magen verkrampft sich noch mehr, als er den Befehl hört.

»Aye, Aye!«, murmelt er pflichtbewusst und schreitet so schnell wie möglich zum hoch aufragenden Kommandozentrum des Schiffes zurück. An die Überprüfung der Geschütze verschwendet er keinen Gedanken mehr.

03. JANUAR 2009

Genesis-Block

Das blaue Licht des Laptops spiegelt sich in Carmen Chavez' Brillengläsern wider. Es dämmert bereits.

Tipp, tipp, tipp.

Seit Wochen sitzt sie pausenlos auf ihrem kratzigen Bürostuhl, ernährt sich ausschließlich von Weißbrotscheiben mit Käse und vertieft sich immer weiter in ihre Codes und Zahlen, die über den Bildschirm flimmern. Seit sechzehn Stunden schreibt sie am Stück.

Codes. Snippets. C++.

Tipp, tipp, tipp.

```
currentValues = conn.api_queri(„returnTicker")
```

Ihre Zeigefinger hacken auf die Tastatur – schnell und gezielt wie zwei kleine Falken im Sturzflug. Das Zehnfingersystem hat sie nie gelernt. Wie auch? Alles hat sie sich selber beigebracht – korrektes Schreiben hatte nie Priorität.

```
int l = 2*i+1;
```

Diese Zeile schmeckt nach Grapefruit. *»Ich brauch etwas*

Süßes«, denkt sie und nimmt einen Schluck Sprite aus der großen Flasche neben sich.

```
bool isBST(struct node* root)
```

»Besser. Viel besser.«

Tipp, tipp, tipp.

Mist! Ein Verschreiber. Hätte jeden anderen wieder ein paar Minuten oder Stunden gekostet, das zu reparieren. Doch sie hört den Fehler, als fiele einem erfahrenen Dirigenten die verstimmte Tuba in der hinteren Reihe auf.

Sie ist wahnsinnig schnell.

Sie weiß, dass sie Dinge anders wahrnimmt als die Menschen um sie herum.

Und gerade jetzt sieht sie den Ton, wenn jemand die Haustür zuknallt. Jeff kommt mit seiner neuen Freundin Tina nach Hause. Sie hört sie durch den Flur stapfen und setzt sich Kopfhörer auf.

»Bitte, lasst mich einfach in Ruhe«, denkt sie.

Die Tür wird geöffnet.

»Hey, Carmen. Kommst du mal nach vorne?«, fragt Jeff.

Sie kratzt sich am Kopf und flüstert in Richtung Bildschirm: »Ich muss hier noch was fertig machen.«

»Wir wären froh, wenn du jetzt kommen kannst«, antwortete Tina über Jeffs Schulter hinweg und schnieft die Nase. »Mhm. Ich komme … später«, lügt Carmen, während sie weiter stoisch auf das Chatfenster starrt.

Doch dann setzt ihr Herz einen Schlag aus. Kann das wahr sein?

»The Times 03/Jan/2009 Chancellor on brink of second bailout for Banks«

steht da in großen Lettern auf ihrem Bildschirm. Sie hält die Hände vor den Mund. »Es hat geklappt!«, ruft sie. Sie springt auf und reißt sich den Kopfhörer vom Ohr.

Der Genesis-Block. Sie hatten soeben das Bitcoin-Netzwerk live geschaltet, die ersten fünfzig Bitcoins geschöpft. Und das alles auf ihre Initiative hin.

»Was ist denn los?«, fragt Jeff und blickt in das entgeisterte Gesicht von Carmen.

»Die erste Transaktion. Wir haben von einem Konto zum anderen direkt und ohne Mittelsmann Daten verschoben, hundert Prozent sicher und nicht zu hacken.«

»Hast du schon mal was von E-Mail gehört?«, fragt Tina.

»Nein, keine E-Mail. Eine Transaktion. Ich habe etwas und kann es jemand anderem senden, ohne dass eine Drittpartei diese Transaktion sichert. Der andere hat es nachher, ich nicht mehr. Es klappt nur über das System, über die Community, die jede Aktion bestätigt.«

»Was schickt ihr denn hin und her? Kohle?«, ätzt Tina und schnippt mit den Fingern ihrer linken Hand. Carmen seufzt. Sie hat es vor langer Zeit aufgegeben, Idioten wie dieser hohlen Nuss zu erklären, warum die Form des Geldes ihr eigentliches Problem ist. Anders sieht es mit Jeff aus. Sie wendet sich an ihn. Er muss sie doch verstehen! »Jeff, wir haben doch darüber gesprochen. Weißt du noch? Geld ist ein Versprechen, dass ich mir damit in Zukunft etwas kaufen kann? Institutionalisiertes Vertrauen?«

Sie versucht, seinen Blick zu fangen. »Wow, was ist denn das für ein Kauderwelsch?«, fragt er, kneift die Augen zusammen und schaut auf den Bildschirm. »Das ist Geschichte«, flüstert sie und versucht, seine Hand zu greifen. »He! Nimm deine Pfoten von ihm!«, kläfft Tina von hinten. Schon lange denkt sie, dass Carmen heimlich mit Jeff ins Bett will. Lächerlich. Jeff ist ihr wie ein Bruder. Und sowieso: Männer – bäh.

»Alle vertrauen darauf, dass das Geld, für das wir uns abstrampeln, auch morgen noch etwas wert ist. Aber das System ist genau andersrum gewebt. Und sei ehrlich, vertraust du den Banken wirklich dein Geld an?«

Tina zieht einen Eindollarschein heraus: »Du willst wissen, was Geld ist? Das ist Geld. Und genau darüber wollen wir mit dir reden.« Sie wedelt mit dem Schein vor Carmens Gesicht rum.

»Pack deinen Baumwollfetzen weg«, mault Carmen.

Aber es stimmt schon. Geld ist *das* Thema zwischen ihr und Jeff. Sie ist aktuell keine große Hilfe und von seiner Anstellung als Fahrrad-Mechaniker abhängig. Seit Wochen treffen sie sich nur noch zwischen Flur und Küche. Carmen murmelt dabei unvollständige Sätze über Geld, Mathematik, Hashes und Kryptografie. Zu einer richtigen Unterhaltung kam es schon lange nicht mehr. Nicht schön. Aber es muss sein. Schließlich hat sie Jeff in den letzten Jahren auch oft genug mitgeschleppt. Nun braucht sie sein Entgegenkommen.

»Jetzt aber mal ehrlich, Carmen. Wie viel verdienst du mit dem Geschreibsel da?«, fragt Tina.

»Das sind keine faken Mäuse von der Scheiß-Regierung. Es sind Bitcoin.«

»Ok, und wie viel Dollar bekomme ich für so einen Bitcoin?«

»Wenn du Glück hast, ein paar Cent, aber das ist nur im Moment so. Wenn …«

»Du bist eine dumme Gans!«, unterbricht sie Tina und stampft mit dem Finger auf ihr Pult. »Jeff arbeitet wie ein Tier, damit du hier mit deinen Loser-Freunden deine Fantasiespiele machen kannst. Ich habe Neuigkeiten für dich, damit ist es jetzt vorbei. Du zahlst ab jetzt Miete oder bist nächste Woche raus. Habe ich nicht recht, Jeff?«, wendet sie sich an ihn. »Na ja«, sagt Jeff. »Es wäre schon schön, wenn du dich hier ein wenig mehr beteiligen könntest und …«

»Seid ihr komplett bescheuert? Wir schreiben hier Geschichte!«, ruft Carmen aus, beruhigt sich aber sogleich wieder. Panik nützt hier nichts. Jeff muss doch zu überzeugen sein. Sie redet minutenlang auf die beiden ein, versucht zu erklären, dass alles Geld aus dem Nichts entsteht und es eigentlich jedem möglich ist, eine eigene Währung zu schaffen, wenn er nur die Transaktionen und das Eigentum der Geldinhaber sichern kann. Dass das System sich selber am Leben hält, weil es Leute nach ihrem Beitrag belohnt. Und dass es immer knapper wird, dass sie das gesamte Geldsystem revolutionieren und demokratischer und dezentralisierter machen will … und, und, und …

Doch Carmen merkt bald, dass es sinnlos ist. Resigniert blickt sie zu ihrem jahrelangen Freund: »Also, was ist nun, Jeff? Wirfst du mich aus unserem gemeinsamen Zuhause? Ich kann nicht arbeiten. Ich muss an meinem Projekt weitermachen.«

»Carmen, du kannst hierbleiben, bis du etwas anderes gefunden hast – egal wie lange es dauert. Aber du fängst jetzt an zu suchen.«

»Genau. Und nur, dass du es weißt, sobald du hier weg bist, ziehe ich ein«, setzt Tina einen drauf.

Carmen blinzelt eine Träne weg. »Ach, Jeff, dabei ist es doch perfekt.«

Carmen und Jeffs tiefe Freundschaft begründete sich an einem typisch pubertären Ereignis in ihrer gemeinsamen Schulzeit. Carmen befand sich in der großen Pause in einer leicht bewaldeten, erhobenen Ecke des Schulhofes, wo es herrlich harzig nach Fichten und stacheligen Baumkronen roch.

Sie kauerte nieder, suchte nach Ästen und Stöcken, in deren Haptik sie so viel Schönheit fand. Sie fuhr mit den Fingern die braunen Baumkrusten entlang oder schlug mit Stöcken gegen die massiven Stämme der Bäume. Irgendwie erschien ihr die Natur weniger fragil als die Menschen um sie herum.

Als sie so dastand, näherten sich fünf ältere Mitschüler: vier Mädchen und ein dicker Junge namens Henry, der auffällig rotes Haar hatte und dessen Lachen eine große Zahnlücke zwischen gelben Schneidezähnen offenbarte. Er war mit dreizehn Jahren bestimmt schon achtzig Kilo schwer und der bekannteste Schläger der Schule. »Na, du Flachbrust? Was treibst du hier?«, meinte Jill, eines der beliebtesten und fiesesten Mädchen der Schule, das die Gruppe anführte. »Ich ... ich ...«, stotterte Carmen.

Sollte sie weglaufen? Sie blickte hinter sich den Hügel hinunter. Das erschien ihr vielversprechend. Doch etwas hielt sie zurück. Sie lief nicht gerne davon. Auch wenn es vielleicht besser wäre ...

»Mehr bringst du nicht raus? Ich ... Ich ...«, äffte Henry sie nach. Er schritt um sie herum, sodass er direkt hinter ihr stand und sie seinen käsigen Atem roch.

Sie wollte sich umdrehen, doch Henry packte sie an den Armen, trat ihr die Beine unter dem Körper weg und zog sie rücklings auf den Boden.

»Jetzt wollen wir mal schauen, ob du unten rum auch so dürr bist«, rief Jill voller teuflischem Entzücken.

Die anderen Mädchen packten Carmen an den Beinen und hielten sie fest, sodass sie sich nicht mehr bewegen konnte. Jill hob Carmens Rock hoch und lachte laut. »Schaut euch das an. Turtels-Unterwäsche!«

Schamvolle Hitze übermannte Carmens Körper. Dabei mochte sie überhaupt keine Hero Turtles. Wenn ein Superheld, dann Zorro. Aber sie musste nun mal anziehen, was sie zuhause bekam.

»Haha! Echsen! Die wäre doch was für dich, Henry!«, quietschte Aliya, eines der Mädchen, die sie festhielten.

»Halt die Fresse«, maulte dieser zurück.

Jill machte sich derweil bereits daran, die blaugrüne Unterhose von Carmens heftig strampelnden Schenkeln zu ziehen.

»Lasst mich sofort los!«, rief Carmen in Panik, während ihre Scham vor den Augen ihrer Mitschüler entblößt wurde.

Die Kinder jaulten und lachten mit aller Bosheit der aufkommenden Pubertät, während sie das zappelnde Mädchen weiter auf dem Boden fixierten.

Natürlich blieb der Tumult nicht unbemerkt. Lautes Geschrei dröhnte auf den Schulhof hinüber und immer mehr Schüler wollten sich das offensichtlich unterhaltsam-perverse Schauspiel nicht entgehen lassen. Bald standen über zwölf Jugendliche um Carmen herum, gafften lüstern oder feixten, während diese unter Tränen ihre Kleidung wieder hochzog, nachdem ihre Peiniger endlich von ihr abgelassen hatten.

Als der erste Lehrer eintraf, war das Schlimmste bereits überstanden. Wenigstens hatte er es mitbekommen. Das konnte nicht ohne Folgen für ihre Klassenkameraden bleiben ... Doch Carmens Hoffnung auf eine gerechte Strafe wurde bitter enttäuscht. Ihre Tante Tia Maria wurde zwar am nächsten Morgen in die Schule eingeladen, allerdings entschuldigte der zuständige Schuldirektor Bloomington das Geschehen mit »kindlicher Neugier«. Er und Tia Maria einigten sich darauf, dass die Anführer mit einer schlimmen Standpauke und einer Woche Nachsitzen davonkommen sollten.

Carmen verfiel noch auf dem Nachhauseweg in einen Heulkrampf. Sie konnte nicht glauben, wie ihre Würde für eine lächerliche Strafe verschachert wurde. Sie würde es jedenfalls nicht dabei bewenden lassen. Das schwor sie sich noch an jenem Abend, als sie bereits um neun Uhr im Bett lag – nach einem bösen Streit mit Tia Maria und ihrem Freund Angel.

»*Ich muss noch grausamer zurückschlagen*«, dachte sie. »*Sonst bin ich nächstes Mal wieder das Opfer.*« Aber was sollte sie tun? Zu diesem Zeitpunkt wusste sie noch nicht, dass sie bald ihre erste Lektion im Kampf gegen die Mächtigen lernen würde: Man braucht Verbündete.

Am nächsten Tag saß sie mittags alleine an einem Tisch in der Cafeteria und war sich sicher, dass die gesamte Schule sie anstarrte und heimlich hinter ihrem Rücken über sie tuschelte.

Da setzte sich ein großer, schlanker Junge mit glatten, in die Stirn gekämmten Fransen zu ihr. »Hi. Ich bin Jeff!«

»Jeff wer?«, fragte sie und stocherte im ungenießbaren Kartoffelstampf auf ihrem Plastikteller herum.

»Jeff Fredrickson, Missy.« Er deutete eine kleine Verbeugung an.

Natürlich kannte sie ihn. Basketballer im Varsity-Team mit einem für sein Alter ziemlich guten Baby Hook Shot. Beliebt und immer ein nettes Wort für jeden. Keine große Leuchte, aber jemand, der bisher nicht als Mobber aufgefallen war. Sie fragte sich, ob nun die nächste Gemeinheit folgen würde.

»Das war 'ne ganz schön heftige Nummer gestern.«

»Hör zu. Ich glaube, ich hab' gestern echt genug abbekommen, und wenn du jetzt ...«

»Weißt du, diese Jill ist ein richtiges Biest. Meinen Kumpel hat sie von ihrer Clique voll fertigmachen lassen, weil er sie nicht gratis ins Kino seines Vaters schmuggeln wollte.« Er lächelte sie auf beknackte, aber irgendwie auch sympathische Weise an.

Carmen wusste nicht recht, was sie sagen sollte. Sie brachte ein verwirrtes »Dankeschön« heraus.

»Jedenfalls ...« Jeff zögerte einen Augenblick, als müsste er sich seine nächsten Worte noch mal genau überlegen. »Falls du dich bei ihr rächen möchtest – I got your back!«

Er zwinkerte ihr zu und lief davon.

Einen Augenblick saß sie mit offenem Mund da. Dann fuhr sie auf, eilte ihm nach und hielt ihn am Arm fest. »He! Was meinst du damit? Hast du einen Plan?«

»Am besten maskierst du dich und haust ihnen einen Nunchuck über die Rübe.«

Da war sie. Die Turtles-Unterhose. Michelangelo, die pizzafressende Schildkröte mit den wirbelnden Ninja-Waffen. Es war der Hinweis auf die größte Peinlichkeit ihres Lebens. Alles nur, um sie noch mehr zu demütigen. Was für ein Arsch!

Sie drehte sich um und wollte weglaufen, doch Jeff hielt sie am T-Shirt zurück. »Entschuldige. War wohl noch zu früh.« Der Versuch eines Lächelns. »Aber weißt du, so ganz falsch ist es nicht. Wir müssen ihre Streitmacht ausschalten.«

»Wovon sprichst du?«

»Na, dieser Fettkloß, Henry. Wenn der aus dem Spiel ist, ist Jill nur noch ein schwächliches Ding. Das könnte sogar ein richtiger Spaß werden!«

Und so lehrte Jeff sie in den nächsten Tagen die zweite Lektion im Kampf gegen die Mächtigen: Gewalt kann Macht erschaffen.

»Wie können Sie es wagen?«, brüllte Jills Vater. Schuldirektor Bloomington fühlte sich offensichtlich nicht wohl in seiner Haut. Eine solch große Gruppe, bestehend aus Eltern und Schülern, hatte er schon lange nicht mehr vor seinem massigen Besprechungstisch versammelt gehabt.

Carmen blickte sich um und staunte darüber, was sie ausgelöst hatte. Jeff hatte völlig recht gehabt, Henry war der Schlüssel.

Jeff hatte einige seiner Freunde aus der Basketball-Mannschaft überredet, dass der Clique rund um Jill eine Abreibung gut tun würde. Sie passten Henry auf dem Nachhauseweg ab. Carmen, Jeff und fünf von seinen Freunden aus dem Basketball-Team. Die Jungs packten den dicken Schläger und drückten seine Arme und Beine zu Boden, direkt neben einem kleinen Weiher. Carmen wurde die Ehre zuteil, Henrys Kopf über Minuten hinweg immer wieder in den Teich zu tunken, bis der Übeltäter nur noch nach Luft röchelte. Von da an nahm er Abstand von jeglichen Aggressionen und verkroch sich vor Freund und Feind wie ein geschlagener Hund.

So lernte Carmen ihre dritte Lektion über die Macht: Mächtige sind verletzlich, denn ihre Macht beruht auf ihrer Einsamkeit an der Spitze.

Nachdem Henry ausgeschaltet war, fiel die verschworene Clique zusammen wie ein Jenga-Turm, dem der entscheidende Stein gezogen worden war. In der gesamten Schule fanden sich Leute, die bereit waren, sich gegen Jills Herrschaft aufzulehnen. Plötzlich erhielten die

Jugendlichen, die Jill treu ergeben und bisher die »cool Kids« gewesen waren, hässliche Spitznamen, fanden Kot und Unrat in ihren Spinden und Sporttaschen, wurden »versehentlich« im Sportunterricht zu Boden gecheckt oder hörten die ganze Zeit dieses perfide Lachen hinter ihren Rücken, das wie schwarzer Krebs in die Seele eines jungen Menschen eindringt. Die Situation spitzte sich schleichend zu und endete damit, dass Carmen und Jill in der Mittagspause aufeinander losgingen, sich mit Fäusten schlugen, sich traten, bissen und kratzten. Bis zwei Lehrerinnen sie voneinander losrissen.

Schlägereien kamen an der Schule zwar durchaus öfters vor, doch das war eine handfeste Sache gewesen und der Konflikt zwischen Carmens und Jills Gefolgschaft hatte in letzter Zeit schon häufiger für Ärger und Prügeleien gesorgt.

Nun also diese Sitzung mit Eltern und Erziehungsberechtigten. Carmen, Tia Maria, Jeff und seine Mutter, Jill und ihre Eltern und dazu die engsten Freunde von Jill sowie die Jungs aus dem Basketball-Club mit ihren Vormündern.

Die große Runde führte vor allem dazu, dass ein großes Durcheinander herrschte, und niemand fand, dass er ausreichend zu Wort kam. Die Erwachsenen drohten, beleidigten und schrien sich genauso an, wie es zuvor die Kinder getan hatten.

Im Gegensatz zum ersten Besuch bei Direktor Bloomington gab Tia Maria dieses Mal nicht klein bei. »Ja, ich wage es, mein Herr. Ihre Tochter hat eine ganze Schule terrorisiert. Es gibt genug Berichte von vielen anderen Schülern …« Sie war aufgestanden und nahm dieselbe drohende Haltung ein wie Jills Vater auf der anderen Seite des Raumes.

»Ich bitte Sie, meine Damen, meine Herren«, flehte Schuldirektor Bloomington sie um Ruhe an.

Sie saßen nun schon über zwei Stunden hier. Es war nur zu offensichtlich, dass der Direktor diesem ganzen Gedöns einfach so schnell wie möglich ein Ende bereiten wollte.

Schlussendlich einigte man sich darauf, dass man sich gegenseitig die Hand reichte, alle beteiligten Schüler für ein Jahr im Provisorium landeten und bei der nächsten groben Verfehlung ein Schulverweis drohte.

»Danke, Tia«, sagte Carmen, als sie in Marias Pick-up nach Hause fuhren.

»Du musst mir nicht danken. Sagen wir einfach, du hast das Richtige getan.«

Sie schwiegen eine Weile, bevor Tia Maria ergänzte: »Als wir das erste Mal beim Direktor waren, hatten wir keine Argumente, weil wir keine starke Position hatten. Sie haben dich verletzt, doch niemand war bereit, für Gerechtigkeit zu sorgen. Nun hast du dich gewehrt, und das änderte die Situation zu deinen Gunsten. Erst aus dieser Position heraus war es sinnvoll, auch beim Direktor zu kämpfen.«

Und so lernte Carmen ihre vierte Lektion über den Kampf gegen die Macht von ihrer Tia Maria: dass man erst dann verhandelte, wenn man bereits gewonnen hatte. Die Alternative dazu war die Niederlage. Der Weg dorthin der Kampf.

Dass Carmen Chavez bei ihrer Tante Tia Maria und nicht ihren Eltern aufwuchs, war auf einer Reihe bürokratischer Grausamkeiten zurückzuführen. Sie kam am 28. Januar 1987 um 23.59 Uhr während eines heftigen Gewitters in Louisville, Kentucky zur Welt. Und damit gerade noch rechtzeitig, um im chinesischen Zeichen des Tigers geboren zu sein. Ihre Mutter liebte Horoskope und Astrologie. Und so war ihr diese astrologische Punktlandung nicht entgangen. Sie las noch im Krankenhaus ihrer kleinen Tochter vor, dass sie, geboren im Zeichen des Tigers, durch »ihre Energie, ihren Mut und ihre Unabhängigkeit« bestechen würde. »Du wirst oftmals radikal und leichtsinnig entscheiden und keinen Wert auf finanzielle Sicherheiten legen. Das kann bei Glück zu Reichtum, aber ebenfalls zu Armut führen«, rezitierte sie aus einem mit Brotkrümeln besudelten Heftchen.

Carmens Vater Mateo hatte als treuer Katholik nichts für solche Hirngespinste übrig. Er fürchtete vor allem das weitere hungrige Maul in seinem Haushalt. Er war mit seiner Frau und vier weiteren Kindern vor zwei Jahren aus Mexiko in die USA eingereist und lebte von schlecht bezahlter Schwarzarbeit auf einem der endlosen Maisfelder des Mittleren Ostens. Abends kam er müde und nach Blütenstaub und altem Tabak riechend nach Hause.

Auch Carmens Mutter Blanca trug zum Unterhalt des Haushalts bei und putzte Häuser in den reichen Vorstadtgegenden. Wenn sie nach Hause kam, war sie nicht weniger müde. Der typische, harte Alltag illegaler Einwandererfamilien aus Mittelamerika. Es mangelte oft an Geld und Zeit, aber nie an Herzlichkeit.

Carmen war das erste Kind der Familie Chavez, das in den USA geboren wurde, und hatte damit Anspruch auf die amerikanische Staatsbürgerschaft. Und Mama Blanca setzte alle Hebel in Bewegung, damit das auch geschah. Sie hatten die Hoffnung, dass eine Staatsbürgerin in ihren Reihen die prekäre Aufenthaltssituation der Familie verbessern würde. Doch der bürokratische Apparat führte grausamere Absichten mit ihnen im Schilde. Ein Richter beschäftigte sich durch Carmens Einbürgerung intensiver mit den Chavez und verklagte Mateo wegen Schwarzarbeit und Steuerhinterziehung. Der Schuldspruch durch das Gericht mit beschlossener Ausweisung durch die Behörden flatterte bald darauf ins Haus.

Und so drang drei Tage vor Carmens erstem Weihnachtsfest eine Polizeieinheit mitten in der Nacht in das Haus der Chavez ein. Natürlich konnte sich Carmen nicht mehr an die Szenen erinnern, nicht mehr an den heftigen Krach, die eingetretene Tür und die Gewehrmündungen, die auf sie und ihre schutzlosen, schreienden und weinenden Geschwister gerichtet wurden. Aber vielleicht nahm ihre tief empfundene Abscheu für jegliche Autorität in dieser Nacht ihren Anfang (das schien sogar wahrscheinlich, als Carmen den schwarzgekleideten Mann, der sie aus ihrem Bettchen hob, schreiend in die Hand biss).

Die Familie landete in Abschiebehaft. Ein übergewichtiger Glatzkopf, der nach billigem Aftershave und schlechter Ernährung roch, besiegelte ihr Schicksal zwei

Tage später mit einem einfachen »Ihre Ausweisung wird vorbereitet«.

Die Behörden stellten die Eltern vor die Wahl, Carmen entweder mit nach Mexiko zu nehmen oder sie in die Obhut eines Kinderheims in den USA zu geben – schließlich war sie hier geboren worden. Matteo und Blanca entschieden sich, das Kind mit sich zu nehmen, doch im letzten Moment griff Tia Maria ein und übernahm das Sorgerecht für Carmen, sodass diese weiter in den Staaten bleiben konnte.

Das Mädchen brüllte sich über Monate hinweg die Seele aus dem Leib, als es zu begreifen begann, dass weder Mama noch Papa in ihr Leben zurückkehren würden. Eine echte Bewährungsprobe für ihre Tante, die zu ahnen begann, dass sie nie die gleiche Liebe für dieses Kind aufbringen würde, wie es Eltern auf natürlich Weise für ihren Nachwuchs tun.

Dass sie sich um es kümmern würde, stand allerdings außer Frage. Tia Maria war eine Frau von eiserner Disziplin, mit stark ausgeprägten christlichen Werten und einem unerschütterlichen Pflichtbewusstsein für die Familie.

Carmens Eltern versuchten in den Jahren nach ihrer Ausweisung alles, um wieder in die USA einzureisen, doch vergebens. Daher wuchs Carmen bei ihrer Tia Maria auf, ohne weiteren Kontakt zu ihren Eltern und Geschwistern.

Leider kannte Tia Maria keine Kinderlieder. Und so trug sie den schreienden Säugling stundenlang herum und zählte. So versuchte sie, ihr Findelkind zu trösten und nicht den Verstand zu verlieren. »Uno, dos, tres, cuatro …«, immer und immer wieder. So waren Carmens erste Worte »uno« und »dos« und nicht »mama« oder »gato«, wie es bei den meisten anderen Kindern der Fall ist.

Vielleicht waren es diese Umstände, die ihre Liebe zur Mathematik entflammten. Denn Zahlen liebte Carmen seit frühester Kindheit. So klar und rein. So verbindend. Nicht so wie die verwirrenden Wörter. Sprechen fand sie viel schwieriger. Wenn sie etwas in Worte fassen musste, fühlte sie sich verloren und oft nicht verstanden.

Wenn sie sprach, dann spanisch. Mit Eintritt in den Kindergarten erwartete man von ihr, dass sie die Sprache der Menschen sprach, die sie zuhause »Gringos« nannten und die man sie gelehrt hatte eher zu meiden. Die zusätzliche Verwirrung einer neuen Sprache verstärkte ihre bereits bestehende Abneigung zu Worten. Legasthenie, sagten sie. Carmen fand die Wörter einfach alle viel zu grün. Dagegen waren Nummern, Gleichungen und Zahlen so viel realer. So viel näher an der Wahrheit.

Körperlich entwickelte sie sich prächtig. Sie war kräftig und groß für ihr Alter und trug langes, krauses, schwarzes Haar. Ihre Augen versteckten sich bald hinter einer Brille aus dem Pfandhaus. Wie so manch andere Kinder in diesem Alter war sie oft trotzig und widerständisch, und so begann in Tia Marias kleinem Spanplattenhaus ein schwieriges Verhältnis zu lodern. Zum ersten Eklat kam es an einer Thanksgiving-Feier, die in ihrer südamerikanisch geprägten Nachbarschaft stattfand.

Carmen wurde angehalten, während des Mahls mit den anderen Mädchen und Frauen in der Küche zu warten, zu kochen und zu servieren. Das tat sie noch ohne Murren, mochte sie doch das geschäftige Treiben in der Küche. Doch sie widersetzte sich vehement, als die Frauen anfingen, sich zwischen den Gängen direkt am Herd zu verpflegen, »weil die Männer an den Tischen Zigarren rauchen möchten«.

»Ich möchte auch am Tisch essen! Meine Beine sind müde und ich mag nicht mehr stehen«, beschwerte sich Carmen zuerst bei Tia Maria, dann bei den anderen Frauen und schließlich beim Gastgeber. Aus leisen, heißen Tränen wurde lauter Protest und kurze Zeit später ein hysterischer Anfall mit zerstörtem Mobiliar und Geschirr.

Jetzt verstand Tia Maria keinen Spaß mehr. Sie war auf die Nachbarn angewiesen, denn die Gemeinschaft war die soziale Versicherung des unsicheren Migrantenlebens in amerikanischen Städten.

Als sie nach Hause kamen, setzte es zuerst eine ordentliche Standpauke. Das war nichts Neues, doch einige Stunden später kam Tia Marias Freund Angel – nach Bier und dem Knoblauch aus der Hot Salsa stinkend, die beim Thanksgiving-Fest so reichlich angeboten worden war. Angel hatte sich für Carmens Verhalten in Grund und Boden geschämt. Was erlaubte sich dieses verzogene Gör?

Er schlug sie. Zuerst ins Gesicht. Als sie in ihr Zimmer flüchtete, hastete Angel ihr nach. Dort entbrannte ein Kampf, in dem das Mädchen hoffnungslos unterlegen war. Der massige Mann zog ihr kurzes T-Shirt aus, sodass sie oben ohne vor ihm stand. Er schlug auf ihren nackten Oberkörper ein, warf sie aufs Bett und legte sich auf sie. Er verdrehte ihr den Arm und fixierte sie auf dem Bett, sodass sie bewegungsunfähig war. Sie spürte deutlich seine Erektion in ihrem Rücken, brüllte vor Schmerz und war sich sicher, dass Angel ihr den Arm auskugeln würde. Sie schrie, was ihre Lungen hergaben, rief nach Tia Maria und trat ergebnislos um sich, bis Angel nach einigen Minuten von ihr abließ und aufstand.

Heftig atmend band er seine langen Haare zu einem Pferdeschwanz, lief zur Zimmertür und strich sich über seinen Schnauzer. »Jetzt weißt du, was dich erwartet, wenn du dich so aufführst. Dieses Mal war ich gnädig. Nächstes Mal endet es nicht so glimpflich für dich.« Er knallte die Tür zu und ließ das zitternde Kind zurück.

Tia Maria war während der ganzen Zeit im Elternschlafzimmer geblieben – für Carmen der größte Verrat ihres bisherigen Lebens.

Ihr Zuhause schien seit dem Vorfall dunkler geworden zu sein. Immerhin war es seitdem zu keinen weiteren Gewalteskapaden gekommen. Die beängstigenden Vorkommnisse nach der Thanksgiving-Feier wurden in der Familie totgeschwiegen, als wären sie nie geschehen. Carmen verachtete Tia Maria für die fehlende Loyalität ihr gegenüber.

Als sie in die Highschool kam, war sie kein Überflieger. Englisch, Biologie, Geschichte, das war alles nichts für sie. Viel zu viele Wörter.

Aber in Mathematik und Physik wollten alle bei ihr abschreiben. Die Zahlen wurden ihr immer mehr zum vertrauten Freund.

Sie konnte sie in ihre Einzelteile zerlegen, als lägen sie wie ein Bausatz vor ihr.

```
158 = Bordeaux-rot und klingt wie ein leiser
Gong.
158 = (1+1+11)^(1+1) -11
158= 2×((2/2+2)^(2+2)-2)
158= 33+(3-3/3+3)^3
158= 4×(44-4)-(4+4)/4
158= 5×((5+5)/5)^5 -(5+5)/5
158= 6+6×6×6-((6+6)/6)^6
158= 77/7+7×(7+7+7)
158= 8+88-(8+8)/8+8×8
158= 9×(9+9)+(9-9×9)/(9+9)
```

Das war doch alles sonnenklar. Zumindest für sie. Sie liebte diese kontrollierbaren Puzzleteilchen der Logik, die in ihrem Geist neue Formen annahmen. Immer tiefer versank sie in den Mathematikbüchern der überraschend gut ausgestatteten Bibliothek der Schule. Algebra, Kombinatorik, Wahrscheinlichkeitsberechnung, Analysis, Topologie – alles saugte sie auf wie ein Schwamm. Vor allem die Arithmetik hatte es ihr angetan. Zahlentheorie und mathematische Spiele. Was für ein Spaß!

Die Schule setzte auf Disziplin und Sicherheit statt auf Förderung. Die Angst vor Gang-Gewalt und den so einfach zu besorgenden Waffen waren die Hauptsorgen.

Carmen besuchte stets mit adretter Schuluniform den Unterricht und Sicherheitsangestellte patrouillierten bewaffnet auf den Schulgängen im Neonlicht.

Wer das weiß bemalte Backsteingebäude betreten hatte, durfte es nur mit schriftlicher Bewilligung vor Schulende wieder verlassen. Wer zu spät zum Unterricht kam, konnte keinen Fuß mehr in das verschlossene Klassenzimmer setzen, sondern landete im »Tardy Room«, in dem alle Zuspätkommer gesammelt die Stunde in absoluter Ruhe absitzen mussten.

Zwischen den Lektionen hatten die Schüler gerade genug Zeit, um in den nächsten Schulraum zu kommen, und wer vor der großen Pause um zehn Uhr pinkeln musste, brauchte dafür einen »Hallway Pass«, ohne den man sich nach dem Ertönen der schrillen Schulglocke nicht mehr auf den Fluren zwischen den Klassenzimmern aufhalten durfte. Hatte man es trotzdem aufs Klo geschafft, wurde man vom Rauchschwall heimlich gerauchter Zigaretten und Joints fast erschlagen. Um diesem Problem Herr zu werden, waren die Abortzellen so niedrig gebaut, dass man die Schüler dabei beobachten konnte, wie sie ihr Geschäft verrichteten. Doch das hielt sie nicht vom heimlichen Rauchen und Kiffen ab.

Auf sozialer Ebene war es bereichernd, in dieser multiethnischen Mischung hormongesteuerter Teenager aufzuwachsen. Auch Carmen fand neue Freundinnen. Sie sprachen, flachsten herum, lästerten und beglotzten die regelmäßig auftretenden Schlägereien an den Mittagstischen. Sie jubelten den Siegern zu und fühlten mit ihnen, wenn sie kurz darauf von den Sicherheitsangestellten abgeführt wurden. Carmen freute sich täglich auf die Mittagessen, deren Unterhaltungswert die magere Essensqualität bei Weitem überstieg.

Die Clique besuchte zusammen auch die Football- und Basketballspiele der Schule. Carmen war stolz, dass sie mit einem der Basketballspieler bereits seit der Middle School befreundet war. Denn Jeff besuchte die gleiche Highschool und hatte seinen Baby Hook Shot weiter verbessert, sodass er nun bereits als Freshman – also im ersten Schuljahr wie Carmen – im besten Schulteam mitspielte.

Sie trafen sich abends auf Parkplätzen, vor Malls oder wo immer es gerade eine möglichst sturmfreie Bude gab. Sie aßen die kleinen White Castle Burger, leckere Pommes und tranken Root Beer. Carmen fühlte sich zum ersten Mal als Teil von etwas Gutem. Und sie fühlte sich reich. Reich an der einzigen Währung, die in diesem unschuldigen Alter etwas zählte: Freundschaft.

Carmen begann ihren Stil zu entwickeln; ihre Art, wie sie gesehen werden wollte. Sie trug schwarze Hoodies und Baggy-Jeans, hörte Black Metal, wie es ihre besten Freundinnen taten, obwohl sich diese Musik kupfrig anfühlte.

Um halb zwei war der Unterricht an der Highschool beendet und die Schüler wandten sich den ganzen Nachmittag den Sportclubs, außerschulischen Aktivitäten und Nachmittagsjobs zu. Carmen hingegen hatte im zweiten Semester ihres Freshman-Jahres eine andere Liebe entdeckt, die ihre ganze Aufmerksamkeit einforderte. Einen Dell-Computer im Informatik-Zimmer der Highschool. Es war, als wären sie füreinander bestimmt.

Denn, was die meisten nicht begriffen, Computer waren reine Mathematik – eingelötet und elektrifiziert in einen Apparat. Die Programme, die Software, pure Algebra. Wahrlich keine Hexerei für Carmen, das zu verstehen. Aber noch viel wichtiger, ein unerschöpfliches Experimentierfeld, um zu rechnen und um die Lösungen daraus zur Realität werden zu lassen.

Eine neue Welt tat sich vor ihr auf. Innerhalb eines halben Tages war sie bereits in der Lage, erste HTML-Konstrukte zu erstellen und eine einfache Internetseite zu programmieren. Und bald waren JQuery, MySQL und Python ihr bessere Freunde, als es jene in der realen Welt je gewesen waren.

Die Zahlen auf dem Bildschirm taten genau, was sie wollte.

So folgsam. So rein.

Der verantwortliche Lehrer Mr. Donovan unterstützte sie und schaffte es, Computerkurse als außerschulische Aktivität zu etablieren, sodass Carmen mit zwei anderen interessierten Schulkameraden jeden Nachmittag Codes schreiben und IT-Rätsel knacken konnte. Es war ein Traum. So oft wie möglich stürzte sie sich in den Computerraum und schrieb Codes, bis man sie häufig unsanft aus dem Schulhaus entfernte. Es war ihr egal, am nächsten Tag war sie so bald wie möglich wieder am Rechner.

Carmens Leben verlief in geordneten Bahnen. Aber die langen Sommerferien standen vor der Tür und Carmen wusste, sie würde den Zugriff auf den Schulcomputer verlieren – und ein Ersatz war im Haus ihrer Tante nicht in Sicht. Sie konnte sich beim besten Willen nicht vorstellen, zwei Monate ohne programmieren auszukommen. Und so beschloss sie, Geld für einen eigenen Computer zu verdienen, damit ihr das in den nächsten Ferien nicht wieder passieren würde.

Sie verbrachte einige Monate jeden Abend im Drive-in und der Küche einer McDonald's-Filiale als studentische Arbeitskraft. Als sie das Geld für den Computer endlich zusammenhatte, kündigte sie. Nur die Brandwunden vom spritzenden Frittenfett auf ihren Unterarmen erinnerten sie noch lange an diese Zeit.

Der Computer im eigenen Zimmer veränderte alles. Sie vernachlässigte Freunde und Schule und lenkte ihren Fokus auf den verführerisch blinkenden Kameraden neben ihrem Bett, der sie von da an Tag und Nacht in Beschlag nahm.

In der Highschool hatte sie vor allem das Programmieren gelernt, nun tauchte sie tief in das Internet der späten 90er-Jahre ein. Es war ganz anders als das heutige Netz. Die reale und die digitale Welt waren zu diesem Zeitpunkt noch nicht miteinander verschmolzen. Noch bestand das Internet nicht aus Firmen und Staaten, die für Kunden und Untertanen schicke Designs und einfache Nutzerführungen gestalteten. Noch war es nicht geprägt von AGB und Konventionen und es ging nicht darum, Geld zu verdienen. Carmen liebte diesen freien Ort der Regellosigkeit und des Experimentierens. Inhalte wurden von Menschen für Menschen gemacht.

Originalität, Kreativität und Individualität fanden eine neue Art von Ausdruck. Und Inhalte entstanden durch ein sich dynamisch verschiebendes Kollektiv. Für einen kurzen Augenblick der Geschichte herrschte grenzenlose und gelebte Anarchie an einem neu entdeckten Ort, einer noch unbekannten Welt.

Carmen lernte neue Programmiersprachen, Technologien und digitale Themen in den dunkelsten Ecken des Webs kennen. Schon bald bestanden ihre Gedanken und selbst ihre Träume aus Codes und Nummern, die genau das machten, was sie wollte. Es war die pure Harmonie.

Diese wohlige Komfortzone wurde von den Ereignissen des 11. September 2001 gesprengt. Carmen blickte zusammen mit einer traumatisierten Nation auf die einstürzenden Twin Towers in New York. Danach war nichts mehr wie zuvor. Keine Schulstunde, keine TV-Show, kein Gespräch mehr ohne die Frage nach der fälligen Rache.

Der in den USA stark ausgeprägte Patriotismus und die Liebe zum Militär wuchsen sprunghaft an, wie ein Schwelbrand, der plötzlich mit Benzin befeuert wird.

Als wenige Wochen später die US-Armee-Rekrutierer an Carmens Highschool aufkreuzten, verpflichteten sich die Schüler im letzten Jahrgang noch einmal deutlich zahlreicher für den Militärdienst, als sie es in den zurückliegenden Jahren getan hatten.

Carmen verspürte beim Blick auf die lange Schlange vor dem Einschreibpult Melancholie. Natürlich hatte der Angriff auf ihr Heimatland auch sie schockiert. Doch als sie ihre vielen jungen Freunde sah, die sich bei einer auf Krieg eingestellten Armee einschrieben, schmerzte ihr das Herz.

Genauso wie Carmens Umfeld veränderte sich auch das Internet. War dieses bis dahin ein Ort langsamer, hässlicher und plumper Freiheit gewesen, verwandelte es sich nun rasend schnell in ein Kriegsgebiet der Informationshoheit. Regulierungen und Kontrolle durch die Staaten nahmen zu. Carmen interessierte sich eigentlich nicht für Politik, aber zu dieser Zeit war das Netz voller ausgefallener Theorien, Wahrheiten, Lügen, Verschwörungen, Spekulationen und obskuren Weltsichten, deren Faszination man nicht entkommen konnte.

Eines Nachts entdeckte Carmen 4chan – und da war es endgültig um sie geschehen. Was für eine hemmungslose Website. Sexistisch, rassistisch, homophob, hasserfüllt, brutal und kindisch. Ein Quell chaotischer Schönheit. Hier führte eine eingeschworene, anonyme Community Gespräche über das Weltgeschehen, das Internet und über alles, was einem jugendlich-rebellischen Geist Freude bereitete.

Doch 4chan gab nicht nur jugendlichen Spinnern ein Zuhause, sondern auch hervorragenden Computer-Hackern wie Carmen, die es schätzten, sich in den anonymen Chat-Netzwerken mit ihren Kenntnissen zu brüsten und ihr Können für gemeinsame Spaß-Aktionen einzusetzen. Daraus ergaben sich mit der Zeit Massenstreiche, sogenannte Raids, an denen sich auch Carmen beteiligte.

Auf 4chan war man sich einig, dass Humor keine Grenzen kennen durfte. Wie denn? Er war doch gerade, weil er die Konvention brach, lustig. Mittels Hacks verschafften sie sich Zugriff auf Nacktbilder von unvorsichtigen Prominenten und veröffentlichten diese in den 4chan-Foren. Carmen und ein paar andere besorgten sich sogar kritische Daten von Firmen oder Staaten und prahlten mit ihren Fähigkeiten. Natürlich immer getarnt durch digitale Verschlüsselungstechnologien – ein Feld, in dem Carmen schon bald zur Expertin wurde.

Die Community war gnadenlos und meistens auf der Suche nach Opfern, die es ihrer Meinung nach verdient hatten, angegriffen zu werden. Es ging gegen die Mächtigen, die Einflussreichen. Und so entstand auf dieser Plattform auch die Legende einer digitalen Widerstandsgruppe, die sich auf den berühmten britischen Rebellen Guy Fawkes mit der weißen Maske bezog: Anonymous.

Eine lose Ansammlung aufmüpfiger Nerds ohne Struktur und Macht, aber mit sehr viel Idealismus und Pathos.

Carmens Programmierkenntnisse ließen sie bald zu einer angesehenen digitalen Persönlichkeit mit Einfluss in dieser Gesellschaft werden. Sie schloss Online-Freundschaften mit sonderbaren Menschen, die sie in eine fantastische Welt entführten. Sie erhielt Zugriff auf geheime Netzwerke und abgeschlossene Websites, die nur durch den die Identität schützenden Thor-Browser und mittels komplizierter Login-Verfahren erreichbar waren.

Carmen half, ein überwältigendes Netzwerk mit aufzubauen, das Darknet, das direkte, unkontrollierte Verbindungen zwischen Menschen herstellte. Ohne kontrollierende Instanzen dazwischen. Ein exklusiver Ort der Wissenden, an dem die größte Sorge der eigenen Anonymität galt und wo die Geheimnisse der anderen umso mehr lockten.

Whistleblower, Regimekritiker, Kriegstreiber, Hacker, Aktivsten, Idealisten, Journalisten, Bullen, Drogen- und Waffenhändler, jeder, der sein Leben und sein Tun geheim halten oder jemanden hochgehen lassen wollte, versammelte sich hinter diesen verhüllenden Schleiern.

Für Carmen war es eine Befreiung. Sie sah das Darknet, 4chan und Anonymous als Foren der unbegrenzten Möglichkeiten mit einem Hauch von Revolution – ein Blick in eine künftige, vielleicht eine bessere Welt.

Als Carmen nach ihren zweiten Highschool-Sommerferien in die Schule zurückkehrte, erwartete sie eine schöne Überraschung. Jeff saß mit ihr im Computerkurs, der nach der Schule stattfand. Der Grund dafür war weniger schön, denn Jeff hatte sich während eines Streetball-Matches einen Kreuzbandriss zugezogen, der ihn für rund ein Jahr außer Gefecht setzen würde.

An Jeff war offensichtlich kein großes Coding-Talent verloren gegangen, doch seitdem er dabei war, waren die gemeinsamen Stunden um einiges lustiger.

Ihre Freundschaft war in den letzten Monaten abgekühlt, nachdem sich Carmen nur noch vor dem Bildschirm aufgehalten hatte. Ironischerweise vertiefte sie sich nun wieder, als sie gemeinsam vor den Computern saßen. Diese neu entdeckte menschliche Wärme legte sich wie ein Mantel über Carmens Leben. Schon bald vertraute sie Jeff mehr als jedem anderen, und die beiden trafen sich auch wieder häufiger außerhalb der Schule.

An einem kalten Herbstsonntag lud Jeff sie auf die Farm seines Großvaters ein, wo sie schon vorher einige Male gewesen waren. Sie fuhren mit seinem klapprigen Pick-up durch das angrenzende Gebiet Fort Knox, auf dessen Gelände die legendären Goldreserven der USA gelagert sind. Zweimal wurden sie dabei von eifrigen Polizisten gefilzt. Bereits beim ersten Mal mussten sie die sechs mitgebrachten Biere abgeben (sie waren ja noch nicht einundzwanzig). Der Polizist beließ es glücklicherweise bei einer Ermahnung und sah von weiteren Konsequenzen ab, da die Bierdosen noch ungeöffnet neben dem Ersatzreifen gelegen hatten.

Als sie in der Hütte angekommen waren, gingen sie raus in den angrenzenden Wald und schossen mit einem Gewehr, das Jeffs Großvater unter einer Bodendiele versteckt hatte, auf volle Tomatensoßenbüchsen. Wie die explodierten. So viel Spaß.

Als Jeff abends ein Feuer entfachte, fanden sie in einem Schrank mehrere Packungen Zigaretten und einen alten Bourbon. Sie rauchten und mischten den Whisky mit mitgebrachter Cola. Zum Abendessen gab es Maiskolben und Tortilla-Chips. Es war perfekt …

Bis Carmen plötzlich Jeffs Arm um ihre Schulter spürte. »He, was wird denn das?«

»Machen das Freunde nicht so?«

»Nein, so was machen Pärchen«, antwortete sie bissig. »Du willst mich doch hier nicht abfüllen und verführen, oder, Jeff?« Sie hob die Augenbrauen. Jeff blickte sie ausdruckslos an.

»Jeff, hör auf! Ich bin keine Trophäe, wie die Scheiß-Hirsche an der Wand!«

Jeff schwieg weiter und schaute sie an.

»Ich mag dich!«, stotterte Carmen, um die schreckliche Stille zu durchbrechen. »Aber doch nicht so, nicht auf diese Weise.« Sie zitterte plötzlich. Tränen standen ihr in den Augen und sie fürchtete, die Beziehung zu ihrem engen Freund zu gefährden.

»Carmen, wovon redest du?«, beschwichtigte Jeff sie und hielt sie beruhigend an den Schultern. »Ist dir noch nicht aufgefallen, dass ich auf dicke Titten stehe?« Er zwinkerte abwechselnd mit beiden Augen, um die Situation zu entschärfen. »Ich will nichts von dir! Wir sind doch nur Freunde – beste Freunde!« Ein versuchtes Lächeln huschte über sein Gesicht. »Beste Freunde?«, fragte sie unter einem leisen Schluchzen, während sie spürte, dass der ungewohnte Bourbon sie doch mehr beeinflusste, als sie dachte.

»Natürlich sind wir das. Mädchen, chill mal 'ne Runde.«

»Tut mir leid, Jeff.«

Tatsächlich begann Jeff schon bald darauf, mit einem anderen Mädchen auszugehen. Es wurde nichts Langfristiges, aber Carmen sah es als Beweis, dass er es nicht auf sie abgesehen hatte. Und darüber war sie sehr erleichtert. Aber das Gespenst fataler, jugendlicher Verliebtheitsverstrickungen sollte sie schon bald heimsuchen – an einem unerwarteten Ort.

Sonntäglicher Kirchenbesuch war in der Familie Chavez Pflicht. Carmen hatte zwar überhaupt keine Lust auf die vor infantilem Bibelglauben, Islamfeindlichkeit und Patriotismus strotzenden Messen, wusste aber, dass sie sich den Streit mit ihrer äußerst gläubigen Tante nicht leisten konnte.

Carmen hatte sogar Verständnis für die wichtige Rolle, die Tia Maria der Kirchgemeinde in ihrem Leben einräumte. Insbesondere bei Armut und Problemen in den Familien mit Gewalt, Drogen oder Alkohol waren die religiösen Institutionen oft die einzigen Anlaufstellen, während sich der Staat vornehm heraushielt.

Die Kirche war ein hochgezogener, großflächiger Bau mit weißem Putz, in dem jedes Wort ungeheuer lange widerhallte. Mit dem einfachen, sonntäglichen Messebesuch war es nicht getan. Schüler besuchten zusätzlich vor der Messe die mehrstündige Sonntagsschule, in der ihnen der Glaube, die rechte Lehre und das Fundament des christlichen Lebens nähergebracht wurden. Dort hatte Carmen eine gute Freundin gefunden, die das Gedöns des Priesters ebenso blödsinnig fand. Deborah, ein gewieftes Mädchen mit einem kurvenreichen Körperbau und den weißesten Zähnen, die die Welt je gesehen hatte.

»Und wenn ein Mann bei einem Mann liegt, wie man bei einer Frau liegt, so haben beide einen Gräuel verübt; sie sollen gewiss getötet werden, ihr Blut ist auf ihnen«, las Priester Lampard, der die Sonntagsschule leitete, gerade aus der Bibel vor, während die Schüler im Halbkreis auf hölzernen Stühlen vor ihm saßen.

Wie so oft thematisierten sie, was alles zu ewiger Verdammnis führte – heute die Homosexualität.

»So ein Rotz«, flüsterte Deborah Carmen zu, worauf diese ein lautes Kichern nicht unterdrückten konnte.

»Was ist denn so lustig?«, wollte Lampard mit ernsthaftem Ausdruck wissen.

»Ach, nichts. Erzählen Sie nur weiter«. Carmen rutschte auf ihrem Stuhl hin und her. Sie war nicht auf Streit mit den verbohrten Kirchenleuten aus.

Deborah war nicht so einfach zu besänftigen. »Sagen Sie mal, Herr Pfarrer: Was ist denn okay? Wenn ich so etwas mache?« Sie legte ihre Hand auf Carmens Oberschenkel.

Das Gesicht des Priesters errötete. »Und wie sieht es damit aus?« Sie legte ihren Arm um Carmens Nacken und blies ihr leicht ins Ohr, woraufhin diese ein Kichern nicht unterdrücken konnte.

»Hört sofort auf mit dem Blödsinn! Sonst werden eure Eltern davon erfahren!«, knurrte der Pfarrer.

»Ach, Mr. Lampard. Ich weiß gar nicht, was sie gegen all die Schwulitäten haben.«

»Es ist eine Sünde vor Gott. Natürlich habe ich etwas dagegen.«

»Jetzt kommen Sie. Wir alle wissen doch, warum Ministranten einen Mittelscheitel haben.«

Der Pfarrer blickte sie verständnislos an.

»Na, darum ...« Deborah ahmte einen Mann nach, der gerade oral befriedigt wurde und mit beiden Händen gleichmäßig über den Kopf zwischen seinen Schenkeln strich. »Oh ja, Kleiner. Das gefällt mir.«

Carmen prustete vor Lachen laut los und auch die anderen Sonntagsschüler konnten sich nur schwer zurückhalten. So eine Frechheit hatte bisher noch niemand beim alten Lampard gewagt.

»Sofort raus mit dir! Das wird Konsequenzen haben!« Er stand auf, riss Deborah unsanft am Arm vom Stuhl und beförderte sie mit einem Stoß aus dem Zimmer.

»Und du ...«, er zeigte auf Carmen. »Du kannst gleich mit verschwinden!«

»Was?«, fragte sie ungläubig. »Ich habe doch gar nichts getan!«

Doch das rot angelaufene Gesicht des Pfarrers verriet ihr, dass diskutieren sinnlos war. »Ok, dann geh ich mal schauen, was ich noch so von der lieben Deborah lernen kann«, sagte sie und stapfte mit strammem Schritt zu ihrer Freundin auf den Flur.

»Oh Mann. Das wird Ärger geben«, meinte diese und verzog die Mundwinkel.

»Das kannst du aber laut sagen. Was machen wir denn jetzt?«

»Lass uns ein wenig in die Turnhalle gehen.«

Das klang gut. Die Kirche hatte neben der stets gut besuchten Cafeteria auch eine kleine Turnhalle, wo nach den Messen Basketball gespielt wurde. Dort war jetzt niemand zu erwarten, denn der Gottesdienst startete erst in rund einer Stunde und die anderen Kids waren in der Sonntagsschule, aus der sie gerade rausgeflogen waren. In der Sporthalle konnten sie sich die Zeit vertreiben, ein paar Körbe werfen und darauf warten, dass ihre Eltern auftauchten.

Die Standpauke würde wohl erst nach der Messe geschehen, denn zwischen Sonntagsschule und Gottesdienst lagen nur wenige Minuten – zu wenig Zeit für Priester Lampard, um sie zu verpetzen. Dann musste sich Carmen allerdings auf ein echtes Donnerwetter gefasst machen, denn wenn es um die Kirche ging, verstand Tia Maria keinen Spaß. Carmen fröstelte es – vor allem auch beim Gedanken an Angels mögliche Reaktion.

Sie machten sich auf den Weg. Plötzlich öffnete sich hinter ihnen die Tür, durch die sie soeben nach draußen befördert worden waren, und schlug laut gegen die Wand. »Wartet sofort, ihr beiden!«, rief der Priester, dessen Wut in der Zwischenzeit noch einmal angewachsen war. Offensichtlich war er zur Erkenntnis gelangt, dass die beiden Gören mit ihrem Rauswurf deutlich zu gut aus der Sache rausgekommen waren.

»Renn!«, rief Deborah mit einem schiefen Lachen und lief, so schnell sie konnte, vor dem Gottesmann davon. Carmen wusste nicht genau, wieso sie vor dem knorrigen, alten Pfaffen flohen – was sollte der ihnen schon tun? –, doch auch sie nahm die Beine in die Hand und rannte ihrer Freundin nach.

Sie eilten über die nach Weihrauch duftenden Flure mit den bordeauxroten Teppichen, vorbei an den mit Ornamenten verzierten Fenstern. Immer wieder schlugen sie in dem weitläufigen Kirchenareal andere Wege ein, liefen durch den verlassenen Chorraum und am Tabernakel vorbei. Anfangs hörten sie hinter sich noch den schwer atmenden und zornig rufenden Priester, der die fixe Idee verfolgte, die Mädchen einzufangen.

»Bleibt sofort stehen! Ich befehle es euch!«

Doch schon bald hatten sie ihn abgehängt. Er war zu langsam und die schweren Teppiche hatten ihre Schritte verschluckt, sodass es schwierig war, ihnen zu folgen.

»Schnell, hier rein«, flüsterte Deborah, als sie vor der Turnhalle standen. Sie öffnete leise die Stahlrahmentür zur kleinen Sportstätte, die nach altem Schweiß roch.

Als sie drinnen waren, meinte Carmen: »Das war keine gute Idee. Hier erwischt er uns sicherlich. Es gibt keinen anderen Weg raus als durch die Haupttür.«

»Wir verstecken uns einfach da.« Deborah zeigte auf eine kleine Einbuchtung in der Wand, in der einige wenige Turngeräte eingelagert waren.

Sie schlüpften in die kleine Nische und krochen auf die weichen, dünnen Turnmatten. Dann schlossen sie das hochfahrbare Rolltor, wodurch sie sich in schummriger Dunkelheit befanden, nur vom Licht eines schmalen Fensters im oberen Bereich des Raumes beleuchtet.

Die beiden Mädchen schauten sich an und lachten leise, um keine ungewünschte Aufmerksamkeit zu erregen.

»Was für eine Flucht. Mein Herz schlägt wie wild«, sagte Carmen.

»Aber echt. Dieser Lampard ist aber auch so was von idiotisch.«

»Ja, aber das war auch ganz schön heftig«, sagte Carmen.

»Ich konnte mich einfach nicht mehr zurückhalten«, entgegnete Deborah. »Bla bla ... Gräuel verübt; sie sollen getötet werden«, äffte sie den Pfarrer nach.

»Diese Christen sind echt noch schlimmer als die Hinterwäldler in der Schule.«

»Ja, echt. Mir doch egal, wen andere lieben und mit wem sie ficken. Und dann lassen die sich ihren Quark auch noch von jahrtausendalten Büchern bestätigen.«

Beide saßen sich nun im Schneidersitz gegenüber. Carmen spürte eine große Vertrautheit und bewunderte ihre Freundin für ihren Mut aufzubegehren. Und noch etwas fühlte sie. Eine neue Form der Verbindung und ein Verlangen, das sie zuvor so noch nicht gekannt hatte.

»Das klingt jetzt vielleicht ganz komisch, aber es gibt noch einen anderen Grund, wieso ich ... Es hat mich auch persönlich beleidigt, weil ...«, begann Deborah stotternd zu sprechen, nachdem sie sich für einen Moment schweigend gegenübergesessen waren. Doch sie sprach nicht weiter. Sie setzte sich einfach noch ein wenig näher zu Carmen, schaute sie innig an und nahm ihre Hand.

»Meinst du etwa ... Bist du ...« Carmens Herz hatte bei den ungeordneten Gedanken, die gerade durch ihren Kopf flitzten, Feuer gefangen. »... weil ...«

Dann küssten sie sich. Deborahs große, weiche Lippen fühlten sich unsagbar gut an, ihr Mund schmeckte nach süßem Karamell. Das Wissen darüber, etwas Verbotenes an einem unerlaubten Ort zu tun, steigerte ihre Lust. Aus einem unschuldigen Kuss wurde mehr. Deborah drückte Carmen liebevoll nach hinten, sodass sie mit dem Rücken auf der blauen Matte lag.

»Warte! Was ist, wenn ...«, protestierte Carmen zaghaft.

Doch Deborah legte sich auf sie und küsste sie. Carmens Blick verschwamm, sie spürte ihr Herz klopfen und auch Deborahs. Und sie hörte ein lautes Wummern ... Moment, ein lautes Wummern?

Als die Tür mit einem kräftigen Ruck nach oben gezogen wurde, wurde es in dem kleinen Raum hell. Die Mädchen schrien und ließen voneinander ab, als Pfarrer Lampard seinen knorrigen Kopf in die Nische steckte.

»Um Gottes willen!«, rief er. »Kommt da sofort raus, ihr sündigen Geschöpfe!«

Der Priester tat ihnen nicht den Gefallen, sich zurückzuziehen, sondern schlug Kreuze zu Gott und betete, dass dieser den jungen Frauen ihre Sünden vergeben möge.

»Du kannst noch hierbleiben bis zu deiner Abschlussfeier – am nächsten Tag fliegst du raus!«

Carmen hatte Tia Maria noch nie so wütend und enttäuscht erlebt. Die Geschehnisse in der Kirche stellten den endgültigen Bruch in ihrer Beziehung dar. Carmen war sich nicht sicher, ob sie oder ihre Tante sich mehr für die Ereignisse schämte. Pfarrer Lampard tischte seine Entdeckung jedenfalls brühwarm und ausgeschmückt der ganzen Kirchgemeinde auf und führte sie als Beweis dafür ins Feld, dass der Teufel auch die vermeintlich unschuldigen Seelen junger Mädchen verführte.

Carmen fürchtete sich vor Angel, doch der schien seit den Geschehnissen in der Kirche von ihr angeekelt, mied sie und hatte offensichtlich beschlossen, sie bis zu ihrem Auszug schlicht zu ignorieren.

Carmen verbrachte die Zeit zuhause beinahe ausschließlich vor dem Computer, programmierte und unterhielt sich auf 4chan. Tia Maria nannte ihre Stieftochter inzwischen nur noch »Zombie« oder »Kellerassel« und beschwerte sich darüber, dass sie in ihrem kargen Haushalt nur schmarotze. Für Carmen war die ganze Affäre um sie und Deborah nicht nur genierlich, sondern auch äußerst schmerzvoll. Denn Deborahs Eltern waren seit dem Tag in der Kirchgemeinde nicht mehr gesehen worden. Carmen versuchte mehrmals, ihre Freundin per SMS zu erreichen. Sie hörte nie mehr etwas von ihr. In der Schule hatte sich die Geschichte natürlich auch verbreitet. Zum Glück war da jemand, der bedingungslos hinter ihr stand und mit dem sie reden konnte – wenn auch nicht ohne ironische Bemerkungen.

»Ach, lesbisch? Ich habe mich schon gewundert, warum du die Einzige bist, die nicht auf mich steht«, sagte Jeff, als sie ihm die Geschichte in der Cafeteria der Schule detailliert erzählte.

»Bitte, Jeff. Lass mich mit den blöden Sprüchen in Ruhe. Ich habe ganz andere Probleme. Meine Tante wirft mich in wenigen Wochen raus und ich habe keine Ahnung, was ich dann tun soll.«

»Du hast keine Ahnung, was du tun sollst? Du kannst programmieren wie eine Göttin. Was glaubst du, wie sich die Firmen da draußen die Finger nach einer wie dir lecken, die Websites und Sicherheitssysteme und all das Zeug programmieren kann?«

»Mhm.« Sie antwortete mit einem schiefen Lächeln und einem Schulterzucken. Jeff hatte nicht unrecht, doch die

Aussicht auf eine Stelle als kleines Licht in einer IT-Firma fand sie nicht gerade prickelnd. »Ohne College-Abschluss bringt mir das Wissen nichts. Ich finde keinen guten Job, nur weil ich ein paar Highschool-Kurse besucht habe und weiß, wie man eine Schleife programmiert. Und fürs College fehlt mir das Geld.«

»Ja, das Problem kenne ich«, sagte Jeff und steckte sich mehrere pampige Pommes in den Mund. »Ich hatte ja auch auf ein Stipendium fürs Basketballspielen gehofft, aber das war leider nichts. Zu klein, zu oft verletzt.«

»Ja, du bist benachteiligt«, sagte Carmen mit einem neckischen Blick.

»Jedenfalls bin ich mir sicher, dass du es auch ohne College-Abschluss weit bringst, Carmen. Aber für meine Ausbildung ist kein müder Cent da. Trotzdem meint meine Mutter, dass ich ausziehen muss.«

Es folgte eine kurze Pause, dann fuhr er fort: »Wären wir doch keine so armen Schlucker. Dann könnten wir zusammenziehen und uns die Kosten teilen ... Vielleicht melde ich mich doch beim Militär. Wenigstens nehmen die jeden.« Carmen stockte der Atem. Sie wollte auf keinen Fall, dass Jeff an den Kriegen im Irak oder Afghanistan teilnahm. Denn von diesen Fronten kehrten regelmäßig traumatisierte Soldaten in ihre Gemeinde zurück. Keiner von ihnen war wiederzuerkennen. Der Gedanke hingegen, mit ihrem besten Freund zusammenzuwohnen, gefiel ihr. Aber wie sollten sie das anstellen?

»Wegen der Kohle lassen wir uns davon nicht abbringen«, sagte sie und begann zu überlegen.

Zwei Tage später hatte sie die Lösung.

In den letzten Monaten hatte sich ein großer Online-Poker-Hype international verbreitet. Carmen nahm diese neu entstandene Gemeinschaft von Glücksrittern genauer unter die Lupe – mit Online-Communitys kannte sie sich aus. »Das sind alles Weihnachtsgänse, die sich willig ausnehmen lassen«, flüsterte sie voller Erstaunen vor sich hin, als sie mehrere Nächte damit zugebracht hatte, die Online-Spieltische und das Verhalten der Spieler genauer zu beobachten. Die Mathematik dahinter war nicht besonders schwierig – einfache Wahrscheinlichkeitsrechnung. Schon nach wenigen Tagen begann sie, die Spieler auf ihrem Screen in Farbe zu sehen.

Rot: Sie gewinnt ziemlich sicher.
Violett: Sie gewinnt vielleicht.
Blau: Sie verliert.

Sie konnte mit Farbcodes, die in ihrem Kopf existierten, Poker spielen und mit großer Sicherheit gewinnen. Nachdem sie sich einen halben Tag mit den Pokerregeln und den Gewinnwahrscheinlichkeiten der einzelnen Blätter auseinandergesetzt hatte, verlor sie nur noch jede zehnte Hand.

Zusätzlich nutzte sie ihre IT-Kenntnisse und griff auf Malware und Viren zu, die sich die Pokerspieler auf Pornoseiten eingehandelt hatten. So konnte sie auf zahlreiche Webcams, Mikrofone und Bildschirme ihrer Gegenspieler zugreifen. Es war fast zu leicht. In nur drei Monaten und pünktlich zu ihrer Abschlussfeier hatte sie mehrere Zehntausend Dollar gewonnen – genug, um ein gemeinsames Zuhause für sie und Jeff zu mieten und bei Tia Maria auszuziehen.

Das gemeinsame Häuschen war ein Traum. Zentral und bescheiden, doch für ihre Bedürfnisse mehr als ausreichend. Es hatte eine weiße Veranda, war von einem Maschendrahtzaun umgeben und in dem kleinen Garten hatten sie einen runden, mobilen Occasion-Pool aufgestellt – eine Unerlässlichkeit in den heißen Sommermonaten Kentuckys. Die Innenräume legten sie mit weißem, langhaarigem Teppich aus. Im Erdgeschoss hatten sie jeweils ein Schlafzimmer und eine kleine Küche, in der sie oft zusammensaßen. Im geräumigen Keller standen eine Waschmaschine und ein kleines Entertainmentsystem mit TV und Musikanlage.

Als Carmen ihre wenigen Habseligkeiten in braunen Kartons in das Haus schleppte, lachte Jeff sie an: »Wer hätte gedacht, dass das wirklich klappt? Schade, dass wir uns kaum sehen werden, schließlich musst du ja immer am PC sitzen und Kohle verdienen.« Er lachte. »Aber keine Sorge, ich mache dafür den Abwasch.«

Doch der witzig gemeinte Kommentar grub sich in Carmens Seele. Jeff hatte recht. Sollte sie ein Leben lang Poker spielen? Klar, das war lukrativ, aber kostete auch viel Zeit. Na ja, vielleicht nur bis zu einem gewissen Betrag. Wie viel Geld brauchte man eigentlich zum Leben?

Carmens Tage verliefen von nun an surreal. Sie erwachte meist gegen halb zehn und ging als Erstes ins Bad. Dann holte sie sich einen starken Tee und begann

Poker zu spielen. Über einen Tag gesehen war sie nie im Minus, und so wuchs ihr Vermögen auf eine ansehnliche Summe an. Aber es war zweckgebunden. Sie leistete sich damit keine schönen Abende oder freie Wochenenden, sondern musste genug Cash auf ihrem Spielerkonto haben, um im richtigen Moment den »Fisch am Tisch« abzuziehen – also diejenige Person, die offensichtlich nur hier war, um ihr Geld an die Profis zu verlieren.

Spaß machte das keinen. Sollte sie den Rest ihres Lebens darauf verwenden, Highschool-Kids und gelangweilte Singles in Unterhosen beim Pokern abzuziehen? Sie spielte bereits mit dem Gedanken, den Stack einzulösen und sich für eine gewisse Zeit anderen Dingen zuzuwenden. Diese Entscheidung wurde ihr abgenommen, denn die amerikanische Regierung hatte Wind davon bekommen, dass man auf Online-Pokerbörsen wunderbar Geld waschen konnte. Und so saß Carmen eines Abends an ihrem Computer, loggte sich ein, aber statt der vertrauten Nutzeroberfläche mit dem grünen Tisch in der Mitte las sie nur eine Mitteilung in roter Schrift auf schwarzem Grund:

Diese Website wurde aufgrund eines Beschlusses eines US-Bezirksgerichts beschlagnahmt. Eine Jury hat mehrere Personen und Organisationen angeklagt, die angeblich am Betrieb dieser Websites beteiligt waren, und sie wegen der folgenden Bundesverbrechen angeklagt.

Es folgte eine lange Auflistung von Schwarzgeld- und Geldwäschegesetzen.

Ihr Konto war gesperrt.

Der Stack gelöscht.

Das Geld weg.

»Das können die nicht machen, verdammt! Wir müssen uns einen Anwalt holen!« Jeff war völlig aufgelöst.

»Ich kann nicht das FBI verklagen, Jeff«, antwortete Carmen mit müdem Blick.

»Du hast das Geld ehrlich verdient.« Jeff schlug mit der Faust auf die Tischplatte, an der sie in ihrer Küche saßen. »Ich habe recherchiert und wir haben nicht den Hauch einer Chance. Das Geld ist weg. Der ganze Stack mit über dreihunderttausend Dollar.«

»Oh mein Gott!« Jeff schlug die Hände vors Gesicht. Er hatte nie wirklich gewusst, mit welchen Beträgen Carmen spielte – nur dass es problemlos für die gemeinsame Miete gereicht hatte.

Jeff war schon länger auf der Suche nach einer geregelten Arbeit, aber die Aussichten waren nicht rosig, seit die Auswirkungen des Börsencrashs im Herbst 2008 über den Mittleren Osten der USA hereingebrochen waren. Schon vorher waren Industriebetriebe massenhaft aus den Vereinigten Staaten in Billiglohnländer, vor allem nach China, abgewandert. Während dieser Verlust an den reichen, progressiven US-Küsten spurlos vorbeiging, traf er die »Flyover States« wie Kentucky mit ganzer Wucht. Die Folgen vernachlässigter Investitionen in Bildung und Infrastruktur entfalteten jetzt ihre volle Wirkung. Unterstützung von staatlicher Seite für die sozial Schwachen war nicht zu erwarten. Öffentliche Gelder wurden nun in bisher unbekannten Dimensionen dafür verwendet, Banken und andere, systemrelevante Institutionen zu stützen oder vor dem Untergang zu retten. Und natürlich weiterhin, um Kriege zu finanzieren.

»Was sollen wir jetzt tun? Wie lange reichen unsere Ersparnisse?«, fragte Jeff.

»Ein halbes, vielleicht ein ganzes Jahr.«

Er stand auf und begann im Kreis zu laufen. »Die da oben. Die besitzen alles Geld. Sie lassen uns vielleicht mal damit spielen, aber sie können es uns einfach jederzeit wegnehmen. Sie ändern die Regeln, wie es ihnen gefällt. Könnten wir doch unser eigenes Geld machen.« Eine Pause entstand.

»Was sagst du da?«, fragte Carmen und kniff die Augenbrauen zusammen.

»Dass sie es uns einfach wegnehmen können. Wir können das Geld vielleicht mal nutzen, aber gehören tut es immer der Regierung. Den Mächtigen.«

»Jeff … du hast recht … Ich glaube … Wir müssten … Wenn …« Die Worte fehlten ihr, während Puzzleteile ineinandergriffen. Sie stand auf und ging ohne weiteren Kommentar in ihr Zimmer. Dort angekommen öffnete sie ein Chatfenster und gesellte sich zu ihren digitalen Kumpels in einem Entwickler-Forum. Echte Nerds.

Einloggen. Ah, Hal Finney. Guter Nutzer. Der kannte sich aus.

»habe idee … brauche challenge beim ersten entwurf«

»Um was geht's?«

»neues geld-system. kryptografie.«

»Neues Geldsystem? Etwas größenwahnsinnig heute? Was du brauchst, ist ein Verschlüsselungssystem.«

»genau. digitale signaturen und ein dezentralisierter ledger. Keine unabhängige drittinstanz. anonyme transaktionen. schürfen mit minern.«

»Wow! Dürfte schwierig werden. Bin dabei.«

Sie stellte über Nacht ihr erstes Team zusammen, das eine Revolution vorantreiben sollte. Sechzehn Stunden ohne Unterbrechung saß sie an ihrem Computer, diskutierte, tüftelte und schrieb. Als sie fertig war, kam sie zurück an den Esstisch, wo Jeff gerade eine Apfelsine aß. Carmen las vor:

Eine reine Peer-to-Peer-Version von elektronischem Bargeld würde es ermöglichen, Online-Zahlungen direkt von einer Partei an eine andere zu senden, ohne eine Finanzinstitution dazwischen. Digitale Signaturen sind ein Teil der Lösung, aber der wichtigste Aspekt von solchen Online-Zahlungen ist, dass kein vertrauenswürdiger Dritter erforderlich ist, der finanziert werden muss. Das Netzwerk stempelt Transaktionen als fortlaufende Kette von Hash-basierten Arbeitsnachweisen. Diese bilden einen Datensatz, der nicht ohne Wiederholung geändert werden kann.

»Na, was meinst du dazu, Jeff? Das wird das White Paper«, sagte sie mit leuchtenden Augen.

»Ich habe kein Wort davon verstanden«, gestand er, während ihm etwas Apfelsinensaft über das Kinn rann.

»Siehst du es nicht, Jeff? Ein neues Geldsystem, nicht zentralisiert, sondern dezentral, auf tausenden Computern gesichert. Verstehst du nicht, was das bedeutet?«

»Äh, nein?« Sie setzte sich vor ihn hin, die Stuhllehne vor der Brust. »Kannst du dich noch an die Geschichte mit dieser Jill erinnern? Als wir uns kennenlernten?«

»Natürlich.«

»Ich habe damals von dir gelernt, dass man Verbündete braucht, wenn man gegen ein unfaires Umfeld kämpfen muss. Und das werde ich nun auch mit meiner eigenen Währung machen. Ich erfinde eine Währung, die auf der Zustimmung der Mehrheit, der Teilnehmer an der Datenbank, basiert. Spieltheorie. Mathematik.«

»Mhm?« Er hob eine Augenbraue.

»Die Leute, die das Netzwerk beschützen, werden immer mehr Computerpower in das System stecken als einzelne Angreifer. Es ist im Interesse jedes Teilnehmers. Je mehr Leute daran glauben und es unterstützen, desto sicherer wird es – und damit umso wertvoller.«

»Bitte Carmen, brich das jetzt mal für mich Normalo herunter. Stell dir vor, ich bin ein kleines Kind.« Er grinste schief.

»Jeff, du hast es doch selbst gesagt. Wir hatten nie eine Chance! Schau uns an. Haben wir jemals die Regeln gebrochen? Ich habe das Spiel gespielt und gewonnen. Aber dann kamen mächtige Leute und haben uns einfach alles weggenommen – weil es ihnen immer schon gehört hat.«

»Ja, genau. Darum funktioniert deren Geld, Carmen. Weil sie die Mächtigen sind. Wir sind pleite und haben nichts zu sagen. Warum sollte jemand unsere Währung wollen.«

»Weil es die Währung von allen sein wird, Jeff. Die Mächtigen sind verletzlich, weil sie einsam an der Spitze sind.« Sie stand auf und blickte aus dem Fenster. Es hatte zu regnen begonnen. »Natürlich wird ihr Geld scheitern. Immer wieder. Aber es ist egal. Sie besitzen die Häuser, die Unternehmen, die Aktien. Sie haben das Sagen in der Politik. Wenn sie abstürzen, zahlen wir die Zeche.«

Die Scheiben des Fensters blitzten auf und nur einen Augenblick später ertönte lautes Donnergrollen. Verdammt naher Einschlag. »Aber nicht nächstes Mal, Jeff. Nächstes Mal werden wir eine Wahl haben. Eine eigene Währung. Gespeichert auf Millionen Computern auf der ganzen Welt. Das vertrauenswürdigste System aller Zeiten, in dem sich die Menschen direkt miteinander verbinden, ohne mächtigen Mittelsmann. Ich werde den Genesis-Block schaffen, und sobald die erste Version der Datenbank veröffentlicht wird, schöpft das System in einem festen Zeitrahmen Bitcoins. Ich lasse sie immer knapper werden und schwerer zu schürfen. Das ist der Kern des Ganzen. Es wird einundzwanzig Millionen Bitcoins geben und nicht einen mehr.«

»Können wir das Thema wechseln, Carmen?«, fragte Jeff leicht genervt. »Ich bin da echt nicht so tief drin.«

»Dass man euch auch immer alles in Worten erklären muss.«

Carmen versuchte Jeff noch wochenlang zu überzeugen. Doch er blieb taub für ihre Worte. Und so entstand zwischen ihnen über die Monate eine Distanz des Nicht-Verstehens, das sich in ein Desinteresse zueinander wandelte. Die Rollen zwischen ihnen waren nun vertauscht. Jeff war es, der mit seinem unregelmäßigen Gehalt ihr Auskommen sicherte – und das fraß ein Loch in seine Seele. So steigerten sich die Spannungen bis zu dem Abend, als Jeff zusammen mit Tina seine jahrelange Freundin aus ihrem gemeinsamen Apartment warf. Carmen entschied sich noch am selben Abend für eine schnelle Flucht.

Sie hat wahrlich Besseres zu tun, als sich mit den beiden Holzköpfen um ein paar Kröten zu streiten. Hilfe findet sie bei ihrer Cousine Raven, die ihr Obdach und ein kleines Zimmer für zweihundert Dollar pro Monat anbietet. Carmen programmiert weiter an der Entwicklung des Bitcoins. Anfangs ist sie die treibende Kraft, doch die Vision verfängt, die Community wächst, und inzwischen arbeiten so viele brillante Köpfe an dem Projekt, dass Carmen Teil eines virtuellen Teams ist. Täglich entwickeln sie die Blockchain, wie die Technologie hinter dem Bitcoin jetzt heißt, weiter, und die Entwickler testen sie gegen ihre besten Hacker-Angriffe. Je länger sie daran arbeiten, desto sicherer ist Carmen, dass ihr Plan aufgehen wird.

Aber vorher geht ihr das Geld aus – paradoxerweise genau in dem Moment, als sie täglich Unmengen an Bitcoins verdient, nur weil sie ihren Laptop und einen kleinen, gebrauchten Server laufen lässt. Die Leistung der beiden Rechner wird am nächsten Tag durch neu geschöpfte Bitcoins belohnt. Mit den letzten fünfzig Dollar in der Tasche gesteht sie ihrer Cousine, dass sie für die nächste Miete nicht mehr würde aufkommen können. »Kann ich dich nicht in unserer Währung bezahlen? Ich bin mir sicher, dass die in Zukunft viel mehr wert sein wird. Ich gebe dir pro Monat fünfzig Bitcoins. Wäre das möglich?« Doch Raven will echtes Geld sehen und kein erfundenes. Inzwischen hat Carmen über siebenhunderttausend Bitcoin mit ihren Computern geschöpft und es gibt nun erste Möglichkeiten, diese in Dollars einzutauschen, jedoch erhält sie pro Bitcoin gerade mal zehn Cent: siebzigtausend Dollar … Sie braucht das Geld eigentlich, doch der Preis ist absurd. Sie ist sich sicher, dass der Wert deutlich steigen wird, und ist nicht bereit, ihre Bitcoins zu diesem Spottpreis einzutauschen.

Sie landet auf der Straße. Glücklicherweise kommt sie in einem Abstellraum einer Kirche unter. Sie ist wütend auf ein System, das das Wunder der Zahlen missbraucht, und auf die Leute, die einfach nicht sehen wollen, dass es jetzt eine Alternative gibt. Und genau dann – am Ende des Jahres 2010 – greift ein Held dieses System an. Ein Held mit schütterem weißem Haar, zwei Vergewaltigungsanklagen im Gepäck und so gut wie allen westlichen Geheimdiensten an den Fersen. Julian Assange, Chef des Whistleblower-Portals Wikileaks. Carmen kennt ihn bereits von 4chan. Ab 2010 jedoch definiert Wikileaks digitales Whistleblowing neu. Rund zweihundertfünfzigtausend interne Depeschen mit Berichten und Lagebeurteilungen von US-Botschaften werden umfassend veröffentlicht, begleitet von renommierten Zeitungsredaktionen, die das Material journalistisch aufbereiten. Für einen kurzen Moment hebt sich der Vorhang, hinter dem sich die Politik verbirgt, und erlaubt einen Einblick in das Innere der Macht. Der französische Präsident Nicolas Sarkozy ist nach amerikanischer Leseart »ein Kaiser ohne Kleider«, Robert Mugabe ein »Teufel« und Recep Tayyip Erdoğan ein »machtgieriger Islamist«.

Wenig später kommen weitere, noch schlimmere Enthüllungen über die Plattform an die Öffentlichkeit. Grausame Kriegsverbrechen im Irak und in Afghanistan, mit Videos, in denen Zivilisten und Journalisten zum Spaß durch Drohnen ermordet werden. Die Affäre ist ein Desaster für die US-Politik. Doch diese schlägt unbarmherzig zurück. Wikileaks wird von allen Finanzierungsquellen abgeschnitten. Visa, Mastercard, American Express und PayPal sowie alle relevanten Banken werden unter Druck gesetzt, sodass sie die Whistleblower-Plattform nicht mehr mit Spenden beliefern – eine lebensbedrohende Situation.

Carmen sieht den perfekten Moment gekommen, um den Bitcoin zu portieren. Unter verschiedenen Pseudonymen ist sie nun Tag und Nacht auf Chats und in Foren unterwegs und fordert die Wikileaks-Unterstützer auf, ihre Spenden in Bitcoin vorzunehmen. Die Community folgt ihr bereitwillig, nachdem Wikileaks einen Public-Key veröffentlicht, über den Spenden in der Kryptowährung getätigt werden können. Carmen sieht, wie sich ihr Vermögen, das sich fast ausschließlich aus einer großen Menge Bitcoin und einem Laptop zusammensetzt, innerhalb von Tagen vervielfacht. Der Wert eines Bitcoins steigt rasant von zehn auf etwa fünfundzwanzig Cent. Auch 4chan und andere Communitys, die für die Freiheit von Information kämpfen, solidarisieren sich mit Wikileaks. Sie rufen zum digitalen, anonymen Widerstand auf, Operation Payback.

Dann tritt Anonymous auf den Plan, eine lose Gruppe von Internetaktivisten. Für sie ist dies ein heiliger Krieg. Sie haben schon vorher vereinzelte Cyber-Angriffe auf unliebsame Unternehmen verübt. Nun sind sie von einem neuen Furor getrieben. Rechner, die bereits seit Jahren mit Schadsoftware über Porno-Seiten und Spam-Mails infiziert sind, formen sie zu Bot-Netzen, nutzen also deren Rechenpower, um die Websites von Unternehmen wie VISA, Mastercard und PayPal zum Absturz zu bringen, als Strafe für deren Kooperation gegen Julian Assange. Anonymous veröffentlicht ihre Motive über anonyme Videos im Internet und erhält erstmals breite öffentliche Aufmerksamkeit.

Carmen sitzt vor ihrem Computer in ihrer kleinen Koje und beteiligt sich an den Angriffen von Anonymous gegen die Institutionen. Sie ist sich bewusst, dass sie Gesetze bricht, doch wie sollte sie erwischt werden? Niemand kennt sich mit Cybersicherheit besser aus als sie.

Bis zu einem Tag im März 2011, als Carmen gerade wieder eine Online-Diskussion über die Weiterentwicklung des Bitcoins führt.

Sie blickt aus dem kleinen Fenster ihres Zimmers und

sieht vier FBI-Agenten geduckt auf das Kirchengelände zulaufen, in dem sie aktuell wohnt. Zuerst denkt sie, dass sie auf der Suche nach jemand anderem sind, doch nur Sekunden später stehen sie vor ihrem Zimmer und hämmern an die Tür. Ihre aktuelle Chat-Meldung, in der sie gerade als Satoshi chattete, kann sie gerade noch um ein fröhliches »Ich werde mich jetzt anderen Dingen zuwenden« ergänzen. Dann treten die Agenten die Tür ein.

»Auf den Boden, sofort!«, schreit der vorderste laut.

Carmen dreht sich langsam in ihrem Stuhl um und hebt die Hände. »Was wollen Sie? Ich habe nichts getan«, stammelt sie.

»Ruhe! Kein Wort mehr«, brüllt der stämmige, als zweites eingetretene Mann. Er packt sie an den Schultern, wirft sie bäuchlings über ihr Pult und verdreht ihr den rechten Arm auf den Rücken.

»Aua! Lass mich los!«, schreit Carmen.

»Halt mal die Handschellen. Ihre Handgelenke sind zu winzig, um reinzupassen. Gib mir die Kabelbinder«, ruft ihr Peiniger unbeirrt und fixiert die Frau mit seinem ganzen Gewicht. »So, extra eng geschnürt«, ergänzt er, als er sie endlich gefesselt hat. »Jetzt wird dir eine Lektion erteilt.«

Carmen versucht instinktiv, sich zu wehren, zappelt mit den Armen und schreit: »Nein! Nein! Lasst mich!« Doch die Fesseln um ihre Arme werden dadurch nur noch fester. Wie unnachgiebige Schraubstöcke.

»Vergiss nicht, ihr die Rechte vorzulesen«, sagt ein weiterer Agent, der am Türpfosten lehnt und das Geschehen lächelnd beobachtet.

Während Carmen hört, dass sie das Recht hat zu

schweigen und sich einen Anwalt zu nehmen, rinnt ihr Schweiß von der Stirn, vor Schmerz und Erniedrigung. Alles fühlt sich schwarz an.

Die FBI-Agenten führen sie zu einem gepanzerten Fahrzeug und setzen sie streng bewacht auf einen der hinteren Sitze.

»*Wie haben die mich nur gefunden? Wie haben sie meine Identität geknackt?*«, fragt sich Carmen, während sich der Wagen in Bewegung setzt. Sie hat sich doch perfekt abgesichert. VPN, Verschlüsselung, Firewalls.

»*Es muss über die Hardware geschehen sein*«, denkt sie und blickt mit zusammengebissenen Lippen aus dem Fenster, während der Wagen aus dem Kirchenareal fährt. Ihr Gehirn rattert weiter. »Haben sie Funkmasten, Kopfstationen und Serverknoten überwacht? Aber auch dann ist das Netz noch zu dezentral, um die Informationen einfach so zusammenzusetzen«. Sie kennt sich doch aus. Wie konnte das nur geschehen?

»Es sei denn ...«, durchfährt sie ein Gedanke. »Es sei denn, das ganze System ist korrupt und sie können in alles reinschauen. In jeden PC, jedes internetfähige Gerät. Absolute und totale Überwachung und Kontrolle.«

Ihr Atem stockt. »*Nein, das kann nicht sein. Dann wäre alles manipuliert und das gesamte System totalitär. Nein, der Fehler muss bei mir liegen*«, denkt Carmen, während Satoshi Nakamoto spurlos verschwindet.

18. SEPTEMBER 2033

Das Wesen vom Krypto-Valley

Zürich stinkt nicht. Zürich riecht nach frischem Seewasser, Zitronen-Putzmittel und Neuwagen und nicht nach Urin, Abfall oder Schweröl wie so manch andere Großstadt. Und auch nach dem größten Stadtfest folgt direkt auf den letzten Party-Karren die Putz-Equipe mit ihren Besen und Reinigungsmobilen. Wolf Kress fiel diese Reinlichkeit und Pingeligkeit immer wieder auf, wenn er die Stadt im Herzen der Schweiz besuchte. So war es auch dieses Mal, als er aus London kam und in ein frisch gewaschenes, von einem Chauffeur gefahrenes Limousinen-Flugtaxi stieg und zu seinem Luxushotel direkt gegenüber dem Zürcher Hauptbahnhof flog.

»Innenstadt, schnell«, raunte er dem Fahrer zu und schaute auf sein Mobile.

»Natürlich«, antwortete der Fahrer pflichtbewusst, verstaute Wolfs Koffer im Flugtaxi und startete den Flug. Weitere Konversation war überflüssig. Der Fahrer wusste bereits, wohin es ging, und hatte wohl schon seit Stunden auf ihn gewartet. Einen Gast dieser internationalen Güte flog er schließlich nicht jeden Tag.

Wolf blickte aus dem Fenster und dachte an seine Frau. Mittlerweile hatten sie seit drei (oder waren es vier?) Tagen nicht mehr miteinander gesprochen. Nur vereinzelte Nachrichten tauschten sie aus. Doch das war ganz okay so für beide. Nicht dass sie sich nicht mochten, doch beide hatten nun mal Jobs und Verpflichtungen, die sie bis ans Limit forderten. Da blieb nicht viel Zeit für Zweisamkeit, außer wenn einer von ihnen einen repräsentativen Ehepartner für Empfänge und Galas benötigte. Und repräsentativ war seine Frau Claudine allemal – ein gutes Set-up, wie sie es nannte.

Er vermisste die Intimität nicht. Nur manchmal, wenn er wieder abends alleine in einem Hotel durch das belanglose TV-Programm schaltete, kam ihm der Gedanke, dass er sich als junger Mann eigentlich Kinder gewünscht hatte. Doch seine Frau hatte auf ihre Karriere bestanden, und natürlich hatte auch er nicht zurückstecken wollen. Und so war aus ihm ein internationaler Top Shot geworden und keiner dieser bedeutungslosen Papas, die er gerade auf einem der Spielplätze unter sich sah. Und doch: Manchmal formte der Gedanke an die zwei Söhne seines Bruders einen Kloß in seinem Hals. Dann dachte er daran, dass er als Mann ja auch später noch die Möglichkeit hätte, ein Kind zu zeugen, dafür jedoch …

»Waren Sie schon mal hier?«, unterbrach der Taxifahrer Wolfs Gedanken, offensichtlich bemüht, mit seinem bekannten Fahrgast ins Gespräch zu kommen. Wolf bügelte ihn mit einem »Mhm« ab.

Lieber als mit dem Chauffeur zu quatschen, schaute er aus dem Flugtaxi nach unten auf die manierlichen Dächer Zürichs. Er mochte die Schweiz. Nicht nur weil sie ein romantisch verklärtes Anhängsel der Bundesrepublik Deutschland und somit seiner Heimat war, sondern weil hier die Welt noch in Ordnung schien. Der Staat war stark und in seiner Autorität unbestritten, die Infrastruktur eine der besten der Welt und die Institutionen funktionierten wie ein Uhrwerk auf erstaunlich demokratischem Fundament. Alle paar Monate stimmten die Schweizer über teilweise lächerliche Geschäfte wie Schulhaussanierungen oder Tierschutzgesetze ab. Und auch wenn dies nicht immer zu Lösungen für gesellschaftliche Fragen führte, brachte es zumindest Antworten.

Und Wolf wusste, wie wichtig es war, Bürgern klare Ansagen zu machen. Seine Eltern hatten nach dem Zweiten Weltkrieg als Russlanddeutsche in Sibirien gelebt, wo im Jahr 1982 auch Wolf zur Welt kam. Sie waren Kämpfer, die sich dem widrigen Klima ihrer fremden Heimat genauso stellten wie dem frostigen Umgang. Nach dem Zusammenbruch der Sowjetunion erlebte der achtjährige Wolf, was es hieß, in einem Staat ohne echte Autoritäten zu leben, wenn man selber nicht zu den Mächtigen gehörte. Chaos, Gewalt und Willkür herrschten. Armut überkam große Bevölkerungsteile und einige wenige Oligarchen teilten das Land und seine Reichtümer ohne Skrupel unter sich auf.

Nachdem sich die Situation beinahe täglich verschlechterte, folgte Wolfs Familie dem Ruf ihres Ursprungslandes und zog zu den wirtschaftlich blühenden Landschaften Westdeutschlands. Sie gingen nach Köln, wo Wolf seinen zweiten Namen erhielt. Bis dahin war er Wladislaw gewesen, doch die Einwanderungsbehörde fand diesen Namen nicht deutsch genug, und so durfte er sich zwischen Winibert und Wolfgang entscheiden. Er entschied sich für Wolfgang. Seinen Nachnamen Kress durfte er behalten.

Neben seinem Namenswechsel konnte er sich aus dieser Zeit vor allem daran erinnern, wie es war, in eine Orange zu beißen, und wie grell der Rhein all die Reklamen reflektierte. Das Leben war ganz anders als in Sibirien – und es gefiel ihm. Der Nektar des Konsums stachelte ihn an, ein erfolgreiches Rädchen des Ganzen zu werden, und so tat er sich schon früh als guter Schüler hervor. Nachdem er das Gymnasium absolviert hatte, studierte er Physik, Mathematik und Wirtschaft – eine Kombination, die Anklang auf dem Arbeitsmarkt fand.

Wolf brach mit dreiunddreißig Jahren seine Postdoktorandenphase ab und stieg im hohen Management eines deutschen Automobilherstellers ein. Es war die perfekte Zeit, um die Revolution der Mobilitätssysteme hautnah mitzuerleben und zu prägen.

Elektro- und Wasserstoffantriebe, Dekarbonisierung, Flugtaxis, neue Mobilitätskonzepte. Alles war im Umbruch und so mancher Konzern war nicht in der Lage, sich schnell genug zu wandeln, um mit der Entwicklung Schritt zu halten. Wolf jedoch tat sich als hervorragender Manager hervor und führte sein Schiff auf Kurs. Man bewunderte ihn für seine Entscheidungsstärke. Er strahlte eine gewisse Vertrauenswürdigkeit aus, die den Leuten ein gutes Gefühl vermittelte. Und er verhandelte leidenschaftlich mit wichtigen Personen aus aller Welt in sechs Sprachen. So nahm er die Menschen für sich ein, und es dauerte nicht lange, bis Wolf steil die Karriereleiter hinaufstieg. Er wurde zum Konzernchef – dem jüngsten und erfolgreichsten seiner Branche. Er war reich und angesehen. Eine bekannte Persönlichkeit von internationalem Rang.

Doch mittlerweile hatte sich Wolf in ganz andere Sphären vorgearbeitet. Und morgen sollte es nun so weit sein: der Tag, an dem er in die Geschichte der Menschheit eingreifen und seine unverkennbaren Spuren auf dem Antlitz dieser Welt hinterlassen würde. Er verspürte tiefe Ehrfurcht.

Wolf lief mit zügigem Schritt vom lärmenden Landeplatz an der Löwenstraße – einem der teuersten Pflaster der Welt – zu seinem Hotel. Er wurde vom in traditionsreichem Rot gekleideten Pagen mit Namen begrüßt und ging zügig zur Lobby. In einem bequemen Stuhl wartete er auf den Check-in und betrachtete die Magazine auf einem Glastisch neben sich. Sofort fiel sein Blick auf das ihm bekannte deutsche Satire-Magazin Titanic. »*Na, wenn das mal kein gutes Omen ist*«, dachte er sarkastisch, als ihm die Empfangsdame hinter dem Empfangsschalter mit den Zimmerschlüsseln zuwinkte.

Er fuhr in die oberste Etage und sagte unvermittelt »Hallo, George«, als er aus dem Penthouse-Lift stieg und zu seiner Verwunderung seinen Ratskollegen George Bangron in einer Ecke seines Hotelzimmers sah.

»Hi, Wolf. Ich hoffe, es stört dich nicht, dass ich es mir in deinem Zimmer bequem gemacht habe«, antwortete Bangron und zeigte sein verführerischstes Lächeln.

Wolfs Herz schlug schneller. George Bangron war eine eindrucksvolle Erscheinung. Eine legendäre Figur, um die sich viele Mythen rankten. Der steinreiche Südafrikaner galt als großer Star in in Wirtschaft und Weltpolitik, der bekannteste und mächtigste Mann seiner Zeit. Obwohl Bangrons Position im Grunde derjenigen von Wolf gleichgestellt war, fühlte es sich doch immer so an, als wäre er ein Primus inter Pares – also Erster unter Gleichen – innerhalb des exklusiven Rates, in dem sie gemeinsam saßen. Und er war auch der Einzige von ihnen, der stets mit Leibwächtern unterwegs war. Wolf entdeckte die beiden Männer im Anzug erst jetzt im hinteren Teil des Zimmers. Sie verschränkten die Arme hinter dem Rücken und nickten Wolf zu.

Georges Äußeres war von leicht narbiger Haut, zurückweichendem Stirnhaar und schwarzen Äugelein geprägt. Er war keine attraktive Persönlichkeit, doch verfügte er über ein unverschämt einnehmendes Lachen aus einem Mund mit perfekt gebleachten Zähnen. Er sah aus wie fünfzig, obwohl er bekanntermaßen fünfundachtzig Jahre alt war. Reichtum, eine disziplinierte Lebensführung und die modernste, ihn ständig überwachende Biomedizintechnik waren eine unschlagbare Kombination im Kampf gegen das Altern.

George Bangron hatte bis in die Neunzigerjahre bei einer amerikanischen Investmentbank gearbeitet. Er war mit Investitionen in Zukunftstechnologien und in den Plattform-Index während des ersten und zweiten Jahrzehnts des einundzwanzigsten Jahrhunderts ausnehmend reich geworden. »Und wie sagt man so schön: Die erste Milliarde ist die schwerste«, pflegte George mit breitem Grinsen zu scherzen, wenn er auf Cocktailpartys über die Entwicklung der darauffolgenden Jahre sprach.

2017 – mit achtundsechzig Jahren – gründete er seine inzwischen legendäre Firma Bangron Industries. Das Unternehmen wurde zur Krone der kapitalistischen Vermögenskonzentration und George zu deren Oligarchen. Er war der große Profiteur der wirtschaftlichen Entwicklung der turbulenten 2020er-Jahre. Alles, womit sich Bangron Industries beschäftigte, wurde zum Hit! Die Dachmarke gründete in monatlicher Kadenz unabhängige Start-ups, die in jeder Branche und Industrie genauso gefürchtet wie erfolgreich waren. Sie nannten sich Digital Powerhouses und enterten mit riesigen Budgets die Märkte. Strebten die tiefsten Preise an, bauten umfassende, automatisierte Logistikketten und kooperierten erfolgreich untereinander. Alle Firmen waren maximal effizient und verfügten über stark automatisierte Prozesse mit überragender Hard- und Software. Trotz ihrer Größe waren sie extrem beweglich und entwickelten beständig und in großer Geschwindigkeit Produkt- und Service-Innovationen, die die Bedürfnisse der Kunden perfekt bedienten.

Und natürlich war es auch von Vorteil, den größten Rohstoffkonzern der Welt unter demselben Dach zu wissen.

Nahrungsmittelhandel von der Produktion bis zum Vertrieb, selbstfahrende Autos und Flugtaxis mit eigener Fahrzeug- und Ausrüstungsproduktion, Kommunikations- und Informationstechnologie mit höchster Innovationskraft, Sicherheitsbedarf und militärische Ausrüstung, Pharma, Chemie und großflächige, nachhaltige Energie-Erzeugung und Industrieproduktion. Überall hatte Bangron Industries seine scheinbar unendlich langen Finger im Spiel und hielt sich ein Netz aus abhängigen Zulieferern in jeder Branche.

Das Vertrauen in Staaten, Institutionen und Nationen sank derweil vielerorts drastisch. Soziale Systeme wurden immer unsicherer, Generationenverträge und internationale Absprachen wankten oder fielen und eine schnell voranschreitende Klimaveränderung bedrohte manch alteingesessene Kultur sowie die Nahrungsmittelreserven der Welt. Der Kuchen, den es zu verteilen gab, schrumpfte. Der Wert des Geldes auf den Konten und die Renditen für Anlagen schmolzen wie Neuschnee an heißer Wintersonne.

Und während sich die drängenden Probleme der Welt verschärften, stieg Georges Stern unaufhörlich auf.

Als die Rufe nach einer Zerschlagung des übermächtigen Monopols von Bangron Industries lauter wurden, machte George seinen größten Wurf und hauchte der Blockchain-Technologie Leben ein – er veränderte die Spielregeln der Finanzindustrie und machte seine Firmen unabdingbar. Bangron Industries ließ Anwendungen programmieren, die es unterschiedlichsten Industrien und Unternehmen ermöglichten, eigene, unabhängige Coins herauszugeben und direkt ohne Zwischenhandel Werte zu verschieben. Durch die dezentralisierte Struktur waren die Transaktionen fälschungssicher und extrem schnell, was viele Vorteile mit sich brachte. Lebensmittel wurden günstiger, Mobilität wurde smarter, Bauen und Wohnen erschwinglicher und Logistik automatisierter und effizienter. Weil Informationen aller Art unverfälscht transportiert wurden, ohne dass ein Mittelmann die Gültigkeit prüfte und mitfinanziert werden musste, sanken die Preise des täglichen Bedarfs rasant.

Digitale Coins von Bangron Industries wurden zu Parallelwährungen mit unklarem legalen Status. Doch weil sie bald für die stets kriselnde Wirtschaft unabdingbar waren, konnten sie Staaten nicht einfach verbieten.

Die Blockchain-Anwendungen von Bangron Industries wurden immer mehr zum entscheidenden Wirtschaftsfaktor in den Staaten, die sich an den westlichen Standards orientierten. Weil Georges Blockchain-Geld mit riesigen Rohstoffreserven und den hervorragend laufenden Geschäften abgesichert war, konnte George untere Wertlimits für seine Coins setzen und Stabilität garantieren. Er schaffte es, die Volatilität der Technologie zu beschränken und damit ein Grundproblem früherer Blockchain-Währungen zu entschärfen.

Jeder hatte ein Konto bei Bangron Industries – ja, es war die neue Art, wie die Menschen ihre Identitäten definierten. Biometrische Informationen, Ausbildungen, Reisehistorie, Abonnements, Gesundheits- und Impfstatus: alles war zentral gespeichert und ersetzte die zahlreichen Dokumente, die Menschen in den Dekaden davor noch in ihren Hosentaschen getragen hatten. Sie erleichterten vielen Menschen den Alltag und wurde von so gut wie jedem Unternehmen genutzt.

Durch die Vernetzung aller wichtigen Branchen unter dem Dach von Bangron Industries wurde auch das Internet der Dinge Realität. Eine Mehrzahl an Produkten war mittlerweile mit Sensoren ausgerüstet, und so »wussten« diese immer genau, wo sie gebraucht wurden und wie sie mit dem geringsten Aufwand dorthin gelangten.

Die Welt des Geldes wurde durchsichtiger, wie ein Fenster, das langsam auftaut und die Sicht auf den realen Wert der Dinge freigibt. Die Menschen hatten durch diverse Finanzkrisen, Unruhen und Kriege in den letzten Jahren am eigenen Leib erlebt, dass es keine absolute Sicherheit gab und Häuser, Eigentum, Essen, Gesundheitsversorgung, saubere Luft, Wasser, Sicherheit und alle anderen messbaren Dinge des Lebens ihren Preis hatten. Und dieser wird immer irgendwann fällig. Absolute Sicherheit gab es für niemanden. Eine Unsicherheit, die auch Wolf dazu gebracht hat, sich so nach oben und an die Macht heranzuarbeiten.

Kein Wunder also, dass George Bangron auch Wolf beeindruckte, obwohl er es gewohnt war, auf internationalem Parkett zu tanzen. Wolf hätte wohl jeden anderen, der sich ungefragt in seine Suite getraut hätte, sofort wieder rausgeworfen, doch bei Bangron war das anders.

Wolf umschlich George und stellte seine Koffer neben das Bett.

George stand auf und winkte einem seiner Sicherheitsleute zu. »Darf dir James beim Auspacken helfen?«, fragte er.

»Das schaff ich schon alleine«, antwortete Wolf mürrisch wegen des merkwürdigen Vorschlags.

»Darf ich dir dann einen Tee oder Kaffee anbieten? Oder vielleicht einen Scotch?«, fragte George fürsorglich weiter, offensichtlich bestrebt, Wolf in eine geneigte Stimmung zu versetzen.

»George, das hier ist mein Zimmer. Wenn schon, besorge ich dir etwas zu trinken«, antwortete Wolf nicht minder zuvorkommend.

»Ach, lass mal. Ich habe die App bereits geöffnet.«

»Okay, ich nehm 'nen Scotch«, gab Wolf den Kampf der Freundlichkeiten auf.

George tippte ein paar kurze Male auf sein Handy – natürlich eine Bangron-Industries-Anwendung –, und schon Sekunden später stand ein Portier mit der teuersten Flasche Scotch, die die Bar zu bieten hatte, und einer Flasche Mineralwasser vor der Tür und klopfte leise. James nahm ihm das Tablett ab und George und Wolf setzten sich gegenüber an einen kleinen Tisch im Wohnbereich der Suite. Wolf war froh, dass die drei Leibwächter nun nicht mehr in dem Zimmer standen, in dem er plante zu schlafen.

»Und, schon nervös wegen morgen?«, fragte George und hob eine Augenbraue.

»Ach, ich habe ja nur eine Nebenrolle. Das wird schon schiefgehen«, antwortete Wolf mit deutlich mehr Zuversicht in der Stimme, als er tatsächlich verspürte. Er nahm einen ersten kleinen Schluck vom Scotch und frage: »Wie sieht es bei dir aus?«

»Bisschen Lampenfieber gehört dazu, aber wir planen ja auch was Großes. Wir haben den Menschen schon so viel gegeben, aber jetzt werden wir noch mal ganz anders durchstarten. Das hat die Welt noch nicht gesehen.«

Es war tatsächlich bahnbrechend, was Bangron Industries in den letzten Jahren alles erreicht hatte. Immer mehr Menschen konnten sich mit den Bangron-Anwendungen

Dinge leisten, die zuvor unerschwinglich gewesen waren. Sie konnten eine Ausbildung und Urlaub finanzieren oder trotz weniger Arbeit ihren Lebensstandard halten.

Wer im System gebraucht wurde, profitierte. Akademische Berufe waren besonders gefragt: Informatiker, Ingenieure, Architekten und andere Spezialisten, die ihre Arbeitskraft flexibler anbieten konnten. Auch viele soziale Berufe und Aktivitäten erreichten steigende Nominallöhne.

Weniger Glück hatten Banken und die staatlichen Institutionen, die bisher das Geld geschöpft hatten, das nun deutlich weniger wert war. Viele von ihnen hatten die letzten zehn Jahre nicht überlebt und weitere große Akteure wackelten oder wurden von den Staaten gestützt.

Weitere Verlierer waren die Leute außerhalb des Systems, die sich weigerten, sich an der Blockchain zu beteiligten. Sie waren von einem wichtigen Teil des Finanzsystems und des öffentlichen Lebens ausgeschlossen. Denn auch für Reisen, Restaurantbesuche, Konzerte und Veranstaltungen war der Zugriff auf die digitale Identität immer öfter Zugangsvoraussetzung. Beharrliche Fortschrittsverweigerer litten deshalb zunehmend an Armut und sozialer Ausgrenzung. Eine Verweigerungshaltung konnten sich schlicht immer weniger Menschen leisten.

George selber war natürlich eine hochkontroverse Figur. Er hatte zahlreiche Fürsprecher, vor allem in den mächtigen ökonomischen Interessengruppen, wo teilweise ein Personenkult um ihn gepflegt wurde. Aber gleichzeitig verlangten immer mehr Menschen öffentlich Mitsprache, weil sie sich ihrer politischen Rechte beraubt sahen. Denn wie konnte man sich noch gegen einen solch mächtigen Konzern wenden? Bangron Industries galt bei seinen Kritikern als unersättliche Krake mit unendlich vielen Armen, und breite Teile der Öffentlichkeit verlangten nach staatlicher Einmischung.

Es war klar, dass sich etwas ändern musste. Nur was? Die Brillanz der technischen Lösungen war unbestritten und fast jeder war inzwischen Teilnehmer irgendeiner Bangron-Anwendung und auf deren Funktionen angewiesen. Als jedoch die Kritik die Huldigungen deutlich zu übertönen drohte, holte George zum Befreiungsschlag aus – mit einem mittlerweile legendären TV-Interview.

Als die Interviewerin George auf die Bedenken der Bürger hinwies, holte dieser dramatisch Luft und bekannte dann: »Die Blockchain gehört uns allen. Es muss sich etwas ändern und die ins System gewebte demokratische Struktur der Technologie zu neuem Leben erweckt werden. Wogegen ich mich aber wehre, ist die Forderung nach einer Zerschlagung der Blockchain und der Vernetzung aller wichtigen Wirtschaftsbereiche, die uns noch näher zusammengebracht hat als irgendeine Erfindung oder Entwicklung zuvor. Wir sind gut beraten, die neu gewonnen Freiheiten nicht zu beschneiden, sondern sie offen und frei den Leuten zur Verfügung zu stellen.«

»Aber widersprechen sich mehr Demokratie und die Beibehaltung Ihres Monopols nicht?«, fragte die Interviewerin mit besorgter Miene.

George richtete seinen Rücken auf und nahm einen Schluck Wasser. »Wir werden Bangron Industries demokratisieren. Wir werden die einzelnen Blockchain-Anwendungen zu Sektionen bündeln und die Nutzer mit direktdemokratischer Macht ausstatten. Sie werden selber Entscheidungen treffen können, die ihre Sektionen betreffen, und auch über die Zusammensetzung der Geschäftsführung selbstständig bestimmen.«

»Sie sprechen über demokratische Abstimmungen zur Zusammensetzung der Geschäftsführung und der Firmenpolitik?«

»Ja, genau. Ich werde eines von sieben Ratsmitgliedern sein, die gemeinsam über die strategischen Handlungen von Bangron Industries entscheiden. Die einzelnen Blockchain-Sektionen werden selbstständig Repräsentanten vorschlagen und wählen. Im Rat wird jede dieser Sektionen eine unabhängige Stimme haben. Werde ich überstimmt, wird es so gemacht, wie es die Mehrheit des Rates will. Wir machen unsere Anwendungen noch dynamischer, indem wir nur noch demokratisch und föderativ entscheiden – natürlich mit fälschungssicheren Abstimmungen über die Blockchain.«

Die Interviewerin beugte sich vor, wirkte jedoch noch skeptisch. »Wann soll diese Demokratisierung denn starten?«

»Am Montag werden alle aktiven Nutzer einen Aufruf in ihrer Applikation erhalten, um sich für den Rat zu bewerben, und in circa sechs Monaten stimmen wir ein erstes Mal über Sachthemen in den Sektionen und die ersten Ratsmitglieder ab. Ach, und noch etwas:

Der Rat wird sich aus Männern und Frauen aus den verschiedensten Regionen zusammensetzen und regelmäßig erneuert. Bangron Industries wird jeweils nur durch den aktuellen Geschäftsführer – im Moment also durch mich – mit einer Stimme im Rat vertreten sein: Wir werden ihn den Rat des Konsortiums nennen.«

Die Interviewerin blickte ihn mit aufgerissenen Augen an. »George, das sind wahnsinnig große Neuigkeiten. Müssen wir uns keine Sorgen machen, dass etwas schiefgehen könnte?«

»Diane, Sie werden sehen: Es wird perfekt!« Bangron breitete die Arme aus, und da war es wieder, sein gewinnendes Lächeln.

Und perfekt wurde es dann auch. Die Blockchain-Nutzer waren von den neuen demokratischen Rechten begeistert. Als Wolf sah, dass eine der Sektionen den Bereich Mobilität und Logistik behandelte, beschloss er, sich für einen Platz im Rat des Konsortiums zu bewerben. Er war in seiner Branche weitum bekannt und angesehen – und somit ein hoffnungsvoller Kandidat. Er führte einen kurzen, aber erfolgreichen Wahlkampf. Als noch junger Deutscher mit russischem Pass wurden ihm einige Vorteile zuteil, weil diese Kombination im Algorithmus Bonus-Stimmen ergab. Und so schaffte er es vor zwei Jahren zu seiner eigenen Überraschung in den Rat des Konsortiums und damit an die wirklichen Schalthebel der Macht. Hier wurden die großen Entscheidungen getroffen.

Nun beugte sich Bangron leicht nach vorne zu seinem Ratskollegen, als wollte er ihm ein Geheimnis verraten. »Wolf, ich wollte mich vergewissern, dass wir alle auf einer Linie sind. Ich spreche mit jedem der sieben Ratsmitglieder noch einmal. Wir brauchen perfekte Geschlossenheit.« Bangron war ein Freund direkter Ansprachen.

»Du kannst dir sicher sein: Wir sind uns einig«, beteuerte Wolf und trank den zweiten Schluck von seinem Glas Scotch, während sein Gegenüber noch nicht mal daran genippt hatte. Wolf war schon öfter aufgefallen, dass George zwar immer mal wieder teuren Alkohol bestellte, ihn dann aber nie anrührte.

»Okay, aber lass uns die wichtigsten Punkte noch mal kurz durchgehen. Wir treffen uns morgen um zwölf Uhr zu einem kleinen Lunch vor der Halle. Dann startet die Show. Die Zuschauer sind ausgewählt, die Sicherheit ist garantiert. Zuerst gibt es noch ein bisschen Musik, worauf wir die Neuerungen erklären. Dann kommen die Zentralbank-Typen und machen ihr Ding. Und dann kommt es: Wir transportieren den ganzen Zaster auf die neue Lösung. Habe ich irgendwas vergessen?«

»Es ist an alles gedacht, George. So wie wir es schon so oft besprochen haben«, sagte Wolf und lächelte. Ihm war durchaus ebenfalls bewusst, dass es hier um unendlich viel ging. Kam daher diese unterschwellige Nervosität, die er in seinem Magen spürte, wie eine Mahlzeit, die sich nicht recht verdauen ließ?

»In der neuen Lösung werden wir dann endlich auch die Geldschöpfung der Zentralbanken über unser System einbinden können. Seit Wochen sind wir auf allen Kanälen unterwegs und sagen den Menschen, dass sie morgen, sobald die neue Anwendung startet, ihr Geld auf Konten der neuen Blockchain-Lösung verschieben sollen. Die Leute wissen jetzt: Wenn sie gleich zu Anfang wechseln, wird der Wert ihrer Anlagen auf einen Schlag steigen, weil die Kurse durch die Decke gehen werden. Hast du die Werbung gesehen? Reicher werden war noch nie so einfach – und hundert Prozent sicher!« Mit dem letzten Satz imitierte er den Song einer berühmten Werbung aus dem Hause Bangron Industries, an der man in den letzten Wochen schlicht nicht vorbeigekommen war.

Nun stand Bangron auf und lief um den Tisch und Wolf herum. Von hinten raunte er ihm über die Schulter: »Im Internet wird bereits darüber spekuliert, wie viel an Wertsteigerung erreicht werden kann, wenn man direkt morgen nach der Show sein Vermögen auf die neue Lösung transferiert: fünf Prozent? Zwanzig Prozent? Fünfzig Prozent? Wer da nicht mitmacht, ist selber schuld.«

George war nun ganz um den Tisch gelaufen und wieder vor seinem Stuhl angekommen. Er beugte seinen Oberkörper darüber. Ihm war die Vorfreude an einem breiten Lächeln anzusehen. In den letzten Monaten hatte er eine neue Blockchain-Form erarbeiten lassen, die es Zentralbanken ermöglichte, flexibel und steuerbar Geld zu schöpfen, dieses direkt ins System zu geben und so die nationalen Wirtschaftssysteme mit perfekten, smarten Modellen zu steuern. Gleichzeitig konnten Beträge jeder Größe immer und gegen eine kleine Gebühr innerhalb der Bangron-Anwendungen transferiert werden. Für Bangron Industries ein Sieg auf ganzer Linie über die stets regulierenden Behörden. Für die Finanzmärkte eine große Hoffnung auf Jahre des Wachstums. Und für die

Staaten eine Möglichkeit, die Bürger zu besseren Entscheidungen zu erziehen, ohne sie autokratisch unterdrücken zu müssen.

»Endlich ist diese Quatsch-Unterteilung weg: Fiat-Geld, Blockchain-Geld, Gold: ist doch egal. Was im Moment gebraucht wird – das hat echten Wert, der Rest ist doch nur Kokolores«, führte George weiter aus.

»Ich hoffe vor allem, dass die Volatilität noch einmal stark sinkt. Wir brauchen absolute Planungssicherheit und die Zentralbanken helfen uns da noch mal ganz schön mit ihren Bazookas«, antwortete Wolf. Er blickte in den Raum gegenüber und zu den beiden Leibwächtern, die mittlerweile aus dem Fenster schauten und die Lage prüften.

Zentralbank-Geld hatte immer noch seinen Wert, weil es die Wirtschaft eines Landes symbolisierte. Doch eine galoppierende Inflation und fallendes Wachstum hatten den Wert klassischen Geldes Schritt für Schritt reduziert.

»Ach, Wolf. Du bist so ein richtiger Deutscher. ›Ich hoffe, dass die Volatilität sinkt‹«, äffte George seinen Ratskollegen kumpelhaft nach und klopfte ihm über den Tisch scherzhaft auf die Schulter. »Der Tag morgen wird die Idealisten und die Realisten zusammenbringen, die Händler und die Institutionen, die Träumer und die Buchhalter. Wir sehen wahrlich hoffnungsvollen Zeiten entgegen, Wolf. Geld und Werte werden ganz neu gedacht. Morgen werden wir dem allen ein Denkmal setzen«, schwärmte George und ballte die Faust.

»Na, dann kann ja nichts mehr schiefgehen«, antwortete Wolf, trank den letzten Schluck Scotch und verscheuchte ein klammes Gefühl in der Magengegend.

Der nächste Tag war der 19. September – der Tag, an dem die neue, umfassende Blockchain-Lösung in Betrieb genommen werden sollte. Die Fragen, um die es ging, waren: Was ist Geld? Welchen Wert hat es? Und wer bestimmt das?

Das Konsortium beabsichtigte, die Schlüsselindustrien der Gegenwart sowie die Staaten in ihren Interessen zu bündeln und das Geld der Zukunft dynamisch auf die Bedürfnisse der Wirtschaft, der Regionen und der Menschen abzustimmen. Die Nationalstaaten erhofften sich außerdem, die Bürger über Anreizsysteme besser zu steuern und so die Herausforderungen des neuen Jahrhunderts zu meistern: Klima, Flucht, Rohstoffmangel und das fragile, internationale Machtgefüge. Denn auch wenn man hier am Zürichsee das Gefühl hatte, in einer prächtig gedeihenden Welt zu leben, an den Rändern »des Westens« brannte es.

Wolf traf pünktlich um zwölf Uhr in der Halle in der Innenstadt ein, in der das Spektakel stattfinden sollte. Sie war bekannt für große Events und Kongresse. Als Wolf mit seiner Limousine Richtung Stadtzentrum geflogen wurde, sah er Proteste gegen das Treffen. Die Menge schwenkte Transparente, auf denen Dinge standen wie »Freiheit statt Geld-Diktatur!« oder »Nur Bares ist Wahres!«. Wolf hielt die Demonstranten für Idioten. Sahen sie denn nicht, dass sich das Geld ebenso veränderte wie die Welt?

Die Lage duldete keinen Aufschub wichtiger Entscheidungen. China hatte in den letzten zwanzig Jahren einen unvergleichlichen Aufstieg zur Großmacht Asiens erlebt und griff nach der Weltherrschaft, bescheiden im Ton, aber deutlich in den Handlungen. Durch kluge langfristige Machtpolitik und strategischen Wirtschaftsimperialismus waren inzwischen viele Länder und Regionen Asiens, des Mittleren Ostens und Afrikas unter die Kontrolle Pekings geraten. Und die chinesischen Machthaber waren wenig zimperlich, wenn es darum ging, Gesellschaften mit Daten und Geld zu steuern. Nachdem sie Länder durch Kredite und Investitionen von sich abhängig gemacht hatten, zwangen sie ihnen anschließend ihr »Social Scoring System« auf – eine Art digitales Geld mit drastischen sozialen Belohnungen und Bestrafungen für die Bürger. Dieser Sozial-Algorithmus bestrafte nicht nur Menschen, die sich nicht gemäß den Wünschen der Autoritäten verhielten, sondern auch deren Freunde und Verwandte. Menschen, die bei Rot über die Straße gingen, wurden von Kameras erkannt und die Strafe wurde direkt vom digitalen Konto abgebucht, säumigen Unterhaltzahlern wurde der Urlaub gestrichen, Verwandte, die in den Knast mussten, bedeuteten Herabsetzung des eigenen Status, wodurch straffällig gewordene Personen ihres sozialen Umfelds beraubt wurden. Fliegen und Bahnfahren durfte nur, wer sich den Regeln entsprechend verhielt.

Entziehen konnte man sich dem nicht: allein schon, um nicht aus dem Gehalts- und Gesundheitssystem zu fallen. Das Versprechen war Reichtum, Mittelklasse und Aufstiegschancen für die Willigen. Wer sich nicht an das

System hielt, wurde ausgegrenzt und verarmte.

Diese Form der Gesellschaftssteuerung war in vielen Gegenden der Welt mittlerweile breit akzeptiert. Weil sich so komplexe Probleme lösen ließen, fühlten sich die Menschen oft sicherer und nahmen die Gesellschaft als stabiler wahr. Und in vielen Regionen waren gerade diese Versprechen wohlklingender als die Erzählungen der Freiheit. Die Politik sprach von einem neuen Kampf der Systeme und dem Kalten Krieg 2.0. Der Ausgang der Auseinandersetzung war offen, wobei die Macht der kollektiv geführten Gesellschaften und Wirtschaftssysteme unter der Führung Chinas in den letzten dreißig Jahren beständig wuchs.

Russland versuchte derweil, einen Weg der Mitte zu gehen. Es schloss sich währungs- und sicherheitspolitisch mit China zusammen, kappte jedoch nicht völlig die technischen Anbindungen an die amerikanisch geprägten Staaten.

Im Vergleich zu den chinesischen Systemen waren die Bangron-Lösungen liberale Musteranwendungen. Und deshalb mussten die globalisierten und vielschichtigen westlich orientierten Gesellschaften geschlossen und gemeinsam handeln, wenn man in der Zukunft noch etwas zu sagen haben wollte. Die Macht der Geldschöpfung musste verstärkt von den Staaten in Richtung Wirtschaft verschoben werden. Bangron Industries und die Aufsichtsbehörden durften nicht mehr um die Macht kämpfen. Es galt, die Interessen zu bündeln.

Und dafür sollte nun das neue System dienen. Es basierte auf einer stark erweiterten, energieschonenden

Blockchain, die jedoch immer noch auf der Grundlage der ersten Fassung der Technologie – dem Bitcoin – fußte. Wie stark sich die heutige Lösung noch an das Original anlehnte, war umstritten, zu bewegt war die Geschichte der ersten Internetwährung. Doch Bangron hatte inzwischen sowieso über siebzig Prozent aller Bitcoins gekauft. Bangron selbst betonte immer wieder, dass er sie vor allem aus sentimentalen Gründen besäße.

Nun saß Wolf mit seinen Ratskollegen im edlen Speisesaal der großen Zürcher Maag-Halle und genoss lokale Spezialitäten. Auf frischen Markt-Salat folgte ein Feigenbraten mit eingelegtem Wirsing und eine Mousse-au-Chocolat, hergestellt aus einer Schweizer Schokolade.

Seine bevorzugte Ratskollegin hatte Wolf in Jocelyne Cortez gefunden. Jocelyne war eine fünfundsechzigjährige Brasilianerin mit silbernem Haar, südamerikanisch-derbem Humor und makelloser Haut und saß für die Sektion Nahrungsmittel und Landwirtschaft im Rat des Konsortiums. Wolf verbrachte die Mahlzeit an ihrer Seite und sie scherzten über George, der auch Jocelyne am Vorabend unerwartet besucht hatte.

»Hat er sich bei dir auch einfach Zutritt zum Zimmer verschafft?«, fragte Wolf.

»Schlimmer! Ich stand unter der Dusche, als es wie wild an der Tür klopfte«, erzählte Jocelyne. »Als ich dann im Bademantel öffnete, sah ich zuerst mal die zwei Gorillas und erst dann – einen Kopf tiefer – unseren lieben Freund. Ich habe sie weggeschickt. George hat sich tausend Mal entschuldigt.«

Den beiden gegenüber saß die Marokkanerin Ayshe Sadi, die Vertreterin für den Bereich Energie und Rohstoffe. Eine rund fünfzigjährige Frau mit brauner Haut und durchdringendem Blick. Sie galt als eine der mächtigsten Frauen der Welt und als extrem durchsetzungsstark. Sie stammte aus einem marokkanischen Adelsgeschlecht und galt als Vertreterin der traditionell stimmgewaltigen Rohstoff-Lobby aus dem Nahen Osten sowie der boomenden Solar-Industrie aus Nord- und Mittelafrika. Sie sprach nicht oft, doch wenn, hatte es Hand und Fuß, und sie argumentierte mit großer Überzeugungskraft. Wolf mochte Ayshe, auch wenn sie eine eher zurückhaltende Zeitgenossin war.

Der eindeutig Lauteste am Tisch war der US-Amerikaner Sam Kruger, ein fünfundfünfzigjähriger Mann mit mächtigen Bizeps und Haaren, die so weiß waren wie seine Zähne. Kruger war seit rund zehn Jahren Junggeselle und in höheren Kreisen bekannt für seine Affären mit Frauen in ihren Zwanzigern. Er war für den Bereich Robotik, Sicherheit, Polizei, Verteidigung und Waffenproduktion zuständig – eine Sektion, die sehr stark mit den Nationalstaaten und Armeen des Westens kooperierte. Kruger hatte eine hemdsärmelige Art und war für seine Vernetzung rund um den Globus bekannt. Wolf mochte ihn nicht besonders und hielt ihn für einen vorlauten Aufschneider. Außerdem war er der Überzeugung, dass Kruger stets sein eigenes Süppchen kochte und stärker mit den amerikanischen Geheimdiensten verbandelt war, als er ihnen gestand. Nun waren er und Bangron in ein lautes, aber fröhliches Gespräch vertieft und Kruger entfuhren immer wieder laute Ausrufe wie »great!« und »excellent!«, sodass ihn jeder am Tisch sicher hörte. Wenig später erzählte er noch einen herabwürdigenden Witz über einen Schuhputzer aus Sri Lanka.

Die Inderin Neha Kumar saß neben Bangron und lächelte zurückhaltend über Krugers laute Worte. Ihre Sektion war für Pharma und Chemie zuständig. George erachtete es als großes Glück, Neha in ihrem Rat zu haben. Er sah Indien als riesigen Markt und Pforte nach Rest-Asien, die er keinesfalls den Chinesen überlassen wollte. Das große und mächtige Indien schwankte immer wieder zwischen westlichem und chinesischem Einfluss, tendierte aber zunehmend zum individualistischen System. Von Vorteil war dabei sicherlich, dass in Indiens Großstädten verbreitet Englisch gesprochen wurde, was die Kommunikation und den Austausch mit dem Westen vereinfachte. Auch Neha sprach perfektes Englisch mit leichtem, aber charmantem Akzent. Eine hochgeschätzte und kompetente Kollegin, die bekannt dafür war, ihre Dossiers mehr als gut zu kennen.

Ebenfalls aus Asien – genauer: aus Thailand – stammte Soul-Young. Star für Hunderte von Millionen. Jüngster Multimilliardär der Welt. Er war ein auffälliger, stark geschminkter, parfümierter und tätowierter Zeitgenosse mit einem kurzen, roten Irokesen und muskulösem, schlankem Oberkörper. Sein attraktives Gesicht war stets über sein Smartphone gebeugt, als zöge sein Telefon ihn langsam in sich hinein. Wolf fand, dass es aussah, als wäre das Gerät an seiner Hand angegossen, und fand es unfreundlich, dass er kaum mit seinen anderen Ratskollegen sprach. Den richtigen Namen des Siebenunddreißigjährigen hatte er mittlerweile vergessen, dafür wusste er umso mehr Blödsinn über den »Weltbürger« und das »Internet-Phänomen«. Soul-Young war auf allen Kanälen überpräsent, und es war unmöglich, seine laut ins Netz geblasenen Weisheiten über Macht und Reichtum zu überhören. Noch beliebter waren seine Einordnungen und Parolen zu den Geschehnissen der Welt, wobei die Rollen der Guten und Bösen stets klar definiert waren. Bots und Menschen mit Millionen von Followern verbreiteten all seine Botschaften in Echtzeit rund um den Globus. Sie galten als die mächtigste Propaganda-Schmiede der Welt. Passend zu seiner Popularität in den modernen Medien vertrat Soul-Young die Sektion Kommunikation und Informationstechnologie in ihrem Rat. Wolf hasste den blasierten Typ aus ganzem Herzen!

Wolf selbst war neben den Bereichen Mobilität und der dazugehörenden Infrastruktur auch für einige weitere Industrien wie die Luft- und Raumfahrt sowie für Logistik zuständig. Er wurde als Vertreter Europas und Russlands gesehen und war dafür verantwortlich, auch diese Perspektiven in den Rat einzubringen.

George hingegen war für die Finanzdienstleistungen und die Fintech, also Finanztechnologien zuständig. Als Südafrikaner wurde er als Vertreter des südlichen Afrikas verstanden, jedoch lebte er schon lange in den USA und gewichtete deren Interessen ebenfalls stark.

Nach dem kurzen Mittagessen gingen die sieben Ratsmitglieder gemeinsam hinter die Bühne, auf der die große Show stattfinden würde. Dort trafen sie auf persönliche Mitarbeiter, Repräsentanten, Vertreter der wichtigsten Staaten und Zentralbanken sowie auf die Direktoren der jeweiligen Untersektionen. Auch Vertreter von internationalen Organisationen waren vertreten, auch wenn deren Einfluss unter der Renationalisierung der letzten Jahre stark geschwunden war.

Wolf liebte das Flimmern der Luft, die engagierten Gespräche und das Gefühl konzentrierter Macht, wenn sich so viele einflussreiche Menschen auf so engem Raum befanden. Soul-Young wurde von zwei Mitarbeiterinnen der Halle angehimmelt. Kruger hingegen war auffallend guter Laune. Wolf fragte sich, was der Amerikaner wohl wieder im Schilde führte.

Als er einen Blick vor den Vorhang warf, der sich vor der Show lüften sollte, musste er einmal tief Luft holen: so viele Zuschauer, die voller Spannung der Dinge harrten, die da kommen würden! Für einen Platz in der Halle hatte man sich mit minimalen Chancen bewerben müssen und die Sicherheitsverantwortlichen hatten über alle Zuschauer ausführliche Hintergrundinformationen eingeholt. Die meisten von ihnen waren willfährige Journalisten oder Fans von Bangrons Anwendungen. Natürlich war die große Halle bis auf den letzten Platz besetzt. Rund um die Bühne standen Kameras und von der Decke hingen Mikrofone, bereit, das Geschehen in die Welt zu tragen. Wolf war auf einmal froh, dass er heute eher im Hintergrund stehen würde. Es sollte Georges Stunde werden.

Während Wolf noch seitlich hinter dem Vorhang hervorlugte, startete die Vorstellung. Er musste sich beeilen wegzukommen, um nicht plötzlich ungeplant in der Übertragung aufzutauchen.

Als sich der Vorhang lüftete, erschien dahinter ein riesiger Bildschirm, über den für fünf Minuten Bilder aus den letzten Jahren zu martialischer Musik flimmerten: Lachende Menschen, Momentaufnahmen und Meilensteine der Technologiegeschichte und der Blockchain wurden perfekt in Szene gesetzt und miteinander verbunden. Das Publikum wirkte aufgepeitscht wie bei der Vorstellung der Spieler eines wichtigen Fußballspiels.

Und dann kam er auf die Bühne: George Bangron im modischen gelben Hemd und mit schwarzer Hose, worauf frenetischer Jubel und Applaus aufbrandete.

Mit einem breiten Lachen begrüßte er das Publikum, winkte in die Kameras, zeigte auf jemanden in der Menge und schritt mit schnellen Schritten auf das Podium in der Mitte der Bühne. Dann begann er mit seiner einnehmenden Stimme laut und deutlich zu sprechen.

»Danke, danke vielmals!«, versuchte er den anhaltenden Applaus zu dämpfen, doch die Menschen klatschten weiter. »Danke, und vor allem danke fürs Kommen.« George offenbarte das verschmitzte Lachen eines Wissenden, während das Publikum langsam leiser wurde und nur noch der eine oder andere Jauchzer zu hören war.

»Ich hoffe, ihr seid bereit, heute gemeinsam mit uns ein Stück Geschichte zu schreiben.« Schon wieder brauste Jubel auf, doch George erstickte diesen, indem er weitersprach. »Willkommen in der Schweiz. Ich weiß noch genau, wie wir erst vor einem Jahr in San Francisco waren und seitdem schon wieder so viele Schritte vorwärtsgekommen, so viel besser und demokratischer geworden sind. Und jetzt sind wir hier: im Crypto-Valley. Aber bevor wir heute einige wirklich revolutionäre Ankündigungen machen, lasst mich zuerst Danke sagen.« Ausschweifend dankte George den Entwicklern, den weltweiten Mitarbeitern und vor allem den Nutzern und der Community, die durch die Rechenkapazitäten ihrer Computer und die Teilnahme an den Systemen das alles erst ermöglicht hatten.

Er veröffentlichte Geschäftszahlen und technische Errungenschaften, die alle Erwartungen übertroffen hatten, und er machte sich ein wenig über die Konkurrenz und ihr Scheitern lustig. Georges Ansprache wirkte frei und spontan, doch Wolf wusste, dass sie perfekt choreografiert und bis ins letzte Detail geplant war. George war niemand, der etwas dem Zufall überließ.

»Wir sind sehr dankbar dafür, da zu sein, wo wir jetzt sind. Wir haben verändert, wie Menschen arbeiten, kooperieren und Geld verdienen. Aber heute werden wir den bisher größten Schritt machen, eine wahre Revolution. Und es wird nicht mehr nur darum gehen, die Wirtschaft effizienter, schneller und besser zu machen. Nein, es geht darum, ein neues Kapitel der technologischen und menschlichen Entwicklung aufzuschlagen. Und hier setzen wir an.«

Auf dem Bildschirm hinter George erschienen vier Stichpunkte mit passenden, grafisch aufbereiteten Symbolen:

Bangron-Coin-Prinzipien

- Freiheit und Recht
- Wohlfahrt und Vielfalt
- Chancengleichheit
- Nachhaltigkeit und Stabilität

»Diese vier Prinzipien sind die entscheidenden Parameter für die Qualität eines jeden menschlichen Lebens. Wirtschaften ist die menschliche Herangehensweise, um ihnen Geltung zu verschaffen. Wenn wir die Prinzipien real werden lassen, schützt uns das vor der Willkür der Mächtigen, ermöglicht uns die Freiheit von Gedanken. Daraus entstehen Glauben, Kunst und Wissenschaft.« Er schaute sich um und öffnete seine Handflächen zum Publikum. »Aber diese Prinzipien gehen noch tiefer: Sie befriedigen unsere Gesundheitsbedürfnisse, denn wir erhalten Zugang zu medizinischen Leistungen. Sie ermöglichen uns zu lernen, einen erfüllenden Beruf zu ergreifen und Wohlstand zu erreichen. Und wenn wir diese vier Prinzipien in unserer Region, unserem Land umsetzen, stehen unsere Chancen gut, in einem friedlichen und lebensfreundlichen Umfeld zu leben.« Er trank einen Schluck Wasser, um die Spannung durch eine Pause zu erhöhen.

»In der Vergangenheit haben wir eine digitale Superinfrastruktur geschaffen, während die Staaten die Verantwortung für die freiheitlichen Prinzipien trugen. Nun ist alles mit allem vernetzt, wir tauschen uns weltweit aus und treiben Handel miteinander. Wir sind Brüder und Schwestern geworden. Doch die Staaten können mit dem Tempo der Entwicklung nicht mithalten, wenn ihnen niemand unter die Arme greift. Reine nationale Institutionen sind keine modernen Einrichtungen mehr und ihre Garantien erodieren zunehmend. Deshalb haben wir uns gefragt, was wir bauen müssen, um diesen Prinzipien neues Leben einzuhauchen – nicht gegen die Staaten, sondern mit ihnen. Und um diese neue Allianz zu unterstreichen, möchte ich nun die Zentralbank-Präsidenten des Westens zu mir auf die Bühne bitten.«

Und dann kamen sie: eine lange Reihe schwarz gekleideter Damen und Herren, die den Zentralbanken der Welt vorstanden. Sie versammelten sich hinter George und verliehen seinen Worten mehr Gewicht und Seriosität. Das Publikum applaudierte und staunte – das hatte niemand erwartet.

George fuhr in das Staunen hinein fort: »Wir sind so unendlich dankbar, dass wir uns in langen Diskussionen einigen konnten und heute eine integrierte, neue Blockchain-Lösung vorstellen dürfen. Eine Lösung, die Gesellschaft und Wirtschaft endlich mehr verzahnt. Wir haben verändert, wie wir arbeiten, nun verändern wir, wie wir leben.«

Auf dem Bildschirm hinter George erschienen wechselnde Bilder von Menschen aus der ganzen Welt. »Unser Wohl und Wehe hängt schon viel zu lange davon ab, wo und von wem wir geboren werden. Es sollte nicht entscheidend sein, ob man Mann oder Frau, schwarz oder weiß, aus reichem oder armem Elternhaus ist, wenn es um unsere grundsätzlichen Rechte geht. Der Fleiß sollte die grundsätzlichsten menschlichen Bedürfnisse garantieren, nicht die Herkunft.«

Erneut klatschte das Publikum lange. Wolf schaute in die erste Reihe und sah, wie einigen der besonders treuen Fans Tränen der Rührung in den Augen standen.

»Unsere neueste Entwicklung, die wir mit Staaten und Zentralbanken erarbeitet haben, ist allen anderen Systemen mindestens sieben Jahre voraus. Sie wird Leistung noch besser, noch transparenter abbilden – schneller, smarter, komplett anonym und einhundert Prozent sicher. Jede Art von Wert kann in Echtzeit und fast kostenlos transferiert werden. Aber nun möchte ich euch noch etwas konkreter zeigen, wovon wir sprechen.«

George holte sein Smartphone aus der Tasche und öffnete die neue Anwendung. Zuerst zeigte er die Einbindung der bisherigen Funktionen, die auf dem großen Bildschirm hinter ihm geteilt wurden. »Schaut euch diese Benutzer-Oberfläche an! Ihr seht: All die alten Funktionen gibt es noch, aber sie sind noch einfacher zu bedienen, günstiger zu nutzen und noch schneller in der Ausführung.« Das Publikum klatschte und jubelte, als es die neue, optimierte Aufmachung im Detail zu sehen bekam. »Doch damit nicht genug. Wir haben uns gefragt, wie erschaffen wir nun etwas wirklich Revolutionäres? Wie schaffen wir es, dass die Krankenpflegerin genug für sich und ihre Familie verdient, egal wo sie wohnt? Wie schaffen wir es, dass wir nicht mehr diese kolossale Ungleichheit produzieren, sodass wir mit einem Nachtessen hier um die Ecke einem Kind im Jemen ein Schuljahr finanzieren können? Freunde, wie schaffen wir auf dieser Welt mehr Gerechtigkeit? Um solche vernetzten Probleme zu regeln, haben wir die neue Lösung mit drei entscheidenden Verbesserungen ausgerüstet.«

Hinter George erschienen drei neue Stichpunkte:

Die neuen Funktionen

- staatliche Leistungen
- Aufwertung von Arbeit
- Zeitmessung

George nutzte seine pathetischste Stimmlage: »Mit unserem neuen System können Werte direkt in ursprünglich staatliche Leistungen transferiert werden wie Bildung, Gesundheit oder politisches Engagement. Wir versprechen uns davon so unglaublich viel: Ärztliche Versorgung kann trotz steigender Kosten weltweit immer mehr Menschen bereitgestellt werden, aufgeblähte Bürokratien werden massiv reduziert, aber auch Lehrer, Erzieher oder Müllwerker werden profitieren und deren Leistung aufgewertet. Wissenschaftler werden in Zukunft unabhängiger forschen, Politiker unabhängiger von Lobbys regieren, Künstler sich auf Kunst konzentrieren und Gesundheitsangestellte von ihrem Lohn gut leben.« Die Zuschauer und die Zentralbank-Präsidenten applaudierten, wie es von ihnen erwartet wurde. Allen schien klar zu sein, dass dies revolutionäre Ankündigungen waren.

»Aber wartet: Das ist noch nicht alles«, unterbrach George den Jubel. »Wir wollen das Arbeiten nicht nur besser messbar machen, sondern auch konsequenter seinen realen Wert abbilden. Künftig werden auch Mütter oder Menschen, die Angehörige pflegen, einen Anspruch auf Wert-Transfers haben. Und wir haben auch an Künstler und Umweltfragen gedacht. Hier können wir zum Beispiel kleine Beiträge von Flugreisenden in Löhne in der brasilianischen Urwaldpflege verwandeln. Endlich werden wir einen funktionierenden Umweltschutz haben, ohne riesige Industrien und Wasserköpfe, die querfinanziert werden. Wir sprechen hier von einem globalen Projekt und einem bisher utopischen Ziel: dass kein Kind mehr ohne Chance zur Welt kommt.«

George führte seine Neuerungen weiter aus, während die Begeisterung in der Halle unaufhaltsam stieg.

»Und nun noch ein drittes Feature mit revolutionären Zügen: die Zeitmessung. Ihr wisst, dass wir bereits in der Vergangenheit Zeitmessungen über unsere Systeme gemacht haben, aber das werden wir nun auf ein ganz neues Level heben. Durch die Vernetzung aller Lebensbereiche werden unsere Computer immer genau wissen, welches Talent, welche Arbeit in Zukunft wo gefragt sein wird, um eine nachhaltige Entwicklung auf allen Ebenen zu ermöglichen. Wir werden mit Geld das steuern und fördern, was es braucht und wofür Nachfrage besteht. Schlussendlich steuert ihr mit euren Bedürfnissen und euren Wertzuschreibungen die Welt selber, wobei wir zusätzliche Anreize für nachhaltiges Handeln setzen werden. Na, und vielleicht werde ich mich dann doch noch mit dem Kommunismus anfreunden.« George lachte, als ein Zitat von Karl Marx hinter ihm erschien:

Der totale Mensch zeichnet sich durch freie Tätigkeit aus. Morgens jagt er, nachmittags fischt er, am Abend treibt er Viehzucht und nach dem Essen kritisiert er, ohne je Jäger, Fischer, Hirt oder Kritiker zu werden.

George führte weiter aus: »Wir werden so viel freier werden! Manche werden jetzt vielleicht sagen, dass die Staaten am Ende doch nicht mitmachen werden, weil es ihnen zu viel Macht aus der Hand nimmt. Aber genau hier haben wir kolossale Durchbrüche erlebt in unseren Verhandlungen. Doch lasst euch das nicht von mir erzählen, sondern von der Präsidentin der Vereinigten Staaten von Amerika. Willkommen Chloé Pennington!«

Nun brachen alle Dämme. Die populäre Präsidentin der USA betrat die Bühne und winkte ins Publikum und in die Kameras. Sie war eine zierliche Person mit einer markanten Nase, grünblauen Augen, einer kleinen Zahnlücke und mittellangen, blonden Haaren, die beim Laufen rhythmisch durch die Luft wippten.

Wolf war fassungslos. Er wusste nicht, dass die mächtigste Frau der Welt heute auch hier sein würde. Kruger offensichtlich schon – während alle entgeistert die US-Präsidentin bestaunten, klatschte er wie wild und lachte über das ganze Gesicht.

»Danke, lieber George. Hallo Crypto-Valley!«

Das Publikum stand nun und rief immer wieder: »Pennington! Pennington!«

»Danke, danke!«, versuchte Chloé, Ruhe in den Saal zu bringen. »Wer hätte gedacht, dass wir heute so zuversichtlich hier stehen und diesen historischen Moment erleben können. Wir kommen aus stürmischen Zeiten. Job-Verlust, politische Verwerfungen, Inflation und eine Natur, die uns gezeigt hat, dass unsere Handlungen Konsequenzen haben. Die Zwanzigerjahre waren für uns alle mehr als schwierig. Und doch stehen wir heute hier und ich blicke in Gesichter voller Hoffnung. Menschen, die glauben, dass es dieses Mal anders wird und wir die Welt wirklich verändern werden. Es gibt keine Probleme, die wir nicht lösen können. Kein Ziel, an dem wir scheitern werden …«

Die Präsidentin richtete weitere weidvolle Worte an das Publikum und schürte die Hoffnung, dass die eben präsentierten Entwicklungen der Welt wirklich eine bessere Zukunft bringen würden. Wolf starrte sie mit offenem Mund an, beeindruckt von ihrer Energie und ihrer Fähigkeit, das Publikum zu begeistern.

»Vielen Dank für die netten Worte, Mrs. President«, übernahm George nach ihrer Rede erneut das Kommando. »Aber ihr könnt euch vorstellen, dass ich Chloé nur mit einem handfesten Versprechen hierher bekommen habe – und zwar in Form einer historischen Handlung. Wir möchten euch jetzt zeigen, wie viel Vertrauen wir in unser neues System setzen und wie einfach ihr von den alten Lösungen zu den neuen wechseln könnt. Und dafür werden wir nun eine historische Transaktion durchführen: die höchste Geldübertragung in der Geschichte der Menschheit!«

Der Bildschirm hinter George teilte sich in zwei Bereiche. Auf der einen Seite befand sich eine Weltkarte mit unzähligen Punkten und auf der anderen die große Zahl Null.

»Hinter mir seht ihr nun alle flüssigen Mittel von Bangron Industries: Insgesamt über drei Komma drei Trillionen US-Dollar, verteilt auf viele kleinere Konten! Diese werden wir nun auf einen Schlag ins neue System überweisen und von dort auf die passenden Unterkonten. Das System wird also auf einen Schlag extrem reich werden. Direkt nach dieser Überweisung werde ich euch zeigen, wie ihr euch im neuen System anmelden könnt und wie die Übertragung aus den alten Systemen funktioniert. Vergesst nicht, eure Übertragungen schnell zu machen, der Wert der Lösung wird rapide steigen. Chloé, darf ich dich bitten!«

Wolf dachte: »*Das ist typisch für George. Er lässt die mächtigste Frau der Welt den entscheidenden Knopfdruck machen, während er davon profitiert. Teilen und Herrschen!*«

Von der Seitenbühne wurde nun ein roter Druckknopf auf einem kleinen Podest herbeigerollt und die Präsidentin legte ihre Handfläche darauf. George animierte das Publikum, einen Countdown von zehn rückwärtszuzählen. Dann schlug Pennington kräftig auf den Druckknopf, und sofort verschwanden die kleinen Punkte auf der Weltkarte.

»Ihr werdet nun gleich sehen, wie die größte Geldverschiebung aller Zeiten geschieht. Superschnell und einhundert Prozent sicher. Betrachtet die Zahl auf der rechten Seite! Sie wird gleich explodieren!«, rief George.

Doch es geschah … nichts. Nach ungefähr einer Minute wurde das Publikum unruhig.

»Keine Sorge«, beruhigte sie George. »Es ist eine riesige Transaktion. Es wird gleich losgehen und der Geldzähler wird durch die Decke gehen!« Doch ein leichtes Zittern war in seiner Stimme unverkennbar.

Dann flimmert plötzlich das Bild auf dem Bildschirm hinter George. Die Weltkarte und die Zahl verschwinden und ein animiertes Bild einer Guy-Fawkes-Maske unter einer schwarzen Kapuze erscheint auf dem Screen. Wolf fährt der Schreck in die Glieder, während im Saal lähmende Panik ausbricht. Was war das denn? Das Bild auf dem Bildschirm erinnerte Wolf an einen Nazgûl – eine dunkle Kreatur in schwarzen Lumpen aus dem Film Herr der Ringe.

»Guten Abend«, sprach das Wesen mit metallischer Stimme. »Na, George: die ganze schöne Kohle einfach weg? Aber keine Sorge … Jetzt kommen die wirklich wichtigen Ankündigungen. Denn heute möchten wir die Welt über die Aktion Anonymous Coin informieren.«

01. MAI 2011

Die Pommes der Freiheit

Erneut hatten zwei Frauen ihr Geschäft in den Duschen verrichtet, die Carmen zu putzen hatte. Im Correctional Institute for Women, dem größten Frauengefängnis der Region, war das nichts Ungewöhnliches, denn der Darm war das vielversprechendste Transportmittel, um Drogen in die Einrichtung zu schmuggeln. Als Carmen mit einer kleinen Bürste, einer Schaufel und einem Mob die Sauerei zu putzen versuchte, rannen ihr zum ersten Mal seit Wochen wieder Tränen über die Wangen.

Wie hatte alles nur so schiefgehen können? Nachdem das FBI sie verhaftet hatte, wurde sie tagelang verhört. Doch Carmen war stumm geblieben und hatte darauf bestanden zu erfahren, wie ihre digitale Tarnung aufgeflogen war. Auf diese Fragen gingen die Agenten natürlich nicht ein, sondern legten Internetprotokolle und Chatverläufe vor, die ihre Schuld an den Cyberattacken durch Anonymous zweifellos bewiesen.

Glücklicherweise waren Carmens Hardware, die Computer und Server, einwandfrei gesichert, wodurch ihre weiteren Geheimnisse gewahrt blieben. Und die Beamten fanden Carmen schon bald nicht mehr interessant genug, um es noch härter zu versuchen.

Bereits zwei Wochen nach ihrer Verhaftung fand sie sich vor dem County-Gericht in Downtown Louisville wieder. Als sie den leeren Gerichtssaal voller gelangweilter Personen betrat, sah sie auf der Besucherbank zu ihrer Rechten Jeff sitzen. *»Ach, Jeff. Guter, alter, ahnungsloser Jeff«*, dachte sie und schenkte ihm ein hoffnungsloses Lächeln.

Ihre Verhandlung dauerte genau vierzig Minuten. Der Pfuscher-Anwalt, der sie vertrat, verwechselte während der Verhandlung sowohl einen der Anklagepunkte als auch ihren Namen. Er hatte sich schon in den ersten Gesprächen als übernächtigter, stinkender Alkoholiker herausgestellt, doch Carmen wollte keinen anderen Rechtsvertreter. Der gesamte Apparat schien sowieso der Meinung zu sein, dass hier schlicht einem verzogenen Gör eine rechte Lektion erteilt werden müsse. Wozu also sich dagegen wehren? Und so blieb Carmen stumm. *»Sollen sie mit mir machen, was sie wollen«*, dachte sie trotzig.

Der Richter war ein gelangweilter Sesselfurzer mit käsiger Haut, der Carmen emotionslos zu sechs Jahren Haft verdonnerte und betonte, dass sie nur aufgrund ihres jugendlichen Alters nicht für deutlich längere Zeit hinter Gittern landete. Carmen fühlte sich, als würde ihr Herz gestoppt, als das Urteil gesprochen wurde. Jeff weinte leise hinter ihr.

Sie erwartete das Schlimmste. Die Gefängnisse des amerikanischen Kernlandes waren gefürchtet und berüchtigt für ihre miserable Führung, betrieben durch die ständig klammen Bezirke. Am Tag ihrer Ankunft bemerkte Carmen dies vor allem an den heruntergekommenen sanitären Einrichtungen, heraushängenden Kabeln an den Decken und dem miserablen, matschigen Fraß, den sie mit Plastikbesteck von Papptellern essen musste – richtiges Besteck war aus Sicherheitsgründen verboten.

Sie schlief in einer Doppelnische mit ihrer meist apathischen Nachbarin Petra, einer hoch verschuldeten, alleinstehenden Mutter von zwei Kindern, die wegen Drogenhandels, Prostitution und Widerstands gegen die Staatsgewalt noch zwei weitere Jahre im Knast vor sich hatte. Petra hatte ihre Kinder seit einem Jahr nicht mehr gesehen. Als sie fürs Gefängnis abgeholt worden war, hatte sie sich mit ihren weinenden Töchtern in ihrer Wohnung verschanzt und damit gedroht aus dem zweiten Stock zu springen, wenn sie nicht in Ruhe gelassen werde. Alles, was Petra jetzt über ihre Kinder wusste, war, dass es ihnen angeblich gut ging. Wo sie sich befanden, wusste sie nicht. Und auch nicht, ob sie sie jemals wieder zu sehen bekam.

Jeff besuchte Carmen von Anfang an regelmäßig alle paar Wochen. Er hatte sich inzwischen im Streit von Tina getrennt und entschuldigte sich mit schlechtem Gewissen bei Carmen durch eine Glasscheibe im Besucherraum.

»Ich kann dir Geld besorgen, Carmen. Sag einfach, wie viel du brauchst«, beteuerte Jeff.

»Was soll ich mit Scheiß-Geld? Glaubst du, mir fehlt's hier an Schokoriegeln aus dem Knast-Kiosk?«, flüsterte Carmen in unterdrückter Wut. »Oder soll ich jemanden anrufen? Wen denn? Meine Tante, die sich einen Dreck für mich interessiert? Meine zahllosen Freunde? Dich?«

Sie schwiegen für einen Moment.

Sie unterbrachen sich gegenseitig:

»Ich …«

»Ich …«

»Ist schon ok, Jeff. Ich schaff's schon irgendwie.«

»Du alte Wühlmaus«, scherzte dieser nach einer kurzen Pause und blickte sie von unten mit treuen Augen an.

»Ich schwöre es dir, Carmen: Am Tag, an dem du rauskommst, stehe ich hier und hole dich ab«, versprach er. Doch Carmen erschien dies wie ein Versprechen für ein nächstes Leben.

Neuankömmlinge erhielten im Knast eine kurze Schonzeit nach ihrem Eintritt, weil die Wärter ein besonderes Auge auf sie hatten. Wegen ihrer schmächtigen Figur wurde Carmen jedoch von Anfang an in Gemeinschaftsräumen angerempelt, beleidigt und beiläufig bedroht. Sie fürchtete, dass es nur eine Frage der Zeit war, wann es zu einem ersten Übergriff kommen würde. Doch welche Grausamkeiten tatsächlich auf sie wartete, konnte sie zu der Zeit noch nicht ahnen.

Carmen hielt sich an einem Montagnachmittag gerade im Waschraum auf und genoss einen Moment der Stille. Sie rasierte ihren Körper in einer der kleinen Duschkabinen, als eine gefürchtete Gruppe junger Frauen den Raum betritt.

»Ah, Frischfleisch!«, ruft Janice, die Anführerin der Gruppe. »Komm mal her und lass mich dich genauer anschauen.« Carmen versucht sich abzudrehen und ihre Scham zu verdecken, doch augenblicklich wird sie von vier starken Armen gepackt und über die Spüle gedrückt.

»Jetzt schaut euch mal den Arsch an!«, ruft Janice und steckt den Mittelfinger zwischen Carmens Schenkel.

»Na, wenn das mal keine heiße, enge Pussy ist! Wer möchte an meinem Finger riechen?«, ruft Janice jaulend aus und ihre Freundinnen lachen laut.

Janice tritt Carmen die Beine unter dem Körper weg. Diese schlägt hart mit dem Kinn auf dem Waschbecken auf und geht zu Boden. Und es soll noch schlimmer werden: Während Carmen auf dem Boden liegt, holen die anderen Frauen zwei Besen und einen Mob und schlagen mit den Stilen kraftvoll auf den Körper der verängstigten Frau zu ihren Füßen ein. Carmen, unfähig sich zu wehren, schützt ihr Gesicht und den Oberkörper so gut wie möglich mit den Armen und harrt der weiteren Qualen, die da kommen sollen.

»Jetzt bekommt sie ihren ersten Knast-Fick«, schreit Janice, verdreht Carmens Handgelenk und setzt dazu an, sie mit dem Besenstil zu vergewaltigen. Carmen tritt mit den Beinen um sich und brüllt, so laut sie kann. Angst und Panik lassen sie schriller klingen, als sie sich jemals hätte träumen lassen. Die anderen sind zu zahlreich, zu stark.

In dem Moment springt die Tür zum Waschraum krachend auf und eine Wärterin steckt ihren dicken, lockigen Kopf rein. »Was soll die Scheiße?«, ruft sie, während die Insassinnen widerwillig von Carmen ablassen.

»Das Mädchen hier wollte nur ein paar Tipps und wissen, wie es hier läuft. Jetzt ist sie eingeweiht«, lacht Janice.

»Verpisst euch in eure Zellen! Alle zusammen! Und du am Boden: Zieh dir was an und mach, dass du rauskommst«, sagt die Wächterin in bestimmten Ton und beendet Carmens Horrorerfahrung fürs Erste.

Carmen wirft sich die Sachen über und rennt, so schnell sie kann, aus dem Waschraum in einen möglichst stark bevölkerten Gang in der Mitte des Gefängnisses. Sie setzt sich auf den braunschwarz gefleckten Boden und atmet schnell und ängstlich vor sich hin. Sie denkt zurück an die Geschehnisse mit Jill in der Highschool, aber dies hier hatte eine völlig andere Qualität. Was hatte sie sich damals über Macht eingeprägt?

»Ich darf nirgendwo mehr alleine sein und muss Freunde finden, Verbündete. Und dann muss mich verteidigen können.« Das sind für mehrere Stunden die einzigen klaren Gedanken, die sie fassen kann. Ach, hätte sie doch nur Jeff bei sich!

Wenig später – sie lag mittlerweile in ihrem Bett und dachte über das Erlebte nach – kam der Zorn: brennend, unüberhörbar wie ein Heavy-Metal-Konzert in der Kleinstadt und alles durchdringend, wie sie es noch nie zuvor erlebt hatte. Sie spürte keinen Schmerz, keine Scham und auch keine Angst mehr – Gefühle, die ihre gesamte Existenz in den letzten Stunden ausgemacht hatten.

Sie spürte nur noch tiefen Hass. Hass auf Janice, den Richter, den Säufer-Anwalt, auf die Wärter, auf ihre

Eltern, auf Tia Maria, auf dieses System, das sie schon so oft betrogen hatte, und auf so, so vieles mehr. Nach der Erfahrung im Waschraum fasste sich Carmen vier Vorsätze.

Erstens: Sie war nicht bereit, hier vor die Hunde zu gehen.

Zweitens: Bis auf Weiteres verzichtete sie auf jede Form von Privatsphäre. Sie hielt sich, so gut sie konnte, immer in der Masse ihrer Mitinsassinnen auf.

Drittens: Carmen begann dreimal täglich ihre Muskeln zu trainieren: Liegestützen, Crunches, Burpees, Lunges, Klimmzüge, Sprünge … Außerdem war es den Insassinnen erlaubt, einen kleinen Trainingsraum mit Hanteln zu nutzen, was sie nun ausführlich tat. Sie staunte darüber, wie schnell sie große Fortschritte machte und sich stärker fühlte.

Und sie fühlte auch, wie die Bewegung ein inneres Monster in ihr fütterte. Direkt nach einem harten Training dürstete es jeweils nicht mehr so stark nach Rache.

Carmen nutzte die paar Kröten, die sie von Jeff erhielt, und bestach eine Küchenarbeiterin, die sie fortan mit Eiern versorgte. Diese aß sie roh direkt nach dem Krafttraining.

»Das nächste Mal wird's den Anderen zumindest auch weh tun«, dachte sie.

Viertens: Sie suchte sich Freunde. Das Gefängnis bot seinen Insassinnen Aktivitäten wie Gottesdienste und Gruppentherapien gegen Gewalt und Sucht, die die häufigsten Inhaftierungsründe darstellten. Carmen bot darum den Frauen, die ihren Highschool-Abschluss nachholten, an, den Umgang mit Computer zu lehren, was ihr gewährt wurde. Der Stoff, den sie zu vermitteln hatte, war ein Witz, und die alten, dem Gefängnis gespendeten PCs waren vom Netz gekappt. Nichtsdestotrotz konnte sie vielen benachteiligten Personen helfen, ihren Schulabschluss zu erreichen. Bald schon war sie bei einigen Mitschülerinnen mit Einfluss beliebt und damit nicht mehr das einfachste Ziel eines Angriffs.

Und so schlich sich eine Routine in den Alltag des Schreckens ein. Innerhalb eines halben Jahres war aus dem zierlichen Computer-Nerd eine durchtrainierte, halbwegs akzeptierte Insassin geworden, die sich in ihrer erzwungenen Rolle zurechtfand.

Von Zeit zu Zeit hatten sie die Erlaubnis, auf den Gefängnis-Computern zu surfen, jedoch nur auf vom Gefängnis freigegebenen News-Websites. Dort las Carmen im September 2011 – ungefähr ein halbes Jahr nach ihrer Inhaftierung – über den Aufstand der »99 Prozent«. Die Bewegung unter dem Leitspruch »Occupy Wall Street« hielt den Zuccotti-Park in New York besetzt und protestierte gegen das Finanzsystem.

Carmens Herz schlug schneller, als sie das las, und leise Hoffnung keimte in ihr auf. War das gar eine Revolution? Der offensichtlich nötige Aufstand gegen das System? Sie wäre so gerne dabei gewesen!

Doch das Pflänzchen des Widerstands erwies sich als vergänglich. Schon bald interessierten die Börsen-Kennzahlen der großen Firmen die Leute wieder mehr als die protestierenden Massen.

Carmen kam es vor, als wäre sie auf einem Schiff eingesperrt, dessen Mannschaft durch nichts – auch nicht den Orkan, durch den sie segelten – geweckt werden konnte. Und so zogen Monate ins Land, ohne dass etwas passierte.

Im April 2013 – sie war inzwischen rund zwei Jahre inhaftiert – bekam sie wieder mal Besuch von Jeff.

»Wie kommst du denn so über die Runden?«, fragte sie ihn.

Er lächelte schief. »Ach, es geht schon. Hier mal ein wenig Arbeit, dort mal wieder 'nen Job. Ich habe dir übrigens wieder einhundert Dollar mitgebracht, damit du telefonieren kannst.«

»Dankeschön. Ich kaufe mir damit lieber Zigaretten.«

»Rauchst du etwa seit neuestem?«

»Nee, aber die Zigaretten lassen sich hier gut tauschen. Wenn ich wieder raus bin, zahle ich dir alles zurück. Ich weiß zwar noch nicht, wie … Aber da fällt mir schon noch was ein.« Carmen hatte ein schlechtes Gewissen, weil sie bei Jeff inzwischen tief in der Kreide stand.

»Wo du es gerade ansprichst: Du hattest doch früher immer von diesen Bitcoins erzählt. Erinnerst du dich noch?«

»Ja, klar. Was ist damit?« Carmen hatte kaum Kontakt zur Außenwelt, nur beschränkt Zugang zum Internet und im Gefängnis wirklich genug damit um die Ohren, sich über Wasser zu halten. Sie hatte sich seit Monaten keine Gedanken mehr um dieses Projekt aus einem früheren Leben gemacht.

»Ich habe vor Kurzem einen Bericht dazu auf Youtube gesehen. Die Dinger sind anscheinend jetzt viel teurer geworden. Hast du noch ein paar?«

»Was? Um wie viel sind sie teurer geworden?« Carmen war plötzlich hellwach.

»Keine Ahnung. Wenn ich das richtig verstanden habe, kostet jetzt einer über hundertdreißig Dollar.«

Carmen schwindelte. Sie rechnete kurz nach: Wenn das stimmte, besaß sie nun knapp hundert Millionen Dollar in Bitcoins. War sie etwa steinreich?

»Okay, hör mir genau zu: Du gehst jetzt aufs Klo, rufst deine Mutter an und sagst ihr, sie soll den Bitcoin-Dollar-Kurs im Internet suchen. Und dann kommst du wieder zurück und sagst mir, wie der Kurs ist.«

Jeff ging raus und kam wieder zurück. »Hundertachtunddreißig Dollar, meinte sie.«

Carmen verfiel in lautes, hysterisches Lachen. Sie konnte nicht mehr aufhören, auch nicht, als sie die Wärter packten und zurück in die Zelle brachten. »Jeff! Jeff! Das ist einfach perfekt!«, prustete sie heraus, während zwei Gefängnismitarbeiter sie unsanft an den Armen aus dem Besucherraum zerrten.

Die Nächte im Gefängnis begannen so früh wie die Tage, was Carmens gar nicht zusagte. Sie war es gewohnt, in der Zeit nach Sonnenuntergang aktiv zu sein und nicht zu schlafen (alte Programmierer-Angewohnheit). Deshalb lag sie oftmals wach im Bett und träumte von einer besseren Zukunft. So auch in dieser einen Nacht, nur wenige Tage nach Jeffs Besuch und der überraschenden

Nachricht, dass sie jetzt Millionärin ohne Zugriff auf ihr Vermögen war.

Sie lag seit Längerem im oberen Etagenbett wach und hörte Petra beim leisen Weinen zu. Selber war sie seit Jeffs letztem Besuch und den Neuigkeiten aus der Welt außerhalb der Gefängnismauern weit weniger niedergeschlagen. Hoffnung wehte durch die dunklen Flure der Sicherheitseinrichtung.

Sie schmiegte sich in ihre dünne Rosshaardecke und presste einen kleinen Schatz in Form eines Briefumschlags an ihren Oberkörper.

In dem Briefumschlag befanden sich zwei Zettel mit jeweils einem Zahlencode und zwölf Wörtern darauf. Ihre Private-Keys! Die Login-Informationen für ihre Bitcoins. Mit diesem Schatz konnte sie auf ihre Coins zugreifen – zumindest so lange es das Internet gab. Ohne sie ist er verloren. Nacht für Nacht betete sie sich bereits die Wörter vor, die ihren Private-Key bildeten, den Zugriff auf aktuell rund hundert Millionen Dollar: »Esel, Schifffahrt, Whisky, Glauben, Mond, Eiweiß, Stuhlbein, Kran, Bronze, Schatten, Zwerg, Seife.«

Sie hatte ein ausgezeichnetes Gedächtnis und konnte sich Zahlen und Wörter gut merken. Doch sie brauchte eine real existierende Sicherheit, die sie an ihr Herz schmiegen konnte.

»In vier Jahren komme ich hier raus. Und dann kann ich von vorne starten. Ich suche mir ein flottes Plätzchen in der Karibik, schlürfe am Nachmittag Bahama Mamas und hänge am Abend in meiner Hängematte. Vielleicht kommt Jeff ja auch mit … Esel, Schifffahrt,

Whisky, Glauben …«

Sie öffnete das Kuvert, während alle anderen im Gemeinschaftsschlafraum schliefen. Sie schaute die Buchstaben und Zahlen genau an, prägte sie sich erneut ein, um sich zu vergewissern, dass sie nichts Falsches auswendig lernte. Liebevoll betrachtete sie ihre Notizen … So viel Hoffnung …

»Esel, Schifffahrt, Whisky, Glauben, Mond, Eiweiß, Stuhlbein, Kran, Bronze, Schatten, Zwerg, Seife.«

»Was schaust du dir denn da Schönes an?«, hört sie in dem Moment hinter sich. Carmen fährt herum, doch in dem Moment werden ihr bereits die Zettel samt Kuvert aus der Hand gerissen.

Janice! Da steht sie erneut, dieses Mal jedoch nur von einer Freundin flankiert. »Was steht denn da? Ist das eine Geheimsprache? Ein Liebesbrief von deinem Ficker? Was soll denn das heißen? Esel, Schifffahrt… Du bist echt 'ne dumme Kuh«, keift sie leise im Dunkel des Schlafraums.

»Gib mir das sofort wieder oder es setzt was!«, zischt Carmen.

»Was setzt es dann, du Fotze? Du passt besser auf, sonst steck ich dir schneller, als du denkst, wieder einen Besenstil in deinen Arsch!«

»Gib. Mir. Das. Papier. Zurück. Jetzt!«

In den Schlafkojen nebenan regen sich die ersten Körper und Köpfe strecken sich in ihre Richtung.

»Ach, lieber nicht. Aber weißt du was? Du machst jetzt den Leuten hier ein wenig Freude und schenkst uns ein bisschen Wärme.« Janice lacht, macht zwei Schritte zurück, holt ein geschmuggeltes Feuerzeug aus ihrer Tasche und zündet die Zettel an.

»Nein!«, schreit Carmen in Panik. Eigentlich kennt sie die Wörter. Aber sie braucht etwas Handfestes, eine Form, die ihr garantiert, dass ihr Schatz real ist, sie nicht dem Wahnsinn verfallen ist.

Sie springt auf und auf Janice los. Nun bemerkt sie plötzlich, wie viel Kraft sie in den letzten Monaten aufgebaut hat. Doch Janice ist deutlich größer, rücksichtloser und kampferprobt. Keine gute Ausgangslage.

Doch Carmen ist nicht mehr zu stoppen. In wilder Wut verpasst sie Janices Freundin im Vorbeilaufen einen Ellbogencheck. Ein Knirschen und ein lauter Schrei. Kieferbruch bei ihrer ersten Gegnerin. *»Die ist schon mal ausgeschaltet!«*, denkt Carmen und wirft sich mit aller Wucht auf Janice. Die beiden Frauen wälzen sich auf dem Boden, schreien, verteilen Kinn- und Leberhacken.

Carmen spürt keinen Schmerz, auch wenn sie hart getroffen wird. Ein innerer Dämon übernimmt die Kontrolle. Er beflügelt einen willenlosen Wirt, ihren Körper. Die Wut verschafft ihr den entscheidenden Vorteil. Carmen gewinnt die Oberhand und schafft es, sich auf Janice zu setzen. Sie prügelt mit der Lust der Zerstörung auf das Gesicht ihrer Rivalin ein. Als Janice aufhört, sich zu wehren, packt Carmen sie an den schmierigen Haaren und schlägt den Hinterkopf der Frau auf den grauschwarzen Linoleumboden.

Einmal! Zweimal! Dreimal!

Janices Augen verdrehen sich nach oben.

Carmen hastet zu den brennenden Papieren. *»Vielleicht kann ich sie noch retten«*, denkt sie.

Doch es ist zu spät.

Als das Licht angeht und die Wärterinnen und Wärter unter röhrendem Alarm den Schlafsaal stürmen, finden sie einen Kreis gaffender Insassinnen, in deren Mitte sich drei Frauen befinden. Zwei von ihnen liegen in Blutlachen und eine weint leise über einem Häufchen weißer Asche.

Die Geschehnisse im Schlafsaal blieben nicht ohne Konsequenzen. Carmen wurde zu Direktor Stevens ins Büro gerufen, wo sie sich in Handschellen vor dessen unaufgeräumten Schreibtisch setzen musste.

Der Direktor war ein älterer Mann mit ungebürstetem Schnauzbart und einem kleinen Senffleck im Brustbereich seines Hemds, das er um einen Knopf verschoben geknöpft hatte. Auf seinem Pult lagen unzählige Unterlagen, Papiere, ein veralteter Computer, leere Cola-Dosen und fettige Sandwich-Papiere. Hinter ihm prangte eine große Schwarz-Weiß-Aufnahme des Gefängnisses aus der Luft aufgenommen.

»Insassin, was ist letzte Nacht geschehen?«, fragte er und setzte die Miene eines Fernsehdetektivs auf.

»Ich wurde bestohlen. Ich habe mich nur gewehrt«, antwortete Carmen, während ihr Blick am Direktor vorbeiglitt.

»Ist Ihnen bewusst, dass die Insassinnen Fletcher und, äh … Moment …« Er suchte den zweiten Namen auf den unzähligen, unordentlich verteilten Seiten vor sich auf dem Pult. »Jedenfalls: War Ihre Attacke auf die Mitinsassinnen von höchster Brutalität …« Triumphierend fand er den Namen auf einem Blatt »Miss O'Neill … Miss O'Neill wird Schäden davontragen. Wir können noch nicht beurteilen, wie gravierend diese sein werden. Sie klagt jedenfalls über heftige Schmerzen. Und Frau Fletcher … ja, die muss sogar operiert werden.«

»Ich wurde bestohlen und habe ein Recht auf Selbstverteidigung.«

»Die Überwachungskameras in Ihren Schlafsälen bestätigen diese Behauptung teilweise. Aber Ihnen ist ja klar, dass wir in diesen Einrichtungen keinerlei Gewalt tolerieren können. Das Recht von Gefangenen auf Privatsphäre ist eingeschränkt. Ihre Grundrechte beschnitten. Und ganz ehrlich: Es ging um ein paar Zettel mit Gekritzel drauf. Was sollte das? Woher kommt diese Wut, Mäuschen?« Er deutete ein Lächeln an.

Carmen atmete tief ein und wieder aus. »Die Papiere hatten einen emotionalen Wert für mich.«

»Ich mache mir jedenfalls Sorgen über Ihre Entwicklung hier drin: Sie sind doch wegen Internetpornos bei uns oder so was? Jedenfalls was Harmloses.« Wieder schaute er auf die Unordnung auf seinem Schreibtisch, dann fuhr er in einem väterlichen Ton fort: »Was soll denn das? Von der Internet-Maus zur Street-Fighterin? Machen Sie mir hier jetzt einen auf Rebellin?« Die Rollenaufteilung des Gesprächs behagte ihm zusehends.

»Sir, ich habe mich nur verteidigt«, wiederholte Carmen, ohne auf das diabolische Necken einzugehen.

»Jedenfalls habe ich heute mit dem Richter telefoniert,

Herr …« wieder war ihm der Namen entfallen. »Er meinte jedenfalls, dass Sie dies mindestens ein zusätzliches Jahr hier kostet.«

Ihr Herz setzte für einen Schlag aus.

»Der Richter meinte jedoch auch, er wäre bereit, einen Deal zu machen, wenn wir das nicht vor Gericht austragen.«

Carmen war klar, dass Stevens das Ganze keinesfalls über einen Prozess handhaben wollte, weil das unerwünschte Aufmerksamkeit auf sein Gefängnis richten würde. Mit geweiteten Augen und gedämpfter Stimme sprach sie: »Sir, ich werde eine Videosequenz aus dieser Einrichtung vorlegen, die klar beweist, dass ich von diesen Frauen belästigt und missbraucht wurde. Ich will hier 2017 raus, wie es in meinem Urteil steht. Sonst gehe ich in jedem Fall vor Gericht – und zwar mit dem besten Anwalt, der sich finden lässt. Und glauben Sie mir: Den werde ich bekommen.«

Doch Stevens schien wenig beeindruckt. »Ach, wissen Sie: Die Videosequenzen in diesen Einrichtungen sind nicht sonderlich zuverlässig. Darauf würde ich keine Beweisführung stützen. Der Staatsanwalt meint, dass er im Fall eines Prozesses auf versuchten Totschlag plädieren würde. Wenn es dumm läuft, bleiben Sie dann weitere zwanzig Jahre hier drin. Und das wollen Sie doch nicht.« Carmen antwortete nicht, und so fügte Stevens nach einer Pause hinzu: »Ich kann sonst Ihren Anwalt rufen lassen.« Er streckte sich nach seinem alten Funktelefon.

Carmen wusste nicht, ob er bluffte. Aber sie konnte keine zwanzig Jahre hier riskieren. Dafür brauchte sie ihren Säufer-Anwalt nicht. Und auch keinen guten, den sie sich inzwischen ja leisten konnte.

Sie schloss die Augen: »Am 1. Januar 2018 komme ich hier raus. Wäre das ein Deal?«

»Ich werde sehen, was ich tun kann, Fighter-Girl.« Erneut zuckte ein Grinsen über sein Gesicht.

Carmen stand auf. »Kann ich gehen?«, fragte sie.

»Ja, aber da ist noch etwas, Insassin …« Er stand auf, lief um seinen Schreibtisch und klopfte mit einem Finger an das Glasfenster seiner Tür, woraufhin zwei Wachen im Raum erschienen. Sie packten Carmen an den Schultern. »Bis auf Weiteres kommen Sie ins Loch!«

Die Isolationszellen wurden auch in den offiziellen Unterlagen des Gefängnisses als »das Loch« bezeichnet. Hier befanden sich die Insassinnen für oftmals unbestimmte Zeit in völliger Isolation von der Außenwelt. Hinter schweren Metalltüren und auf kleinstem Raum wurden die Inhaftierten auf sozialen Entzug gesetzt, wodurch jeglicher Widerstand gebrochen wurde.

Wer im Loch saß, hatte meist gegen Gefängnisregeln verstoßen oder war »on death row«, der berüchtigten Wartezeit von zum Tod Verurteilten bis zur Hinrichtung.

Carmens Zelle war in etwa so groß wie eine zu klein geratene Apartmentküche. Darin verbrachte sie pro Tag zwischen zweiundzwanzig und vierundzwanzig Stunden in absoluter Einsamkeit. Die einzigen Menschen, die sie zu Gesicht bekam, waren Wärter, die angewiesen wurden, jeglichen sozialen Kontakt zu meiden, außer gebellten Befehlen. Einer von ihnen lief die ganze Zeit vor den Zellen pfeifend durch den Gang. Immer wieder dasselbe Lied! Es war alles, was er ihr gönnte!

Die einzigen Fenster nach draußen waren ein Schlitz in der Tür zum Gang hin sowie eine hundertzwanzig Quadratzentimeter große, vergitterte Betonscharte. Davor direkt die Mauer.

Das Mobiliar der Zelle war im Boden verschraubt und bestand aus einem Hocker und einem kleinen Betonbett mit einer dünnen Matratze. Waschbecken und WC befanden sich in einer gemeinsamen Einheit vor dem Bett und in der Ecke stand eine verkalkte Eisendusche, aus der in begrenzter Menge eher kaltes als lauwarmes Wasser floss.

Die Mahlzeiten nahm Carmen in ihrer beigefarbenen Zelle ein. Meist erhielt sie täglich eine Stunde Außenaufenthalt. Das hieß, dass sie sich alleine in einem runden Beton-Sarkophag mit der Größe eines Basketballfeldes bewegen durfte. In der Mitte des kleinen Platzes befand sich ein verlassender Pingpongtisch ohne Netz und über sich sah man den Himmel durch ein Gitterdach – ein herrlicher Anblick im Vergleich zur Zelle, in der totale Abschottung, Eintönigkeit und Einsamkeit herrschten.

Das Tageslicht im kleinen Hof half ihr, zwischen Tag und Nacht zu unterscheiden und ihren Schlafrhythmus nicht zu verlieren. Diesen versuchte sie unbedingt zu erhalten, denn die Verlockung, sich einfach ins Bett zu legen und zu schlafen, bis der Albtraum endete, war verführerisch. Doch sie wusste, dass dies zu Schlafproblemen führte und diese oftmals der Ausgangspunkt für die üblichen Angstzustände waren – sowie für Depressionen,

Paranoia, Wahnvorstellungen und Psychosen. Carmen wehrte sich gegen dieses Schicksal. Sie trainierte, sang leise jedes Lied, an das sie sich erinnern konnte, und sie betete.

Ja, Carmen betete, obwohl sie in ihrem Leben nie zum Glauben gefunden hatte, wie es sich Tia Maria gewünscht hatte. Ihr Gebet bestand auch nicht aus Gnadenrufen zu Jesus oder zum lieben Gott, sondern war ganz und gar zwölf Wörtern gewidmet: »Esel, Schifffahrt, Whisky, Glauben, Mond, Eiweiß, Stuhlbein, Kran, Bronze, Schatten, Zwerg, Seife …« War es wirklich Seife? Oder hatte da Seite gestanden? Kam Bronze nach Kran?

Wenn sie sich auf etwas im Leben verlassen konnte, dann auf ihren Verstand. Aber war nicht gerade der hier drin in Gefahr? Hatte sie sich bereits einen Fehler so stark eingeprägt, dass sie die richtige Kombination nie mehr erraten würde?

War sie am Ende verrückt und bildete sich all das nur ein?

»Nein. Ich komme hier raus und dann wird alles gut. Esel, Schifffahrt, Whisky, Glauben, Mond, Eiweiß, Stuhlbein, Kran, Bronze, Schatten, Zwerg, Seife.« Sie hoffte so sehr, dass die Kombination stimmte.

Als Carmen eines morgens ihren Ausgang hatte und über den kleinen Hof trottete, kam ihr eine Idee: Sie nahm einen der kleinen, weißen Steine zu ihren Füßen auf und schrieb kaum leserlich an die Wand des Betonbeckens: TWIMC

Ein Ausdruck für »to whom it may concern«, was sie oft in ihren Hackerchats benutzt hatte, wenn sie versuchte, Gleichgesinnte zu mobilisieren. Dazu malte sie einen kleinen Pfeil, der nach vorne und unten zeigte – zum Pingpongtisch. Dann lief sie zum Tisch und kroch darunter. Von unten ritzte sie mit dem Steinchen eine kleine Botschaft in den Tisch: Gefunden!

Ein verzweifelter Ruf nach Menschlichkeit und dem glückvollen Spiel der Kommunikation. Eine Flaschenpost, die in entmutigter Hoffnung ins Meer geworfen wurde.

Am nächsten Tag kroch sie unter den Tisch, um zu sehen, ob sie Antwort erhalten hatte. Doch da war nichts. Niemand hatte ihren Hilferuf erhört.

Als sie eine Woche später erneut den Platz durchschritt, hatte sie die Aktion bereits vergessen, doch als sie am Pfeil vorbeilief, schien ihr, dass da ein zweiter Pfeil an der Wand war, der in dieselbe Richtung zeigte. Neugierig kroch sie erneut unter den Pingpongtisch und tatsächlich: Da war eine Nachricht eingeritzt, in zwei Wörter verpackt. Essen Dusche

Bildete sie sich das nur ein? War das vorher schon da gewesen? Oder hatte sie tatsächlich jemanden erreicht? Was war wohl mit den zwei Wörtern gemeint?

»Hey, hört ihr jetzt auf, unter den Scheiß-Tisch zu kriechen!«, hörte sie plötzlich von der Tür her. Da stand ein Wärter und funkelte sie böse an.

Carmen beeilte sich hervorzukommen, um nicht ihr Recht auf die Rundgänge zu verlieren. Als der Wächter wieder gegangen war, dachte sie: *»Ihr, hat er gesagt. Dann ist jemand anderes auch unter diesen Tisch gekrochen. Meine Nachricht hat doch jemanden erreicht!«*

Sie verspürte ein kleines Gefühl des Triumphs und einen Hauch von menschlicher Wärme. Aber was meinte die andere Person bloß mit »Essen Dusche«? Dann kam ihr eine Idee.

Als ihr später Abendessen durch die aufklappbare Nische in der Türe gereicht wurde, stieg sie, statt zu essen, in ihre eiserne Dusche. Sie kniete sich in die kleine Kabine und rief durch das Abflussrohr gerade so laut, dass sie glaubte, dass es auf dem Gang bei den Wärtern nicht zu hören war: »Hallo!«

Sie presste ihr Ohr gegen den Abfluss, in der Hoffnung etwas zu hören. Doch da war nichts.

»Hallo! Hörst du mich?«, rief sie erneut, dieses Mal noch etwas lauter.

»Gefunden! Ich höre dich klar und deutlich!«, schepperte es blechern zurück. Eine weibliche Stimme. Leichter Akzent.

»Wer bist du?« Carmen war aufgeregt, nach so vielen Tagen endlich wieder eine Unterhaltung zu führen.

»Ich bin Intisar. Und du?«

»Carmen.«

Wieder musste sie etwas warten, doch die Antwort kam: »Hast du der blöden Kuh im Schlafsaal den Arsch aufgerissen? Super gemacht!«

Carmen lächelte leicht. Endlich wieder menschlicher Kontakt. Endlich wieder ein nettes Wort. Endlich wieder ein wenig Wärme. »Ja, aber im Nachhinein hätte ich mich wohl besser zurückgehalten.«

Sie hörte ein leises Lachen durch das Rohr und spürte, wie sich ihr Herz seit langer Zeit wieder öffnete und etwas leichter anfühlte.

Kurz darauf musste sie sich in ihr Bett zurückziehen, da der letzte Kontrollgang stattfand. Doch ab da war alles anders. Carmen und Intisar verabredeten feste Zeiten, an denen sie sich durch ihre Duschabflüsse unterhielten. Da Uhren im Loch nicht erlaubt waren, legten sie ihre Treffen anhand des Tagesrhythmus ihrer Zellen fest. Sobald sie sich beide in den Duschen befanden, konnten sie gerade so laut miteinander reden, dass sie auf dem Gang nicht zu hören waren.

Sie sprachen, sooft sie konnten, spendeten sich Trost und Mut. Die gemeinsame Notsituation formte ihre Beziehung bald schon zu einem offenen und einfühlsamen Verhältnis. Jede menschliche Regung war in dieser totalen Isolation wie die Befreiung von folternden Ketten, und so entstanden Vertrauen und Freundschaft zwischen den Wänden ihrer Zellen.

Und Intisar entpuppte sich als wunderbares Licht im dunklen Loch: klug, lustig und furchtlos. Und genauso wütend auf die Obrigkeiten wie Carmen. Diese erfuhr viel von Intisar. Sie war eine irakische Kurdin aus der Stadt Erbil im Norden des Landes. Carmen erinnerte sich ein wenig an die Geschichte der Kurden, die hin und wieder in den politisch angehauchten Internet-Communitys, in denen sie sich herumgetummelt hatte, ein Thema waren. Eine Volksgruppe, die in den umkämpften Gebieten des Nahen Ostens lebte – hauptsächlich in der Türkei, in Syrien und im Irak. Überall kämpften sie für mehr Autonomie und Unabhängigkeit.

»Wurden du und deine Familie verfolgt?«, fragte Carmen, als sie von Intisars Herkunft erfuhr.

»Mehrere meiner Verwandten starben beim Giftgasangriff auf Halabdscha durch Saddam Hussein. Ich hatte Glück, doch unser Volk lebte in ständiger Angst.«

Carmen hatte das Gefühl, ihre Freundin schlucken hören zu können bei den Erinnerungen an ihre entsagungsvolle Kindheit. Carmen wollte ihr Trost spenden. Ihr in die Augen sehen, ihre Hand halten.

»Mein Vater war Partisane, ein Peschmerga. Wir alle lebten ein Leben des Kampfes, auch die Mädchen und Frauen. Ich lernte früh, mit Waffen umzugehen. Da ich mich für Maschinen und Physik interessierte, ließ man mich schon als Kind an Raketen und Bomben rumschrauben. Ich lernte, wie man ballistische Geschosse und Abwehrsysteme baut. Natürlich war das alles brandgefährlich. Ich war sicher, dass ich einen frühen Tod auf dem Schlachtfeld erleiden würde.«

Carmen erschauderte: Was für schreckliche Umstände, in denen das Mädchen groß werden musste.

Intisar fuhr fort: »Doch es kam anders: Einem Mitarbeiter einer Hilfsorganisation fiel auf, dass ich technische Probleme ganz gut lösen konnte, und so erhielt ich ein Stipendium an der Salahaddin-Universität, wo ich Ingenieurwesen und Physik studierte. Es war mein Rückzug von der Front … Ich war ambitioniert, eine gute Schülerin, wollte etwas erreichen. Und dann zog ich das große Los: Dieselbe Spendenorganisation, die mir mein Studium finanzierte, ermöglichte mir einen Studentenaustausch nach Deutschland. In Kurdistan war die Flucht nach Europa der Traum eines jeden, und so habe ich natürlich sofort zugesagt! Ich studierte dann

Physik in Aachen. Wegen meiner guten Leistungen durfte ich nach dem ersten Jahr dauerhaft in Deutschland bleiben. Es war eine tolle Zeit: Ich lernte Deutsch, Englisch und alles über Physik und Ingenieurwesen. Und ich genoss das Leben in Europa, das so anders war, als ich es von zuhause gewohnt war. Und nach meinem Studium fand ich einen Traumjob: Ingenieurin beim CERN in Genf.«

Carmen hatte als Computer-Nerd natürlich auch schon vom CERN in Genf gehört: der legendären Forschungsstation, die bei der »Erfindung« des Internets eine wichtige Rolle gespielt hatte.

»Ganz schöner Abstieg hierhin, ins Loch am anderen Ende der Welt«, wunderte sie sich und verspürte einen leisen Zweifel an der Geschichte, die sie gerade hörte. Saß sie hier einer Lügnerin auf? Sie versuchte, sich das Aussehen der Person hinter den emotionalen Worten vorzustellen. Doch die metallene Verzerrung ihrer Stimme durch die Rohre machte es schwer, ihrer Stimme ein Gesicht zuzuordnen.

»Ich bin nicht abgestiegen. Ich habe weiter für das Richtige gekämpft. Wie ich es bereits seit meiner Kindheit getan hatte«, fuhr Intisar fort. »Die Amerikaner versprachen 2003, Saddam zu stürzen und den Irak – meine Heimat – in ein freies, demokratisches Land zu verwandeln. Ich war Feuer und Flamme! Ich glaubte den Versprechungen. Ich glaubte, dass wir ein moderner, erfolgreicher und friedlicher Staat werden könnten. Ich wollte, dass meine Familie, meine Freunde und mein Volk eine Zukunft haben. Auch sie sollten ein freies und menschenwürdiges Leben führen, so wie ich es tat. Also habe ich mich bei der amerikanischen Armee als Dolmetscherin gemeldet – und wurde natürlich genommen. Irakerin mit guten Englisch-, Französisch- und Deutschkenntnissen. Dazu mit Saddam verfeindet: Das passte. Ich habe mich verpflichtet und bin nach Bagdad gereist.«

Auch Carmen wusste natürlich einiges über den Irakkrieg, den politischen Weckruf ihrer Generation. Auch sie hatte viele Mitschüler an diesen Krieg verloren. Keiner von ihnen kehrte so heim, wie er gegangen war. Sie erinnerte sich an die kontroversen Diskussionen, die in ihrer Jugend über den Irakkrieg in den Kirchen, Schulen, im TV und in den Parlamenten geführt wurden. Der Krieg war nicht unumstritten gewesen. Doch schlussendlich setzte sich die Überzeugung durch, dass 9/11 weitere militärische Konsequenzen nach sich ziehen musste.

Intisar führte weiter aus, wie sie die Amerikaner bei ihrem Feldzug unterstützt hatte. Sie führte vor allem Verhandlungen mit lokalen Autoritäten, begleitete und dolmetschte die Gespräche zwischen Stammesältesten und Offizieren. »Ich hoffte, dass meine Landsleute sich erheben, wir den Despoten loswerden und einen gemeinsamen Staat der Hoffnung und der Freiheit aufbauen würden. Doch ich hatte mich so getäuscht! Saddam war zwar nach wenigen Wochen gestürzt, das Land eingenommen, aber dann ging alles schief. Die Befreier stellten sich als Invasoren heraus und die alten Konflikte loderten in neuem Furor auf. Schiiten ermordeten Sunniten, Sunniten ermordeten Amerikaner, Amerikaner töteten Iraker – das

Land versank im Chaos. Nach ungefähr einem Jahr wusste ich, dass ich hier die falsche Sache unterstützte. Dass es eigentlich um Macht und Öl ging und nicht darum, meine Heimat zu befreien.« Es folgte eine kurze Pause, in der Intisar sich zu sammeln schien. Dann fuhr sie fort: »Und dann kamen Abu Ghraib und die Wikileaks-Enthüllungen zu den Tötungen von Zivilisten durch Drohnen.«

Carmen erinnerte sich auch an diese Geschehnisse im berühmten Foltergefängnis, in dem amerikanische Soldaten irakische Gefangene oft ohne Grund festhielten und schrecklich folterten. Sie waren in ihrer Zeit als Internet-Aktivistin ein großes Thema gewesen.

»Ich war bei der offiziellen Untersuchung in Abu Ghraib dabei, nachdem alles publik wurde. Ich habe die Worte der Opfer gedolmetscht. Sie wurden vergewaltigt, misshandelt, gedemütigt, gefoltert. Viele fanden den Tod. Das waren lauter Unschuldige, Carmen. Sie waren zur falschen Zeit am falschen Ort. Abu Ghraib war ein KZ!« Carmen hörte nun ein leichtes Schluchzen durch die Rohre, während Intisar weitererzählte: »Und auch für mich wurde die Situation immer gefährlicher. Wir Dolmetscher galten als Sicherheitsrisiko und ich musste abends die grüne Zone verlassen. Und die Nächte in den Außenquartieren von Bagdad waren wahrlich keine süßen Stunden. Zweimal wurde ich Opfer von Anschlägen, bin aber immer mit dem Leben davongekommen. 2007 wurde es dann richtig gefährlich. Die Amerikaner zogen ihre Truppen Schritt für Schritt ab und hinterließen Chaos, Gewalt und Tod. Ich galt bei vielen als Verräterin, die mit den Unterdrückern kollaboriert hatte. Es folgten die Morddrohungen. Freunde von mir wurden verschleppt, gefoltert und getötet. Ich musste fliehen.«

»Haben dich unsere Truppen in die USA mitgenommen?«, fragte Carmen.

»Ja, ich hatte das Glück, ein paar einflussreiche Offiziere zu kennen. Die besorgten mir ein Flugticket. In New York stellte ich dann einen Asylantrag – und wurde abgelehnt.«

Vom System verraten! Da war es wieder: das Leitmotiv von Carmens Leben!

Ihre Freundin am Ende des Abflussrohres sprach weiter. »Ich schlug mich irgendwie durch und begann zu rebellieren, Proteste zu organisieren. Gegen den Krieg, gegen Guantanamo, gegen das System. Zugegeben, wir waren etwas laut und unangenehm.« Ein trauriges, leises Lachen schallte durch den Abfluss. »Ich wurde von Polizisten eingekesselt. Ich habe mich gewehrt, wurde verhaftet und zu zehn Jahren Gefängnis verknackt. Und wenn ich raus bin, werden sie mich in den Irak zurückschaffen.«

»Und warum steckten sie dich in Einzelhaft?«

»Ach, irgend so ein Scheiß-Wärter meinte, dass wir Araberfrauen es doch nur mal richtig besorgt kriegen möchten, und fing an mich zu betatschen. Da habe ich dem verfressenen Fettarsch die Nase gebrochen.«

Beide brachen in unterdrücktes Lachen aus. Endlich! Nach so langer Zeit wieder einmal gemeinsam lachen!

»Ich habe früher bei Anonymous mitgemacht – wir sind also beide Widerständlerinnen«, sagte Carmen.

»Anonymous? Bist du so ein Nerd?«

»Das kann man wohl sagen. Ich liebe Computer.«

»Vielleicht baue ich dir dann mal einen. Das kann ich ganz gut«, lachte es von der anderen Seite.

»Dann kann ich dir damit Anonymous etwas näherbringen.«

»Ha, wenn wir hier raus sind, stelle ich dir ein paar richtige Partisanen vor. Echter Widerstand!«

»Leider ist hier drin gar nichts echt«, sagte Carmen und hielt die Stirn an die kalte Chromwand ihrer Dusche.

»Mich wirst du jedenfalls noch in echt erleben. Das verspreche ich, Ḥabībati.«

Carmen wünschte sich nichts sehnlicher.

Nach insgesamt drei Monaten endloser Isolationshaft beschied eine Wärterin Carmen, dass sie sie am nächsten Morgen wieder in die normale Einrichtung verlegen würden. Was für eine Erlösung! Und doch befiel Carmen Trauer beim Gedanken, Intisar hier zurückzulassen, zu der sie eine starke Zuneigung aufgebaut hatte. Sie hatten in den letzten Wochen so viel gesprochen! Carmen hatte das Gefühl, so viel von ihrer neuen Freundin zu wissen wie von niemandem sonst auf der Welt, obwohl sie sie noch nie gesehen hatte. Für sie war sie bereit, durchs Feuer zu gehen.

Als sie nachts wieder in ihrer Dusche kauerte und auf einen Ton von Intisar wartete, überkam sie das schlechte Gewissen. Morgen würde sie hier raus sein und die Frau, die sie aus der Einsamkeit gerettet hatte, verrottete weiter in diesem Folterkerker. Doch Intisar würde es schaffen!

Sie war die stärkste Persönlichkeit, die Carmen je kennengelernt hatte.

»Ḥabībati«, schallte es leise durch das Duschrohr.

»Hey, Intisar! Willst du mir jetzt nicht endlich mal sagen, was das Wort bedeutet?«

»Nicht durch ein Duschrohr.«

Carmen holte tief Luft. Sie konnte nicht mehr warten und musste es ihr sagen: »Intisar, ich komme morgen hier raus und wieder in die normale Abteilung.«

»Oh!«, klang es leise und blechern zurück.

Carmen hörte in diesem einen Ton all den Schmerz und die Enttäuschung, die Intisar durch die bevorstehende Trennung und die kommende, erneut totale Isolation fühlte. Es zerriss ihr das Herz! Keine Gefangene wusste, wie lange sie im Loch bleiben musste, aber gerade Insassinnen, die Wärter angriffen hatten, verbüßten oft viele Monate, manchmal sogar Jahre in Isolationshaft.

»Das sind tolle Nachrichten, Carmen. Ich bin wirklich froh für dich«, sagte Intisar nach einer kurzen Pause – und es klang aufrichtig.

»Du kommst auch bald hier raus. Und dann treffen wir uns im normalen Vollzug wieder. Dann müssen uns nicht immer auf Knien durch ein Rohr unterhalten«, versuchte Carmen, ihrer Freundin Hoffnung zu vermitteln.

»Inshallah, Carmen. Inshallah.«

Erneut entstand eine Pause. Carmen hatte das Gefühl, etwas von unschätzbarem Wert mit Intisar teilen zu wollen. »Kannst du dir eigentlich gut Worte merken?«, fragte sie.

»Ja, da bin ich ganz gut drin.«

»Na, dann merk dir mal diese: Esel, Schifffahrt, Whisky, Glauben, Mond, Eiweiß, Stuhlbein, Kran, Bronze, Schatten, Zwerg, Seife. Hast du's?«

»Esel, Schifffahrt, Whisky, Glauben, Mond, Eiweiß, Stuhlbein, Kran, Bronze, Schatten, Zwerg, Seife. Klar, kein Problem. Wofür brauchst du die denn?«

»Sie sind mein Gebet. Sie sind mir wichtig.«

»Dann sind sie es für mich auch.«

Den Rest der Nacht flüsterten sie sich Worte zu und schliefen schließlich in ihren Duschen ein.

Als Carmen aus dem Loch kam, war die Welt ein anderer Ort geworden. Selbst im Gefängnis konnte man den Skandal nicht überhören, der die internationale Politik bis ins Mark erschütterte und in Atem hielt. Edward Snowden – ein bis dahin noch aktiver CIA-Agent mit Zugriff auf die geheimsten Programme der NSA – löste eine Whistleblower-Affäre bisher unbekannten Ausmaßes aus.

Erstmals erhielt die Weltöffentlichkeit umfassenden Einblick in die verblüffenden und bis dahin unbekannten Überwachungs- und Spionagepraktiken der westlichen Nachrichtendienste. Snowden machte in Zusammenarbeit mit dem Journalisten Glenn Greenwald nicht nur schockierende geheime Überwachungspraktiken publik, sondern untermauerte seine Anklage mit riesigen Stapeln an gestohlenen Daten und Beweisen, die tief ins Detail gingen und jeden Zweifel an seinen Aussagen zerstreuten.

Die Realität der Leaks überstieg jegliche Verschwörungstheorie: Die gesamte Internetkommunikation von nahezu jedem Bürger wurde mittels weltweit operierender Technologie überwacht. Über Programme mit klingenden Namen wie XKeyscore, PRISM oder Tempora nisteten sich die angelsächsischen Geheimdienste in alle Geräte mit Internetzugang ein, konnten auf Suchmaschinen- und Browserverläufe zugreifen und jegliche Art von Gesprächen und Handlungen vollständig überwachen: die perfekte Architektur autoritärer Unterdrückung. Snowden selbst musste nach der Veröffentlichung seiner Leaks aus den USA über Hongkong flüchten und erhielt schließlich Asyl in Russland, nachdem sich so gut wie alle westlichen Staaten geweigert hatten, den Dissidenten aufzunehmen.

Carmen konnte das Ausmaß der Überwachung nicht glauben. Sie setzte sich in jeder freien Minute in die Bibliothek des Gefängnisses, wo sie Zugriff auf einige Zeitungen und Magazine hatte, und las jeden Artikel zum Thema mit wachsendem Grauen.

Es war unglaublich: Die Geheimdienste spionierten so gut wie jeden wichtigen Politiker und sämtliche internationale Organisationen und Unternehmen aktiv aus und hatten Zugriff auf die gesamte Internetkommunikation der ganzen Welt.

»So haben sie mich also damals gekriegt!«, dachte sie düster. Jetzt wurde ihr einiges klar. Da das System eine alles umfassende Überwachung installiert hatte, war es auch für die Hacker mit den besten Abwehrmethoden nicht möglich, sich der staatlichen Spionage zu entziehen. Irgendeinen Fernseher oder Kühlschrank würden sie immer anzapfen können.

Carmen spürte, wie das Blut in ihren Adern kochte. Sie hasste dieses abgekartete Spiel inzwischen so inbrünstig. Wie konnten sich die Mächtigen das nur erlauben? Allumfassende Überwachung? Wie wollten sie damit davonkommen? Das war noch viel schlimmer als in den wildesten Albträumen. Das würden sich die Leute doch nicht bieten lassen.

Während sie sich in der Bibliothek gerade über eine Ausgabe der Daily News beugte und die neuesten Erkenntnisse aus dem Snowden-Skandal studierte, spürte sie plötzlich eine bisher unbekannte Wärme hinter sich und hörte einen sanften Atem, der sie mit einem angenehmen Schauer überzog und innehalten ließ.

»Gefunden!«, raunte jemand vertraut und doch so anders als jemals zuvor.

Carmen drehte sich um und starrte in ein schönes von schwarzen Haaren umrahmtes Gesicht mit dunklen Augen und brauner Haut. Sie hatte dieses Antlitz zwar noch nie gesehen, trotzdem kam es ihr so schön vor wie die Rückkehr nach Hause nach einer langen Reise.

»Intisar!« Sie war sich sicher, auch wenn die Stimme nun anders klang.

»Carmen!«

Die beiden Frauen standen sich einen Moment zögernd gegenüber, dann fielen sie sich in die Arme.

»Ich habe pausenlos an dich gedacht«, schluchzte Carmen, während sie eine Träne der Rührung aus dem Augenwinkel wischte.

»Und ich erst!«

»Gefangene! Haltet eine Armlänge Abstand!«, rief ein

Wärter hinter ihnen und die beiden Frauen lösten sich widerwillig.

»Komm, lass uns woanders hingehen«, sagte Intisar.

Schon bald fanden sie die gewünschte Ruhe in einer Besenkammer in der Nähe des Speisesaals, der um diese Zeit verlassen war. Die Platzverhältnisse waren eng, es war dunkel und roch stark nach chlorhaltigem Putzmittel, doch das störte sie nicht. Sie fassten sich bei den Schultern und blickten sich tief in die Augen.

»Ich bin so froh, dass sie dich rausgelassen haben, Intisar.«

»Sie brauchten die Zelle für neue Rebellinnen«, sagte Intisar und lachte. »Da habe ich mich natürlich nicht lange gewehrt und mich auf die Suche nach dir gemacht. Hoffentlich habe ich dich nicht bei einer spannenden Lektüre gestört.«

»Ich mache seit Tagen nichts anderes mehr als Zeitunglesen. Kannst du dich noch erinnern, dass ich mich darüber gewundert habe, wie mich das FBI gefunden hat nach den Anonymous-Attacken? Jetzt ist es klar: *Alles, alles* wird überwacht!« Carmen erzählte Intisar von den Snowden-Leaks.

»Das ist unfassbar!«, meinte diese.

»Sie werden damit nicht durchkommen, Intisar. Die Leute werden sich erheben! Sie müssen rebellieren.«

»Träum weiter, Carmen! Solange es abends Schnitzel gibt und die Lieblingsserie weiter in der Glotze läuft, interessiert es die Leute einen Scheiß, wer sie überwacht und unterdrückt. Brot und Spiele, Baby!«

»Klar träume ich weiter. Träumer beschützen die Welt«,

antwortete Carmen mit halbernstem Blick und rückte in der Enge der Besenkammer näher an ihre Freundin heran.

»Carmen Chavez, Träumerin und Beschützerin der Welt. Ja, das sollte deine Rolle sein«, sagte diese und lächelte.

»Du wolltest mich doch sowieso deine Partisanen vorstellen.«

»Alles zu seiner Zeit, Ḥabībati.«

»Da wir uns ja jetzt nicht mehr durch ein Rohr unterhalten müssen, kannst du mir endlich sagen, was dieses Wort bedeutet.«

»Das kann man nicht erklären. Das muss man zeigen«, antwortete Intisar. Sie überwand die letzten Zentimeter zwischen ihnen, ergriff sanft ihr Kinn und küsste sie. Innig. Lange.

Als sie sich wieder voneinander lösten, schlug Carmens Herz wie wild und ihr Atem ging schneller.

»Vielleicht kann ich dem Küssen mehr abgewinnen als dem Kämpfen«, meinte sie.

»Wir werden beides tun.«

Die Küsse wurden wilder, die Bewegungen sexueller. Schließlich kniete sich Intisar hin, zog Carmens Häftlingsbekleidung aus und fing an, sie oral zu befriedigen. Diese stöhnte leise, genoss die ekstatischen Gefühle, die ihren Körper durchfluteten. Sie sah den schwarzen Haarschopf zwischen ihren Schenkeln und die schönen Augen, die sie anblickten. Sie roch einen Duft nach Moschus und Schweiß, was ihre Erregung nur noch weiter steigerte. Ein heißes Brodeln durchlief ihren Unterleib. Es ließ sie beinahe verrückt werden. Das war der bisher intimste Moment ihres Lebens. Sie hatte sich noch nie jemandem so nahe gefühlt.

Wenig später saßen sie nebeneinander auf dem harten Linoleum-Boden der Besenkammer, in der Carmen soeben ihre Jungfräulichkeit verloren hatte, und lehnten sich an die beige Wand.

»Du bist ruhig«, meinte Carmen nach ein paar Momenten, in denen sie nicht mehr gesprochen hatten.

»Das nennt man Ruhephase. Man sinnt darüber nach, was man soeben getan hat.«

»Klingt esoterisch«, sagte Carmen.

»Hauptsache nicht religiös, denn wir waren ziemlich sündig. Vielleicht sollten wir um Vergebung bitten. Eine gute Freundin hat mir mal ein Gebet beigebracht, das ich ganz schön fand. Vielleicht kennst du es: Esel, Schifffahrt, Whisky, Glauben, Mond, Eiweiß, Stuhlbein, Kran, Bronze, Schatten, Zwerg, Seife.«

Carmen musste lachen.

»Möchtest du mir erzählen, was diese Worte bedeuten, Ḥabībati?«

Carmen konnte dieser Frau nichts abschlagen. Sie erzählte ihr neben Wischmobb und Eimern ihre Lebensgeschichte und erklärte Intisar die immense Bedeutung der Worte, die sie sich gemerkt hatte.

Carmen und Intisar suchten sich Nischen, Ecken und Räume, in denen sich ihre entflammte Liebe entfalten konnte. Das Grauen des Gefängnisses war plötzlich von aufleuchtender Leidenschaft geprägt. Und die ständige

Überwachung steigerte den Nervenkitzel zusätzlich.

Carmen versuchte mit etwas Geld, das sie von Jeff bekommen hatte, eine Wärterin zu bestechen, um Intisar als ihre Zellnachbarin zu gewinnen. Ohne Erfolg, die Wärterin wies sie rüde ab.

Doch noch am selben Nachmittag tauchte Intisar trotzdem in ihrer Schlafkoje auf, bepackt mit ihren wenigen Habseligkeiten.

»Hab gehört, dass hier jemand möchte, dass ich bei ihr schlafe«, sagte sie lächelnd und warf ihre Sachen auf ihr neues Bett.

»Wie hast du…?«

»Sagen wir einfach, dass ich weiß, wie man Dinge hier drin regelt«, antwortete Intisar mit einem Zwinkern. Sie legte sich zu Carmen aufs Bett und küsste sie.

Intisar war eine wertvolle, aber auch seltsame Gefährtin im Gefängnis. Sie strahlte Autorität aus, eine spezielle Aura. Und Carmen fiel bald auf, dass ihre Freundin besondere Beziehungen hinter diesen Mauern – und offensichtlich auch darüber hinaus – pflegte. Sie war die Person, die es anzusprechen galt, wenn man etwas hinaus- oder hineinschmuggeln wollte. Sie machte Dinge möglich an diesem Ort der Unmöglichkeiten.

Carmen fragte sie immer wieder, was das für Kontakte waren, doch Intisar blieb verschlossen. Sie war radikal in ihrer Wut und in ihrem Widerstand gegen das System. Doch bei all dieser offen zur Schau gestellten Rebellion gab es Themen, bei denen sie schweigsam wurde, wie zum Beispiel die genauen Umstände ihrer Verhaftung und der

Anklage, wegen der sie im Gefängnis saß. Carmen blieb nichts anderes übrig, als dies zu akzeptieren.

Sie hingegen hatte keinerlei Hemmungen, ihr Leben vor Intisar auszubreiten. Carmens Vertrauen war grenzenlos.

Sie wurde zuversichtlicher, was ihre Zukunft betraf, fing an Pläne zu schmieden, was sie tun würde, wenn sie hier rauskam. Sie würde Geschäfte eröffnen, ihr Vermögen sinnvoll einsetzen. Ein Leben im Luxus führen. Und sie würde Intisar rausholen aus diesem Loch – mit den besten Anwälten, die sich finden ließen. Sie würde dafür sorgen, dass sie zusammen sein konnten.

An einem Abend saßen sie sich auf den Betten ihrer Zelle gegenüber. Carmen erzählte Intisar voller Enthusiasmus von ihren Plänen und Träumen. »Ich werde steinreich und einflussreich sein. Ich werde dich aus dem Knast holen. Und wenn wir beide draußen sind, dann kämpfen wir für eine bessere Welt.«

»Und dann übernehmen wir die Weltherrschaft, Pinky!«, spottete Intisar. »Zwei Knastis verändern die Welt.« Sie blickte Carmen traurig an. »Die nehmen dir dein Geld weg, sobald du hier raus bist – erst recht, wenn sie dich mit mir irgendwo sehen.«

»Was redest du da? Die können mir mein Geld nicht einfach wegnehmen!«

»Natürlich können sie das und das werden sie auch. Sie werden sagen, dass es kein richtiges Geld ist, dass es illegal und korrumpiert ist. Wir können sie nur besiegen, wenn wir sie bekämpfen.«

»Mit dem Bitcoin habe ich das System schon einmal besiegt.«

»Nein, das hast du nicht. Du hast deinen genialen Geist in den Dienst der Mächtigen gestellt. Ob Gold, Münzen, Noten oder elektronische Signale: Geld, wie wir es kennen – egal in welcher Form – ist nur dazu da, das Bestehende zu erhalten. Es braucht etwas völlig Neues. Wir müssen die Herrschaft brechen!«

»Ach ja, und wie stellst du dir das vor?« Carmen wurde wegen all der Kompromisslosigkeit wütend. »Wenigstens versuche ich, Pläne zu machen, und integriere dich. Erzähle dir von meinen Träumen, meinen Ideen. Du hingegen bist nur destruktiv und erzählst mir von gar nichts! Und du hast Geheimnisse vor mir!«

Auf Intisars Reaktion war Carmen nicht gefasst. Diese stand auf und warf voller Wut den kleinen Tisch neben ihrem Bett um. Sie schrie gedämpft: »Natürlich habe ich Geheimnisse! Schau mich an: Von Kindesbeinen an war alles immer nur Kampf, Krieg und Gewalt! Ich bin der Hass – in Fleisch und Blut! Ich habe keine Wahl!«

»Du bist nicht der Hass. Im Gegenteil.« Carmen stand auf und schlang ihre Arme um den Hals ihrer Freundin. »Für mich bist du die Liebe«, flüsterte sie ihr ins Ohr.

Intisar beruhigte sich und fuhr deutlich leiser fort: »Ich bin nicht frei. Ich habe eine Mission, für die ich geboren wurde. Ich muss ihr folgen – ohne Kompromisse. Ich kann nicht flüchten. Ich kann nicht kapitulieren!«

»Mit dir gibt es keine Kompromisse, das weiß ich«, antwortete Carmen und schaute Intisar in die Augen. »Ich teile deinen Glauben. Wir müssen die Ungerechtigkeit der Welt bekämpfen, aber wie sollen wir das tun? Wir müssen klug sein.«

»Klug vielleicht, aber nicht feige.«

Schwere Stiefelschritte waren vor ihrer Zelle zu hören. Ein Wärter blickte böse hinein. »Ihr macht hier Ruhestörung! Haltet sofort die Fresse und verpisst euch in eure Betten«, zischte er.

»Es ist noch nicht Zeit«, erwiderte Intisar trotzig.

»Halt die Fresse oder es bricht die Zeit an, in der du *den* hier zu spüren kriegst, Insassin.« Der Wärter hob drohend sein Hemd, unter dem der elektrische Schlagstock hervorlugte.

»Wir gehen schon«, antwortete Carmen mit einer schlichtenden Handgeste, während Intisar den Wärter mit wortlosem Hass anstarrte.

Carmen lag noch länger wach. Ihr fiel auch auf, dass sie ihre Freundin nach diesem ersten Streit noch mehr liebte als jemals zuvor. Etwas an dieser Frau zog sie unaufhaltsam an. Dieser Zorn! Diese Radikalität!

Mit ihrer Liebe zu Intisar wuchs auch der Hass gegen den gemeinsamen Feind: die Obrigkeit, das System, das sie verraten und unterdrückt hatte und in diesem Kerker gefangen hielt.

Als Zellennachbarinnen konnten Carmen und Intisar ihre Beziehung vertiefen. Es vergingen Wochen und Monate und die Intimität zwischen den beiden Frauen wuchs stetig. Sie tauschten sich über alles Mögliche aus, über ihre bisherigen Leben und ihre Träume von der Zukunft. Sie sprachen über Intisars Leidenschaft für die Ramones, Carmens Liebe für Root Beer und White-Castle-Fritten und über das riesige Vermögen, das

Carmen besaß, ohne darauf zurückgreifen zu können.

Eines Nachts saßen sie gemeinsam auf einer ihrer dünnen, kratzenden Matratzen.

Carmen war aufgefallen, dass sich Intisar in den letzten Tagen merkwürdig verhalten hatte, sich häufig zurückzog und weniger mit ihr sprach.

»Stimmt etwas nicht?«, fragte sie unvermittelt.

Intisar antwortete erst nach einer längeren Pause. »Glaubst du an dasselbe wie ich?«

»Natürlich glaube ich an dasselbe wie du. Ich würde mein Leben geben für deine Überzeugungen.«

»Wenn du all die Scheiße, all das Unrecht auf der Welt beenden könntest, mich aber dafür verraten müsstest: Würdest du es tun?«

»Ist das so eine Emo-Quizz-Nummer?«, fragte Carmen aufmunternd. Sie fand die Unterhaltung viel zu angespannt.

»Komm, ich mein's ernst! Wie sehr willst du, dass die Scheiße aufhört? Die Mächtigen fallen, die Herrschaft und Sklaverei endet?«

»Ich will das. Und ich will, dass wir es gemeinsam tun. Es ist mir egal, was ich erdulden muss. Solange ich es mit dir teilen kann.«

»Ach, Carmen.« Intisar legte ihre Stirn an Carmens. »Wie schaffst du es nur immer, die richtigen Antworten auf die falschen Fragen zu geben?«

»Das liegt an der gesunden Knastküche – fasten soll ja gesund sein.«

»Ich rede hier von der Revolution und die andere von der Knastküche!«, kicherte Intisar.

»Ich habe eben viele Ideen. Auch ich habe rebellische Gedanken.«

»Na, dann erzähl mal«, meinte Intisar mit gespieltem Zweifel.

»Ich werde eine neue Software bauen, die noch besser ist als der Bitcoin. Etwas, wogegen niemand ankommt. Noch viel smarter und besser. Ich bin sicher, dass ich das kann«, sagte Carmen.

»Du hast das mit dem Kampf wohl noch immer nicht kapiert, Ḥabībati«, stöhnte Intisar leise und rutschte noch ein wenig näher an Carmen heran, sodass sie sich nun mit dem ganzen Körper an sie schmiegte.

»Was mit dem Kampf hab' ich denn nicht kapiert?«, bellte Carmen zurück.

»Als du hier reinkamst, warst du zwar schlau, aber du warst keine Kämpferin. Weißt du, wann du angefangen hast, gegen das Scheiß-System zu kämpfen?«

Carmen wusste keine Antwort und blickte zur Seite.

»Du hast angefangen zu kämpfen, als du der verdammten Hure im Schlafsaal den Arsch aufgerissen hast. Seitdem kämpfst du! Und jetzt schau dich an! Macht dir hier noch wer Probleme?«

Carmen atmete einmal tief ein. Sie erinnerte sich immer noch mit Grauen an diese Nacht. »Ich habe mich nur verteidigt, Intisar. Und diese Frau hatte keine Macht. Sie war ein Opfer, wie wir. Sie war eine Bestie, aber keine Täterin.« Sie versuchte, sich etwas aus dem Griff ihrer Freundin zu winden.

»Glaubst du, die Frau hätte dich auch angegriffen, wenn ihr euch an der Supermarktkasse getroffen hättet? Sie war eine Waffe. Eine Waffe, die das System auf dich gerichtet hat. Es hat einen Raum geschaffen, in dem diese Gewalt gewollt ist. Gewalt ist in die Struktur der Welt eingewebt. Wer die Gewalt hat, steuert die Macht.«

Carmen verstand nicht.

»Es gibt keinen Unterschied zwischen Verteidigen und für das Gerechte Kämpfen. Glaub mir: Ich habe mein Leben an Orten verbracht, wo Kriege herrschten. Und dahinter stecken menschliche Entscheidungen.«

Irgendwie entwickelte sich dieses Gespräch nicht in die gewünschte Richtung, fand Carmen. »Sich wehren heißt nicht, gewalttätig zu sein«, beharrte sie leise in der Hoffnung, dass Intisar sich damit begnügen würde.

»Ach, nein? Und warum hast du dann die hier?« Intisar strich über Carmens hart geformten rechten Bizeps. Diese trainierte immer noch regelmäßig, obwohl sie seit der Zeit im Loch keine Probleme mehr mit anderen Insassinnen hatte.

»Hab ich dir erlaubt, mich anzufassen?«, neckte Carmen spielerisch, bewegte ihren Oberkörper und legte die Füße auf Intisars Schoß.

»Schau dich an, Ḥabībati. Glaubst du, du hättest mit deinem brillanten Verstand hier überlebt, wenn du dir nicht die Muckis antrainiert hättest?« Jetzt knetete Intisar ihren Oberschenkel. »Wie hast du als Hackerin dein System geschützt? Natürlich mit Hardware. Software ist immer manipulierbar. In zwei Jahren kommt jemand und schreibt was Besseres. Glaub mir, Carmen: In der Materie liegt die Macht.«

Carmen blickte auf und verzog den Mund. Sie schwieg für ein paar Sekunden, dann sagte sie: »Es braucht beides. Die Gedanken und die Dinge …« Plötzlich wurde Carmen aufgeregt. »Die Form und der Geist… Ich glaube … Du hattest doch mal erzählt … Man könnte doch… Bitte warte mal kurz.« Carmen legte sich auf den Bauch und nahm Papier und Schreibstift. Sie skizzierte auf dem obersten Zettel einen unglaublichen Plan.

»Carmen, das ist genial – nur leider absolut unmöglich umzusetzen!«, rief Intisar.

»Na ja, vielleicht findet ja doch irgendwann einmal jemand Geniales einen Weg«, sagte Carmen, lachte leise, richtetet sich auf und schlug spielerisch auf Intisars Oberschenkel. Diese seufzte und feixte: »Müssen wir wieder über Privatheit reden, Carmen?«

»Jederzeit«, antwortete diese und küsste ihre Freundin leidenschaftlich.

So viel Frieden war selten in dieser Anlage. Doch schon zwei Wochen später sollten sie ihre letzte gemeinsame Nacht im Gefängnis verbringen.

Intisar läuft, so schnell sie kann, während hinter ihr die Sirenen heulen und die Hunde bellen. Sie hat es tatsächlich geschafft: Sie ist draußen!

»Jetzt dürfen sie mich nur nicht mehr erwischen«, denkt sie, während sie zu Fuß flieht. »Jetzt nur noch zur Straße, komm!« Sie läuft, zögert, hält sich nach rechts, dann klatschen ihr die Äste eines Nadelbaums ins Gesicht. »Scheiße!«, flucht sie.

Hier müsste doch jetzt die Straße sein. Wo ist die verdammte Straße? Sie kann die Interstate hören, doch sehen kann sie sie nicht.

Alfred hatte gesagt, dass die Tore offen sein würden. Und sie waren offen! Einfach so! Und kein einziger Wächter! Sie war einfach rausspaziert! Doch jetzt war man auf sie aufmerksam geworden.

Sie bleibt im Schlamm stecken. »Oh mein Gott!« Beinahe verliert sie ihren Schuh. Und ohne Schuh ist sie verloren. Sie hört, wie die Hunde näherkommen und sie weiß, dass die keine Gnade kennen. Die sind dazu ausgebildet zu finden, zu fangen und zu töten.

»Keine. Angst. Vor. Dem. Schmerz! Weiter!«

Doch sie wird langsamer. Der schlammige Untergrund scheint sie mit jedem Schritt mehr zu verschlucken.

»Da vorne ist die Straße! Los jetzt! Schneller! Schneller!«, flüstert sie sich selber zu. Sie gibt alles und rennt, so schnell sie kann, während ihre Lunge brennt wie Feuer. Sie schafft es zur Straße. Diese wird von vielen Fahrzeugen in schnellem Tempo passiert. *»Alfred hat gesagt, dass ich an den Straßenrand kommen soll«*, denkt sie. *»Da wird er mich finden.«*

Doch da wartet niemand.

Sie rennt zum Straßenrand, wo ihr die Autos entgegenfahren. Eines, zwei, drei … immer mehr passieren sie mit schnellem Tempo auf der Schnellstraße.

»Wo bist du? Komm endlich!«, ruft sie laut den entgegenkommenden Autos zu. »Oh nein, scheiße!« Sie blickt zurück. »Oh nein!« An der schlammigen Lichtung vor der Straße taucht ein Schäferhund auf. Sie sieht, wie er eine Pfote in die Luft hält und mit der Schnauze ihre Fährte aufnimmt.

Sie rennt los. Jetzt mit dem Verkehr. Hinter sich hört sie den Hund bellen. Sie ist schnell, doch der Hund ist schneller. Sie springt über die Leitplanke und läuft an ihr entlang, während die Autos direkt an ihrer Seite vorbeiziehen und hupen. Ihre Gedanken gelten ausschließlich dem Hund.

»Bleib bloß weg, du Drecksvieh!«, schreit sie. Dreht sich um und sieht, wie der Hund ebenfalls über die Leitplanke springt. Was kann Intisar jetzt noch tun? Sie ist verloren.

Sie sieht seine Lefzen, seine scharfen Zähne, seinen muskulösen Körper, als der Hund zum Sprung ansetzt – und in dem Moment von einem Pick-up überfahren wird. Intisar schreit laut auf, während sich Hund unter den Rädern des Autos in ein blutiges Knäuel verwandelt und das Auto weiter in vollem Tempo auf sie zurast. Sie schließt mit dem Leben ab. Bilder ziehen an ihr vorbei. Mama. Papa. Carmen …

Doch der Lenker reißt das Steuerrad herum und fährt haarscharf an Intisar vorbei. Etwa hundertundfünfzig Meter hinter ihr kommt er zum Stehen, die Tür geht auf und ein Mann mit Baseballkappe steigt aus.

»Steig ein! Los!«, schreit er.

Intisar rennt zum Pick-up und steigt ein.

»Was hat sie ihnen erzählt?«, fragte Gefängnisdirektor Stevens in schrillem Ton. Carmen saß wieder in seinem Büro im Stuhl gegenüber. »Ich will alles wissen, was Sie mir über Intisar Karim sagen können!«

Carmen war noch schockiert und völlig perplex von den Ereignissen der Nacht, als sie durch den Alarm unsanft geweckt worden war und feststellte, dass Intisars Bett leer war. Den darauffolgenden Sicherheitsdrill hatte sie bereits verdrängt, zu tief saß die Angst um ihre Freundin, die Enttäuschung darüber, dass sie ihr nichts gesagt hatte, und darum, in diesem Kerker alleine zu verrotten.

»Ich weiß von gar nichts. Wie Sie ja sehen, bin ich nicht mitgeflohen«, antwortete sie ärgerlich.

»Wir kriegen hier ein Riesen-Problem. Auf der Flucht hat sie einen Polizeihund getötet – das wird geahndet wie der Mord an einem Officer. Wissen Sie eigentlich, wer die Frau ist?«

»Sie hat mir gesagt, dass sie eine abgelehnte Asylsuchende ist, die wegen Widerstands gegen die Polizei verhaftet wurde.« Carmen sah keinen Grund zu lügen.

»Widerstand gegen die Polizei? Asylantin?«, schrie der Direktor. Ein Schweißtropfen rann von Stevens hoher Stirn in seine buschigen Augenbrauen. »Die Frau ist eine Terroristin, sie ist verantwortlich für den Tod Hunderter Menschen. Eine Islamistin auf Kriegspfad. Sie ist top ausgebildet, kennt unser Militär und baut alles, womit sie unsere Bevölkerung und Truppen terrorisieren kann. Bomben! Spionage-Computer! Was weiß ich alles.«

Carmen blickte den Direktor entgeistert an. Konnte das wahr sein? War Intisar eine Mörderin? Eine Islamistin? Sie spürte, wie bitterer Zweifel kalt durch ihren Körper glitt und zärtlich aufgebautes Vertrauen drohte, wegzuschwemmen. Sie kämpfte dagegen an, aber eine Träne löste sich aus ihrem Augenwinkel. »Ich wusste von nichts«, flüsterte sie.

Stevens schien ihr zu glauben und schlug einen etwas freundlicheren Ton an. »Wir haben keine Ahnung, wie sie hier rausgekommen ist. Es ist ein Desaster! Die Frau hat eine lebenslange Strafe zu verbüßen. Wir hätten sie nicht mal aus dem Loch rauslassen dürfen, aber wir brauchten den Platz. Ich bitte Sie: Wenn Sie etwas wissen, sagen Sie mir jetzt Bescheid.«

Doch Carmen schüttelte nur den Kopf.

»Gehen Sie!« Stevens schien überzeugt, von Carmen keine Informationen erhalten zu können.

Als sich Carmen zum Gehen gewandt hatte und in der Tür stand, drehte sie sich noch einmal um: »Darf ich Ihnen eine Frage stellen, Direktor Stevens?«

»Was für eine Frage?«

»Wenn Intisar diejenige ist, die Sie eben beschrieben haben: Was denken Sie, wird sie als Nächstes tun, wenn ihr die Flucht gelingt?«

Stevens schien von der Frage verwirrt, dachte jedoch ein paar Sekunden darüber nach, als ob er an der Antwort genauso interessiert war. »Wahrscheinlich wird sie so viel Geld auftreiben, wie sie nur kann, um neuen Terror zu säen und Menschen zu töten.«

Als Carmen das Büro verließ, gaben ihre Beine unter ihr nach. Sie musste sich auf den Fenstersims vor einem vergittertem Fenster setzen. Zum ersten Mal in ihrem Leben fühlte sie den brennenden Schmerz, der immer dann entstand, wenn ein Herz brach.

Wie konnte Intisar sie nur so hintergehen? Warum hatte sie nichts gesagt? Wieso sie nicht mitgenommen?

Eine Terroristin, eine Mörderin? Zugegeben, radikal genug dafür war sie schon, aber sie hatte doch ein gutes Herz, würde niemand Unschuldigem etwas tun. Oder etwa doch? Und eine Islamistin? Pah, so hatte sie Intisar sicherlich nicht kennengelernt … »Dieser Idiot hat offensichtlich keine Ahnung!«, versuchte sie, sich verzweifelt zu überzeugen. Doch Stevens Spekulation über Intisars Pläne hallten in ihrem Kopf nach. Würde sie nun tatsächlich ihr Geld stehlen?

Aus ihrer Beziehung war in den letzten Monaten doch so viel mehr geworden! Carmen hatte bereits in den Isolationszellen bemerkt, dass sie mehr als Freundschaft für Intisar empfand. Und spätestens seit dem Tag in der Besenkammer war es für sie klar, dass sie zusammengehörten. War sie etwa nur ausgenutzt worden?

Es folgten zwei Tage der Dunkelheit, in denen sie sich die Augen ausheulte. Carmen hörte nichts mehr von Intisar, außer ein paar Zeitungsmeldungen darüber, dass eine gefährliche Terroristin aus dem Gefängnis geflohen war.

Hatte sie zuvor die pampige Gefängnisgrütze jeweils tapfer gegessen, brachte sie nun über Tage keinen Bissen mehr runter. Während sie putzen helfen musste, rannen ihr immer wieder mal Tränen über die Wangen und überall – in jedem Bild einer Illustrierten oder jeder anderen Insassin – sah sie Intisar, die zurückgekommen war, um sie mitzunehmen. Doch es waren alles Fata Morganas, der wichtigste Mensch in ihrem Leben hatte sie offensichtlich betrogen.

Sie musste Jeff anrufen, ihn bitten zu kommen. »Jeff, ich werde dir jetzt einen Zettel mit einer Anleitung geben«, sagte sie, als er endlich im Besucherraum eintraf. »Damit kannst du auf mein Bitcoin-Konto zugreifen. Logge dich ein. Auf der Rückseite meiner Anleitung erfährst du dann, wie du die Coins verschieben kannst. Bitte mach das für mich, wenn auf dem Konto noch etwas darauf ist. Dann komme wieder zurück zu mir und sag mir, wie es gelaufen ist, okay?«

Carmen musste sechs lange Tage warten, bis Jeff erneut kommen durfte. Als er den Besucherraum betrat, wusste sie nach einem Blick in sein Gesicht, dass das Geld weg war.

»Ist alles weg?«, fragte sie, direkt nachdem er sich gesetzt hatte.

»Da waren keine Coins mehr auf dem Konto, Carmen.« Er blickte sie traurig mit seinen treuen Augen an. »Was waren die denn wert?«

Carmen verschränkte die Arme hinter dem Kopf und kämpfte gegen den nächsten Weinkrampf an. »Nichts hat mehr einen Wert, Jeff. Nichts hat mehr einen Wert …«

Carmen musste nach diesem Erlebnis noch rund drei Jahre in Haft verbringen. Es war eine Zeit des tristen Alltags.

In dieser Zeit bekam sie immer verzögert mit, wie der Bitcoin-Kurs weiter explodierte. Zu Beginn des Jahres 2017 war er schon bei über tausend US-Dollar und bis zum Ende des Jahres stieg er im Zug eines weltweiten Hypes auf über neunzehntausend. Carmens Bitcoins hatten zu dem Zeitpunkt einen Wert von gut fünfzehn Milliarden US-Dollar.

Und doch: Sie waren weg.

Wie mit Stevens abgesprochen, kam Carmen am Neujahrstag 2018 aus dem Gefängnis – kurz nach dem historischem Bitcoin-Peak. Sie ließ die Mauern hinter sich und sog einen tiefen Luftzug in die Lungen.

»Freiheit!«, dachte sie und verspürte einen Funken Hoffnung.

Vor den Toren des Gefängnisses stand ein Auto. An dessen Steuer: Jeff. »Ich habe dir versprochen, dass ich dich abhole, Carmen«, sagte er und umarmte seine Freundin seit Jahren zum ersten Mal wieder.

Dann holte er eine Packung White-Castle-Pommes aus dem Seitenfach seines Autos und reichte sie ihr. »Ich weiß ja, wie sehr du die magst.«

Sie lächelte traurig und biss von einer langen Pommes ab. Diese war kalt, doch Carmen hatte nie so etwas Gutes gegessen. Die Fritte schmeckte nach Freiheit.

»Ach, Jeff. Es ist alles so schlimm. Doch du … du bist einfach perfekt!«

19. SEPTEMBER 2033

Die erste Anonymous-Nachricht

Der Regisseur der Übertragung in Zürich kam als erster wieder zur Besinnung, nachdem die Guy-Fawkes-Maske inmitten seiner Übertragung aufgetaucht war. Er unterbrach die Sendung, indem er abrupt den großen, roten Hauptstecker neben seinem Pult zog.

Millionen Zuschauer rund um den Globus bekamen einen schwarzen Bildschirm zu sehen, während in Zürich auf der Bühne und im Publikum das Chaos ausbrach.

Doch da geschah etwas Merkwürdiges: Der riesige Bildschirm in Zürich und auch die Bildschirme auf der ganzen Welt flackerten und plötzlich stand das Wesen in der Maske doch wieder in den Wohnzimmern und Schlafzimmern und auf so gut wie jedem Werbebildschirm auf der ganzen Erde. Egal wo man sich befand: Um diese Botschaft kam man nicht umhin. Wie *konnte* jemand die weltweite Infrastruktur nur so unter seine Kontrolle bringen?

Die dunkle Maske begann mit blecherner Stimme und dunklem Timbre eine Botschaft zu verkünden, direkt übersetzt in die Sprache der jeweiligen Zuschauer. Seine Worte schafften es so schnell und umfassend um die Welt wie keine anderen jemals zuvor: die dringendsten Breaking News der Geschichte.

Menschen dieser Erde,

zehntausend Jahre Knechtschaft liegen hinter uns. Jahrtausende, in denen uns die Reichen und Mächtigen unterdrückten. Doch noch nie zuvor war die Herrschaft so absolut, die Gesellschaft so unfrei und waren die Menschen so unterdrückt und gelenkt wie heute. Die Mächtigen haben ein in der Weltgeschichte einmaliges, autoritäres Kontrollsystem erbaut.

Wir stecken im Zeitalter der Daten, in dem Entscheidungen durch Algorithmen getroffen werden und Maschinen über unsere Karrieren, Freunde und Ehepartner entscheiden. Daten sind zum neuen Geld geworden, zum Maßstab für alles. Nie zuvor lag unser Innerstes, unser Dasein so verletzlich auf dem Altar der Macht. Nie zuvor waren wir so einfach zu steuern. Nie zuvor herrschte das goldene Kalb, der Mammon, so absolut über uns.

Ein Krake hat sich ausgebreitet: ein Krake der totalen Kontrolle, der genau weiß, wie er unsere Schwächen gnadenlos ausnutzt. Er hat eine kleine Schicht an Übermenschen geschaffen – unverletzlich und in der Lage, alles und jeden zu steuern. Die wenigen wirklich Vermögenden werden immer reicher, damit sie die vielen Armen noch besser spalten und beherrschen können. Ihre riesigen Gewinne und ihre Gier zerstören unsere Freiheit und das Leben auf diesem Planeten.

Doch das ist nun vorbei. Der Klang der Freiheit und des Wandels schallt durch unsere Straßen. Unsere Daten und deren inhärente Macht gehören nicht dem Kraken. Er hat sie sich ohne Erlaubnis genommen. Jetzt entreißen wir sie ihm wieder und geben sie an euch zurück.

Die Aktion Anonymous Coin war nicht die erste ihrer Art. In den letzten Wochen haben wir uns Zugriff auf diverse elektronische Geldreserven und Transaktionen verschafft und dieses Geld beschlagnahmt.

Verlangt die Transaktionsprotokolle der letzten zwei Wochen von folgenden Zentral- und Geschäftsbanken. Ihr werdet sehen, dass wir folgende Beträge aus den sichersten Infrastrukturen der Finanzindustrie abbuchten:

- der Federal Reserve Bank am 21. August (2.095.468 Dollar)
- der Schweizer Bank Beloises am 26. August (41.954.320 Dollar)
- die Banque de France am 3. September (90.015.996 Dollar)
- the Bank of Lee Cooper am 3. September (97.984.001 Dollar)
- die Europäische Zentralbank vor zwei Tagen (190.001.767 Dollar)

Die Technologie, die uns dies ermöglicht, ist die wahre Revolution unserer Tage und wird die Machtverhältnisse umkehren, von den Wenigen zu den Vielen, von den Mächtigen zu der Klasse der Nutzlosen, von den 1 Prozent zu den 99 Prozent, von ihnen zu euch.

Jeder hat soeben mitbekommen, wozu wir fähig sind. Wir haben den größten jemals existierenden kumulierten Geldbetrag gestohlen, die höchste jemals getätigte Transaktion gehackt, auf der nicht zu überwindenden neuesten Blockchain-Technologie.

Doch wir taten das nicht, um uns zu bereichern, sondern um eine neue, bessere, gerechtere Währung zu schaffen: den Anonymous Coin.

Jedes bisherige elektronische Geld wird am 26. September 2033 um 18 Uhr der mitteleuropäischen Zeit – also in einer Woche – vernichtet. Andere Geldformen als der Anonymous Coin werden dann nicht mehr sicher sein. Wir sehen uns ab diesem Zeitpunkt als berechtigt an, jedes noch existierende Konto auf den alten Geldsystemen mit unserer überlegenen Technologie anzugreifen und dieses Geld zu transferieren oder zu vernichten. Nur Anonymous Coins werden diesen Angriffen standhalten.

Was sind Anonymous Coins? Es ist eine Währung der Sicherheit, der Anonymität und der Gleichheit. Sie wird ab dem 26. September bedingungslos, regelmäßig und wöchentlich an die Weltbevölkerung verteilt. Jede Woche wird die ausbezahlte Menge etwas kleiner, bis in fünfzig Jahren die letzte Auszahlung erfolgen wird. Die Gesamtmenge aller ausbezahlten Coins ist im System verinnerlicht und beträgt einundzwanzig Trillionen. Der Anonymous Coin läuft auf jedem Blockchain-fähigen Gerät und kann an bestehende Anwendung angebunden werden. Wir wollen keine Infrastruktur zerstören. Wir wollen das Geld neu verteilen.

In unseren öffentlichen Foren findet ihr die Anleitung, wie die Anonymous-Coin-Anwendung installiert wird, wodurch ihr euch das Recht auf wöchentliche Zahlungen sowie auf sichere Wert-Transaktionen mit anderen Nutzern erwerbt. Es ist ganz einfach: vier Klicks und ihr seid dabei!

Unser Versprechen ist das Ende von Armut und Ungleichheit. Wir haben eine neuartige Währung geschaffen, die außerhalb jeglicher Kontrolle steht und die von euch betrieben wird. So dezentralisiert wie noch keine Anwendung zuvor ist ihre Sicherheit absolut garantiert, ohne zentrale Institutionen.

Das Geld aus der Aktion Anonymous Coin wurde heute Nachmittag beschlagnahmt und wird im Namen der Gerechtigkeit zerstört.

Es wird keine einfache Woche, das wissen wir. Die Medien werden Panik schüren, die Mächtigen uns jagen und töten wollen, doch wir werden standhalten. Genauso wie ihr.

Jetzt verändern wir den Lauf der Welt.

Habt keine Angst! Wir schaffen eine bessere Zukunft!

Wir sind Anonymous: die Legion.

Wir vergeben nicht. Wir vergessen nicht.

Erwartet uns.

Gezeichnet,

Anonymous

Als die Maske auf dem Bildschirm verschwunden war, herrschte für eine Sekunde Ruhe im Saal in Zürich.

Dann zerschellt der Glaube an die Banken, an das Finanzsystem, wie ein von einem Stein getroffenes Glas. Das Geldkartell zerfällt vor den Mächtigen der Welt in seine Einzelteile.

»Betrüger!« Und: »Scharlatane!«, ist es laut von den Zuschauerrängen zu hören.

»*Was ist nur geschehen?*«, fragt sich Wolf. Ist das Geld wirklich verschwunden? Die größte je getätigte Transaktion in der Finanzgeschichte gehackt? »*Das wäre der größte Raub in der Geschichte der Menschheit!*«, denkt er und blickt sich um.

War die Halle zuvor noch ein Hort von Fanboys und Fangirls, fürchten nun alle um ihr Erspartes, die sie doch so bereitwillig in die neue Blockchain-Lösung investiert hatten. Menschen rennen von den hinteren zu den vorderen Rängen und drängen an die abgrenzenden Gittertore, hinter denen hochgerüstete Soldaten und Polizisten stehen.

»Ich will mein Geld zurück!«, schreit einer und rennt auf die Bühne zu.

Doch ein Secret-Service-Agent macht kurzen Prozess und stoppt ihn mit einem mühelosen Schlag auf den Kiefer. Damit ist klar, dass ein Vordringen zur Bühne zwecklos ist. Trotzdem bleibt die Stimmung tumultartig. Schreie erschallen aus jeder Ecke des Saals, die Menschen drücken in Richtung Ausgang und die Ordner haben alle Mühe eine tödliche Massenpanik zu verhindern.

Auf der Bühne herrscht derweil Ratlosigkeit. Die Zentralbanker blicken sich fassungslos und mit bleichen Gesichtern an. Die Ratsmitglieder sind sprachlos und selbst Chloé Pennington steht mit der Hand vor dem Mund vor dem nun schwarzen Monitor, umringt von einem Haufen Geheimdienstagenten und Sicherheitspersonal.

Nur einer bleibt ruhig und beginnt zu handeln: George Bangron. Er mutiert in kürzester Zeit vom angeschossenen Raubtier zum perfekten Krisenmanager.

Er stapft vom Podium und flüstert Pennington etwas ins Ohr, dann läuft er zu Sam Kruger und Soul-Young und gibt ihnen mit deutlichen Handzeichen Anweisungen, was zu tun ist. Zuletzt kommt er zu den anderen Ratsmitgliedern. »Wir machen eine Pressekonferenz! Jetzt!«

»George, was …?«, will Wolf nachfragen, doch er wird von George unterbrochen.

»Ich werde sprechen! Dann setzten wir uns zusammen und bestimmen die nächsten Schritte. Bis dahin übernehme ich!«

Er läuft los, stellt sich mit natürlicher Dominanz der Presse und der ihn bestürmenden Zentralbanker und Journalisten.

Die Pressekonferenz wurde zum Live-Event epischen Ausmaßes, das rund um den Globus gesendet wurde.

George versuchte, eindringlich die Gemüter zu beruhigen. »Zuerst und als Wichtigstes möchte ich festhalten: Wir sind nicht gehackt worden. Das Geld aus den alten Blockchain-Netzwerken ist reibungslos auf die neue Lösung transferiert worden. Die Blockchain ist und bleibt zu einhundert Prozent sicher. Jeder Mathematiker der Welt kann ihnen versichern: Es ist unmöglich, eine Blockchain zu hacken.« George blickte direkt in die Kamera und seine Stimme wurde eindringlicher. »Was wir jedoch erlebt haben, war der illegale Zugriff auf unser Kommunikationssystem und das Kapern einer Fernsehsendung – nicht mehr, aber auch nicht weniger. Dafür bitten wir um Entschuldigung und müssen sofort die nötigen Schlüsse ziehen. Unsere Techniker arbeiten mit Hochdruck daran, die Lücke in unserem Kommunikationssystem zu finden und zu schließen.«

George machte dort Pausen, wo die Zuhörer etwas verinnerlichen sollten, wurde lauter, wenn etwas wichtig war, und bewegte seine Hände wie ein Vater, der seine Kinder an seiner Weisheit teilhaben ließ. Er war ein genialer Redner. »Das Ziel dieser Terroristen ist es, den Glauben an unser Geldsystem zu untergraben und Zweifel an unserer Einigkeit als Kollektiv zu säen. Sie wollen die Stabilität unserer vielfältigen und freien Gesellschaften zerstören. Sie schüren Angst und wollen uns ins Chaos stürzen.« Seine Augen fixierten nun den Zuschauer mit aller Ernsthaftigkeit und er richtete seine Hand auf die Kamera. »Doch wir sagen Ihnen, dass wir unsere Leben weiterführen werden wie bisher! Wir sagen Ihnen, dass wir stark sind, dass wir uns unser hart verdientes Geld und unseren Besitz nicht nehmen lassen. Diese Terroristen werden ihr Ziel nicht erreichen. Wir werden ihnen ohne Zweifel und Angst begegnen. Wir werden sie jagen, fangen und sie ihrer gerechten Strafe zukommen lassen.« George lehnte sich leicht zurück und hob sein Kinn, fast unmerklich. »Die mächtigsten Institutionen und Länder dieses Planeten garantieren mit all ihrer Macht für die Sicherheit unseres Geldwesens. Unsere Wirtschaft, unsere Staaten, unsere Städte und Regionen stehen dafür ein. Die Löhne sind sicher. Die Staaten sind sicher. Besitzverhältnisse, Verpflichtungen, Versicherungen und Verträge sind sicher und behalten ihre Gültigkeit. Und vor allem: Ihr Geld ist sicher! Am 26. September wird rein gar nichts geschehen, außer dass unser Kampf gegen den

Cyberterrorismus weitergeht.« Nun beugte er sich wieder etwas nach vorne. »Unser Feind ist hinterlistig, er lügt und will uns spalten. Ignorieren Sie die Nachrichten von Terrorgruppen, die sich als Anonymous ausgeben. Dieser sogenannten Anonymous Coin hat keinen Wert, weil sich nichts Reales dahinter verbirgt. Keine Infrastruktur, keine Wirtschaft, keine Rohstoffe, keine Gesellschaft. Diese Coins sind nichts als Schall und Rauch und werden nie in echtes Geld getauscht werden können. Hier versuchen lediglich ein paar geschickte Gauner Millionen Menschen mit Panik um ihr Erspartes zu bringen. Vertrauen Sie uns: Ihrem Vermögen und unserer Wirtschaft wird nichts zustoßen.«

Zeitgleich mit Georges Aussagen veröffentlichte die amerikanische Präsidentin Pennington ein Statement, das es ebenfalls auf alle Kanäle schaffte. »Die USA und die westlichen Staaten garantieren die Stabilität unserer Wirtschaft, unserer Gesellschaft, unserer Demokratie und unseres Geldes mit allen uns zur Verfügung stehenden Möglichkeiten. Wir werden diese Terroristen suchen, finden und ihnen das Handwerk legen. Die Macht unserer Armeen steht hinter unserem Geldsystem. Und wir sind bereit, dessen Existenz und Sicherheit mit allen Mitteln zu verteidigen. Alle Optionen liegen auf dem Tisch.«

Das saß: Die Börsen, die nach der Anonymous-Nachricht einen nie erlebten Talsturz erlebt hatten, beruhigten sich etwas. War alles nur ein gigantischer Streich und alles würde bleiben wie zuvor? Es wäre doch zu schön!

Nachdem die ersten Statements für die Presse durch

waren, begann die Marathonsitzung in einem Büro in Zürich, das kurzerhand durch den Secret Service beschlagnahmt und zum temporären Situation Room umfunktioniert wurde. Zugelassen zur Sitzung waren der Rat des Konsortiums, die amerikanische Präsidentin und die wichtigsten Zentralbanker – ein Zusammenkommen der mächtigsten Menschen der Welt.

George übernahm das Kommando. Er sprach mit überzeugter Stimme, doch ein ungewöhnliches, leichtes Zittern ließ erahnen, dass auch er noch keine solche Situation erlebt hatte. »Zuerst möchte ich für die Panne heute um Verzeihung bitten. Das hätte niemals passieren dürfen und ist unentschuldbar. Die Terroristen müssen einen Insider im Technikteam haben. Glauben Sie mir: Wir werden die Verantwortlichen finden.«

»Hören Sie mit dem Gesülze auf, George!«, warf Präsidentin Pennington ungeduldig ein. Wolf hatte es noch nie erlebt, dass jemand so mit Bangron sprach. Doch Chloé Pennington war durchaus eine Figur, die jeden Raum mit Präsenz ausfüllte und deren Worte auch von ihm nicht ignoriert werden konnten. Und wie er pflegte sie hinter verschlossenen Türen eine deutliche Sprache. »Wir wollen jetzt die Wahrheit wissen: Wo ist die Kohle?« Durchdringend klopfte sie mit dem Zeigefinger auf den Tisch. »Ist sie auf der neuen Blockchain-Lösung oder verschwunden? Können die Terroristen tatsächlich alles hacken?«

»Schauen Sie: Die Blockchain gehört uns. Wir besitzen den Quellcode, er läuft auf unseren Servern – selbst wenn es so wäre, können wir jeden Verlust rückgängig machen.

Wir können alles in das System reinschreiben, was wir möchten. Von daher …«

»… von daher haben uns die Hundesöhne an den Eiern. Sie haben das Geld gestohlen und damit bewiesen, dass sie die Blockchain jederzeit hacken können. Deine neue Lösung ist am Arsch!«, beendete Pennington Georges Satz.

»Ja, so kann man das sagen«, gestand George zu, doch dann hob er das Kinn ein wenig und ergänzte leise: »Aber wir sind ja nicht die Einzigen, deren Eier sie fest im Griff haben.«

Pennington blickte ihn finster an.

»Was meinst du damit, George?«, fragte Wolf.

»Na, was glaubt ihr denn, wieso die Zentralbanken plötzlich Schutz unter meinem Blockchain-Mäntelchen gesucht haben? Weil die mich so nett finden, so gutaussehend? Die werden gerade von Anonymous ausgenommen wie die Weihnachtsgänse! Was die Maske auf dem Bildschirm gesagt hat, war kein Bluff: Die gestohlenen Überweisungen sind alle real geschehen – und es gibt noch viele, viele mehr. Die können in jedes digitale Geldsystem eindringen, nach Belieben Geld stehlen, und alle bekannten Abwehrmechanismen sind wirkungslos. Bisher war unsere Blockchain noch nie Opfer solcher Angriffe, wir dachten, sie wäre sicher. Darum haben die Zentralbanken den Zusammenschluss gesucht. Aber jetzt …« Es folgte eine Pause.

Wolf schluckte leer. Er hatte nicht gewusst, dass die Zentralbanken nur aus Not das Bündnis mit George eingegangen waren. Mit was für einer übermächtigen

Bande hatten sie es hier bloß zu tun?

»Jedenfalls sitzen wir hier alle im selben Boot«, fuhr George fort. »Gegenseitige Schuldzuweisungen bringen uns nicht weiter. Lasst uns die Zeit, die uns bleibt, nutzen, um diese Terroristen ausfindig zu machen und zur Strecke zu bringen. Dann bringen wir hier alles wieder ins Lot und das Ganze war nur ein dummer Streich von ein paar kindischen Kriminellen.«

»Ich wette, das waren die Chinesen. Wer hat denn sonst die Technik und das Geld, so etwas anzustellen?«, warf Sam Kruger ein. Seine Augen funkelten vor Zorn, er knirschte mit den Zähnen und die dunkelblaue, dünne Halsschlagader seitlich seines Stiernackens pochte.

»Möglich. Oder es war einer von uns. Ohne Insider-Wissen dürfte der Coup ganz schön schwer auszuführen sein«, warf die indische Ratsabgeordnete Neha Kumar ein und blickte zu Sam.

»Es reicht jetzt, Leute«, ging Wolf dazwischen. »Wir wissen aktuell gar nichts und Spekulationen bringen uns nicht weiter. Lasst uns zuerst die Situation analysieren.«

Sie besprachen sich ausführlich über das Spiel, das mit ihnen getrieben wurde.

»Es sieht wirklich nicht gut für uns aus«, dachte Wolf, während die Liste ihrer Probleme immer länger und die Tragweite ihrer Entscheidungen einschneidender wurden.

Nach längerer Diskussion übernahm Präsidentin Pennington das Wort: »Hier steht schlicht und einfach alles auf dem Spiel! Wenn wir versagen, sind bald alle Staaten und Firmen pleite, kein Lohn hat mehr irgendeine Bedeutung, kein Besitz ist mehr garantiert. Hypotheken,

Aktien, Devisen, Verträge sind das Papier nicht mehr wert, auf dem sie gedruckt wurden. Das müssen wir um jeden Preis und mit allen Mitteln verhindern.«

Sie schluckte hörbar und griff dann zu einem Stift. Sie stand auf und schrieb auf das große Digitalboard: »Die Kernfragen sind:«

> Ist es möglich, dass die Terroristen tatsächlich alle Konten der Welt hacken können? Und wenn ja: Wie machen die das?
> Was können wir dagegen tun?
> Wie funktioniert ihr Anonymous Coin?
> Wer sind die?
> Wo sind die?
> Wie kriegen wir sie zur Strecke?

Sie legte den Stift ab. »Ganz schön viel zu tun bis zum Ende der Woche.«

»Wir müssen uns aufteilen und die Fragen getrennt beantworten. In diesem Büro bauen wir die Kommandozentrale auf und koordinieren die Aktionen«, schlug Jocelyne Cortez vor, ein weitum respektiertes Ratsmitglied. Auf diesen Vorschlag konnte sich die Runde einigen. Die weitere Diskussion zog sich über Stunden. Schlussendlich wurde entschieden, dass die Zentralbanker und Staaten Vorbereitungen für den Fall treffen sollten, dass alles schieflief.

»Der Plan B heißt Bargeld!«, hielt Pennington unmissverständlich fest.

Die Zentralbanken sollten die Druckmaschinen anschmeißen und Konten mit Scheinen absichern.

Zusätzlich sollte das längst veraltete elektronische Geldsystem über die BIC-Technologie in einer Herkulesaufgabe wiederbelebt werden. Die Staaten bereiteten derweil Erklärungen vor, in denen sie sich für die Ersparnisse ihrer Bürger verbürgten. »Wenigstens sind die dann beschäftigt«, raunte Bangron in der Kaffeepause zu Kruger und grinste finster.

Dann teilten sie die weiteren Verantwortlichkeiten auf. Präsidentin Pennington und Sam Kruger kümmerten sich darum, die Terroristen ausfindig zu machen und zur Strecke zu bringen. Weiter sollten sie sicherstellen, dass die Eröffnung von Anonymous-Coin-Konten gesetzlich verboten wurde. George und sein Team sollten das Leck in den eigenen Systemen, durch das die Terroristen eingedrungen waren, finden und stopfen. Soul-Young schmiss seine Medien- und Kommunikationsmaschine an, um die Meinung von Millionen Menschen mit Botschaften über seine Kanälen zu beeinflussen, die sie sich interaktiv und viral verbreiten sollten. Neha Kumar sollte Nachforschungen dazu anstellen, wie dieser Anonymous Coin strukturiert war und Jocelyne Cortez wurde damit beauftragt, die Koordination aller Aktionen von Zürich aus zu übernehmen.

Wolfs Aufgabe war es zu recherchieren, mit welchen Technologien die Terroristen agieren könnten. Ihm wurde dazu Ayshe Sadi zur Seite gestellt, die Vertreterin für den Bereich Energie und Rohstoffe aus Marokko. Wolf hätte sich die Aufgabe lieber mit Jocelyne Cortez geteilt statt mit der stillen Marokkanerin, doch wollte er keine Personaldiskussion entfachen.

Bis morgens um sechs feilten die Mächtigen an ihrem Schlachtplan. Als der Morgen dämmerte und sich ein Wetterumschwung hin zu einem regnerischen Herbsttag ankündigte, verließen die Führer der modernen Welt mit stark gestiegener Zuversicht den Situation Room. Ihnen waren nun ein paar wenige Stunden Ruhe und Schlaf gegönnt, dann würde die Jagd ihres Lebens beginnen.

»Das wird schon schiefgehen«, dachte Wolf. *»Schließlich stehen die ganze Welt, alle Staaten, das Militär, die Wirtschaft hinter uns. Wir kontrollieren alle Machtfaktoren. Was haben die Terroristen? Aufmerksamkeit für ein gutes Video! Pah! Das muss doch zu schaffen sein.«*

Doch nur wenige Minuten später traten die ersten Sehstörungen ein, die seine Migräne ankündigten. Diese traten immer dann auf, wenn er mehrere Tage zu viel Stress und zu wenig Schlaf hatte. Und die Zuversicht wich dem Schmerz.

Dunkelheit.

Wolf brauchte nichts als Dunkelheit. Zugezogene Vorhänge, gelöschte Lichter und absolute Ruhe – wenn auch nur für wenige Stunden. Und ausgerechnet jetzt surrte eine Fliege wie ein Düsenjet durchs Zimmer. Verdammte Fliege! Schlafen! Fliege! Schlafen! Verdammte Fliege!

Wolf fühlte sich ausgekotzt, wie nach einer schlimmen Magen-Darm-Grippe. Er brauchte eigentlich Ruhe und Schlaf. Doch jetzt musste er sich aufrichten.

»Öffne die Jalousien.«

Der automatisierte Hotelassistent gehorchte und das helle Licht eines Schweizer Spätsommermorgens schien in sein nobles Hotelzimmer. Er blickte hinaus, doch die Sonnenstrahlen hätten keinen größeren Kontrast zur Übelkeit, die seinen Körper beherrschte, darstellen können. Er strich sich immer noch auf dem Bett sitzend über seinen Dreitagebart und versuchte sich zu sammeln. Die Migräne hatte ihn glücklicherweise erst nach der Sitzung heimgesucht. Doch dann mit aller Härte.

Jetzt musste er aufstehen – allem Schmerz zum Trotz. Er musste zum Flugplatz! Er kämpfte sich ins Badezimmer. Nachrichten und Meldungen huschen über den ans Internet angeschlossenen Spiegel – genau abgestimmt auf seine Interessen. Doch es gab sowieso nur ein Thema an diesem Morgen:

»Der Geld-Terrorismus: Jetzt Analyse lesen!« Wolf wischt es weg.

»Angeblich schon über zwanzig Millionen Downloads der neuen Anonymous-Anwendung. Bricht das Geldsystem jetzt zusammen?« Wolf hob eine Augenbraue und schob die Meldung zur Seite.

»Werden wir morgen für unsere Arbeit noch bezahlt? Das sagt der Experte!« Weg.

»Bricht die Weltordnung zusammen? Kommentar des Chefredakteurs.« Weg.

»Börsen mit größtem Einbruch aller Zeiten!« Er war versucht, die Nachricht anzuklicken, doch wischte sie ebenfalls weg.

»Bangron kann Märkte beruhigen, aber das müssen Sie jetzt wissen!«

»Verdammte Scheiße!«, fluchte Wolf leise und beendete die automatische Nachrichtenausgabe auf dem

Spiegel mit einem Handwisch nach links unten.

Er legte den Kopf in seine Hände und dachte an seine Frau, die im Moment in Berlin war. Jetzt wünschte er sich nichts mehr, als sie zu sehen. Er versuchte sie zu erreichen, doch sie drückte ihn weg. »Meeting, rufe später an«, schrieb sie kurz darauf eine Nachricht.

Nachdem es Wolf endlich aus Bett und Hotel geschafft hatte, machte er sich per Flugtaxi auf den Weg zum Flughafen, wo er sich mit Ayshe Sadi traf – seiner Ratskollegin aus Marokko.

Um dreizehn Uhr brachen sie im Learjet nach Boston auf, um am Abend ein Gespräch mit Professor Walter Drexler in Yale zu führen. Drexler sollte Licht ins Dunkel bringen bei der Frage, wie es den Terroristen gelingen konnte, eine Blockchain zu hacken, was als mathematische Unmöglichkeit galt.

Professor Walter Drexler war eine Koryphäe und internationale Instanz im Bereich der Cybersecurity- und der Blockchain-Technologien. Er hatte in der Vergangenheit für Bangron Industries gearbeitet, doch nach einem Disput mit George hatte es ihn vor knapp einem Jahr in die Forschung und an die Universität Yale gezogen. George schwor dem Rat, dass niemand die Sicherheit einer moderner Blockchain so profund beurteilen konnte wie der Professor. »Er hat unsere Lösungen auf Herz und Nieren getestet, um sie noch sicherer zu machen. Niemand anderes auf Gottes schöner Erde weiß so viel darüber, wie man Geldsysteme knackt und kapert, wie er«, meinte George.

Wolf war froh, einige ruhige Stunden im Flugzeug

zu verbringen. Er schaffte es sogar, ein wenig Schlaf zu finden – das Einzige, was seine Migräne jeweils auskurierte. Gegen Ende der Reise fühlte er sich merklich besser, wenn auch noch etwas matt. Als er die Augen aufschlug, trafen sich sein und Ayshes Blicke.

»Weißt du schon, was du den Professor fragen willst?«, fragte Wolf und unterdrückte ein Gähnen.

»Drexler und all die anderen Experten haben in der Vergangenheit ausgeschlossen, dass eine moderne Blockchain gehackt werden kann. Jemand hat nun wohl doch einen Weg gefunden, wie es möglich ist. Also fragen wir ihn, wie er es selbst anstellen würde, was er für den aussichtsreichsten Weg hält. Und wenn wir Glück haben, können wir dadurch die Gruppe derer verkleinern, die als Urheber der Tat infrage kommen.« Eine ziemlich präzise Formulierung ihrer Aufgabe.

»Ayshe, ich weiß so wenig über dich. Erzähl mir doch was von dir«, versuchte Wolf das Gespräch auf eine persönlichere Ebene zu ziehen und etwas Smalltalk zu betreiben.

»Ich stamme aus einer adligen Familie, bin mit dem König von Marokko verwandt. Ich verbrachte meine Jugend in den besten Internaten des Landes, war sehr ehrgeizig und schaffte es so in der Energiewirtschaft weit nach oben. Ich habe jede Möglichkeit zum Aufstieg ergriffen, die sich mir bot ... Und jetzt ... Jetzt bin ich hier, mit dir, und wir versuchen, die Welt zu retten.« Sie hob die Brauen, doch Wolf war sich nicht sicher, wie ernst die Bemerkung gemeint war.

Sie sprachen noch etwas über ihre Vergangenheiten

und aßen die Käse-Sandwiches, die an Board serviert wurden, bis sie schließlich in Boston landeten und mit gepanzerten Fahrzeugen und einer Polizeieskorte direkt zum Campus von Yale fuhren. Bereits drei Stunden nach der Landung saßen sie im Arbeitszimmer von Professor Drexler – einem Raum mit hellgrauen Wänden, grünen Möbeln mit goldenen Nieten und einem schweren Holzschreibtisch. Es roch nach Kaffee aus einer Kapsel-Maschine, die auf des Professors Schreibtisch stand und dort eigentlich viel zu viel Platz einnahm und deshalb halb auf einem schiefen Blätterstapel stand.

Walter Drexler war eine eher unauffällige Erscheinung: von kleiner Statur, ungefähr Mitte fünfzig, mit bärtigem, runden Gesicht, krausem Haar und kleinen, gelblichen Zähnen.

Als sie vom Professor begrüßt wurden, entging Wolf nicht, dass er einen leichten Akzent hatte (er hatte ein feines Gefühl für Sprachen und Dialekte). *»Vielleicht belgisch, luxemburgisch oder niederländisch?«*, dachte er sich.

Drexler bot ihnen Kaffee an und fragte Wolf, wie er ihn gerne trank.

»Schwarz«, antwortete der.

Drexler kochte drei Tassen und reichte Wolf seine. Ayshes Kaffee versetzte er ungefragt mit Milch und Stevia.

»Vielen Dank, dass Sie uns so schnell empfangen, Professor Drexler«, begann Wolf die Unterhaltung. »Wir müssen leider schnell zum Punkt kommen, denn die Zeit drängt. Doch vorab eine Bemerkung: Was wir hier besprechen, ist topsecret. Sie dürfen auf keinen Fall ein Wort über unsere Unterhaltung verlieren.«

»Natürlich. Vertrauliche Gespräche sind mir nicht fremd«, antwortete Drexler.

»Sie haben ja immer ausgeschlossen, dass eine Blockchain gehackt werden kann. Können Sie uns noch einmal erklären, wieso sie das für unmöglich halten?«, fragte Ayshe Sadi.

»Was ist die Wurzel aus neun?«

»Drei«, antwortete Wolf wie aus der Pistole geschossen.

»Sehr gut. Und nun die Wurzel aus hundertneunundsechzig?«

»Dreizehn«, antwortete Ayshe nicht weniger schnell.

»Sehr gut.« Der Professor lächelte, offensichtlich überrascht über die schnelle Antwort. »Und nun die Wurzel aus hundertsechsundzwanzigtausendsiebenhundertsechsunddreißig.«

Wolf und Ayshe blickten sich ahnungslos an.

»Die Antwort ist dreihundertsechsundfünfzig.« Drexler fügte eine kurze Pause ein. »Aber warum konnten Sie nun die ersten beiden Fragen beantworten, die letzte aber nicht?«

»Weil sie einfacher zu rechnen waren«, antwortete Ayshe.

»Richtig. Einmal wussten sie die Antwort, einmal haben Sie schnell gerechnet. Und für die dritte Antwort bräuchten Sie Zeit, dann wäre sie aber lösbar. Wie würden Sie vorgehen?«

»Na ja, ich würde zuerst mal hundert, zweihundert, dreihundert und vierhundert quadrieren und dann merken, dass die Lösung zwischen dreihundert und vierhundert liegt. Dann zwischen dreihundertfünfzig und dreihundertachtzig – und mich so weiter zum richtigen

Resultat knobeln«, antwortete Ayshe.

»Wieder richtig. So gehen Sie am besten vor. Und das Spiel, das ich nun mit ihnen getrieben habe, kann ich auch mit Computern treiben, denen ich natürlich viel schwierigere Aufgaben geben kann als einfach Quadratwurzeln, denn sie rechnen ja deutlich schneller als wir.« Der Professor drehte sich auf dem Drehsessel und blickte aus dem Fenster, wo Bäume den Yale-Campus säumten. Dann fuhr er fort: »Irgendwann werden die Aufgaben so aufwendig und schwierig, dass auch Computer aufgeben, weil sie keinen Strom mehr oder volle Prozessoren haben. Sobald ich sicher bin, dass keine Maschine mit noch so viel Zeit und Rechenpower meiner Antwort die richtige Rechnung zuordnen kann, habe ich ein sicheres System. Dann kann ich meine Rechnung als Schlüssel nutzen und hinter dieser digitalen Mauer Informationen verstecken oder sichere Transaktionen ausführen. Das ist das Prinzip der Kryptographie. In einer Blockchain geschieht dies über Hashes, eine Art mathematische Funktion. Über diese Hashes zerstückele ich meine Informationen so stark, dass sie keine Maschine der Welt mehr aufschlüsseln kann, außer wenn sie die Ausgangsinformation hat, den Schlüssel zur Lösung.«

»Gehen wir mal davon aus, dass ich es trotzdem schaffen und Ihren Code knacken möchte. Was müsste ich dann tun?«, fragte Wolf.

»Nun, eine moderne Blockchain ist so konzipiert, dass ihre Aufgaben auch mit Supercomputern innerhalb von Millionen Jahren nicht geknackt werden können. Das heißt, Sie haben zwei Probleme zu lösen. Erstens müssen

Sie einen Supercomputer bauen. Das hat bis heute noch niemand geschafft. Zweitens …«

»Moment, Moment«, unterbrach Ayshe Sadi den Professor. »Was müsste man da bauen? Einen Quantencomputer?«

»Genau: einen Quantencomputer. Normale digitale Geräte rechnen digital. Das heißt, sie führen Prozesse aus, die entweder auf einer Eins- oder Null-Ausgabe basieren. Sie schalten oder sie schalten nicht und jede dieser Aktionen gilt als Bit. Die Geschwindigkeit eines Computers definiert sich über diese Rechenprozesse. Ein Quantencomputer hingegen läuft nicht über Bits, sondern über sogenannte Qubits. Vereinfacht gesagt kann der Computer nicht nur Eins oder Null schalten, sondern mehrere Zustände zur selben Zeit austesten – und damit ein Vielfaches schneller rechnen.«

»Ist das denn ein reales Szenario? Gibt es diese Computer?«, fragte Wolf.

»Wir stecken noch in den Kinderschuhen bei der Erforschung. Das Reich der Quanten befindet sich auf atomarer Ebene und Qubits sind schwer zu kontrollieren. Sie sind eine Art Mischform aus Materie und Strahlen. Ein Materie-Teil kann ja nicht zur selben Zeit am genau selben Ort sein wie ein anderes. Bei Strahlung und Wellen sieht es anders aus. Eine Radiowelle und eine Schallwelle können zur selben Zeit am selben Ort sein. Qubits weisen Eigenschaften von Materie und Strahlen auf. Darum können sie auch mehr als Eins oder Null sein.«

Wolf und Ayshe blickten sich verwirrt an.

»Jedenfalls: Das meiste davon ist Theorie. Es gibt einige Versuche im Bereich der Quantenmechanik, aber das ist doch mehr wissenschaftliche Spielerei als konkrete Anwendung.« Der Professor strich sich über seinen grauschwarzen Vollbart. »Die Verfahren bei der Erforschung und Entwicklung von Quantencomputern sind sehr aufwendig und teuer. Von real nutzbaren Lösungen sind wir jedenfalls noch ein gutes Stück entfernt. Aber ja: Alle neuen Forschungen weisen darauf hin, dass die Quantentheorie sich bestätigt und Quantencomputer möglich sind. Wenn jemand eine Blockchain hackt, dann hat er wohl zuvor einem Quantencomputer Leben eingehaucht. Mit einem normalen Gerät halte ich das für ausgeschlossen.«

»Das schränkt das Feld der Verdächtigen auf jeden Fall schon mal ein. Man muss Forschung betreiben und sehr viel Geld in die Entwicklung stecken – klingt nach einem Staat«, flüsterte Ayshe Wolf zu.

»Das noch größere Rätsel wäre jedoch die zweite Hürde, die für das Kapern einer Blockchain übersprungen werden muss«, fuhr Professor Drexler fort, stand auf, lief um seinen Schreibtisch und stellt sich vor seine Besucher.

»Selbst wenn es jemandem gelänge, einen Quantencomputer zu bauen, benötigt auch dieser Millionen von Jahre, um eine moderne kryptografische Verschlüsselung zu knacken. Wir haben alle Arten von Angriffen auch theoretisch getestet und glauben Sie mir: Es ist einfach unmöglich – so wie George es ja in seinem Statement auch erklärt hat. Es ist und bleibt meine Überzeugung, dass man eine richtig programmierte Blockchain nicht hacken kann. Sie ist eine geniale Erfindung. Von daher ist klar, dass George recht hat, wenn er sagt, dass nur die Sendung sabotiert wurde.«

»Und wenn wir Ihnen jetzt sagen, dass es doch jemandem gelungen ist, eine Blockchain zu hacken?«, fragte Wolf.

Drexlers Gesichtszüge entgleisten leicht und er schürzte seine Lippen. Er schwieg einen Moment, während sich Schweißtropfen auf seiner Stirn bildeten.

»Darf ich Sie bitten, die Heizung etwas runterzudrehen?«, fragte er Ayshe, die aufstand und den Regler betätigte.

Es schien, als ob Drexler diese kurze Pause benötigte, um sich zu sammeln. Dann jedoch sprach er weiter: »In dem Fall stünden wir vor einem unlösbaren, wissenschaftlichen Rätsel. Es wäre, als würden Sie einem Zellbiologen sagen, dass jemand aus einem Chicken Nugget ein lebendes Huhn gemacht hätte. Die Informationen sind da, aber es ist unmöglich, sie in die richtige Struktur zu bringen. Es wäre eine Anomalie, eine schlichte Unmöglichkeit. Eine solche Maschine wäre nicht von dieser Welt.«

Als Wolf und Ayshe das Büro von Professor Drexler verließen, fühlte Wolf sich endlich von der Migräne wieder vollständig kuriert – wohl auch deshalb, weil seine Instinkte in Aufruhr geraten waren. *»Irgendetwas stimmt hier nicht«*, dachte er, doch er musste seine Gedanken zuerst sammeln. In dem Moment rief Claudine an, doch er wischte sie weg. Eine Nachricht von George wollte er zuerst lesen. »Morgen um acht Uhr nächstes Meeting in Zürich. Es gibt Neuigkeiten.«

Wolf stöhnte leise. »Scheint, als müssten wir sofort zum Flughafen. Das nächste Update steht kurz bevor.«

Ayshe nickte stumm und sie machten sich auf den Weg.

»Kanntet ihr euch eigentlich schon, du und der Professor?«, fragte Wolf Ayshe, als sie sich wieder in der Luft befanden.

»Drexler? Nein, noch nie von dem gehört. Wieso meinst du?«

»Ach, ihr habt mir irgendwie einen vertrauten Eindruck gemacht. Mir schien, dass er weiß, wie du deinen Kaffee trinkst.«

»Hmh«, antwortete Ayshe desinteressiert und begann in einem Flugmagazin zu blättern.

»Stevia will ja nicht jeder in seinem Kaffee und …«

»Wolf, müssen wir uns jetzt hier über Kaffee unterhalten?«, fragte sie genervt.

»Es ist nur: Ich hätte schwören können, dass du schon mal in dem Zimmer warst. Du hast direkt gewusst, wo die Heizung war, als er dich bat sie runterzudrehen.«

»Suchst du Heizungen denn unter dem Sofa?« Sie legte ihr Flugmagazin zur Seite und blickte Wolf herausfordernd mit hochgezogenen Augenbrauen an.

»Okay, du hast recht. Ich sehe wohl schon Gespenster«, versuchte Wolf, das Gespräch zu beruhigen. Doch sein Misstrauen war geweckt. »Hattest du schon mal von Quantencomputern gehört vor dem Treffen heute?«, fragte er einige Minuten später so unverbindlich wie möglich.

»Eigentlich nicht, ich setze mich ja nicht wirklich mit IT auseinander«, antwortete sie.

Er hatte ihr die Frage nicht ohne Hintergedanken gestellt. Ihm war im Gespräch mit dem Professor aufgefallen, dass Ayshe vor ihm von Quantencomputern gesprochen hatte – dieser hatte zuvor nur das Wort »Supercomputer« genutzt. Wie konnte sie diese Verbindung selber hergestellt haben, wenn sie – wie behauptet – vorher keine Kenntnis von der Materie hatte?

Wolf beschloss, Ayshe nicht mit dieser weiteren Ungereimtheit zu konfrontieren. Sie schien sowieso schon genervt und diese losen Indizien hatten natürlich keine konkrete Bedeutung. Aber er beschloss, George darauf anzusprechen. Geschahen hier heimliche Absprachen hinter den Kulissen? In ihrem Rat galt eigentlich absolute Transparenz. Doch so mancher unter ihnen kochte gerne seine eigenen Süppchen.

Jedenfalls wollte er die Rolle dieses Professors in der Geschichte besser verstehen, schon aus Neugier. Schließlich rankten sich diverse Mythen um die Rolle von Walter Drexler bei Bangron Industries, sein Verhältnis zu George Bangron und seinen überstürzten und von Gerüchten begleiteten Abgang vor rund einem Jahr. Doch die beiden Protagonisten hatten Stillschweigen über ihre Trennung vereinbart und hielten sich eisern daran.

Die Nachwirkungen der Migräne hatte Wolf inzwischen völlig überwunden. Ja, auf dem Rückflug war er regelrecht elektrisiert von Drexlers Ausführungen. Was war das nur für eine unbekannte Technologie, mit der sie es hier zu tun hatten? Wie konnten die Terroristen Aufgaben lösen, für die selbst die Computer der Zukunft Millionen Jahre benötigten? Was für eine Macht versprach ein solcher Apparat?

Diese Gedanken ließen ihn nicht los und er verbrachte den Rest des Rückfluges mit Recherchen zu Themen wie Blockchain, Kryptographie und Quantenmechanik. Eigentlich hatte er vorgehabt, seine Frau Claudine anzurufen, doch eine Sprachnachricht musste für den Moment genügen. Seine Prioritäten lagen anders: Er verspürte den wachsenden Drang, seine Hände an diese unbekannte Technologie zu legen, wie ein Goldgräber an ein fettes, in einem Bach verborgenes Nugget.

»Five, four, three, two, one … C'mon! One more! *One more*!«

George Bangron keuchte.

Noch zwei Liegestützen auf der Yogamatte, die auf dem weichen Hotelzimmerteppich ausgelegt war, dann war die Tortur für heute zu Ende. Dann würde das fünfminütige Ausdehnen folgen. Dessen Intensität war bei Weitem nicht mehr so hart wie das Training selbst.

Sein Personal Trainer Brian hatte seinen Einsatz *jeden* Morgen, auch bei den gröbsten Widrigkeiten, um Punkt fünf Uhr, also genau fünfzehn Minuten, nachdem sein Kunde aufgestanden war. Hanteltraining, Kardio, Körperspannung und Yoga-Übungen, während alle anderen noch schliefen. Ein Start in den Tag für Gewinner!

Brian war fester Bestandteil von Georges engstem Umfeld, das ansonsten hauptsächlich aus Sicherheitsleuten und Assistenten bestand und ihn ständig begleitete. Alle waren sie sieben Tage die Woche, vierundzwanzig Stunden am Tag auf Abruf, hochbezahlt und absolut abhängig von seinem Plazet.

Brian war gnadenlos, wenn er seinen einzigen Kunden jeden Morgen genau das kleine bisschen über die physischen Grenzen hinweg zwang, sodass sich die Muskulatur auf- und nicht abbaute. George hasste Brian. Ein kleiner, jämmerlicher Niemand, über dessen Leben es sich mit Politikern und Geschäftspartnern trefflich amüsieren ließ. George erniedrigte seine Angestellten oft mit Blicken, Witzchen und vor allem auch mit den berühmten cholerischen Wutausbrüchen. So wusste jeder aus seinem Dunstkreis genau, wer das Sagen hatte. Und nie wagte es einer, ihm zu widersprechen. Doch dieser Brian – eigentlich nur ein weiterer unbedeutender Versager – schrie ihn jeden Morgen von Neuem an, befahl ihm, was er zu tun hatte. Einfach grässlich!

Doch Georges Vitalwerte waren fantastisch, sein Herz in ausgezeichneter Verfassung, sein Biorhythmus ausgeglichen, und so stellte Brian ein wichtiges Puzzleteil im großen Gesamtkunstwerk von Georges physischem Dasein dar. Sein ihn ebenfalls ständig begleitender Arzt schätzte, dass George dank seines biologischen Alters noch viele gute Jahre vor sich hatte: für einen Fünfundachtzigjährigen eine verheißungsvolle Prognose. Alle in seinem Stab wussten, dass nichts und niemand Georges Morgenrituale stören durfte, denn an Gründen, etwas auszulassen und sich direkt in die Arbeit zu stürzen, mangelte es nie – insbesondere natürlich nicht an diesem Morgen in diesem verdammten Zürcher Hotelzimmer.

Nach der Trainingssession trank George einen halben Liter eigens importiertes, japanisches Bergwasser und nahm sich Zeit für eine zweiminütige kalte Dusche. Bevor er unter die Brause stieg, betrachtete er seinen Oberkörper und sein Gesicht im Spiegel. *»Nicht schlecht«*, dachte er und stellte sich leicht ins Profil. Spätestens seit seiner Haartransplantation vor zwei Jahren schätzte man ihn wieder auf unter fünfzig Jahre.

Als George aus der Dusche stieg und sich mit den neuen, flauschigen Badetüchern des Hotels abtrocknete, schwenkten seine Gedanken zum ersten Mal seit Trainingsbeginn wieder zu den Geschehnissen des letzten Montagabends. Was für eine Blamage! Er rasierte sich grimmig mit ein paar schnellen Zügen und nahm sich vor, Brian gleich den Arsch aufzureißen – er brauchte das jetzt. *»Letzte Woche hat er mich mindestens viermal klingeln lassen, bevor er das Telefon abhob«*, dachte er und band verärgert seinen Morgenmantel zu. Doch als er aus dem Bad kam, hatte Brian die Suite des Zürcher Hotels bereits verlassen. *»Schade, den hätte ich jetzt mal richtig zusammengefaltet«*, dachte George und nahm sich vor, dieses pflichtlose Verschwinden gleich morgen miteinzubeziehen, wenn Brian seinen Anschiss eben dann bekommen würde.

Er legte sich aufs Bett. Nach dem Sport und der kalten Dusche war an Schlaf nicht mehr zu denken. Doch nun war es Zeit zu meditieren. Die Gedanken auf das Wesentliche richten. Klar werden. Besser werden. Effizienter als die anderen.

Obwohl er nachts jeweils nicht länger als vier Stunden ruhte (in den letzten Tagen sogar noch weniger), fühlte er sich nie müde. Das hatte mit der täglichen, personalisierten Meditation zu tun, bei der die Hintergrundmusik seiner Session genau auf seine Hirnströme ausgerichtet wurde. Diese Praxis ersetzte drei Stunden Schlaf durch eine kurze Achtsamkeitsübung. Wirkung medizinisch bestätigt.

Doch dieses Mal glitten seine Gedanken immer wieder zu den Ereignissen rund um die Anonymous-Maske auf dem Bildschirm des großen Live-Events ab. Das größte Desaster seines Lebens! Was zur Hölle waren das nur für Spinner?

»Beruhige dich, George. Konzentriere dich auf deine Atmung. Einatmen. Ausatmen«, dachte er. Doch der Flow wollte sich heute nicht einstellen und irgendwie konnte er dieses Gefühl der Unsicherheit und des Zweifels auch nicht annehmen. *»Die ziehen mit Wasserpistolen in den Atomkrieg. Ich werde sie vernichten«*, dachte er genau in dem Moment, als die Meditation mit einem hohen Gong-Klang endete. Er warf einen missmutigen Blick auf die Auswertung seiner Hirnströme während der Session. »Mist«, murmelte er zu sich selbst, als er die hohen Ausschläge seiner Gedankengänge betrachtete, die eigentlich möglichst flach zu sein hatten.

Na ja, inzwischen war es sowieso sechs Uhr geworden und ein Assistent brachte ihm sein Frühstück, das George jeden Morgen aus einem großen Glas löffelte. Es war ein extra für ihn entwickelter Brei aus Chia- und Leinsamen, Beeren, Kleie, Antioxidantien, Eiweiß, Eisen, Ballaststoffen und weiß der Teufel, was sonst noch alles. »Superfood«, wie ihm sein persönlicher Ernährungsberater versichert hatte.

Manchmal vermisste er die Zeit, als er noch das typische südafrikanische Frühstück zu sich genommen hatte:

Würstchen, Eier, Bohnen und Speck. Oder Thunfisch zu Mittag und Filet zu Abend. Alles vorbei. Er verweigerte mittlerweile sogar den eigentlich unumgänglichen Weiß- oder Rotwein auf den Empfängen und Ehrenveranstaltungen. Gut: Er bestellt ihn, roch daran, netzte die Lippen, doch schlucken war verboten.

Schon während des Frühstücks begannen seine virtuellen Meetings. Jede Ansprechperson wartete bereits in der Leitung und wehe, jemand wusste keine Antwort auf seine Fragen. Natürlich gab es heute nur ein Thema. Und tatsächlich: Seine gut vorbereitete Berater-Armada hatte die Nacht für ein paar interessante Entdeckungen genutzt. Vielleicht konnte er das hier doch noch retten.

Er eilte um Viertel nach sieben in die Tiefgarage und dort direkt in die verdunkelte Limousine, die von einem Polizeitross zum provisorischen Situation Room in der Zürcher Innenstadt eskortiert wurde. Dort hatte er einen der wenigen Momente, die nicht verplant waren. Er fühlte in sich hinein, doch irgendwie war da heute noch immer nur Unruhe. Was war denn nur los? Bisher war er aus jeder Krise als Gewinner herausgekommen. Keine noch so vertrackte Situation konnte ihn aus der Ruhe bringen, dafür hatte er schon zu viel erlebt. Selbst die Verantwortung für das westliche Finanzsystem war für diese starken Schultern nicht zu schwer. Und doch …

Er musste diese Herausforderung nach der bewährten Methode angehen: knallhart, ergebnisorientiert und vor allem mit eiserner Disziplin. Sein Patentrezept seit Jahrzehnten. Wie so viele andere Superreiche war auch

George durch das Stahlbad einer langen Militärzeit gegangen, wo er gelernt hatte, Disziplin zu üben und Ziele skrupellos zu verfolgen.

Als Südafrikaner, kurz nach dem Zweiten Weltkrieg geboren, gehörte er zur ersten Generation weißer Bürger, die zwangsweise eingezogen wurden und für das Apartheimregime Dienst leisteten. Bis zu seiner Einberufung hatte er das sorgenlose Leben eines privilegierten weißen Jugendlichen in einem rassistisch geteilten Land genossen. Doch die Militärzeit in der Südafrikanischen Wehrmacht, wie sich die südafrikanische Armee damals nannte, hatte alles verändert.

George bestach bei der Aushebung mit hoher Intelligenz und besten Sportwerten. Er wurde zum Fallschirmjäger in einer zum Kampf ausgebildeten Elitetruppe. George blieb der Armee über zwanzig Jahre treu. Er unterstützte Polizeikräfte bei der Unterdrückung von Unruhen durch die schwarze Bevölkerung und kämpfte gegen den verhassten ANC, die illegale Unabhängigkeitsbewegung der Einwohner mit dunkler Hautfarbe. Und er beteiligte sich an Kriegseinsätzen im Ausland: Angola, Namibia, Rhodesien, Mosambik – es waren Orte, an denen nur eiserne Disziplin einen am Leben hielt.

Sein durchaus aktiver Beitrag zum Apartheidregime war eigentlich keinem tiefen Rassismus geschuldet – er machte sich nichts aus Haut-, Haar- und Augenfarben. Was er verabscheute, waren Armut, Schwäche und Ohnmacht – Eigenschaften, die damals vermehrt auf die schwarzen Bevölkerungsgruppen zutrafen und sie in Georges Augen zu natürlichen und verdienten Opfern machten.

Er lernte vieles über das Verhältnis zwischen Macht und Gewalt. Zum Beispiel, dass Gewalt nicht nötig war, wenn Macht herrschte. Hingegen schien Gewalt immer dann zu geschehen, wenn es an Macht fehlte. Vielleicht war es dieser Gedanke, der George während dieser Limousinenfahrt so in Aufruhr hielt. Hier wurden die Mächtigsten der Mächtigen, die Herren über das Geld, angegriffen. Was konnte daraus nur resultieren? Jedenfalls nichts Gutes.

Die Fahrt endete in der Tiefgarage unter dem Situation Room. Es war kurz vor acht.

George blieb auf dem mit verdunkelten Scheiben abgeschirmten Rücksitz sitzen und aktivierte seinen digitalen Autoassistenten.

»Kruger anrufen.«

Die Nummer wurde gewählt.

»Ja?«, war die knappe Antwort auf der anderen Seite.

»Bist du schon drin?«, fragte George.

»Ja«, antwortete er.

»Sind alle da?«

»Pennington fehlt.«

»Verdammt«, flüsterte George.

Nun begann wieder der alte Tanz. Wer ließ wen warten? Subtile Machtspiele im Kindergartenstil. Natürlich durfte man es sich nicht erlauben, deutlich zu spät zu kommen – nicht dass noch Entscheidungen ohne einen gefällt würden. Aber der Chef kam nun mal als Letzter.

»Ich warte auf dem Klo«, sagte George, stieg aus dem Wagen und ging zum Lift. Im höchsten Stockwerk des Situation Rooms sperrte er sich in eines der geräumigen

WCs. Es fühlte sich irgendwie feige an, doch er war sich sicher, dass auch Pennington irgendwo in der Nähe lauerte und als Letzte eintreffen wollte. Kruger würde ihm Bescheid geben, wenn sie eintraf.

Wo er schon mal hier war, erleichterte er sich. Auf der smarten Badezimmertür erschienen die neuesten Nachrichten, natürlich auf ihn zugeschnitten. Und dazu Anzeigen für Luxusjachten und Privatjets. Schnell wischte er das nervige Zeug weg und hatte erneut einen Moment für sich. Wieder glitten seine Gedanken zu vergangenen Zeiten ab.

Damals, als zu Beginn der Neunziger der Wind der Veränderung durch Südafrika wehte. Das System der Rassentrennung erodierte zusehends unter den Fingern der Mächtigen. Freie Wahlen und eine neue Verfassung krempelten das Land um. Nelson Mandela wurde Präsident. Und aus den rassistischen, autoritären südafrikanischen Verteidigungskräften wurde eine verweichlichte Kompromisstruppe, die ihre Feinde plötzlich umarmte statt bekämpfte. Für George war dies zu viel Wandel gewesen und er war nach New York in den USA ausgewandert. Durch seine reiche Familie und seine ehemals hohe Stelle als Soldat hatte er ein ordentliches Startvermögen zur Verfügung, um im Land der unbegrenzten Möglichkeiten sein Glück zu finden. Er war Mitte vierzig gewesen und hatte vor allem eines gekonnt: arbeiten. Und er hatte beschlossen, reich zu werden, richtig reich. Er übertraf alle Erwartungen: Immobilien, Aktien, strukturierte Produkte – George hatte sich mit Verve und Enthusiasmus in jedes Thema eingearbeitet, das eine hohe Rendite versprochen hatte.

Und sein Timing war perfekt gewesen: Die Neunzigerjahre wurden zur Boom-Zeit und George hatte immer richtig investiert. Shorten in den mageren und Hedgen in den fetten Zeiten. Irgendwie hatte er ein Gespür dafür gehabt. Und als nach der Wirtschaftskrise 2008 in den Straßen rund um die Wall Street Blut gelegen hatte, hatte George erbarmungslos zugeschlagen. Er hatte gekauft, investiert und mit vollem Risiko auf eine sich erholende Marktwirtschaft in den nächsten zehn Jahren gewettet. Es hatte ihn zu einem der reichsten Männer der Welt gemacht. Der Rest ist Geschichte. Bangron Industries schoss durch die Decke und wurde zu einer der mächtigsten Organisationen weltweit. Der Gedanke daran ließ George zum ersten Mal an dem Tag zuversichtlich lächeln.

Da klopfte es an der Kabinentür. »Pennington ist da«, raunte Kruger spürbar ungeduldig.

»Der alte Kruger wieder«, dachte George. Sein persönlicher Kampfhund, der es nicht nötig hatte, als Letzter zu kommen. Seine Macht war keine subtile, sondern handfest, schließlich war er für den Bereich Sicherheit und Verteidigung im Rat verantwortlich.

»Sam ist die Gewalt, doch ich bin die Macht«, dachte George, während er es für lange Sekunden vermied zu antworten.

»George, komme jetzt raus.« Kruger klopfte nun fester an die Kabinentür. Dann zog er sich mit einem Klimmzug über den Rand der WC-Kammer, sodass sein dicker Kopf mit dem markanten Bürstenhaarschnitt über Georges Gesicht schwebte. »Sie werden nicht mehr länger warten! Die Ersten beschweren sich bereits«, rief er hinunter.

»Was fällt dir ein, mich auf dem Scheißhaus zu beobachten. Ich komm ja gleich!« Frechheit! George spülte und machte sich auf den Weg in die Sitzung.

Er wollte unbedingt heute Abend noch nach London ausweichen – auf bekannteres Terrain. Dieser Kampf war nichts für diesen beschaulichen, viel zu neutralen Kleinstaat, in dem sie sich immer noch befanden. Hier ging es um Krieg. Um Mut, Angst, Kampf und Tod – und das lenkte man nicht von pittoresken Orten aus. Das wusste er aus langer Erfahrung.

George trat in das große Sitzungszimmer und schaute sich um. Ein lautes Wabern gedämpfter Stimmen lag in der Luft, wie es in Sitzungen ohne klare Agenda oftmals der Fall war. Wie er all die Hackfressen hasste! Sie waren das Feigenblatt der Demokratie, mit dem er seine wahren Absichten verdecken musste. *»Der Rat der Idioten«*, dachte er. Aber jetzt musste er wieder auf cool machen. Hier ging es wirklich um alles!

»Entschuldigt die kleine Verspätung, aber wir sind noch an was ganz Heißem dran«, sagte er und setzte sich.

Pennington funkelte ihn wütend an. Er genoss die gewonnene Schlacht. Letzter! Yeah!

Im Zentrum der aktuellen Diskussionen standen Wolf und Ayshe, die von ihren Erkenntnissen bei Professor Walter Drexler berichteten.

»Drexler! Der alte Wichser!«, dachte George. Aber wie so oft im Leben war er auf das Arschloch angewiesen.

Er war immer die geniale Figur in seinem Technikteam gewesen. Er hatte all die Blockchain-Lösungen aufgebaut, die Bangron Industries zum Monopol der Weltwirtschaft gemacht hatten. Natürlich hätte Drexler sein Wissen ohne Georges Geld und Einfluss nicht viel gebracht. Und so waren sie lange voneinander abhängig gewesen, was gerade für Georges Ego hartes Brot war. Er hatte es sich so sehr gewünscht, nie wieder mit ihm zu tun zu haben, nachdem ihre Geschäftsbeziehung so unerfreulich geendet hatte. Doch nun war er erneut auf ihn angewiesen. Wenn hier jemand mit seinem Wissen weiterhelfen konnte, dann Drexler.

»*Was für eine Erkenntnis!*«, dachte George, als Wolf und Ayshe von einer unbekannten, überlegenen Technologie sprachen, die es zu finden galt. Seine Leute waren dieser Theorie natürlich schon lange auf der Spur – und die ersten Schritte der Enttarnung standen kurz bevor.

»Danke noch mal für deine Ausführungen, Wolf«, rief George in den Saal hinein und ließ seine natürliche Autorität wirken. »Wir haben es also mit einer überlegenen Technologie zu tun, die Rechenleistungen in bisher unbekannter Geschwindigkeit ausführen kann.« Die Runde blickte nun gänzlich zu George. Das laute Wabern im Raum war verschwunden. »Wie sieht es an der Kommunikationsfront aus, Soul-Young?«, fragte George, obwohl er auch hier bereits über die Situation Bescheid wusste.

»Wir kommunizieren über alle Kanäle, die Wordings stehen, das Framing sitzt, aber das Thema wird natürlich trotzdem kontrovers diskutiert.«

»*Verdammter Amateur!*«, dachte George. Doch was sollte er tun? Auch auf diesen Schlaumeier und seine Followerschaft war er angewiesen.

»Worte sind Schall und Rauch. Ich möchte Zahlen hören«, warf Präsidentin Pennington ein. »Die Frage ist, wie viele dieser Anonymous-Konten bereits eröffnet wurden.«

»Ja, die Zahl haben wir natürlich eruiert«, unterbrach George Penningtons Ausführungen und beugte sich über seine Tasche. Während er nach einer Notiz suchte, dachte er zum wiederholten Male, dass mit Pennington wenigstens eine Person mit Hirnschmalz und richtiger Macht am Tisch saß – auch wenn das vielleicht für seine Interessen eher gefährlich war. »Wenn wir das richtig abschätzen, haben sich inzwischen rund zwölf Prozent der Weltbevölkerung ein Anonymous-Coin-Konto zugelegt«, erklärte George. »Das sind natürlich keine guten Neuigkeiten und wir sind nicht sicher, ob die Situation sogar noch deutlich ernster ist. Weil es sich hier um ein fremdes, verschlüsseltes System handelt, sind wir auf Befragungen angewiesen – und wie wir alle wissen, lügen Menschen öfters, als sie die Wahrheit sagen. Doch wir glauben, dass wir die Ausbreitung immer noch eindämmen können, wenn wir es klug angehen. Die Kommunikation ist superwichtig, Leute.«

»Ach komm, George: Was die Leute denken, spielt keine so große Rolle. Wir müssen einfach die Terroristen kriegen und ihnen den Hals umdrehen!«, warf Sam Kruger mit einem Brummen ein.

»Natürlich ist es wichtig, was die Leute denken! Geld

ist eine Glaubenssache! Die Wichser spielen FOMO mit uns!«, zischte Pennington offensichtlich über die unbedachte Aussage verärgert.

»FOMO?«, fragte Kruger, dem dieser Begriff nicht geläufig war.

»Fear of Missing out!«, führte Pennington aus. »Ein klassisches Prinzip der Finanzwelt. Wenn etwas knapp und begehrt ist, geht den Leuten die Düse, etwas zu verpassen, und sie sind bereit, alles zu tun, um ihre gierigen, dreckigen Finger an die eine Sache zu kriegen. Doch weil die Leute doof sind, treffen sie keine rationalen Entscheidungen, zahlen mehr als den eigentlichen Wert und es entstehen Blasen ... Nur kostet uns diese Blase hier so ziemlich alles!«

George schlug mit der Faust auf den Tisch. »Richtig! Die entscheidende Frage ist, ob uns die Leute nächste Woche noch glauben, dass unser Geld realen Wert darstellt und sicher ist. Und mit jedem heruntergeladenen Anonymous-Account verlieren wir an Gläubigen und damit an Geld und Macht.« Grimmig sah George in die Runde. Verstanden die Trottel denn nicht, dass es hier *nur* um den Glauben der Leute ging? Seine Augen funkelten Soul-Young an, den er für einen ungeschickten Hochstapler hielt. Am liebsten hätte er die Leitung über die Kommunikation selber übernommen, statt sie diesem Freak mit dem roten Irokesen zu überlassen, aber er konnte ja nicht alles alleine machen und war auf die Vertretung der Sektionen angewiesen – zumindest vorerst.

»Wir müssen erste Verhaftungen von Leuten vornehmen, die die Accounts heruntergeladen haben. Soul-

Young, sorge dafür, dass die Menschen wissen, was sie erwartet, wenn der Staat die Software auf ihren Geräten entdeckt. Ich lass dir gutes Videomaterial zukommen«, schlug Kruger vor.

»Wir werden auf staatlicher Ebene Gerätekontrollen einführen und den Download von Anonymous-Coin-Anwendungen hart bestrafen«, ergänzte Pennington. »Aber wir können natürlich in sieben Tagen nicht jedes internetfähige Gerät überprüfen.«

Eine kurze Pause entstand.

»Was hast du denn über die Anonymous Coins herausgefunden?«, wandte sich Wolf an Neha Kumar, die mit IT-Spezialisten die Struktur des Anonymous Coins untersucht hatte.

»Meine Erkenntnisse betreffen die Natur dieser illegalen Währung. Es handelt sich um eine Art Blockchain, die ebenfalls auf Millionen Geräten gehostet wird.«

»Wie ist das möglich? Sie haben ja keine Miner, die sie unterstützen?«, fragte Wolf nach der Rechenenergie, die ein solches System aufrechterhielt.

»Es ist ein Wurm, eine Art Virus, der jeweils einen kleinen Teil der Rechenleistung eines Geräts der Blockchain zur Verfügung stellt, ohne dass der Nutzer es merkt oder davon weiß«, erklärte Neha.

»Aha!«, rief Kruger triumphierend. »Damit ist es offiziell: Es handelt sich bei diesem Anonymous Coin einfach nur um illegale, schädliche Spam-Software. Das müssen wir den Leuten unbedingt klarmachen, Soul-Young.«

Der Südkoreaner machte sich ein paar Notizen.

George fragte: »Wie sind diese Programme denn auf all die Computer gekommen?«

»Das wissen wir nicht. Jeden, den ich gefragt habe, empfand das als großes Rätsel. Eine solch verbreitete Virus-Software war bisher unbekannt«, erklärte Neha.

»Können wir die Programme auf den Computern nicht einfach löschen? Wir könnten den Leuten doch Anleitungen zukommen lassen«, warf Wolf ein.

»Die Löschung der Programme ist möglich, aber leider nicht einfach auszuführen. Die Software ist extrem dynamisch und verändert sich die ganze Zeit. Sie turnt sich durch das Betriebssystem des Nutzers. Dadurch ist sie verdammt schwer zu fassen und zu löschen. Für die Säuberung eines Geräts benötigt man einen IT-Profi, der einen Reboot des Betriebssystems durchführt – und wer will das schon mit seinem Computer machen lassen? Außerdem klaut die Installation nur wenig Rechenleistung und stört deshalb die normalen Prozesse der Computer kaum. Die Leute sind sich nicht bewusst, dass sie infizierte Geräte nutzen.«

»Der Code ist dynamisch und verändert sich die ganze Zeit. Es ist also eine Art künstliche Intelligenz«, meinte George nachdenklich. Programme, die sich selbst schrieben und dadurch selbstständig lernten, galten als intelligent und waren zu der Zeit bereits bei verschiedenen Anwendungen im Einsatz – hauptsächlich hergestellt durch Bangron Industries. George fragte sich, wie die Terroristen die Geldmittel und das Know-how beschafft hatten, so etwas zu bauen. Schließlich wusste er nur zu gut, was für Kosten und

Aufwände die Entwicklung solch intelligenter Programme bescherten.

»Aber ich glaube trotzdem, dass die Leute die Software von ihren Geräten entfernt haben wollen. Wir sollten ihnen die Anleitungen kommunizieren«, entschied Soul-Young.

»Entscheidend sind aber auch hier die Downloads der Anonymous-Konten«, ergänzte Neha Kumar. »Wir gehen davon aus, dass sich diese Virus-Software nach Start der Auszahlungen auf allen Systemen breitmacht, die eine Anonymous-App installiert haben. Die besten IT-Profis haben keine Ahnung, wie man so was unschädlich macht – erst recht nicht innerhalb von sieben Tagen. Das ist echt eine raffinierte Installation. Der IT-Chef von Bangron Industries äußerte offene Ehrfurcht vor demjenigen, der das Ding geschrieben hat.«

»Es wundert mich, dass sie auch eine Blockchain einsetzen, wenn es offensichtlich eine Technologie gibt, die alle Blockchain-Anwendungen hacken kann«, warf Jocelyne Cortez nachdenklich ein.

Doch auf ihren Einwurf wusste niemand eine Antwort.

Als die Diskussion zunehmend an Struktur verlor, öffnete sich die Tür zum Sitzungszimmer und einer von Georges Assistenten betrat den Raum mit einem großen, gerollten Blatt unter dem Arm, das er vor seinem Chef auf den Tisch legte. Er flüsterte etwas in Bangrons Ohr, worauf sich dessen triste Laune merklich aufhellte.

»Ladies und Gentlemen, gute Nachrichten: Wir können die Terroristen jetzt lokalisieren!« Er entrollte eine Weltkarte mit roten Kreuzen drauf. »Oder zumindest können wir deren möglichen Aufenthalt jetzt geografisch eingrenzen.« Die Runde blickte gespannt zu George, der weiter erklärte: »Wie Wolf schon richtig ausgeführt hat, braucht es für das Knacken einer Blockchain Unmengen an Energie – und damit viel Strom. Egal was für eine Teufelsmaschine die da gebaut haben, um sie zum Laufen zu bringen, müssen irgendwo die Turbinen rauchen. Weil Bangron Industries das Stromnetz zu einem großen Teil kontrolliert, können wir viele große Energiequellen ausschließen – tatsächlich lief über die bekannten Netze während der Show keine solch große Menge an Strom genau zu diesem Zeitpunkt an einem spezifischen Ort zusammen. Die Terroristen hängen also nicht am normalen Stromnetz.«

»Aber woher hatten sie die Energie denn sonst?«, fragte Kruger.

»Sie haben ein eigenes Kraftwerk! Darum haben wir über Satelliten und Natur-Überwachungssysteme eigenständige Kraftwerke und deren Kühlvorgänge geprüft. Also: Wo sind die Flussstände kurzzeitig niedriger geworden? Wo gab es mehr Wärmeausstrahlung? Und so weiter. Herausgekommen sind zwölf Orte, die infrage kommen: bitte sehr! An einem der markierten Kreuze verstecken unsere Terroristen ihre Teufelsmaschine!«

Die Teilnehmer betrachteten die Karte aufmerksam.

»Oh mein Gott!«, entfuhr es Pennington und sie wurde bleich.

»Was ist denn los? Das sind doch gute Neuigkeiten«, entgegnete Sam Kruger.

»Gute Neuigkeiten?« Pennington stand auf und füllte mit ihrer schlanken Gestalt sofort den Raum aus. »Was denkt ihr, was mit diesen Orten geschieht, wenn der Anonymous-Countdown ausläuft und wir die Terroristen noch nicht gefangen haben? Schaut doch, wo diese Orte liegen! Alleine vier in China, einer in Nordkorea, einer in Russland irgendwo in der Taiga.«

»Was wird mit diesen Orten geschehen?«, fragte Wolf erstaunt, ohne zu wissen, was die Präsidentin meinte.

»Die Terroristen haben ihren Countdown. Wir haben unseren!«, antwortete sie.

Schweigen breitete sich über der Runde aus.

»Was für einen Countdown haben wir genau? Ich weiß nichts von einem Countdown«, fragte Wolf.

»Unser Countdown endet am 25. September um achtzehn Uhr«, antwortete George nach einer Sekunde des Schweigens. Glücklicherweise hatten er, Kruger und Pennington – also die entscheidenden Personen in dieser Runde – sich vorab bereits abgesprochen, und so konnte er dies als gefallene Entscheidung verkünden: »Wenn wir bis dahin die Terroristen nicht dingfest gemacht haben, werden alle diese Orte durch bunkerbrechende Marschflugköper zerstört.«

Die anderen waren wie betäubt. Wann hatten Pennington und Bangron diese weitreichende Entscheidung getroffen? »Das haben wir nicht so entschieden!«, japste Ayshe Sadi, die als Erste wieder zu Worten fand.

»Das ist keine Entscheidung dieses Rates, sondern der amerikanischen Regierung in Zusammenarbeit mit ihren Partnerstaaten«, erklärte Pennington. »Die Länder werden ihre Zentralbanken und die Hoheit über die Geldsysteme nicht kampflos aus der Hand geben. Bevor die Deadline abgelaufen ist, müssen die Terroristen dingfest gemacht sein, sonst gnade ihnen Gott.«

»Wir würden Tausende unschuldige Menschen töten. Wir würden Angriffe in China und Russland fliegen. Das kann zum Weltkrieg führen!«, rief Ayshe Sadi außer sich.

Wolf, Jocelyne Cortez, Soul-Young und Neha Kumar schlossen sich dem Protest an. »Wir werden hier systematisch übergangen! Das ist ein demokratisches Gremium!«, rief Wolf.

»Okay, okay, beruhigt euch wieder«, versuchte George, den aufkeimenden Widerstand zu brechen. »Ja, das würde viele Menschenleben kosten, aber nicht so viele wie ein Zusammenbruch der modernen Zivilisation. Leute, wirklich: Das hier ist ernst! Es geht nicht darum, wie reich wir morgen noch sind, sondern um das Funktionieren von allem auf diesem Scheiß-Planeten. Um die Chinesen kümmern wir uns schon, die haben bereits die Hosen voll.« Er machte eine kurze Pause, bevor er weitersprach: »Die Bombardements sind wirklich nur die allerletzte Ausfahrt. Wir machen nun Folgendes: Wir verschaffen uns Zutritt zu all diesen Anlagen auf der Liste, zwingen sie, ihre Maschinen abzuschalten, sich überwachen zu lassen, bis das hier vorbei ist, und die Füße still zu halten. Wenn wir irgendwo auf Gegenwehr stoßen, wissen wir, dass wir dort zuschlagen müssen. Das hier sind gute Neuigkeiten! Wir kriegen die Hundesöhne!«

Doch die anderen Ratsmitglieder blieben skeptisch und

erzwangen zumindest die Zusage, dass sie sich vor möglichen Bombardements beraten und eine Entscheidung erst anschließend und gemeinsam fällen würden. Schlussendlich arrangierten sie sich. Sie beschlossen, dass die Ratsmitglieder mit Entourage und Sicherheitspersonal die zwölf Anlagen überprüfen und sie zur Abschaltung zwingen würden.

Wolf wurde zur Überprüfung einer Anlage in Sibirien geschickt, wo ein Unternehmen seit einigen Jahren die starken Meeresströmungen in dem Gebiet zur Energiegewinnung nutzte. Das Kraftwerk hatte während der Show in Zürich ungewöhnliche Hitze abgesondert. Wolf wurde beteuert, dass diese Anlage einen wichtigen Verdächtigen darstelle, den er mit seinen guten Kontakten nach Russland sicherlich ideal prüfen und überwachen könnte. Doch Wolf hatte das Gefühl, dass man ihn mit diesem Auftrag vor allem aus dem Weg schaffen wollte. Was sollte eine private Energieanlage in der Taiga für ein Interesse haben, das globale Geldsystem anzugreifen? Das Ganze klang für ihn doch eher nach einer politisch motivierten Tat.

Bevor sie sich trennten, unterstrich Wolf noch einmal in aller Deutlichkeit seine Opposition zu den Angriffsplänen, doch Bangron und Pennington vertrösteten ihn auf die Zeit nach den Anlagenprüfungen. Wolf verspürte Angst vor den Konsequenzen ihres Handelns. Sollten sie trotz ihres guten Willens die Welt an den Abgrund und darüber hinaus führen?

Als er in aller Eile seinen Koffer packte und sich zum Flughafen aufmachte, wurde Wolf bewusst, dass es einen weiteren Grund gab, wieso er die geplanten Angriffe aus tiefstem Herzen ablehnte. Die Technologie, die diese Terroristen da entdeckt hatten, durfte nicht zerstört werden – was würde das die Menschheit kosten?

»Wenn ich doch nur wüsste, was das für ein Ding ist!«, dachte er, als er die Reise nach Russland antrat. Wie hieß das Unternehmen in der Taiga noch mal? Ach ja: Intis AG. *Blöder Name*, dachte er bei sich, während er die Nummer des russischen Präsidenten wählte, um sein Kommen in die alte Heimat anzukünden.

03. MÄRZ 2018

Abgehängt

An Carmen nagte noch immer der Zweifel, als sie an sich herunterblickte und Jeffs Hinterkopf betrachtete, während dieser mit seiner Zunge ihre Klitoris liebkoste. Sie gab ein leises Stöhnen von sich. Doch dieses kam mehr aus ihrem Kopf als aus dem Herzen. Unwillkürlich dachte sie an Intisar, die zwischen ihren Schenkeln manch vergnügliche Stunde verbracht hatte. Jeffs stoppeliges Kinn und Mund fühlten sich dagegen härter an. Rauer.

Er bewegte Kopf und Zunge etwas schneller. Sie stöhnte lauter. Körperlich fühlte sich das angenehm an. Doch ihre Gedanken galten anderem. Ihr Blick schweifte zur gelblichen Tapete des Apartments und sie dachte, dass es Zeit wäre, die Wände neu zu streichen. *»… und Blumen. Wir brauchen Blumen«*, dachte sie. Die hatte sie im Gefängnis vermisst.

»Ja!«, flüsterte sie.

»Ich kann hier nicht wohnen. Ich muss das beenden!«, dachte sie.

Es fühlte sich kläglich an, als sie ihren Höhepunkt vorspielte. Sie setzte sich auf und lief ohne ein weiteres Wort vom kärglichen Sofa ihres Wohnzimmers, das gleichzeitig auch ihr Schlafzimmer war, ins Bad. Sie sperrte ab, trank einige Schlucke des chlorig schmeckenden Leitungswassers und setzte sich auf den Toilettensitz.

Sie fühlte Leere. Fühlte sich benutzt, obwohl sie »Ja!« gesagt hatte, als Jeff sich vorhin immer näher an sie herangerobbt und sie auszuziehen begonnen hatte. Es fühlte sich an, als schuldete sie ihm dies. Er war in den letzten Wochen immer zudringlicher geworden und hatte mit Worten und Gesten die Grenzen ihrer Beziehung ausgetestet. Und gestern, nachdem sie spätabends noch ein Toastbrot mit Pastrami und Mayonnaise aus dem Maxiglas gegessen hatten, passierte es. Sie kamen sich im Anschluss an eine belanglose Serie erstmals und auf für sie unerklärliche Weise näher – und wenig später lagen sie eng umschlungen und küssten sich. Die Vertrautheit und die Freiheit, so etwas tun zu können, ohne einen schreienden Wärter zu fürchten, hatten genug Reiz entfaltet, nicht dagegen anzukämpfen. Und so ließ sie sich gehen und tat, was sie noch am Morgen desselben Tages für unmöglich gehalten hatte: Sie schlief mit ihrem besten Freund.

Hätte sie sich einen Mann gewünscht, wäre die Wahl schon lange auf Jeff gefallen – er war die letzte treue Seele in ihrem Leben. Doch er hatte leider das komplett falsche Geschlecht. Und genau in dem Moment, auf dem WC sitzend, schwirrte ihr wieder mal ein Gedanke an Intisar durch den Kopf. Wie schon so oft! War diese lächerliche Farce, die sie hier mit Jeff abzog, eine Rache an ihr? Ein Fremdgehen? Lächerlich …

»Ich hasse sie!«, dachte Carmen und unterdrückt ein leises Seufzen.

Niemand hatte sie je so im Stich gelassen! Und doch dachte sie immer wieder an sie … Sie wäre mit ihr geflohen. Ein Wort hätte genügt. Weder Hunde noch Schüsse hätten sie aufhalten können, zumindest nicht lebend. Und sie hätte ihr alles Geld überlassen, das sie benötigte – egal für was. Sie hatte ja wahrlich genug davon gehabt …

Erst vor wenigen Wochen hatte Carmen das Gefängnis verlassen – endlich frei, doch mausarm und abgeschnitten von gesellschaftlicher Teilhabe. Als Ex-Knacki war sie Teil der untersten Schicht: kaum Jobs, viel Gewalt, keine Hoffnung.

Sie war nicht alleine: Viele der so herzlichen Menschen in dieser Gegend kämpften mit schwierigen finanziellen und sozialen Verhältnissen. »Die Enttäuschten«, »die Abgehängten«: So sprach man von ihnen in Talkshows und News-Sendungen. Lehrer und Arbeiter gingen zu Tausenden auf die Straße und protestierten gegen Minimallöhne, Ausbeutung und lausige Versicherungsleistungen, während die Reichen, die Börsianer, die Immobilienbesitzer und die Politiker fett abkassierten.

Auch Carmen wusste nicht, wie sie sich über Wasser halten sollte. Sicher, sie war eine geniale Programmiererin, aber wer stellte schon eine ehemalige Insassin ohne College-Abschluss ein? Sie musste sich regelmäßig bei Ämtern melden, ihr Wahlrecht war kassiert und außer temporären Minijobs für ein paar Dollar hatte sie keine beruflichen Perspektiven.

So war sie darauf angewiesen, bei Jeff unterzukommen. Ihr gemeinsames Apartment aus früheren Tagen war längst Geschichte. Nun wohnten sie in einem heruntergekommenen Viertel nahe dem Stadtzentrum am Ohio River. Gar nicht so weit weg von der schicken Einkaufsstraße »Fourth Street« – und doch eine Welt davon entfernt. Carmen fühlte sich in einem Strudel negativer Umstände gefangen, aus dem es kein Entkommen zu geben schien: eine Situation, die auf ihrer Psyche wie ein schwerer Findling lastete.

Vor drei Tagen hatte sie erneut einen dieser furchtbaren Albträume geplagt. Weggeschlossen im Kerker! Vergessen hinter Schloss und Riegel! Sie war schweißgebadet aufgewacht und atmete schwer.

»Beruhige dich, Carmen«, hatte sie sich zugeflüstert.

Auch ihre Computerkenntnisse versprachen keine Besserung der Situation. Sie musste die Finger von krummen Sachen lassen, was schade war. Denn es mangelte im Internet wahrlich nicht an Dummen und Unvorsichtigen, die man leicht um ihr Geld bringen konnte. Doch der Richter hatte sie bei ihrer Entlassungsanhörung gewarnt: »Nichts Illegales im Internet. Sie können es sich nicht einmal erlauben, einen Film von einer Tauschbörse herunterzuladen«. Die kleinste digitale Sünde konnte sie erneut für Monate oder Jahre hinter Gitter bringen. Carmen zweifelte daran, dass der Mann wusste, was die Einschränkung des Online-Zugangs für sie bedeutete. Sie hatte sich geschworen, dass ihr eine Inhaftierung nie mehr geschehen würde. Deshalb hielt sie sich eisern von einschlägigen Websites fern. Auch dem Darknet, der digitalen Heimat ihrer Jugend, stattete sie keinen Besuch ab, obwohl sie dessen Entwicklung natürlich brennend interessiert hätte.

So war sie komplett von Jeff abhängig. Wahrscheinlich inszenierte sie deshalb diese unwürdige Farce mit ihm.

»Ich bin so eine dumme Gans!«, dachte sie und verbarg ihr Gesicht in den Händen, während sie auf dem Klo saß. Der Gedanke, ihren letzten Gefährten wegen einer misslungenen Affäre zu verlieren, ängstigte sie bis ins Mark. Doch sie wusste, dass sie nicht mit ihm sein konnte. Nicht so …

Sie trank einen weiteren Schluck Leitungswasser und balancierte auf den losen Badezimmerfliesen des kleinen, grauen Klos zur Tür und trat hinaus.

Draußen fiel ihr Blick unvermeidlich direkt in Jeffs Zimmer (sie selbst schlief auf der Wohnzimmer-Couch, direkt neben der kleinen Küchenzeile). Jeff lag im Bett und tätschelte die Decke vor sich. »Meinst du nicht, es wäre etwas bequemer hier?«

»Ich hatte genug Spaß für heute«, antwortete sie mit einem müden Lächeln.

»Vielleicht hätte ich ja auch gerne noch etwas Zuwendung.« Er hob seine Augenbrauen und blickte sie treudoof an.

»Oh, nein. Jetzt will er auch noch Sex«, dachte sie und sah ihn leer an.

»Ach, komm schon, Carmen. Das hier muss gegenseitig sein, wenn es funktionieren soll!«

»Was soll hier funktionieren?«, dachte sie.

Jeffs leichtes Nicken nach vorne ließ seine Absicht

unmissverständlich klarwerden. *»Der will, dass ich ihm einen blase!«*, dachte sie und war merkwürdig schockiert. Sie zögerte. Was sollte sie nur tun? Seine in die Stirn gebürsteten Fransen hatten noch nie so doof ausgesehen. *»Einfach nur würg!«*

»Stimmt etwas nicht?«, fragte er.

»Es könnte nicht besser sein, aber ich bin müde. Gute Nacht!«

Sie ließ ihn stehen und ging ins Wohnzimmer. Sie schloss ab und legte sich auf das harte Sofa.

Nachts lag sie noch lange wach und dachte nach. Wie viel Geld sie verloren hatte! Nicht Millionen, Milliarden! Inzwischen war der erste große Hype um Kryptowährungen wieder abgeklungen. Erhielt man zur Spitzenzeit fast neunzehntausend Dollar für einen Bitcoin, bewegte er sich nun sehr hoch-volatil zwischen dreitausend und zehntausend Dollar.

Sie hatte nach ihrer Haftentlassung mit großem Amüsement über die Männer – es waren ausschließlich Männer! – gelesen, die im Internet und TV von sich behaupteten, der wahre Satoshi Nakamoto zu sein. Was für Holzköpfe! Sie hatte schon lange beschlossen, ihre Doppelidentität für immer geheim zu halten. »Extrablatt! Ex-Knacki hat den Bitcoin erfunden! Jetzt ist sie eine ruinierte Verliererin!« Solche Schlagzeilen wollte sie sich und ihrer Erfindung – dem großen Erfolg ihres Lebens – ersparen.

»Ich hoffe, Intisar, das Miststück, wurde von den Verlusten hart getroffen«, war der letzte Gedanke, bevor sie endlich ein unruhiger Schlaf übermannte.

Mit dem Licht des aufkommenden Morgens hatte Jeff trotz der Abfuhr der letzten Nacht offensichtlich beschlossen, sie als Paar zu betrachten. Er machte eine Bemerkung, versuchte sie zu küssen.

Sie blockte ab. »Lass uns später noch mal über alles reden. Ich kann das jetzt gerade nicht«, bat sie ihn. Die Situation überforderte sie völlig. Sie konnte Jeff doch nicht auch noch verlieren! Er war alles, was ihr geblieben war! Aber so, wie es war, konnte es nicht bleiben!

»Jetzt komm schon! Warum ziehst du denn so ein Gesicht? Es ist doch ein wunderbarer Morgen!«, versuchte Jeff, die Situation mit seinem jungenhaften Charme aufzuhellen.

»Ich kann mein Glück gar nicht fassen!«, antwortete sie. Ein Lächeln, doch ihre verzogenen Augenbrauen verrieten ihre dunkle Stimmung.

Jeff drehte sich um und murmelte vor sich hin: »Man sollte meinen, einige Jahre im Knast ließen einen das Leben in Freiheit mehr schätzen.«

Autsch! Das saß! Verweise auf das Gefängnis schmerzten sie am meisten.

Sie atmete einmal tief durch. Ihre Gedanken wanderten blitzschnell, wie magnetisch angezogen, wieder zu Intisar. Hätte sie so was gesagt, wäre Carmen explodiert! Doch bei Jeff war es anders: klarer und weniger emotional.

Sie entschlüsselte mit mathematischer Präzision die sozialen Prozesse hinter der explosiven Stimmung. Carmen münzte sie in Rationalität um. Es war nicht sein Fehler! Er war verunsichert! Provozierte sie! Er wollte, dass sie in der Wut die Wahrheit sprach. Doch das konnte sie nicht! Was würde dann mit ihnen geschehen? Was mit ihr? Sie zögerte. *»Er verdient die Wahrheit«*, dachte sie finster und schluckte die aufkommende Wut über seine verletzenden Worte endgültig hinunter.

»Hör mal, Jeff. Ich werde mich heute nach einem Job umschauen. Ich kann dir hier nicht auf der Tasche liegen.« Sie atmete einmal tief durch. »Ich bin am Abend wieder da, und dann reden wir über alles, okay?«

Sie packte ihre Tasche und verließ das Haus. Auf der Veranda drehte sie sich noch einmal um und ging zurück ins Haus, wo Jeff immer noch stand, wie sie ihn verlassen hatte. Sie stellte sich wortlos vor ihn, schlang einen Arm um seinen Nacken und küsste ihn auf die Wange. »Alles wird gut, Jeff. Du wirst sehen: Es wird sogar perfekt.«

Als die Tür hinter Carmen ins Schloss fiel, dachte Jeff noch längere Zeit über sie nach. Doch wann tat er das nicht?

Schon so lange wünschte er sich, dass sie ein Paar wären. Ja, natürlich hatte er immer mal sonst was am Laufen gehabt und natürlich war es – zumindest von Carmens Seite – nicht Liebe auf den ersten Blick gewesen. Aber jedes Mal, wenn sie aus seinem Leben zu verschwinden drohte, wuchs sein Wunsch, bei ihr zu sein, sie zu beschützen, ihr offensichtlich so perfektes Wesen zu erhalten, das er als Einziger zu erkennen schien. Die Zeit, in der er durch die Gefängnismauern von ihr getrennt war, hatte seine Zuneigung noch verstärkt. Liebe hatte sich mit Wehmut gemischt.

Die Entwicklungen der letzten Tage sah er als die endlich eintretende große Wende in ihrer Beziehung. *»Wenn die Frauen erst mal geknackt sind, kehrt sich die Abhängigkeit nämlich um«*, dachte er und machte sich in die Küche auf, um zu sehen, ob noch ein wenig Omelett übrig war.

Ein warmer Frühlingstag kündigte sich an und Pläne hatte er keine. Vielleicht etwas in der Nachbarschaft umsehen, schauen, ob sein Freund Alex vor seiner Garage am Körbewerfen war oder ob es vielleicht irgendwo einen Stundenjob gab.

Da klingelte es an der Tür. Jeff beeilte sich zu öffnen, weil er ein Paket mit einem alten Videospiel erwartete, das er auf einer Onlinebörse gekauft hatte. Enttäuscht sah er vor sich jedoch keinen Postboten, sondern eine Frau mit brauner Haut.

»Hallo. Bist du Jeff?«, fragte sie freundlich.

»Wer will das wissen?«, grunzte er misstrauisch. In der Gegend galt es, Fremden gegenüber vorsichtig zu sein, weshalb er auch jetzt immer noch die lange Kette des Vorhängeschlosses verriegelt ließ.

»Ich bin Mary. Eine Freundin von Carmen. Lässt du mich kurz rein? Ich möchte gerne mit dir sprechen.«

»Carmen ist im Moment nicht da. Komm doch morgen wieder. Ich muss unter die Dusche«, antwortete er und macht Anstalten, die Tür zu schließen.

Doch die Frau drückte mit der flachen Hand dagegen. »Ja klar, volles Verständnis. Es ist nur: Carmen und ich hatten uns zuletzt gestritten und ich bin mir nicht sicher, ob sie mich sehen möchte. Könntest du mir nicht kurz helfen und mich reinlassen, es wäre echt wichtig.

Du hast doch keine Angst vor einer Frau, oder?«, fragte sie neckisch und lächelte.

»Ich habe keine Angst, sondern keine Zeit. Komm morgen wieder.« Er drückte die Tür endgültig zu.

»Aufsässiges Ding. Und verrückte Augen hatte die Kleine«, dachte er, während er unter die Dusche stieg. Summend seifte er sich ein und dachte noch mal an die Ereignisse der letzten Nächte, was ihn bereits wieder hart werden ließ.

Als er aus der Dusche stieg, blickte er durch das kleine Fenster, das in den kärglichen Hof führte. Hatte er da gerade wieder die Frau von vorhin gesehen? Er ging zum Fenster und blickte hinaus, doch er sah nichts außer den braunroten und grauen Ziegelsteinen ihrer benachbarten Häuser.

Da hört er ein lautes Knacksen aus dem Gang.

»Was zur Hölle? Ist da jemand?«

Er huscht zur Haustür, von wo das Geräusch zu kommen scheint. Doch alles scheint wie vorher. Die Tür ist zu. Hören kann er nichts. Doch da fällt ihm auf, dass die Kette des Vorhängeschlosses lose herunterhängt.

Als er sich umdreht, spürt er, wie sich ein Strick um seinen Hals legt. »Verdammte Scheiße! Wer …?«, ruft er aus, doch weiter kommt er nicht, weil sich der Strick mit enormer Kraft festzurrt und ihm die Luft raubt. Jeff fällt auf den Bauch und röchelt. Er will um sich schlagen, doch spürt, wie ihm ein spitzer Absatz in den Rücken gerammt wird. Und auch der Druck des Seils nimmt noch einmal zu … Todesangst überkommt ihn, während seine Augen aus den Höhlen quellen und rote

Äderchen in den Augäpfeln aufplatzen.

Nur Sekunden später liegt er wie ein gefangener Fisch auf dem roten, heruntergekommenen Teppich. Mit unmenschlichen Schmerzen und brennender Lunge japst er nach den letzten Sauerstoffmolekülen seines Lebens, während eine starke Person ihn in seiner Reglosigkeit fixiert. »Was ist das bloß für ein Monster?«, ist sein letzter Gedanke, als das Leben aus ihm schwindet.

»Jeff, ich habe Birnen gekauft!« Carmen rief bereits vor dem Betreten des Apartments durch das mit einem schwarzen Fliegengitter bedeckte, offenstehende Fensterchen.

Mittlerweile war es Abend geworden und ihr Tag war durchaus vielversprechend verlaufen. Ein Bekannter hatte ihr zugesagt, dass sie für ein paar Dollar eine Website für seine Autoreparatur programmieren könnte. Die Aussicht auf Arbeit und eigenes Geld stimmten sie zuversichtlicher als zuvor. Sie und Jeff würden das schon klären. Das bisschen Sex! Pah! Was hatte das schon zu bedeuten?

Nicht, dass sie es schon mit vielen getan hätte (geschweige denn mit einem Mann). Aber die Männer steckten ihre Dinger ja die ganze Zeit wer weiß wohin. Heute nach dem Essen wollte sie mit ihm sprechen. Sie rechnete damit, dass dann eine Zeit des Schweigens folgte. Doch in ein paar Wochen würden sie darüber lachen. Und in einigen Monaten hatte Jeff bestimmt wieder eine neue Flamme. Das Ganze würde eine einmalige Episode in der langen Geschichte ihrer Freundschaft sein. Oder etwa doch nicht?

Sie stieß die Tür auf und ließ die zwei Plastiksäcke fallen. Der Anblick brannte sich in ihre Netzhaut und sie wusste augenblicklich, dass er sie für den Rest ihres Lebens verfolgen würde. Vor ihr baumelte Jeff von der Decke. Unter ihm ein umgestoßener Stuhl. Sein Gesicht aschfahl. Seine Augen starrten ins Leere. Seine Zunge hing grotesk aus dem Mund. Die Wände, die Möbel, die Tür hinter ihr stürzen auf sie ein.

Sie schreit, wie sie noch nie geschrien hat, rennt aus dem Haus und ruft voller Angst um Hilfe. Ein Nachbar – Thomas, erinnert sie sich flüchtig – rennt aufgeschreckt von ihren schrillen Schreien zu ihr, während Carmen sofort wieder ins Haus zurückläuft.

Sie ist stark genug, um Jeff innerhalb der tödlichen Umarmung des Seils, das über ein freigelegtes Deckenrohr geschlungen ist, hochzuheben. Doch es braucht Thomas, damit sie ihn gemeinsam von der Decke heben können.

Sie kniet neben ihn. »Jeff! Oh mein Gott! Jeff!«

Ihr Universum verschwimmt.

Wenig später sind die Polizei und ein Gerichtsmediziner da. Sie erklären Jeff für tot. Die routinierten Beamten nehmen Carmens und Thomas' Aussagen auf. Die Szenerie und der umgestürzte Stuhl unter dem Toten sind bekannte Bilder für sie. So viele junge Menschen fallen hier der »Opiod Crisis« und Armut zum Opfer. Also auch hier: Selbstmord. Nichts Ungewöhnliches in der Gegend.

Carmen weist die Polizei darauf hin, dass ihr unter Jeffs Shirt eine rote Verletzung aufgefallen ist, ein Bluterguss, der wie ein tiefrotes Muttermal auf seinem Rücken prangt. Der Polizist nimmt ihre Bemerkung zu Protokoll, während die Leiche in einem schwarzen Plastiksack aus ihrem gemeinsamen Apartment geschafft wird.

Und mit diesem unwürdigen Abgang stirbt ein Teil von Carmen's Seele.

22. SEPTEMBER 2033

Die Enttarnung

George Bangron starrte auf sein Anlitz im neonbeleuchteten Flughafenspiegel. Er erkannte sich kaum wieder. War sein Gesicht über Nacht um dreißig Jahre gealtert? War er plötzlich zu dem alten Mann geworden, der er laut Kalender bereits seit langer Zeit war?

»Der Stress! Dieses Anonymous-Pack!«, flüsterte er zu sich.

Er hastete diesem vermaledeiten Countdown nach, den das Wesen unter der Kapuze gesetzt hatte! Es vernachlässigte seine Routinen. Er hatte am Morgen sogar das Krafttraining ausfallen lassen – zum ersten Mal seit vielen Jahren. Normalerweise schlief George drei Stunden und zwanzig Minuten pro Nacht. Den Mangel kompensierte er tagsüber mit regelmäßigen Kältekammerbesuchen und Atemübungen. Dazu natürlich: Krafttraining, Hormon- und Vitamin-Injektionen sowie personalisiertes Power-Essen. Er führte das Leben eines Leistungssportlers.

Nur war sein Körper nicht auf schnelle Athletik ausgerichtet, sondern auf Arbeit, Malochen, Buckeln. Möglichst viele Stunden des Tages planen, analysieren und Menschen führen. So stapelte er sein unheimliches

Vermögen weiter auf – Milliarde um Milliarde. Nur die Algorithmen seiner mobilen Körperscan-App griffen normalerweise in seinen durchgetakteten Tagesablauf ein und verleiteten ihn dazu, sein Tun zu unterbrechen. Natürlich datenbasiert. Sie machten ihn besser, zu einer Art menschlichen Apparat.

Doch die enormen Belastungen der letzten Tage zerrten auch an seinen Nerven. Geschlafen hatte er seit der verhängnisvollen Anonymous-Nachricht gar nicht mehr. Und seine sonst so eiserne Disziplin begann zu leiden. Er hatte sich gestern während einer kurzen Kaffeepause gar zu einer süßen Cola hinreißen lassen (Koffein!). Prompt fingen seine Hämorrhoiden an zu schmerzen. Sein Körper verkrampfte sich unter den Brennnessel-ähnlichen Schmerzen an der intimen Stelle zwischen seinen Pobacken. Und dies wiederum führte zu unruhigerer Atmung, die seinen Körper wie eine Vergiftung befiel und eine Kettenreaktion aus Wehwehchen initiierte.

»Wenigstens sind wir aus der Scheiß-Schweiz raus«, dachte er finster und betrachtete im Spiegel die Stirnfalten, die über Nacht deutlich tiefer geworden schienen. »Beschauliches, langweiliges Altersheim-Land! Da wird man in Minuten vom Mann zum Greis!«

Sie hatten ihren Situation Room vom beschaulichen Zürich nach London verschoben – ein NATO-Land mit der nötigen Ausrüstung und Einschüchterungspotenzial. George gab sich nicht der Illusion hin, dass diese Situation ohne Gewalt zu lösen war. Diese Terroristen mussten leiden! Sterben! Und vor allem musste die Welt es sehen!

Nur schon damit nicht noch mal jemand auf die Idee kam, die internationale Geldelite so schamlos bloßzustellen. Und so hatten sich George und Kruger vehement für einen Umzug nach Großbritannien eingesetzt – ein Ort der handfesten Macht. Chloé Pennington hatte gar einen Flug nach Washington bevorzugt, doch das hätte sie zu viel Zeit gekostet. Die fünf zusätzlichen Stunden über den Atlantik nach Washington lagen schlicht nicht drin. Und so flog die »Air Force One« nach London.

Der Flughafen Heathrow bot perfekte Bedingungen für einen internationalen Noteinsatz.

Was für eine hektische Reise! Was für ein Apparat, wenn die mächtigsten Menschen der Welt bewegt wurden. Eine Armada aus Frachtmaschinen, Helikoptern und Fahrzeugen, die unter militärischem Kommando Unmengen an Sicherheitsleuten, Entourage und Untergebenen bewegten. Wie stets wurde das fliegenden Hightech-Büro der US-Präsidentin von seinem atomar bestückten Gegenstück begleitet: dem »Doomsday Plane«, das Weltuntergangsflugzeug.

George hatte sichergestellt, dass er zu den Auserwählten gehörte, die Pennington bereits im Flugzeug begleitet hatten. Denn eines war klar: Wo die US-Präsidentin war, spielte die Musik! Sie hatte das alleinige Kommando über die mächtigsten Streitkräfte der Welt. Maximales Einschüchterungspotenzial! Aber auch sie brauchte Verbündete. Auch ihre Handlungsspielräume kannten Grenzen.

George wollte in diesem Tanz die Führung übernehmen. Diskret, aber bestimmt. Zum Glück kannte er die

Prinzipien der Macht, die Zahnräder des allumfassenden, globalen Herrschaftssystems, das Vorgehen nach spieltheoretischen Kriterien aus dem Effeff. Als Erstes hatte er nervige Vasallen aus dem Rat des Konsortiums aus dem Weg geräumt, indem er sie auf Spuren gesetzt hatte, die zwar eine Bedeutung hatten, aber auch – und vor allem – dem Zweck dienten, sie aus dem Weg zu schaffen. Dann musste er sich abschirmen, von den ganzen Zentralbankern, Staatschefs, Generälen und den anderen Ratsmitgliedern, die alle glaubten, Anrecht auf seine Zeit zu haben.

»Die gehören beschäftigt wie kleine Kinder, die rumnölen«, dachte er. *»Was für ein Eiertanz! Da lobe ich mir die gute alte Zeit, als sich die Macht noch als solche zu erkennen gab.«*

Er hüllte er sich mit seinem innersten Zirkel in eine Atmosphäre der undurchdringbaren Hektik. Er durfte nicht mehr erreichbar sein. Für niemanden. Außer wenn er das wollte.

»Macht ballt sich in der Krise besonders stark. Sie konzentriert sich auf wenige Personen«, dachte er, wusch sich die Hände im Stahlbecken und rückte die Krawatte zurecht.

Er musste dafür sorgen, dass er und Kruger maximalen Einfluss auf Pennington auswirken konnten, waren sie doch offensichtlich die Einzigen, die bereit und in der Lage waren, entschlossen zu handeln.

Ein Blick auf die Uhr. Noch gut hundert Stunden! Eigentlich zu wenig Zeit, um diese Terroristen dingfest zu machen. Doch fahles Licht schien die Dunkelheit ihres

Umherirrens langsam zu durchdringen. Sie standen vor einem Gespräch mit jemandem, der offensichtlich ganz Erstaunliches zu berichten hatte.

George hastete die dunkle Treppe zum Sitzungszimmer unter dem Flughafen so schnell hinunter, wie es sein künstliches Hüftgelenk zuließ, das ebenfalls seit gestern nach langer Zeit wieder zu schmerzen begonnen hatte. Er hatte die Toilette aufsuchen müssen, kurz bevor der mysteriöse Mann mit seinen wunderlichen Ausführungen begonnen hatte. Nun wurmte es ihn, dass Pennington und Kruger bereits mit der Befragung begonnen hatten. Hoffentlich hatte er keine relevanten Informationen verpasst. *»Ich lasse ihn einfach noch mal von vorne anfangen«*, dachte er und lief schnell an Secret-Service-Agenten vorbei und in das Sitzungszimmer hinein.

Dort saß ein stinknormaler Polizist aus New York, der bereit war, dieser sowieso schon verrückten Situation wiederholt einen neuen Dreh zu geben – zumindest wenn er und seine Technologie sich nicht irrten … Aber wann irrte sich schon moderne Technologie? George betrat das Sitzungszimmer, das mitten in einem großen unterirdischen Bunker lag. Ihm fielen sofort die Berater der Präsidentin auf, die an den Wänden standen und die Szenerie beobachteten.

Ein großer Bildschirm war heruntergefahren worden und in der Mitte des Raumes stand ein langer, eiserner Tisch. Dort saßen Pennington und Kruger und ihnen gegenüber saß der Polizist, dem das ganze Brimborium galt. Bernard Foley. Ein hagerer Mann mit lockigem Schnauzer, weichendem Kopfhaar und dunklen Glubschaugen.

Typischer amerikanischer Ermittler. Er war gerade dabei, den Bildschirm zum Laufen zu bringen.

George setzte sich, ohne jemanden zu grüßen. »Was habe ich verpasst?«, fragte er.

»Mr. Foley wollte uns gerade die visuellen Beweise seiner Ermittlungen präsentieren«, antwortete Kruger.

George: »Kann Mr. Foley für sich selbst sprechen?«

Kruger: »Natürlich«

George wandte sich mit einem spitzen »Bitte« an Foley und zeigte mit einem kreisenden Finger, dass er seine Ausführungen ebenfalls von Anfang an hören wollte.

Foley räusperte sich. Er war es sich sichtlich nicht gewohnt, in solchen Situationen Aussagen zu machen. »Mr. Kruger hatte ja alle verfügbaren Sicherheitskräfte auf die Lösung dieses Terrorismusfalles eingeschworen, und so beschlossen mein Team und ich, einen etwas unkonventionellen Weg zu gehen. Wir stellten die Theorie auf, dass die Chance ziemlich hoch ist, dass einer oder einige dieser Terroristen schon mal in den USA in Haft saßen. Und da sie diesen Coup ja offensichtlich von langer Hand und mit Insider-Wissen geplant hatten, beschlossen wir, in alten Gefängnisdateien Nachforschungen anzustellen.« Er strich sich über seinen glatt rasierten, kantigen Kiefer. »Sie wissen ja, dass unsere Gesichtserkennungssoftware inzwischen ein neues Level erreicht hat. Wir können Straftäter selbst nach Gesichtsoperationen identifizieren. Mit dieser Technik glichen wir die Gesichtsdaten aller an diesem Fall beteiligten Personen mit früheren Gefängnisinsassen ab.« Foley schaute sich kurz um. Offensichtlich hatte er das Gefühl, für den offensichtlichen Bruch jeglicher Datenschutzgesetze Kritik zu ernten, doch alle sahen ihn nur erwartungsvoll an. »Als Erstes schufen wir also eine Datenbank von Personen, die mit dem Fall zu tun haben. Die Entwickler der neuen Blockchain-Währung, die Journalisten, die darüber schrieben, die Zentralbank-Präsidenten, wichtige Politiker ...« Es folgte eine Pause. »Und auch die Mitglieder des Rats des Konsortiums.«

George verzog das Gesicht.

»Es war ein Algorithmus, der diese Auswahl traf«, beeilte sich Foley zu beteuern, um ihn nicht zu verärgern. »Jedenfalls haben wir dann diese Daten mit alten US-Gefängnisdaten abgeglichen ... und Junge: Da kam einiges bei raus! Aber fast nichts war für den Fall relevant: Drogenmissbrauch, Erpressung, Betrug.« Foley lächelte süffisant und fuhr fort: »Jedoch gab es eine Entdeckung, die tatsächlich von Bedeutung ist. Das System versicherte uns, dass eine ehemalige Insassin und eine hochrangige Vertreterin des Rates des Konsortiums ein- und dieselbe Person sind – und zwar nach einer Gesichtsoperation. Irrtum ausgeschlossen!«

»Wie können Sie das wissen?«, wollte Pennington wissen.

»Im Gesicht gibt es rund fünfzehn Knochen, über fünfzig Muskeln, verschiedene Formen, Farbschattierungen der Haut. Wenn Sie da ein bisschen dran rumschnippeln, sind das für moderne Systeme immer noch mehr als genug Informationen, um jemanden eindeutig zuzuordnen. Und hier war sich das System sicher: Eine verschwundene Terroristin und ein Ratsmitglied sind ein- und dieselbe Person.« Er blickte in die Runde und in die ernsten Gesichter. »Na, Sie wissen ja alle bereits, von wem ich spreche. Meine Kollegen glaubten, dass das System sich irrt. Aber das tut es nie, und so beschloss ich, dies genauer zu untersuchen. Ich reiste in die Stadt, in der die Insassin untergebracht gewesen ist, um mehr zu erfahren. Louisville, Kentucky – ein Loch mitten im amerikanischen Corn Belt.«

Pennington warf ihm einen bösen Blick zu und gab ihm zu verstehen, dass nicht die Zeit für flapsige Bemerkungen über ihr Land war.

»Ich schaute mir die Daten der damaligen Insassin genauer an: Intisar Karim.« Foley entnimmt einem Aktenkoffer auf dem Tisch ein Foto, das eine Frau in der typischen, orangefarbenen Gefängnisbekleidung zeigt, und schiebt es auf die Mitte des Tisches.

George stockt der Atem! Das Gesicht der ehemaligen Gefängnisinsassin kommt ihm fremd und doch beklemmend bekannt vor.

»Sie war eine Terroristin – irgendwas mit Freiheitsrechten oder Rassismus, keine Ahnung … Wahrscheinlich eine typische islamistische Bombenbraut, die unser Land hasste. Jedenfalls wurde sie als sehr gefährlich eingestuft, weil sie Physikerin war und Bomben oder was auch immer bauen konnte. Im Jahr 2015 floh sie aus dem Gefängnis und ist seither untergetaucht.« Foley grinst zurückhaltend und wartet ab, ob die Runde Fragen hat.

Doch alle blicken nur das Foto an. Kann das wirklich sein? Sind sie so sehr unterwandert? Die Ähnlichkeit ist verblüffend! Aber reicht das schon?

»Die sehen sich ähnlich, aber ich glaube nicht, dass das für finale Schlüsse reicht«, wendet Pennington stirnrunzelnd ein.

Foley blickt sie mit hochgezogenen Brauen an und sagt: »Das verstehe ich. Darum würde ich nun gerne mit den weiteren visuellen Beweisen weitermachen.«

»Natürlich«, antwortet George für sie.

Foley startet den Deckenbildschirm, doch das Bild flackert. Der Polizist flucht leise und beschließt, zuerst ohne Bilder mit seinen Ausführungen fortzufahren. »Ich habe modernste Polizei-Software genutzt, um mehr über diese Intisar Karim zu erfahren. Ich fand die Aufnahme eines Detectives, der vor drei Jahren den Todesfall eines jungen Mannes untersucht hatte, der vor vielen Jahren Selbstmord begangen hat. Dieser Polizist zweifelte den Selbstmord an. Irgendetwas hat ihn verleitet, einen uralten Fall erneut aufzugreifen und zu ermitteln. Deshalb hat er die Aufnahmen von Kameras in Straßen und Läden rund um die Umgebung des Todesfalls durchsucht und diese alten Aufnahmen in den Polizei-Unterlagen gesichert. In einer dieser Unterlagen fand das System dann einen Treffer: Intisar Karim. Hundertprozentige Übereinstimmung. Jedoch detektierte das System eine plastische Gesichtsveränderung.« Endlich bringt Foley den Bildschirm zum Laufen. Er präsentiert ein Bild aus einer Tankstelle. »Zum Glück hatten die an der Ecke eine für damalige Verhältnisse neue Kamera. Dadurch haben wir ein hochaufgelöstes Bild.«

Nun erscheint das Bild endlich auf dem Bildschirm.

»Was zur Hölle …«, entfährt es Kruger.

Kein Zweifel: Vor sich sehen sie ein deutliches Bild von Ayshe Sadi – der marokkanischen Vertreterin für den Bereich Energie im Rat des Konsortiums. Im Jahr 2018. An einem Ort, an dem sie in jenem Moment in keinem Fall hatte sein können.

Foley betrachtet triumphierend die geschockten Mienen um sich herum. »Als ich dieses Bild sah, wusste ich, dass ich einer großen Sache auf der Spur bin. Was tut eine marokkanische Adelstochter 2018 an einer Tanke in Kentucky? Also habe ich ein paar Nachforschungen über Ayshe Sadi angestellt. Und hier wurde es noch interessanter.« Er lässt ein weiteres Bild auf dem Bildschirm erscheinen. »Das ist Ayshe Sadi im Jahr 2017.« Ein zweites mit der gleichen Frau daneben erscheint. »Und das ist Ayshe Sadi im Jahr 2019, frisch aus dem Internat. Im ersten Moment würde man sagen: Ja, eine schöne Frau, die sich über zwei Jahre natürlich entwickelt hat. Doch die Gesichtserkennungssoftware sagt ganz klar: Das ist nicht dieselbe Frau. Und schauen Sie hier.« Zwei weitere Bilder erscheinen. »Hier sind die beiden Frauen auf verschiedenen Bildern. Durch die Hintergründe auf den Fotos können wir die Größe der Frauen genau simulieren. Wenn das dieselbe Frau ist, ist sie mit achtzehn Jahren um drei Zentimeter geschrumpft.«

»Dreckige Schläferin«, knurrt Kruger durch angespannten Kiefer.

»Moment, das müsste doch jemand bemerkt haben, wenn die einfach eine Frau, eine Adlige noch dazu, austauschen«, wendet George ein.

»Auch das haben wir überprüft. Ayshe Sadi ist eines von zweiundzwanzig Kindern ihres adeligen marokkanischen Vaters. Da kann man schon mal den Überblick verlieren. Sie verbrachte zuvor fast acht Jahre abgeschlossen in einem Internat. Als sie wiederkam, zog sie umgehend nach Europa. Von daher… Es wäre ja nicht der erste Fall von Identitätsdiebstahl.« Foley legt den Kopf schräg: »Und was tat sie, nachdem sie nach Europa ging? Genoss sie das Leben als reiche Erbin in Europa? Heiratete sie einen wohlhabenden Geschäftsmann? Nein, sie stürzte sich in die Arbeit und wurde aus dem Nichts eine der erfolgreichsten und reichsten Frauen der Welt. Keine schlechte Leistung! Aber hatte sie vielleicht Unterstützung? Hat sie das wirklich alleine geschafft? Ich sage ihnen: Ayshe Sadi ist in Wirklichkeit die Terroristin Intisar Karim.«

Die Beweise sind erdrückend! Alle blicken ratlos in die Runde, bis Pennington murmelt: »Diese Information darf diesen Raum niemals verlassen.«

03. MAI 2018

Alfred

Carmen Chavez zweites Leben begann mit der Bestellung einer Pizza. »Papa Johns«. Nur Käse, der für sie braun schmeckte und nach Klopfen auf Holz klang. Dazu dieses kleine Plastikschälchen mit warmer Butter – ein zusätzlicher Schluck Fett auf die sowieso schon triefende Käseschicht. Sonst liebte sie es. Doch an diesem Tag aß sie kein einziges Stück.

Denn als sie gerade in den Karton griff, fiel ihr Blick auf die Innenseite der Schachtel. Sie traute ihren Augen kaum. Da stand eine Nachricht auf der Schachtel – ganz klein mit schwarzem Filzstift geschrieben:

Habībati,
Ich hab dich nicht verlassen. Ich musste es tun. Folge Alfred.
Love,
I

Carmen blieb der Atem weg. Intisar! Das musste sie sein! Nur sie nutzte diesen Spitznamen. Kehrte sie tatsächlich in ihr Leben zurück?

Ärger, Hass, Freude und Sehnsucht vereinten sich in einem Schwall widersprüchlicher Gefühle und wehten wie ein Sturm durch ihre Organe. Seit Jeffs Tod vor rund zwei Monaten waren diese ewigen Erinnerungen an sie weniger geworden. Zu groß war die Trauer gewesen. Sie war sich sicher gewesen, dass sie nie mehr etwas von Intisar hören würde.

Nachdem sie Jeff gefunden hatte, hatte Carmen drei volle Tag im Bett verbracht – zusammengekauert und unter Schock. Am vierten Tag hatte sie es zum Briefkasten geschafft. Darin eine amtliche Meldung über Jeffs Todesursache: Selbstmord. Die rote Stelle am Rücken wäre eine nach dem Tode eingetretene Verletzung des Rückenmarks gewesen, eingetreten aufgrund körperlicher Verrenkungen im Todeskampf.

Es schien, als hätten zwischen dem traumatischen Auffinden ihres Freundes und der Beerdigung nur Stunden gelegen, in denen sie geschäftig die Trauerzeremonie mit vorbereitet hatte. Diese hatte ironischerweise in jenem Gotteshaus stattgefunden, in dem bereits ihre verhängnisvollen ersten erotischen Erlebnisse mit Rebecca geschehen waren. Es war eine kleine Trauerfeier mit wenigen Freunden und Familie an einem regnerischen Tag. Carmen hatte auf den harten Kirchenbänken gesessen und die übersichtliche Gemeinde betrachtet. Wie wenig Leute sich von Jeff hatten verabschieden wollen!

»Es ist meine Schuld«, hatte sie gedacht, als sie mit Tränen in den Augenwinkeln den viel zu unpersönlichen Worten des Pastors gelauscht hatte. (Warum nur ließen Menschen die letzten Worte über sich von Fremden lesen?) Vielleicht hatte Jeff gemerkt, dass sie nicht mit ihm zusammen sein wollte und sich deshalb … »Nein, wegen mir bringt sich keiner um!«, hatte sie gedacht, geschnieft und beruhigende Gedanken in das Meer ihrer Selbstzweifel gerührt.

Ein größeres Traueressen hatte sich Jeffs Familie nicht leisten können, und so hatten sie nach den Worten des Pastors gemeinsam auf einer bedachten Parkbank im kleinen Kirchengarten Süßgetränke getrunken und White-Castle-Fritten gegessen. Carmen sprach lange mit Jeffs Großvater, den sie nur als Mr. Fredrickson kannte. In seiner Hütte nahe Fort Knox waren sie und Jeff mehrere Male gewesen.

Er fehlte ihr so sehr! Und gerade jetzt … kurz bevor der Schmerz endlich versprach, dumpfer zu werden: diese Zeilen auf dem Pizzakarton! Intisar, dieses dunkle Wesen ihrer Vergangenheit, das sie so sehr geliebt und gehasst hatte wie niemanden sonst.

»Sie hat alles von mir gestohlen!«, flüsterte sie nachdenklich. Wie konnte dieses Miststück es wagen, sich plötzlich wieder zu melden? Wieso auf solch komische Art und Weise? Und wer war dieser Alfred? Und genau dann klopfte es an der Tür.

Carmen zuckte zusammen. »Wer ist da?«, fragte sie und schaute durch das Guckloch.

Vor der Tür stand ein Mann mit elegantem Schlapphut. »Mein Name ist Alfred. Bist du Carmen?«, fragte er mit leichtem Akzent.

Ihr stockte der Atem. Alfred! Das ist er! Nur Minuten nach seiner Ankündigung. Was sollte sie tun? »Ich kennen keinen Alfred und ich werde die Türe nicht für Sie öffnen«, antwortete sie und trommelte unsicher mit den Fingern auf das Holz des Türrahmens.

»Hast du die Nachricht auf der Pizzaschachtel gesehen?«

»Ja, aber ich öffne keinem Fremden meine Tür und lass ihn rein, weil es auf einer Pizzaschachtel steht.«

Alfred atmete einmal tief und gut hörbar durch. »Würdest du mich im Wendy's um die Ecke treffen? Ich lade dich auf einen Burger ein.«

»Du wirst es dir wohl leisten können. Ich kenne deine steinreiche Freundin.«

»Unsere Freundin, Carmen. Unsere Freundin.«

Sie war nicht überzeugt. »Ich gehe heute auf Jobsuche. Ich habe keine Zeit.«

»Könnte ich heute dein Arbeitgeber sein?« Der Schlapphut schob einen Hundert-Dollar-Geldschein unter der Tür durch.

»Lass dich nicht kaufen«, flüsterte sie sich leise zu. Doch sie brauchte das Geld, und so steckte sie den Schein kurzerhand ein. Was hatte sie zu verlieren? »Ich komme in zwanzig Minuten zum Wendy's um die Ecke«, antwortete sie, worauf der Mann endlich von ihrer Tür verschwand.

Ihr Herz pochte, als sie wenig später ihren Mantel nahm und die Wohnung verließ.

Nur kurz darauf saß Carmen mit dem komischen Typ im Wendy's vor einer Limonade und einer Portion Fritten für sie und einem absurd großen Kaffee für ihn. Sie betrachtete Alfreds auffällig porige Nase, die kleine Statur mit massigen Hüften und den freundlichen Mund, mit dem er den heißen Rauch von seinem Becher blies. Gesprochen hatte er noch kaum.

»Wo ist Intisar?«, fragte Carmen, als sie die Ruhe nicht mehr aushielt.

Er hörte auf zu kauen, schluckte hörbar und beugte sich zu ihr. Sie roch seinen öligen Atem, als er eindringlich flüsterte: »Niemand darf wissen, wo sie ist.« Seine Augenbrauen verengten sich: »Und niemand darf wissen, dass wir beide sie kennen. Sie ist eine Flüchtige, du bist eine entlassene Strafgefangene. Über sie zu reden, ist brandgefährlich für uns alle – also …« Er distanzierte sich wieder etwas von ihr – dann ein leises Lächeln. »Du solltest wirklich anfangen, wie eine Kriminelle zu denken.«

Carmen schüttelte den Kopf über den aufgeblasenen Typ. »Worum geht es hier?«.

»Ums Geschäft. Um Geld.«

»Mein Geld?« Sie spürte: Diese Person wusste alles. Wahrscheinlich hatte er Zugriff auf das riesige Vermögen, das ihr gestohlen worden war.

»Genau, dein Geld. Die ersten hundert Dollar davon hast du ja schon wieder. Nun sollten wir über die Abzahlung des Rests sprechen.«

»Wie wäre es, wenn du es mir einfach gibst?«

»Das geht leider nicht. Geld bekommt man nicht einfach so – wie du ja weißt.«

»Wenn man es stiehlt, offenbar schon.«

Alfred gab darauf keine Antwort, sondern trank einen großen Schluck Kaffee.

»Wenn ich der Polizei sage, dass …«, fuhr sie fort.

»Ich dachte, wir wollten wie Kriminelle denken?«, unterbrach er sie.

»Dem habe ich nie zugestimmt.« Sie verschränkte die Arme vor dem Körper.

Er seufzte wegen ihres trotzigen Verhaltens. »Jedenfalls kann ich dir versprechen, dass es mir nicht an Großzügigkeit mangelt, wenn du mir etwas zur Hand gehst.«

»Bietest du mir einen Job an?«

»Viel besser.« Er lehnte sich zurück. »Ich biete dir eine Reise an. Ich möchte, dass du mit mir nach Europa kommst. Nach London. Und dann schauen wir, wie du auf deine Kosten kommst – und ich auf meine Interessen.«

»Mach's konkret.«

»Eine Woche Europa: Zwanzigtausend Dollar.«

Ihr stockte für einen Moment der Atem. Zwanzigtausend Dollar! Ein Witz gegen das, was sie verloren hatte – und doch so viel mehr, als sie jetzt besaß. Was hatte sie schon zu verlieren? »Okay, ich bin dabei.« Ein Lächeln. Endlich mal wieder.

»Wunderbar.« Er setzte sein wärmstes Kaffeefahrtenlachen auf. »Morgen, neun Uhr geht's los. Ich hol dich ab. Und nimm etwas Warmes zum Anziehen mit. Es wird regnen.«

Natürlich interessierte es sie am meisten, was mit Intisar war. Was war ihre Rolle? Weshalb diese Geheimnistuerei? Und was war mit ihrem Geld passiert?

Sie hielt es nicht aus und sprach ihn noch mal auf Intisar an, als sie sich kurz darauf auf dem Parkplatz verabschiedeten.

»Habe ich mich nicht klar ausgedrückt? Kein Wort mehr über sie«, zischte er sichtlich genervt.

Sie schürzte beleidigt die Lippen.

»Folge mir einfach. Den Rest wirst du früh genug erfahren«, sagte er. »Geh jetzt packen, ich hole dich morgen ab.« Er berührte sie kurz am Arm, lief dann über die Straße und stieg in seinen schwarzen Pick-up.

Auf dem Flug nach London merkte Carmen, dass sie Alfred eigentlich mochte – oder ihn zumindest nicht verachtete. Er war zwar einer dieser aufgeblasenen Europäer-Schnösel, die glaubten, alles besser zu wissen, aber sein kumpelhaftes Lächeln und der Hang zu klaren Ansagen gefielen ihr.

»Woher kommst du?«, fragte sie ihren geheimnisvollen Begleiter nach einem holprigen Abheben des Flugzeugs.

»Holland«, antwortete er freundlich.

Er beobachtete aufmerksam, wie Carmen aus dem Fenster blickte. »Ist es das erste Mal, dass du in einem Flugzeug sitzt?«, fragte er und lächelte.

Tatsächlich war Carmen zuvor noch nie geflogen. Alfred hatte es wohl an ihrer Anspannung beim Start bemerkt. Nachdem sich die erste Aufregung gelegt hatte, gefiel es ihr, über den Wolken zu segeln. Sie konnte nicht begreifen, wie andere hier oben in einen Fernseher glotzen wollten, statt in diese völlig anderen Perspektive einzutauchen.

Nachdem sie gelandet waren, führte Alfred sie in ein Hotel, wo sie einchecken und ein luxuriöses Zimmer beziehen konnte. Sie versprach Alfred, sich mit ihm am nächsten Morgen um neun Uhr in der Lobby zu treffen. Dann käme der erste Programmpunkt ihrer Reise.

Als Carmen das geräumige Hotelzimmer betrat und den Hotelprospekt studierte, stellte sie erfreut fest, dass das Hotel über eine Wellness-Oase verfügte. Sie planschte sich vergnügt durch das Wasser des kleinen Indoor-Whirpools. Danach nahm sie ein ausgezeichnetes rot schmeckendes Sandwich als kleines Abendessen ein, das sie sich vom Zimmerservice in ihr Zimmer hatte bringen lassen. Dazu trank sie Root Beer.

Der Kontrast dieses Tages zu den sonstigen Möglichkeiten ihres Alltags hätte größer nicht sein können. Sie staunte darüber, während sie sich auf dem frischen weißen Laken aalte und durch das Programm des Fernsehers zappte. Die Auswahl der Filme und Serien, die sie schauen konnte, war atemberaubend.

»So fühlt es sich also an, reich zu sein«, dachte Carmen. Ein absurder Gedanke für jemanden, der immerhin schon mal Milliardärin gewesen war.

Ihre Gedanken schweiften plötzlich wieder zu Jeff ab und ihr wurde unvermittelt klar, dass diese Annehmlichkeiten, die ihren Geist so wohlig berieselten, im Vergleich mit dem Verlust, den sie erlitten hatte, am Ende eben doch keine Bedeutung besaßen. Mit diesen Gedanken fiel sie in einen traumreichen Schlaf.

Am nächsten Tag trafen sich Carmen und Alfred pünktlich in der Lobby und betraten das regnerische London. Zum Frühstück mussten Bagels und Kaffee im Taxi genügen. Carmens Neugier über die Hintergründe dieser merkwürdigen Reise war inzwischen ins Unermessliche gewachsen, doch aus dem störrischen Holländer, der immer noch mit seinem Schlapphut unterwegs war, war einfach nie was Konkretes herauszubekommen.

»Könntest du mir wenigstens sagen, was wir heute tun?«, fragte sie.

»Natürlich.« Er lachte freundlich. »Wir gehen ins Museum.«

»Ein Schulausflug, Herr Lehrer?«, spöttelte sie.

»Nicht schlecht geraten, meine Liebe. Wir werden definitiv ein paar Schulklassen treffen, denn es gibt kein englisches Kind, das nicht einmal im British Museum war. Und wie du sehen wirst, kann ich mich durchaus wie ein Lehrer benehmen, ein Oberlehrer«, sagte er, lachte und hob die Brauen.

Das British Museum war ein herrschaftliches Gebäude auf riesigen Säulen: das größte historische Museum der Welt und ein Mahnmal des Kolonialismus. Die Briten hatten während ihrer langen Imperialgeschichte den Union Jack, ihre Flagge, in fast jedes Landstück der Erde gerammt. Sie hatten sich Kulturgüter von unermesslichem Wert ermogelt oder sie geraubt – mit zwielichtigen Deals und brutaler Gewalt. Den Plünderern zugutehalten muss man die Fürsorge um die geraubten Kunstgüter fremder Völker, welche sie mit angelsächsischer Genauigkeit bis heute aufbewahrten. Kulturstätten aus der ganzen Welt waren so mitten im Zentrum Londons zu einer gewaltigen Sammlung kultureller Erzeugnisse verschmolzen.

Carmen staunte bereits draußen über die schiere Größe der Säulen und drinnen über die riesigen Hallen voller kultureller Schätze: ägyptische Mumien, Säulen und Pyramiden, römische Fresken, afrikanische Masken, die frühesten Werkzeuge und Kunstwerke der Menschheit und natürlich der Stein von Rosette – das sagenumwogende Steindenkmal, das Napoleon auf seinen Kriegszügen in Nordafrika entdeckt hatte und das den Menschen nach

Jahrtausenden wieder ermöglichte, Hieroglyphen zu entziffern: der Schatz zu den verschollenen Zeugnissen der alten Ägypter.

Nachdem sich Carmen zusammen mit Alfred einen ersten Überblick verschafft hatte, führte er sie in eine große Halle. Sie war dem Thema Geld gewidmet – gesponsert von einer britischen Bank. Sie wanderten gemeinsam an den Panzerglasscheiben entlang, hinter denen die bewegte Geschichte des Geldes thematisiert wurde.

»Kennst du das Gesicht auf dieser alten Goldmünze?«, fragte Alfred unvermittelt, als sie an einem Ausstellungsstück vorbeiliefen.

»Sieht nach jemandem mit Rabennase aus«, meinte sie und betrachtete die Beschriftung daneben. »Oh, das ist ja Alexander der Große. Von dem habe ich natürlich schon gehört.«

»Ja, genau. Er war der erste Mensch, der sein Gesicht auf eine Münze prägen ließ. Manche meinen ja, die Eroberung Indiens wäre sein größter Erfolg gewesen. Aber mit der Idee, sein Gesicht auf eine Münze zu prägen und damit die Macht der damals führenden, militärischen Streitkraft für deren Wert zu verbürgen, das hat die Welt bis zum heutigen Tage am meisten verändert.«

»Hm, stimmt. Banknoten stecken bis heute voller Machtsymbole.«

»Genau. Der Antikapitalist Mao? Befindet sich auf jedem chinesischen Geldschein. Der ewig präsente Entstehungsmythos der USA? Ist auf den Dollarscheinen wunderbar abgebildet. Die Einigkeit Europas? Nirgendwo ist sie so präsent illustriert wie auf den Geldscheinen des Euros. Die Macht drückt dem Geld den Stempel auf. Geld definiert Macht. Sie bedingen sich gegenseitig.«

»Der ist wirklich wie ein Lehrer«, dachte sie.

»Schau dich doch noch ein wenig weiter um«, forderte er sie auf.

Carmen fand eine Münze mit dem Konterfei des Krösus', dem antiken König, dessen Name sprichwörtlich für ungemeinen Reichtum steht. Sie versuchte sich vorzustellen, durch wie viele Hände die Münze bereits gegangen war, was für Waren schon für sie getauscht worden waren, wie viel Wert sie heute noch hatte.

Alfred trat erneut neben sie. »Ganz schön beeindruckend, nicht? Krösus war vor rund zweitausendfünfhundert Jahren ein König im Nahen Osten. Er war der erste, der Münzen auf Metal prägte und deren Wert mit Gold garantierte. Die wundersame Vermehrung des Goldes hat Krösus zum reichsten Mann der Geschichte gemacht und ließ ihn in unserer Sprache als Symbol für Wohlstand bis heute überleben … Nur hat es ihm leider nicht viel gebracht, als kurz darauf die Perser sein Reich einnahmen, ihn stürzten und seine Idee kopierten und weitertrugen.«

»Da half ihm alles Gold der Welt nicht mehr«, antwortete Carmen nachdenklich.

»Es ist nicht das Geld, das zählt, es ist die Macht. Und die Macht liegt nicht bei einem einzelnen Menschen. Sie liegt dort, wo wir denken, dass sie liegt. Nehmen wir an, wir wären Todfeinde und stünden uns gegenüber: Möchtest du dann lieber ein rostiges Messer oder eine Million in Dollarscheinen?« Alfred tippte mit seinem

Zeigefinger gegen die Scheibe, hinter der eine antike Münzsammlung ausgestellt war, so als suchte er nach einem Alarmknopf. »Die Herrscher dieser Welt existieren nur durch unseren Glauben an sie. Macht ist ein Trick, ein Schatten an der Wand … Aber auch Schatten können töten. Vielleicht können sie das sogar besser als alles andere.«

Bevor Carmen weiter über diese Worte nachdenken konnte, sprach Alfred bereits weiter. »Hier, schau mal: die erste Banknote der Welt. Sie stammt aus China. Bei ihrer Einführung war sie ein Riesenhit. Dann aber haben die Regierenden die Gefahr der Inflationen verkannt und der Wert der Banknoten fiel ins Bodenlose. Für Hunderte von Jahren wurden Banknoten in China nicht mehr als Geld genutzt. Und heute? Heute sagen alle, Banknoten seien die echteste Form von Geld und müssten auch in Zukunft noch existieren.« Alfred zeigte auf Carmen. »Auch dich konnte ich ja mit Bargeld dazu bringen mitzukommen. Deine Überzeugung hatte ein Preisschild.« Carmen verschränkte die Arme vor dem Körper, worauf Alfred weitersprach: »Ist es nicht interessant, dass diese ehemals wertvolle und dann wertlose Banknote heute wieder richtig begehrt ist? Ein Sammlerobjekt. Was einmal Geld war, wird nie wertlos sein, es kann nur seinen Wert komplett verlieren. Ah, schau mal: Das ist auch ein schönes Beispiel dafür, wie verrückt sich der Wert des Geldes über die Zeit verhält …«

Alfred trat an ein Bild heran, das eine Collage aus Geldscheinen war. Carmen las den Satz, der quer über das merkwürdige Kunstwerk prangte: »IT'S CHEAPER TO

PRINT THIS ON MONEY THAN PAPER.« Sie musste lachen, als sie auf der Kunstbeschreibung las, dass sich hier ein Künstlerkollektiv aus Simbabwe über den durchaus dramatischen Zerfall ihrer Währung lustig machte.

Carmen konnte nicht abstreiten, dass sie von der Ausstellung und Alfreds Ausführungen fasziniert war. Aber sie wollte nun endlich wissen, was dieses ganze Aufheben hier sollte. »Ach, Alfred, das ist mir alles ein bisschen viel Geschichtsstunde mit dir. Komm doch bitte endlich zum Punkt und sag mir, warum wir hier sind«, bat sie ihn inständig.

»Du bist wirklich ungeduldig, Carmen. Ich muss dir einen schwierigen Vorschlag machen und habe das Gefühl, dass ich dich auf meine Offerte vorbereiten muss. Ich will ehrlich sein: Wenn du meinen Vorschlag ablehnst, scheitert alles, was mir im Leben etwas bedeutet.«

Carmen wusste nicht, wie ernst der Holländer das meinte, da sein Ausdruck weiterhin freundlich und unverbindlich blieb.

»… Ähm … Sehr schmeichelhaft?«, meinte sie mit Schalk in der Stimme. »Aber komm jetzt bitte zur Sache.«

»Lass uns dazu bitte nach draußen gehen. Und eine letzte Geschichte musst du mich noch erzählen lassen, okay?«, bat Alfred inständig.

Carmen rollte mit den Augen. »Eine noch. Und dann raus mit der Sprache.«

Sie verließen zusammen das Museum, kauften sich im Laden davor zwei Flaschen Wasser und einen Kaffee für Alfred und schlenderten in Richtung eines kleinen Parks.

»Hast du schon mal etwas von der Propaganda der Tat gehört?«, fragte Alfred, als er mit Carmen auf einer Parkbank saß.

»Die Propaganda der Tat? Das sagt mir nichts«, meinte sie.

»Es war eine Bewegung im neunzehnten Jahrhundert. Anarchisten. Die erste weltumspannende Terrororganisation.« Das letzte Wort setzte er mittels Fingergeste in Anführungszeichen. »Die Propaganda der Tat war eine mächtige Institution in der Zeit der rauchenden Schlote und einer kollektiv verarmten Bevölkerung. Das Elend hätte nicht größer sein können. Die Männer und Frauen schufteten zu Millionen in den Manufakturen und führten ein kurzes und trauriges Leben. Sie besaßen nichts außer ihrer Arbeitskraft, die sie ihren Firmenbesitzern bis zu sechzehn Stunden am Tag opferten, während der Lohn zu wenig zum Leben und zu viel zum Sterben war. Die Kinder arbeiten, sobald sie laufen konnten, und die Hälfte davon starb, bevor sie das sechste Lebensjahr erreichten. Die Menschen darbten und vegetierten unter unwürdigen Umständen, während sie von ein paar wenigen Mächtigen schamlos ausgebeutet wurden.

So entstand massiver, gesellschaftlicher Widerstand in verschiedenen Formen und innerhalb mehrerer Organisationen. Die Anarchisten waren die stärksten davon. Sie hatten Millionen Sympathisanten und Anhänger, die für weniger Unterdrückung und mehr Freiheit einstanden – erst mit Worten, dann mehr und mehr mit Taten. Sie erfanden den Streik und den zivilen Ungehorsam. Doch als sich an den Verhältnissen nichts änderte, erkannten die

Anarchisten, dass übermächtige Herrschaftssysteme nicht durch friedlichen Protest zum Einsturz gebracht werden, sondern nur durch Taten. Durch Gewalt.« Er verzog das Gesicht und fuhr fort. »So entstand die Propaganda der Tat, der militante Arm der Anarchisten. Sie wandten sich radikal gegen das Konzept des Besitzes. Jedes Eigentum war Diebstahl an der Gemeinschaft. Sie glaubten stattdessen an kleine selbstverwaltete, lokale Einheiten, die die Macht gleichmäßig verteilten. Sie wollten nicht das Chaos, sondern eine bessere Ordnung. Sie bekämpften das Unrecht mit allen Mitteln. Kein Verhandeln, keine Zugeständnisse.«

»Ich nehme an, daher kommt der Name: Propaganda der Tat … Waren sie denn so aktiv, wie der Name vermuten lässt?«

»Das kann man wohl sagen: Die Propaganda der Tat wurde zu einer weltumspannenden Bewegung. Sie zündeten Bomben, töteten Könige, Präsidenten und Generäle. Sie entzündeten Revolutionen, raubten Banken und Millionäre aus. Heute ist das zwar weitgehend vergessen, doch sie töteten zum Beispiel den damaligen amerikanischen und französischen Präsidenten und die berühmte Kaiserin Sissi. Dazu gab es Hunderte von Attentaten auf andere Herrscher und Fabrikherren. Die Bewegung war gefürchtet, stark und tatkräftig.« Alfred strich sich über den Bart. »Diese Leute wussten, wo die Mächtigen verletzlich sind. Ihre Mittel waren schmutzig, doch die Anliegen mehr als berechtigt. Die Gründerväter dieser Organisation hatten immer nur ein Ziel: Menschen zu jedem Preis aus tiefster Armut und Unterdrückung zu befreien.«

»Was ist mit ihnen geschehen?«

»Sie lebten gefährlich … Ihre Feinde waren die Firmenbesitzer und Sklaventreiber, kurz: die Mächtigen ihrer Zeit. Diese hatten Armeen und Polizeikorps auf ihrer Seite, und so schlug das System gnadenlos zurück. Die Anarchisten wurden in Ketten und unter die Guillotine gelegt oder auf den gerade erfundenen elektrischen Stuhl gesetzt.« Nun setzte Alfred ein leichtes Lächeln auf. »Doch die Menschen verstanden die integren Beweggründe hinter der Propaganda der Tat: Die Anarchisten hatten mächtige Befürworter und breite Teile der Bevölkerung unterstützten sie. Und tatsächlich: Sie stürzten die Unterdrücker, und zwar haufenweise: Russland, China, Südamerika. All diese Revolutionen waren anarchistisch.« Alfred kratzte sich an der von graumeliertem Haar umgebenen Schläfe.

Carmen fiel auf, dass sie Alfred gerade zum ersten Mal ohne Hut erlebte. So wirkte er gut zehn Jahre älter, sie schätzte ihn auf rund fünfzig.

»Jedoch geschah dann das Unausweichliche. Revolutionen scheitern an ihren Ansprüchen und auch Revoluzzer wurden nach wenigen Jahren auf dem Thron zu Tyrannen. Das System der Macht lässt niemanden unberührt. Stalin, Mao und Ceausescu. Plötzlich tobte der Kampf nicht mehr entlang der Trennlinie zwischen Unterdrückern und Anarchisten, sondern zwischen Kapitalisten und Sozialisten. Aus der Bewegung, die die Freiheit bringen sollte, war ein weiteres unterdrückerisches System geboren. Heute glauben alle, die Anarchisten sind gescheitert. Das sind Ideen für Spinner und

Chaoten.« Er schaute weg, klopfte mit dem Finger auf die Banklehne hinter sich. Dann fuhr er energisch fort: »Aber sie liegen falsch. Schau dir die Welt an! Die Herrschaft ist konzentrierter denn je. Die Zeit der Anarchie muss kommen!«

Sie verstand nicht, was er von ihr wollte.

»Ach, Alfred! Was hat das Ganze mit uns zu tun? Warum sind wir hier?«

Alfred blickte ihr tief in die Augen. »Die Propaganda der Tat gibt es immer noch. Ich bin ihr Oberhaupt!«

Carmen stockte der Atem. Hatte dieser Mann gerade zugegeben, Chef einer Terrororganisation zu sein? »Du … du … du bist was?«

»Ich bin das Oberhaupt eines Geheimbundes. Wir sind mächtig, agieren aus dem Untergrund und bekämpfen die herrschenden Mächte.«

»Leben ohne Herrschaft scheint mir nicht gerade sehr aktuell zu sein.«

»Ach was, Anarchisten sind überall. RAF, Islamisten, Anti-Kolonialismus, Rebellen, Revolutionäre: Alle sind Anarchisten. Wer sich gegen ungerechte Herrschaft auflehnt, gehört dazu.«

»Wenn ich mir die Welt ansehe, scheint ihr mir nicht sehr erfolgreich«, meinte sie mit zweifelndem Blick.

Nun musste Alfred leise kichern. »Das kann man sicherlich so sehen, doch wer weiß, wie die Welt ohne uns heute aussehen würde … Und wer weiß, was noch kommen wird.«

Eine Gänsehaut legte sich über ihre Oberarme. War es Angst, die sich in ihr ausbreitete? Zumindest Unsicherheit. Was wollte dieser Mann von ihr? Wieso erzählte er ihr das?

Alfred schaute sie an und sagte unumwunden: »Wir möchten, dass du ein Teil unserer Bewegung wirst.«

Carmen verschluckte sich an dem Schluck Wasser, den sie gerade aus der Flasche trank. »Ich … ich soll Mitglied in einer über hundert Jahre alten Terrororganisation werden?« Sie fing an zu lachen. »Das ist doch völlig absurd!«

Doch Alfred blieb ernst. »Genau das möchten wir. Wir kämpfen gegen die Mächtigen und für eine Verschiebung der Macht. Weg von den wenigen Reichen. Hin zu den Menschen. Wir brechen die Symbole ihrer Macht.« Alfred zeigte mit einem Finger auf das Museum hinter ihnen.

»Ein Anschlag auf das Museum?«, fragte sie und spürte ein Schaudern.

»Quatsch! Wir haben ganz andere Ambitionen. Wir haben einen Plan, der Weltgeschichte schreiben wird.«

Carmen senkte den Blick. »Bitte lass mich da raus, Alfred. Ich will nichts mit Terrorismus zu tun haben.«

»Was ist schon Terrorismus? Gewalt? Politische Ziele verfolgen? Die Reichen machen das mit Staaten und Medien, ihren Polizisten und Zeitungen seit Jahrtausenden! Sie haben deutlich mehr Unschuldige getötet als wir!«

Ein Moment der Stille folgte. Wo war sie da nur reingeraten? »Es macht keinen Unterschied, ob es ein paar böse Menschen mehr oder weniger auf der Welt gibt«, versuchte sie einzuwenden, um dieser Unterhaltung zu entkommen.

»Glaub mir, es macht einen riesigen Unterschied.«

All ihre Alarmglocken schellten. Und doch blieb sie

sitzen und hörte weiter zu. »So was fordert immer auch unschuldige Opfer. Zivilisten.«

»Unsere Feinde tragen keine Uniform.«

Sie blickte ihn eindringlich von der Seite an. »Alfred, ich habe schon viel zu viel Zeit im Knast verbracht und offensichtlich ein Talent dafür, mich mit den falschen Leuten einzulassen. Ich muss dein Angebot ablehnen.«

»Lass mich zuerst zu Ende erzählen. Wir wissen, wie wir den Kampf gewinnen können. Der große Sieg steht vor der Tür und du hast die Basis gelegt.«

»Ich habe was?«

»Dank dir können wir auf Mittel zugreifen, die uns Unvorstellbares erlauben. Du steckst schon mitten drin.«

»Wie meinst du das? Ich stecke hier in gar nichts drin!«, entrüstete sich Carmen.

»Doch, das tust du. Und du weißt es auch.«

»Natürlich weiß ich, wovon er spricht«, dachte Carmen. Es ging um das Geld, das sie von ihr gestohlen hatten. Sie planten damit terroristische Attentate. Ihr Herz schlug schneller. Das durfte nicht wahr sein! Sie konnte nicht noch einmal im Knast landen. Alles in ihr schrie nach Flucht, doch ihre Beine versagten den Befehl. Sie musste wissen, was sie mit ihrem Geld planten.

Und Alfred sprach genau dieses Thema an. »Fünfzehn Milliarden Dollar! Was wir damit alles anstellen werden. Aber es gibt da ein Problem. Oder jemanden, der sich als Problem darstellt.«

Intisar! Sprach er von ihr? Natürlich, von wem denn sonst?

»Sie hat mich getäuscht, verlassen und bestohlen!«,

flüsterte Carmen mit unterdrückter Wut.

»Das hat sie. Und dann hat sie drei Jahre nur von dir gesprochen. Glaub mir, ich war dabei.«

»Und jetzt …«

»Wir brauchen sie. Aber sie macht es nur mit dir. Sie meint, sie braucht dich und dass sie ein Versprechen bei dir offen hat.«

»Welches Versprechen?«

»Dass ich dir einen Computer baue«, ertönt eine dunkle Frauenstimme hinter ihnen.

Carmen dreht sich um.

Da ist sie! Intisar!

… Oder etwa doch nicht? Sie sieht anders aus, als Carmen sie in Erinnerung hat. Nicht nur gealtert, sondern wie eine andere Person. Doch ihr Timbre ist für sie unverkennbar.

»Carmen!«, sagt Intisar und umrundet die Bank. Tränen laufen ihr über die Wangen.

Die beiden fallen sich in die Arme.

»Es tut mir so leid!«, flüstert Intisar mehrmals unter Schluchzen.

Alfred steht mit knackenden Knien auf. »Ich glaube, ich lasse euch beide alleine.«

Intisar setzt sich neben Carmen. »Es tut mir so leid, Ḥabībati!«, schluchzt sie.

»Was ist nur geschehen? Was ist mit deinem Gesicht?«, fragt Carmen, übermannt von widersprüchlichen Gefühlen.

Aber irgendwie ist da sofort wieder diese alte Vertrautheit. Und die Angst? Wie weggeblasen. Wenn sie es mit

Intisar tut, gibt es keine Zweifel!

»Ich habe dich nie vergessen, Carmen. Alles, was ich tue, ist nur für uns. Aber du musst mir helfen. Ich brauche dich! Die Menschen brauchen dich!«

Carmen schaut ihr tief in die dunklen Augen. »Intisar, was tust du nur?«

Ihre Freundin blickt verschämt weg. »Du darfst mich nie mehr Intisar nennen, Carmen. Mein Name ist nun ein anderer.«

23. SEPTEMBER 2033

Verflechtung

Endlich hatte Wolf Claudine erreicht – auf dem Flug nach Anadyr im nördlichsten Osten Russlands.

»Schatz, was geschieht nur?«, fragte sie besorgt.

»Wir können es uns auch nicht erklären, Claudine. Wir haben es mit skrupellosen Verbrechern zu tun.«

»Bei uns ist auch die Hölle los«, klagte sie.

»Kann ich mir vorstellen«, erwiderte Wolf. Claudine führte ein Unternehmen aus der Finanzbranche – und dort wurde in solch unruhigen Zeiten wieder mal Blut und Wasser geschwitzt (sowie viel Geld verdient und verloren). Klar, dass dies seine Frau so beschäftigte. Trotzdem wollte Wolf dieses eine Gespräch unbedingt auf etwas anderes lenken. Wenn auch nur für zwei Minuten.

»Ähm, hast du geschaut, dass Andrea die Katze füttert?«, fragte er unbeholfen, um nur irgendwie das Thema zu wechseln.

»Ach, Wolf. Das tut Andrea doch von sich aus.« Ihre Putzhilfe war sehr zuverlässig.

»Claudine. Wenn diese ganze Sache hier beendet ist: Könntest du dir vorstellen, wieder mal was ganz anderes im Leben zu machen? Wie früher? Weißt du noch?«

»Ich kann mein Team doch nicht im Stich lassen«, antwortete sie und Wolf hörte durchs Telefon, wie sie über seine Naivität schmunzelte. »Wir haben doch ein gutes Set-up.« Da war es wieder. Er hasste dieses Wort, mit dem sie immer wieder ihre Beziehung beschrieb.

»Mhm.« Eine kurze Pause folgte, in der Wolf mit dem Finger über die mit einem Entertainmentsystem ausgerüstete Armlehne des Flugzeugs fuhr. »Bist du denn glücklich, Claudine?«

»Ach, Wolf. Was ist denn los? Midlife-Crisis? Ich mach dir 'nen Vorschlag. Sobald die ganze Krise ausgestanden ist und die Wellen sich geglättet haben, buchen wir einen schönen Urlaub. Wir fahren ans Meer, essen leckeres Seafood und trinken den Chianti, den du so liebst. Dann bekommst du den Kopf wieder frei, und kaum sind wir wieder zuhause, brennst du für euer nächstes Projekt … und ich für meins.«

»Wahrscheinlich hast du recht«, antwortete Wolf und verbarg seine Enttäuschung über ihr unverhohlenes Ausweichen auf seine Frage und darüber, dass Claudine ihn nicht zurückgefragte hatte, ob er glücklich sei.

Kurz darauf fand er endlich wieder mal etwas Ruhe und einen kurzen, traumlosen Schlaf während dem letzten Teil des Fluges.

Die kurze Strecke vom lokalen Flughafen zur Anlage, die er inspizieren sollte, legte Wolf per Hubschrauber zurück. Unter den knatternden Rotorblättern des Helikopters las er die offiziellen Unterlagen der Intis AG, die Analysen, die er von George erhalten hatte, sowie die wenigen Presse-Erzeugnisse, die über das Unternehmen erschienen waren.

Klang eigentlich alles ganz normal: Die Intis AG am südlichen Beringsee produzierte Strom aus der Kraft des Meeres mit zwei Methoden. Einerseits mittels Turbinen, die von den Unterwasserströmungen der Gezeiten angetrieben wurden. Anderseits über Technologien, die sich die Kraft von Wellenbewegungen zunutze machten und daraus Energie gewannen. Beides waren vielversprechende Technologien, die sich am globalen Markt aufgrund von beständiger und nachhaltiger Energielieferung zunehmend Gehör verschafft hatten und große Finanzierungsrunden erhielten.

Als Wolf vor der Anlage landete, war er fasziniert von der unberührten Natur. Ein frostiger, starker Wind peitschte ihm ins Gesicht, die hohen Wellen der See preschten an die steinigen Klippen und im Hintergrund erhoben sich flache, majestätische Berge mit weißen Schneespitzen über dem Gelände. Laut waren die krächzenden Rufe der Seevögel zu hören. Am Horizont sah er Nadelbaumspitzen – ein Phänomen, das erst in den letzten Jahren in dieser Region Einzug gehalten hatte.

Der Klimawandel der letzten Dekaden hatte zu einer massiven Aufwertung dieser vorher nur schwer zugänglichen Region geführt. Viele Gebiete weiter südlich litten unter Desertifikation und Wassermangel und wandelten sich zu verlassenen Stätten. Gleichzeitig wurden Gebiete wie Alaska, Nordkanada und Sibirien zu aufstrebenden Regionen mit einem kräftigen Zuzug von Menschen. In zuvor eisbedeckten Niemandsländern hatten sich mittlerweile Zentren der Rohstoffförderung und der Holzwirtschaft entwickelt, und es entstanden Dörfer und kleinere Städte. Dies und der gesicherte Zugang zu Süßwasser – ein Schlüsselfaktor in der Geopolitik der Zeit – führten mittlerweile manch Glücksritter mit Durchhaltewillen hierher. Die Entwicklung geschah zum Nachteil der ausgeprägten, bisher von menschlichem Zutun verschont gebliebenen Tier- und Pflanzenwelt. Diese hatte bis zu diesem Umschwung prächtig gedeihen können. Doch nun drohte auch diesem Gebiet die Unterwerfung unter das Mantra der Produktivität.

So weit zumindest die Theorie. Wolf sah außer der grauen Anlage, vor der er stand, keine weiteren Anzeichen von Zivilisation. Ein abgerundetes Eisentor öffnete sich und eine Delegation aus Intis-AG-Mitarbeitern kam auf Wolf zu. Seine Ankunft war hier natürlich bereits erwartet worden.

Ein älterer, massiger Herr, der sich als Ruben vorstellte, begrüßte ihn förmlich und führte ihn ansonsten wortlos vom Landefeld zum großen, dunklen Gebäude. Wolf folgte ihm, dicht gefolgt von zwei Sicherheitsleuten, die ihn auf dieser Inspektion auf Schritt und Tritt begleiteten. Weitere sechs Hubschrauber mit Entourage aus Sicherheitspersonal und Inspektionsspezialisten wurden innerhalb der nächsten Stunde erwartet.

Als sie das Innere des Baus erreicht hatten, staunte Wolf über die vielen Rohre und elektrischen Anlagen, die sich in der gesamten Anlage verteilt hatten. Ein futuristisches Raumschiff. Neueste Hochtechnologie. Schweineteuer. Sie wurden in ein gemütliches Vorzimmer geleitet und gebeten zu warten.

»Ich werde Doris informieren, dass sie da sind«, erklärte Ruben und ließ die Männer für einen Moment zurück.

Wolf wusste bereits aus den Unterlagen, dass es sich bei Doris Wermuth um die Geschäftsführerin und Inhaberin des Unternehmens handelte. Er hatte vor, als Erstes mit ihr zu sprechen.

Während er wartete, hörte er eine Sprachnachricht von George ab, die kurz nach ihrer Landung eingetroffen war: »Hallo Wolf, wir haben gerade neue Infos zu dem Werk in Sibirien erhalten. Das Ding war nie rentabel, steht aber schon ewig dort und produziert Riesen-Kosten. Das ist eine beeindruckende Monster-Anlage mit der Einkaufsbilanz eines Militärhaushalts und dem Erlös einer Suppenküche. Die speisen seit Jahren fast keinen Strom ins Netz ein. Alles sehr verdächtig, wenn du mich fragst.« George klang aufgeregt.

»Frag sie unbedingt, wo sie die ganze Energie speichern oder für was sie diese verwenden.« Eine kurze Pause entstand und Wolf glaubte zu hören, wie George das Mikrofon seines Telefons mit der Hand abdeckte und mit jemandem sprach. Dann ergänzte er: »Und Wolf: Bitte schalt um genau zwanzig Uhr in der pazifischen Zeitzone den Fernseher an. Wir haben neue Erkenntnisse zu den Terroristen und werden eine Stellungnahme abgeben.«

»Von welchem Statement redet der, verdammte Scheiße«, fluchte Wolf und versuchte George zurückzurufen. Mehrmals. Doch niemand ging ran. Er sendete eine Nachricht, in der er verlangte, dass man ihn vor der öffentlichen Stellungnahme über die Lage informierte.

Dann prüfte er weitere Nachrichten. Ross hatte geschrieben. Guter, alter, zuverlässiger Ross Whitaker. Er war ein direkt unterstellter Berater von Sam Kruger und somit in Sicherheitsfragen immer gut informiert. Gleichzeitig war er mit Wolf befreundet und unterrichtete ihn zuverlässig über den neuesten Stand zu Sicherheitsfragen.

Ross schrieb, dass es unter den Arbeitern vieler Länder zu Unruhen und Aufständen gekommen sei, weil die Menschen Angst hatten, in zwei Tagen keinen oder einen nahezu wertlosen Lohn zu erhalten. Geschäfte wurden geplündert. Die Bürger hamsterten vielerorts Lebensmittel, Wasser, Waffen und Klopapier. In einigen Ländern patrouillierten bereits Militär und Polizei auf den Straßen. In Belgien, Kolumbien und Guatemala gab es sogar einige Hundert Tote. Erste Regierungen riefen den Notstand aus und verhängten Ausgangssperren.

Wolf schauderte und spürte, wie ein flaues Gefühl in seinem Magen entstand. Gegessen hatte er seit vielen Stunden nicht mehr, doch Hunger hatte er keinen.

Wenig später wurde er in einen großen Raum gebeten, mit einer riesigen Fensterfront mit Blick auf das Meer. Während seine Leibwächter auf sein Geheiß draußen warteten, trat Wolf an das Panoramafenster heran. Er betrachtete den Ausblick auf die See, die steilen Klippen und einen Schwarm schreiender Vögel, die sich dort zum Nisten eingefunden hatten.

»Hübscher Anblick, nicht?«, tönte es plötzlich von der Seite.

Wolf sah eine etwa fünfzigjährige Frau mit südländischem Aussehen, zusammengebundenen Haaren und in aufrechter Haltung langsam auf ihn zu laufen.

»Amerikanerin«, war sein erster Gedanke, als er ihren Akzent hörte. »Wahrscheinlich aus den Südstaaten.« In den Unterlagen, die er im Helikopter gelesen hatte, hatte er bereits Bilder von ihr gesehen. Es war die Kraftwerkeigentümerin Doris Wermuth.

»Schön ist gar kein Ausdruck«, antwortete Wolf. »Nur scheint mir, dass mir das alles mit der Zeit auch etwas einsam vorkommen würde.«

»Ich bin nicht alleine hier. Eine tüchtige Mannschaft unterstützt mich Tag und Nacht.« Sie stand nun direkt neben ihm und sie blickten gemeinsam auf die raue See.

»Außerdem kann man die Natur hier gar nicht genug genießen. Darum helfen wir auch, sie zu bewahren. Das riesige, unbewohnte Gebiet rund um diese Bucht, um diese Anlage ist in unserem Besitz und das meiste davon wird den Vögeln, Robben und Fischen überlassen.«

»Klingt fast wie ein Hilfswerk«, sagte Wolf und lächelte. »Mein Name ist übrigens Wolf.« Er bot ihr die Hand an.

»Doris«, antwortete sie und gab ihm einen festen Händedruck.

Wolf fühlte sich sofort unwohl, dass sie sich bereits so vertraut gemacht hatten – er wäre doch besser beim Nachnamen geblieben. Die Unterhaltung durfte mit Blick auf die ernsten Umstände keine persönliche Wendung nehmen. »Es freut mich sehr«, fuhr er nun förmlicher fort. »Sie wurden ja bereits informiert, dass wir kommen werden. Unsere Spezialisten werden nach ihrer Ankunft diese Anlage inspizieren.« Er näherte sich einen Schritt, bevor er fortfuhr: »Und ich würde Ihnen auch gerne ein paar Fragen stellen. Haben Sie Zeit für mich?«

Doris lächelte. »Natürlich. Setzen wir uns.« Sie wies auf zwei Stühle, zwischen denen ein kleiner, schwarzer Stahltisch stand.

»Zuerst mal: Erzählen Sie mir etwas von sich. Wie kommt eine Frau wie Sie hier nach Sibirien, um Energie aus dem Ozean zu gewinnen?«, fragte Wolf, nachdem sie sich gesetzt hatten.

»Ich bin Ingenieurin und habe mich schon immer für die Energie des Ozeans interessiert. Die Oberfläche der Erde besteht ja zu über siebzig Prozent aus Meer und wir nutzen dessen Energie zur Stromerzeugung.« Sie schien zu warten, ob Wolf diese Erklärung genügte. Dann fügte sie nach einem auffordernden Schweigen hinzu: »Wir erfinden hier das Kraftwerk der Zukunft. Wir können inzwischen aus der Energie des Ozeans genug Strom gewinnen, um Meerwasser in Süßwasser zu verwandeln. Mit dieser Technik können wir theoretisch an jedem Küstenabschnitt der Welt Siedlungen und Städte bauen, solange dort regelmäßiger Seegang herrscht.« Erneut schien sie darauf zu warten, von einer Frage unterbrochen zu werden, doch ihr Besucher schwieg. »Ich komme ursprünglich aus Australien und –«

»Ach, ich hätte schwören können, dass Sie aus den USA kommen«, unterbrach Wolf sie und fügte beiläufig hinzu: »Ich interessiere mich für Sprachen und Dialekte.«

»Nein, aber ich habe eine Zeit lang in den USA gewohnt und gearbeitet.«

Er glaubte, eine Unsicherheit zu spüren. Jetzt schnell

weiterfragen. »Der Rat des Konsortiums hat Ihre Finanzen geprüft. Wie können Sie sich diese Hightech-Anlage hier leisten?«

»Wir glauben, dass wir hier die Energiequelle der Zukunft entwickeln: In den Unterwasserströmungen steckt die Energie von tausend Atomkraftwerken. Wenn wir es damit nicht schaffen, unsere Energieprobleme nachhaltig zu lösen, sind wir selbst schuld. Ist doch vielversprechend.«

»Sie haben meine Frage nicht beantwortet. Wie finanzieren Sie diese Anlage?«

Sie drehte Wolf ihre Seite zu und fuhr fort: »Wir und unsere Investoren sehen hier unbegrenzte Möglichkeiten. Klar, wir sind nicht rentabel, aber wir versuchen hier schließlich, das Grundproblem der Menschheit zu lösen. Da ist eine lange Innovationsphase nicht unerwartet.«

»Was sind das für Investoren? Wir wissen nichts über weitere Eigentümer.«

»Ich bin die Eigentümerin. Und mit viel Einsatz habe ich es geschafft, reiche Menschen von der Nachhaltigkeit unseres Geschäftsmodells zu überzeugen.«

Wolf wartete auf weitere Informationen, doch nun war es an Doris zu schweigen.

»Okay, Doris. Aber erklären Sie mir doch bitte, warum Sie Ihre Anlage in Sibirien bauen und nicht irgendwo, wo es etwas gemütlicher ist, wo auch die Kunden nicht über so eine lange Strecke beliefert werden müssen.«

»Wir haben hier die perfekten Bedingungen, um unsere Entwicklungen voranzubringen: sicherer Wellengang und beständige Gezeiten. Die Umwälzung des Wassers reicht über weite Flächen fast bis zum Meeresgrund. Und außerdem müssen unsere Instrumente und Anlagen härteste Bedingungen aushalten. So bauen wir die besten Prototypen. Und wir konnten große Ländereien zu guten Preisen erwerben.« Sie seufzte kaum hörbar. »Unser Ziel ist die perfekte Technologie. Wir wollen verlassene Regionen und Wüsten in lebende Zentren verwandeln, im Einklang mit der Natur. Schauen Sie sich um! Sehen Sie nicht, dass wir hier in der Region der Zukunft leben? In fünfzig Jahren ist das hier das neue gelobte Land mit üppiger Vegetation und blühenden Städten, während alles ab einer gewissen Nähe zum Äquator nicht mehr bewohnbar ist. Wussten Sie, dass das Beringmeer die Ausdehnung von Europa hat? Was wird hier für eine Kultur entstehen? Und wir werden diese Gebiete künftig mit Energie versorgen: sauber, sicher und absolut beständig.«

»Wie groß ist die Anlage?«

»Die genauen Zahlen werden Sie später bei der Inspektion erhalten.«

»Mhm, das werden wir uns anschauen. Anderes Thema: Sie haben sicher von diesem angeblichen Anonymous-Hack gehört. Der Rat hat diese Anlage als verdächtig eingestuft, weil sie gemäß Infrarotaufnahmen aus dem All eine Menge Energie im Moment der Tat produziert hat, jedoch wurde eine solche Energiemenge dann nie ins Netz gespeist. Wie erklären Sie sich das?«

»Wir produzieren Energie in Wellen und speichern sie in unseren Batterien und Energiespeichern«, antwortete Doris trocken. »Aber auch davon werden Sie und Ihre Männer sich während der Inspektion überzeugen können.«

Eine Antwort, die Wolf nicht überzeugte. Wieso sollte jemand so viel Energie mitten in der Pampa speichern? Um diese später über die Straße in bewohnte Gebiete zu transportieren? Extrem ineffizient. Er beschloss, die Härte der Befragung zu intensivieren. »Sagen Sie mal, Doris. Wäre eine Präsenz hier an der Beringsee für solche Terroristen nicht sehr attraktiv? Ein Gebiet, auf dem sich die USA und Russland fast in Sichtweite befinden. Bedrohlich für beide. Ein Konflikt hier könnte ungeahnte Folgen haben und schnell zum Schwelbrand werden.«

»Das kann ich auch nicht sagen. Dafür sind Sie der Spezialist« sagte sie und lächelte.

Wolf verhörte Doris noch länger. Mittlerweile sprachen sie seit gut einer Stunde miteinander. Wolfs Entourage hätte sich inzwischen einfinden und ihn über die ersten Erkenntnisse der Inspektion informieren sollen. Doch er hatte nichts von ihnen gehört.

Dann öffnete sich hinter Wolf eine Tür und Ruben, der Mann, der ihn vom Flugfeld geleitete hatte, trat ein. Wortlos lief er an Wolf vorbei und flüsterte etwas in Doris' Ohr. So, wie sich Ruben zu seiner Chefin vorbeugte, konnte Wolf unter seinem Jackett deutlich einen Pistolenhalfter mit Revolver wahrnehmen. Über einen Knopf im Kragen rief Wolf seine Leibwächter zu sich. Diese würden in Sekunden die Tür eintreten und einschreiten.

»Ich sehe, dass Sie eine Waffe tragen«, sagte Wolf ruhig und blickte die beiden stechend an. »Die Regeln der

Inspektion sehen klar vor, dass Sie alle Schusswaffen jeglicher Art unter Verschluss halten müssen.«

»Oh, das tut mir leid. Da habe ich wohl gegen die Regeln verstoßen«, antwortete Ruben und zog die Pistole unter seinem Jackett hervor.

»Stecken Sie die Waffe zurück! Meine Sicherheitsleute treten hier gleich die Tür ein, und das kann uns alle das Leben kosten!«, rief Wolf.

»Die treten bis auf Weiteres gar nichts ein«, erwiderte Ruben und richtete seine Waffe auf seinen Besucher.

Doris stand von ihrem Stuhl auf und trat hinter den Mann mit der Pistole. »Es tut mir leid, Ihnen mitteilen zu müssen, dass Sie sich nun als mein …«, kurze Pause, »…als unser Gefangener zu betrachten haben. Ihre Einheit wurde überwältigt. Alle stehen unter Arrest. Wir werden Sie nun zu Ihrem Team führen, damit Sie sich selbst von der Situation ein Bild machen können.«

Wolf blieb die Luft weg. Laut schrie er auf: »Was tun Sie da? Sind Sie wahnsinnig geworden? Die Armee wird Sie plattmachen! Ich und die paar Mann sind in dem Krieg, den Sie hier anzetteln, keine ernstzunehmenden Geiseln. Die werden uns hier alle in die Luft jagen!«

»Hatten nicht Sie erwähnt, dass eine Attacke auf russisches Territorium ziemlich heikel wäre? Glauben Sie mir, Geiseln brauchen wir keine mehr.« Wieder folgte eine Pause, in der Wolf die unwirkliche Situation zu begreifen versuchte. »Betrachten Sie sich nicht als Geisel, Wolf«, führte Doris weiter aus. »Verstehen Sie sich doch mehr als Draht zum Feind, als unser rotes Telefon. Sie haben uns gefunden – damit hatten wir natürlich nach dieser Attacke gerechnet. Wir bereiten uns auf diese Inspektion seit Jahren vor.«

»Das ist keine Inspektion! Das ist Kidnapping und Erpressung mit Regierungsbeamten und Soldaten als Geiseln! Ein Kriegsakt!« Wolfs Beine fingen an zu zittern. Die Szenerie und die vorgehaltene Waffe drangen ihm durch Mark und Bein.

»Wir haben Forderungen, aber wir sind gesprächsbereit. Lassen Sie uns mit dem Rat und den Regierungen verhandeln und einen Deal machen!« Doris hatte mittlerweile ihren freundlichen Gesichtsausdruck zurückgewonnen.

Wolf schien nicht mehr in der Lage zu antworten. Und so war es Ruben, der das Schweigen brach: »Kommen Sie, Wolf: Lassen Sie uns jetzt nach Ihren Leuten sehen. Leider ist unsere Operation nicht ohne Schaden verlaufen.«

George Bangron fühlte sich in seine Kindheit zurückversetzt. Dieser eine Schultag. Er musste acht oder neun Jahre alt gewesen sein. Damals schrieb er einen wichtigen Test in der Schule, knobelte zu lange an der zweiten Frage und hatte für die restlichen Aufgaben zu wenig Zeit. In aller Hast und mit klopfendem Herzen hatte er bei den letzten Fragen noch zwei, drei Stichwörter ergänzt, bevor ihm der Lehrer die Blätter unter dem Stift weggezogen hatte.

Er hatte kaum noch Hoffnung auf eine genügende Note – ihm drohte ein Pracht Prügel vom Vater. Es hatte damals dann doch knapp gereicht und er hatte eine Drei bekommen. Ein gutes Omen.

Er legte die Aufzeichnungen und Unterlagen über Ayshe Sadi zur Seite. Bewegungsprofile, Metadaten, Kontakte, psychologische Einschätzungen, Eigentumsverhältnisse, Schulnoten und so vieles mehr. Irgendwo in diesem vor ihm ausgebreiteten Leben lag die Nadel im Heuhaufen. Auf irgendeine Weise musste sie ihre Organisation doch verraten haben. Oder war es etwa das große Ganze? War Ayshe Sadi nur ein kleiner Teil einer noch viel größeren Verschwörung? Wie sollte er in der kurzen Zeit in diesem Wirrwarr ein Bild erkennen?

»Sir. Die Gäste sind eingetroffen«, meldete sich ein Sicherheitsangestellter, der soeben eingetreten war.

»Danke. Ich komme gleich«, antwortete George und verließ den provisorisch für ihn eingerichteten Container.

Er konnte sich kein klares Bild machen. Wo sollte er anknüpfen? Was war wirklich von Belang? Indizien für verschiedene Verbindungen von Ayshe zu verdächtigen Personen und Organisationen gab es zwar genug, schließlich waren die Mitglieder des Rats des Konsortiums die wohl vernetztesten Menschen der Welt mit Beziehungen in alle Ecken der Welt. Aber dieser eine entscheidende Hinweis, der ihre Verbündeten verriet, den hatte er noch nicht gefunden.

Einige Auffälligkeiten hatten während des Aktenstudiums durchaus sein Augenmerk erregt. So war Ayshe beispielsweise mehrmals in der verdächtigen Anlage in Sibirien, die Wolf aktuell inspizierte, zu Besuch gewesen. Eigentlich nichts Ungewöhnliches, denn Ratsmitglieder besuchten öfters innovative Forschungs- und Wirtschaftsanlagen innerhalb ihrer Verantwortungsbereiche.

Trotzdem: Ayshe war in den letzten Jahren auffällig oft dort gewesen und Telefondaten zeigten, dass sie öfters Kontakt mit jemandem dort gehabt hatte. Sehr verdächtig. Er würde später mit Wolf sprechen müssen. Na ja, nach der Nummer, die er gerade mit Kruger und der US-Präsidentin geplant hatte, war das sowieso unvermeidlich.

»Bald werden wir alles wissen«, beruhigte er seine sich sträubenden Nerven und betrat den Hangar des Flughafens, in dem gleich die Pressekonferenz stattfinden würde.

Er war müde. Doch an Schlaf war schon seit Tagen nicht zu denken – und das würde vorerst so bleiben. Er lief Fragen abwehrend durch die Pressemeute und verwies auf das gleich folgende Statement.

Die Nachrichten waren höchst beunruhigend. Börsen zerschellten. Devisen rund um den Globus verloren im Sturzflug an Wert. Niemand war mehr sicher, was das Geld auf seinem Konto, das Papier in seinem Portemonnaie oder die Verträge und Verpflichtungen, die das menschliche Leben so wunderbar strukturierten, in drei Tagen noch wert sein würden. Immobilien- und Goldpreise schossen durch die Decke und der Pöbel prügelte sich um die Erfüllung seiner Grundbedürfnisse. Wieder einmal. Panik herrschte in so manchem Land. Rund um den Globus gab es Stromausfälle, Lynchjagden, Aufstände – beantwortet durch gnadenlose Härte des Staates und dessen Polizei- und Militärtruppen. Die Herrschaft vieler Regierungen und Despoten, deren Macht ausschließlich aus der Fähigkeit bestand, genug skrupellose Schläger mit Löhnen auszustatten, zerbröselte in so mancher Region im Rekordtempo. Noch nie waren innerhalb weniger Tage so viele neue Staaten und einseitige Autonomien ausgerufen worden.

Aber diese Hirngespinste würden nicht lange halten, da war George sich sicher. Er und seine Verbündeten hatten das System schon oft zu ihren Gunsten gedreht – und so würde es auch jetzt wieder sein.

»Wir müssen aufhören zu reagieren. Agieren! Agieren! Agieren!«, dachte er grimmig.

Noch ärgerlicher als die Nachrichten über die Unruhen waren die Berichte über die App-Downloads des Anonymous Coins. Ein Hype hatte sich breitgemacht, Menschen schickten sich massenweise und hektisch Installationslinks zu aus Angst, die erste und höchste Gratis-Geldauszahlung aller Zeiten zu verpassen. Verbote und Kontrollen hinderten niemand daran, am erhofften Geldrausch teilhaben zu wollen.

Journalisten und staatliche Institutionen waren die einzigen Lichtblicke. Sie vertraten stramm die Ansicht, dass das aktuelle Geldsystem sicher sei und dass es sich hier um einen gefährlichen, illegalen Anschlag von kriminellen Terroristen handelte, deren Ziel es einzig war, brave Bürger um ihr Geld zu bringen und sie in Angst und Schrecken zu versetzen. Soul-Young und seine digitalen Beeinflusser wiederholten gebetsmühlenartig ihre Wordings, Frames und Slogans. Doch die direkte Kommunikation zwischen den Menschen bekamen sie einfach nicht in den Griff. Die App verbreitete sich wie ein Lauffeuer um die Welt.

»Die erste Auszahlung darf niemals geschehen, sonst ist alles verloren«, dachte George und blickte zurück in die wartenden Kameras, gespannten Münder und eingeschalteten Mikrofone der Pressemeute.

Er betrat das Podium. Dort standen bereits einige seiner Kollegen – allesamt Menschen mit großer Macht. Aufgereiht, um geschlossen die Bevölkerung zu besänftigen und zu beruhigen. Alle machten sie ein ernstes, doch entschlossenes Gesicht.

Chloé Pennington, die durchsetzungsfähige und mächtige US-Präsidentin im blauen Blazer, stach heraus. Dazu die vier weiteren anwesenden Vertreter des Rats des Konsortiums: Sam Kruger, Soul-Young, George und …

… Ayshe Sadi.

George hatte neben Soul-Young auch Ayshe in die Konferenz gebeten. Ihre Enttarnung hatte er mit keinem Wort erwähnt.

»Du Ratte! Jetzt bekommst du, was du verdienst! Alle bekommen, was sie verdienen!«, dachte George grimmig, bevor er ein ernstes Gesicht aufsetzte und in das Mikrofon vor seinem Podium sprach: »Guten Abend und danke, dass Sie sich Zeit für uns nehmen. Es ist uns wichtig, die Bürgerinnen und Bürger unserer offenen Gesellschaften ehrlich über die Bedrohung, die über uns schwebt, zu informieren. Dementsprechend halten wir Sie transparent auf dem neuesten Stand der Ermittlungen und sind nach dieser Stellungnahme auch für Fragen da.« Nun machte sich Zuversicht auf seinem Gesicht breit. »Wir sind mit unseren Ermittlungen weitergekommen und den Terroristen auf der Spur. Ich

kann garantieren, dass wir deren Infrastruktur zerschlagen und die Etablierung dieses illegalen und verseuchten Geldsystems mit allen Mitteln verhindern werden. Wir können weiterhin mit gutem Recht behaupten: Niemand muss sich um den Wert seines Geldes und seines Besitzes Sorgen machen.« Er beugte sich leicht nach vorne und ließ seine Zähne blitzen. »Was uns hingegen sehr besorgt, sind die wahren Motive der Terroristen. Wir haben deutliche Hinweise, dass sie am Aktienmarkt gezielt mittels Optionen auf einen Einsturz der Wirtschaft gewettet haben. Natürlich verfolgen wir die Spuren dieser dunklen Kanäle und die Verantwortlichen werden in den Zellen landen, in die sie gehören. Aber das Wichtigste ist: Mit jedem Anflug von Panik unterstützen wir die Terroristen, die den Menschen schaden wollen. Behalten Sie einen kühlen Kopf, leben Sie Ihr Leben normal weiter und unterlassen Sie in jedem Fall jeglichen Kontakt mit der Schadsoftware, die von den Terroristen verbreitet wird.« George legte die Stirn in Falten. »Leider sind diese bösartigen Menschen mit dem bisher angerichteten Schaden lange nicht zufrieden. Sie streuen Unruhe auf den Straßen, kooperieren mit Tyrannen, Diktatoren und Kriminellen, um euch hart arbeitende Menschen um eure Ersparnisse und Besitztümer zu bringen. Sie wollen die Welt ins Chaos stürzen. Sie schrecken vor nichts zurück!«

George spürte, wie Ayshe Sadi ihn von der Seite anblickte. *»Ja, da schaust du, was?«*, dachte er.

»Wir haben leider höchst glaubwürdige Informationen, dass diese Terroristen gezielte, gewalttätige Attentate planen. Wir müssen demzufolge in gewissen Regionen eine Art dynamisches Kriegsrecht verhängen – natürlich immer in Absprache mit den lokalen Behörden. Zivile Opfer werden mit größter Vehemenz vermieden, doch diese Kriminellen müssen zur Strecke gebracht werden.«

»Wir stehen nun für Fragen zur Verfügung«, ergänzte Kruger Georges Ausführungen.

»Nun kommt sicherlich die Frage, wo mit Einsätzen gerechnet werden muss«, dachte George.

Doch eine Journalistin stand auf und erhielt von einem eifrigen Praktikanten das Mikrofon. Sie rief der Bühne zu: »Was sagen sie zu den Aussagen von Professor Drexler?«

»Walter Drexler? Was ist mit dem?«, fragte George zurück.

»Kurz bevor Sie hier auf die Bühne gekommen sind, hat er ein Statement veröffentlicht, dass der Anonymous Coin nicht mehr aufzuhalten sei und wir mit einer Umwälzung des gesamten Geldsystems rechnen müssen. Seitdem ist der Kurs des Dow Jones erneut um dreißig Prozent eingebrochen.«

»Verdammt! Jetzt laufen wir denen schon wieder hinterher«, dachte George und setzte zu einer Antwort an. »Ich habe sein Statement noch nicht im Detail gehört, aber ich bin überzeugt, dass Walter falsch verstanden wurde, wenn man glaubt, dass …« Doch den Rest des Satzes sprach er nicht mehr.

Denn in dem Moment erhebt sich ein Mann in der ersten Reihe und macht vier schnelle Schritte auf das Podium zu.

Er zieht eine Pistole.

Und die Hölle bricht aus.

Auf Wolfs Rücken war die ganze Zeit eine Waffe gerichtet. Als er mit seinen Entführern erneut durch die Anlage in Sibirien lief, sah er dieses Gebäude mit anderen Augen. Es war ein Bunker. Eine paramilitärische Festung, die enorm tief in die Erde reichte. Und sie war unterirdisch deutlich größer als an der Oberfläche. Ihre wahre Ausdehnung konnte er nicht abschätzen.

Sie gingen steinige Treppen hinunter, durch enge, dunkle Tunnel und passierten eiserne Tore, die allesamt mit elektronischen Schlössern zugesperrt waren. Sie trafen auf unerwartet viele Menschen. Sicherheitsleute – erkennbar an den zusammengezogenen Mundwinkeln und dem schnellen Gang –, Ingenieure und IT-Spezialisten mit Klemmbrettern und mobilen Computern liefen an ihnen vorbei. Männer und Frauen. Jung und erfahren. Auffallend diverse Truppe, diese Besatzung.

Wolfs Entourage war in einer großen Halle bis auf die Unterhosen entkleidet und einzeln in kleine Gefängniszellen mit eingebautem Klo, Bett und Wasserhahn gesperrt worden. Viele sahen verletzt aus.

Wolf ging davon aus, dass die Besatzung jedes Helikopters direkt nach der Landung in einen Hinterhalt gelockt worden war. Wahrscheinlich waren sie eingekesselt und überwältigt worden. Einer nach dem anderen. In dieser unbekannten, unendlich scheinenden Anlage waren sie wohl chancenlos geblieben.

»Und ich Idiot habe dieser Doris alles erzählt, was wir bereits über sie wussten. Ich dachte, ich verhöre sie, dabei

war es genau umgekehrt«, dachte Wolf verärgert.

»Leider sind zwei Ihrer Sicherheitsmänner tot«, bekannte Ruben. »Auf unserer Seite hat es ebenfalls eine Person erwischt.«

Ruben öffnete eine Tür im hinteren Teil der Halle und betrat eine gekühlte Zelle mit weiß-blauer Neon-Beleuchtung. Dort zeigte Ruben Wolf die Toten, die auf Kunststoffliegen aufbewahrt wurden. Dahinter war ein Heer weiterer Totenbetten aufgereiht. Sterben schien hier Teil der Jobbeschreibung zu sein. Berufsrisiko sozusagen.

Wolf sah und roch die anstehende Verwesung der Leichen. Süßlich-faulig. Er lief hastig aus der Kühlkammer, hustete und musste sich übergeben.

»Die beiden Toten waren US-Marines!«, schrie er, nachdem er sich etwas gefangen hatte. »Ihr habt sie ermordet!«

»Es tut mir leid um Ihre Männer. Sie wollten nicht aufgeben, obwohl ihre Lage aussichtslos war. Sie starben als Helden«, antwortete Ruben mit gesenktem Kopf.

Wolf war außer sich. »Die werden uns dem Erdboden gleichmachen!«, rief er. Doch niemand schien ihn zu hören. Wolf versuchte, seinen Geiselnehmern klarzumachen, dass dies ihre letzte Chance war, bevor die Sache komplett eskalieren würde.

»Gehen wir zusammen fernsehen. Ein gemeinsamer Freund hat etwas zu verkünden«, war alles, was seine Entführerin lapidar auf sein Flehen antwortete.

»Fast schon aufmunternd«, dachte er voller Fatalismus. Doch was blieb ihm anderes übrig?

Sie machten sich auf den Weg in ein Besprechungszimmer, flankiert von zwei weiteren bewaffneten Sicherheitsmännern, die jeden von Wolfs Schritten mit Argusaugen beobachteten. Als sie ankamen, wurde Wolf gebeten, sich in einen Sessel zu setzen, und Ruben schaltete zwei längliche Bildschirme am Ende des Raums an.

»In einer Viertelstunde möchte Ihr Freund George ja zur Öffentlichkeit sprechen. Was er wohl zu berichten hat?«, fragte Doris.

»Ich bin gespannt, ob er schon auf uns gekommen ist«, antwortete Ruben und Wolf glaubte, ein Lächeln auszumachen.

Sahen die denn den Ernst der Lage nicht?

»Doch bevor George die nächste große Show abzieht, wollen wir doch mal schauen, was ein gemeinsamer Freund von uns so zu der aktuellen Situation meint«, sagte Doris und steuerte einen Nachrichtenkanal an. Auf einem der Bildschirme erschien Walter Drexler, den Wolf erst vor wenigen Tagen besucht hatte. Er wurde live interviewt.

Die Journalistin, der Drexler sein Interview gab, hatte ihn gerade gefragt, ob es möglich sei, dass der Anonymous Coin ein akzeptiertes Zahlungsmittel werde.

»Das halte ich nicht nur für möglich. Das ist so gut wie sicher. Ich habe das System, das hinter diesem Anonymous Coin steht, genauestens untersucht und durchleuchtet. Ich bin überzeugt, dass seine bisherige Verbreitung bereits ausreicht, damit er absolut sicher und stabil funktionieren wird. Wir müssen uns darauf einstellen, dass wir in zwei Tagen in einem völlig neuen Wirtschaftssystem leben werden.«

Wolf traute seinen Augen und Ohren nicht.

Auf das perplexe Schweigen der Interviewerin reagierte Drexler mit weiteren Ausführungen. »Die einzige Frage, die sich stellt, ist, wie die Leute dieses neue Geld akzeptieren und wofür sie es einsetzen werden. Ich halte es jedenfalls eher für einen Segen als für einen Fluch.«

»Was redet der da?«, fragte sich Wolf entsetzt. Bisher hatten sich alle offiziellen Stellen und Medien diszipliniert an die offizielle Linie gehalten. Sollte nun wirklich der renommierteste Experte der modernen Finanztechnologie als erster ausscheren? Georges ehemaliger Partner?

»Wenn die erste Zahlung in zwei Tagen erfolgt ist, hat sich dieses Projekt durchgesetzt. Der Anonymous Coin hat sich dann als die sicherste aktuelle Technologie bewiesen und wird von niemandem mehr zerstört werden können.«

»Uuuund .... ab jetzt hat er recht!«, hörte Wolf Ruben neben sich rufen und bemerkte plötzlich, dass er als Einziger auf Drexler sah. Alle anderen betrachteten den zweiten Fernseher, auf dem sich eine rote Linie dynamisch nach oben bewegte.

»Wir haben es geschafft!«, rief Doris laut aus.

»Was ist los?«, fragte Wolf.

Doris antwortete ihm: »Ihr habt ja sicherlich schon herausgefunden, dass der Anonymous Coin nicht zentral gesteuert wird, sondern sich dezentral über die App-Installationen selber verwaltet und sichert: Distributed Ledger, wie die Banker sagen. Unser Geld wird umso sicherer, je mehr Downloads es gibt.«

»Und jetzt habt ihr ...?«

»Drexlers Aussagen hatten sofort Einfluss auf die Downloads. Jetzt haben wir den Kipppunkt erreicht.

Seit der Ausstrahlung gab es noch mal ein Plus von über zweihundert Prozent! Die Programm-Installationen haben die kritische Grenze überschritten. Die Auszahlungen geschehen nun ohne unser Zutun«, erklärte Ruben.

»Wir können die Auszahlungen gar nicht mehr verhindern?«, fragte Wolf schockiert.

»Das konntet ihr nie. Das System ist zu gut«, entgegnete Ruben.

»Es ist perfekt«, ergänzte Doris.

Schweigen breitete sich über dem Raum aus, während die Gruppe weiterhin den Ausführungen von Walter Drexler lauschte, der über den Anonymous Coin als große Chance und fortschrittlichste Technologie sprach.

»Der ist komplett wahnsinnig geworden!« Wolf war entsetzt. Doch er war sich nicht mehr sicher, ob nicht er selbst dem Wahn erlegen war – so unreal wirkte die Szenerie.

»Oh, jetzt kommt die Stellungnahme von Bangron!«, meinte Ruben nach einem kurzen Werbespot, der auf Drexlers Ausführungen folgte.

Gespannt lauschten sie den Worten der Pressekonferenz.

Wolf war froh, jemanden zu hören, der nicht dem Wahnsinn anheimgefallen war.

»Jetzt bin ich gespannt, was er zu Drexler meint«, sagte Ruben, als eine Reporterin George nach seiner Stellungnahme genau das gefragt hatte.

George setzte zu einer Antwort an. Doch gerade, als er zu stammeln begann, erhob sich in der vordersten Reihe ein Mann in einem Kapuzenpullover.

Schüsse fielen. Blut spritzte. Sicherheitsleute stürzen herbei.

Wolf konnte nicht glauben, was er durch den Fernseher sah. Soul-Young war von einer Kugel ins Auge getroffen worden und stürzte vor der versammelten Weltpresse rücklings zu Boden. Und auch Ayshe Sadi hatte es erwischt. Sie war in sich zusammengefallen, als ein Geschoss ihren Bauch getroffen hatte. Doch in Sekundenbruchteilen war kaum noch etwas erkennbar, ein Pulk von Sicherheitsleuten versperrte das Bild. Die Übertragung brach ab.

»Was ist geschehen?«, fragte Wolf schockiert.

Er war vollends verwirrt. Er hatte natürlich bemerkt, dass dieser Organisation alles zuzutrauen war, aber die Ermordung einiger der einflussreichsten Menschen vor den Augen der Weltöffentlichkeit? Er blickte zur Seite und sah neben sich Doris aufstehen.

Sie war kreidebleich, zitterte heftig und stammelte: »Oh mein Gott!«

»Was …?«, fragte Wolf, doch er wurde von Doris unterbrochen, die schreiend vor den Fernseher stürmte und niederkniete.

»Oh mein Gott! Sie haben sie!«, flüsterte sie.

»Wer hat wen?«, fragte Wolf entgeistert.

Sie drehte sich um und stapfte auf ihn zu. Wolf sah, wie ihr plötzlicher Schweiß aus den Poren floss und wie sie ihn mit geweiteten Pupillen offensichtlich unter Schock anstarrte. »Du! Du wirst mir helfen!«, flüsterte sie finster.

4. DEZEMBER 2019

Die Nacht von Amsterdam

Professor Walter Drexler saß vor dem Kaminfeuer seiner Wohnung in einem Vorort von Amsterdam und trank schwarzen Kaffee. Er liebte dieses geräumige Häuschen mit seiner hölzernen Ausstattung, den braunen Fensterläden und der kleinen Vortreppe. Typisch holländischer Vorort.

Morgen ging es nach New York zu den finalen Verhandlungen mit dem Geldsack George Bangron. Wenn alles gutging, erwartete ihn ab dann ein neues Leben – und das innerhalb einer Woche.

Gemeinsam planten sie, einen aggressiven Konzern mit unglaublich viel Geld aus dem Boden zu stampfen, um die entscheidenden Industrien der Weltwirtschaft zu dominieren – das ABCDE der Großindustrie: Agrarindustrie, Banken und Finanzen, Chemie und Pharma, Defense sowie der Energie- und Mobilitätssektor. Diese ökonomischen Sektoren lagen in ihrem Fadenkreuz.

George Bangron glaubte, dass er des Geldes wegen mit an Bord war. Doch Geld hatte Walter Drexler selbst genug. Ihm ging es vielmehr um Georges Netzwerk, denn der saß an den Schalthebeln der Macht. Und das war auch der Ort, zu dem auch Walter hinwollte: ins Zentrum des sich immer mehr konzentrierenden Kapitals.

Bangron Industries sollte das perfekte Trojanische Pferd werden und mit internationalen Kontakten rund um den Globus tief in Staat und Gesellschaft eindringen. Und das alles nicht, um noch mehr Geld zu scheffeln, sondern um Walters ungewöhnlichen Traum wahr werden zu lassen.

Mit George Bangrons Hilfe wollte Walter einen strahlenden Koloss aufbauen, hinter dem sich eine mächtige Schattenorganisation verbergen würde. Die Propaganda der Tat 2.0: bereit, um im richtigen Moment zuzuschlagen.

Klar, eine Anschubfinanzierung von mehreren Hundert Millionen Dollar würde Walter opfern müssen, doch daraus würde sich eine Falle bauen lassen, der sich dieser gierige Raffzahn George Bangron nicht entziehen konnte und sich und seinesgleichen in den Abgrund treiben würde. Ein saftiges, vergiftetes Stück Rinderfilet direkt vor seiner Nase, sodass er gar nicht anders konnte, als zuzubeißen. Vor allem dann nicht, wenn Walter ihn seinen Namen auf dieses Ungetüm schreiben ließ. Walter Drexler hingegen interessierte sich nicht für seinen Namen auf Gebäuden. Er wollte Kontrolle, um Chaos zu schaffen. Und in diesem Chaos seinem großen Wunsch zu verwirklichen.

»Eine Armee aus Orientierungslosen«, dachte er finster. *»Eine Armee aus Anarchisten.«*

Er blickte sich in dem so geliebten Häuschen um und seufzte. Die jahrelange harte Arbeit, die vor ihm lag, flößte ihm deutlich mehr Respekt als Freude ein. Er würde nicht mehr viel Zeit hier verbringen können, sondern durch die Welt jetten, in Meetings sitzen und harte Verhandlungen mit Milliardären, Investoren, Behörden, Politikern und anderen dunklen Gestalten führen. Doch schließlich ging es um die Erfüllung seiner tiefsten Sehnsüchte. Um einen Vorsatz, den er schon als Kind, wenige Wochen nach dem Tod seines Vaters Marten, fest gefasst hatte.

Seine Familie – die Drexlers – waren eine angesehene niederländische Dynastie mit ellenlangem Stammbaum. Und Walters Vater Marten war das schwarze Schaf darin: widerständisch, hinterfragend, rebellierend.

Alles hatte kurz nach seinem siebzehnten Geburtstag begonnen. Marten hatte ein Interesse an der Familiensaga der Drexlers entwickelt. Er sah sich auf dem Dachboden seiner Eltern um und fand einen Schatz an Episoden aus der niederländischen Geschichte. Doch statt auf einen humanistisch-geprägten Stammbaum stieß er auf schockierende Zeugnisse. Menschenschinderei, Elend, Qual und Plage. Seit dem holländischen Aufbruch nach Ostindien hatten sich seine Ahnen über Jahrhunderte an der Skrupellosigkeit ihres Königreiches bedient.

Er fand Fotos, Berichte und Tagebücher, die seine Vorfahren als Sklavenhalter, Soldaten, Faschisten und Terrorfinanziers demaskierten. Der beachtliche Ruhm und Reichtum seiner Familie gründeten auf tiefen Verstrickungen in die dunkelsten Tage der niederländischen Kolonialgeschichte. Diese Einsicht veränderte Martens Leben für immer.

Zuerst kämpfte er lange mit sich. Vielleicht war die Realität ja weniger schlimm, als die Bilder und Berichte es vermuten ließen. Und wer wollte die ollen Kamellen schon wieder aufwärmen? Doch Martens Verdrängung war zu wenig stark ausgeprägt und an einem verhängnisvollen Ostermontag im Kreise der Familie traute sich Marten, die Eltern mit seinen Recherchen zu konfrontieren. Ein Streit epischen Ausmaßes war die Folge.

Als Marten dann sogar seinen eigenen Vater für dessen Verstrickungen in den indonesischen Unabhängigkeitskrieg beschuldigte – und dies mit alten Fotos belegte –, war das Tischtuch zwischen ihnen endgültig zerschnitten. Marten zog noch am selben Abend aus dem Anwesen.

Dass er Mutter und Vater nie wiedersehen würde, wusste er da noch nicht. Die nächsten zwei Nächte verbrachte er in einem Auto auf einem Amsterdamer Parkplatz. Es war kalt und er spielte mit dem Gedanken zurückzukehren und künftig den Mantel des Schweigens über seine Entdeckungen zu hüllen.

Doch es kam anders. Denn magische Zeiten zogen auf für verlorene junge Leute wie ihn. Marten lernte andere rebellische Jugendliche kennen und schloss sich der Provo-Bewegung an; eine anarchische Protestbewegung, die mit gewaltlosen Aktionen die Polizei provozierte und zu Überreaktionen verleiten wollte. Stinkbomben auf heiratende Prinzessinnen, Drogenkonsum direkt vor der Polizei, das Brechen jeglicher Fünfzigerjahre-Muff-Konvention; genau das Richtige für einen jungen Menschen auf der Suche nach Sinn.

Wenig später brach das Jahr 1969 an. Der Spirit des Widerstands, den Marten in den letzten Jahren tief eingeatmet hatte, schien unaufhaltsam das Wesen einer ganzen Generation zu vereinnahmen: Proteste, Rebellion und gesellschaftlicher Aufbruch waren die Folge. Der Glaube an eine Zukunft in Freiheit und Gerechtigkeit bewegte die Menschen rund um den Globus.

In der Nacht des vierten April 1969 geschahen jedoch zwei verhängnisvolle Dinge. Martin Luther King wurde ermordet und Marten Drexler schwängerte eine eigentlich kurzzeitig angedachte Liebschaft. Neun Monate später kam Walter zur Welt. In der Folge wuchs Walter Drexler in einer Amsterdamer Kommune auf – eine Kindheit in Freiheit und in Opposition zu jeglicher Autorität und Herrschaft. Sein Vater und seine Mutter waren zwar kein Paar, doch sie lebten gemeinsam mit den anderen Kommunenmitgliedern in einem großen, verfallenen Anwesen außerhalb Amsterdams. Freie Liebe, antiautoritäres Leben, ein kreatives Umfeld: Walters erste Jahre prägten ihn und festigten ein mehr als ungewöhnliches Wertekonzept in ihm.

Doch als Walter gerade zehn geworden war, brach eine Katastrophe über seine ungewöhnliche Familie herein. Bei Marten wurde Leukämie diagnostiziert. Nach der Diagnose lebte er noch zwei Wochen. Dann starb er in einem Spitalbett. Walters Mutter zerbrach am Verlust und der ihr aufgebürdeten alleinigen Verantwortung für Walter und verfiel den Verlockungen starker Schmerzmittel und der daraus entstehenden Vernebelung des Geistes.

Als Walter über Wochen nicht mehr zur Schule gegangen war, schritt das Jugendamt ein und entzog der Mutter das Sorgerecht. Walter wuchs fortan bei seinen

Großeltern – Martens Eltern – auf, die er zuvor nie kennengelernt hatte.

Schnell wurde ihm klargemacht, dass hier ein anderer Wind wehte: Disziplin, Fleiß und Standhaftigkeit waren gefordert.

Morgens musste Walter neben dem frisch gemachten Bett gewaschen und angezogen warten, bis sein Äußeres inspiziert wurde. Fehlende Tischmanieren wurden mit Schlägen taxiert. Widerworte, schlechte Noten oder mangelndes adrettes Auftreten zogen harte Strafen nach sich. Besonders hasste er es, das umfangreiche Silberbesteck zu polieren oder den Küchenboden zu bohnern.

Doch ein solch junger Bursche wie Walter konnte sich da nicht wehren und er lernte, ohne Murren zu gehorchen. Die Wut zu unterdrücken, damit er sie später umso stärker wieder hervorholen konnte.

Durch die aufgezwungene Disziplin wurde er zum Musterschüler. Jahrgangssprecher. Studium an der Universiteit van Amsterdam. Professor für Mathematik, Wahrscheinlichkeitsrechnung mit Spezialgebiet Finanzen. Ein hoch angesehener, reicher Mann mit Hang zu gutem Kaffee, Philosophie und Spieletheorie.

Doch Walters tiefste Persönlichkeit hatte die prägenden Prinzipien der Anarchie bereits während seiner Kindheit zu sehr verinnerlicht, als dass der Reichtum sie verdrängen konnte. Sie und die Wut auf eine verlorene Familie und Kindheit brodelten im Untergrund von Walters Seele zu einem explosiven Gemisch heran. Parallel zum steigenden gesellschaftlichen Erfolg wurde aus einer Affinität zum herrschaftslosen Leben eine Leidenschaft – und daraus entstand eine Obsession.

Dann – als knapp Dreißigjähriger – begann er die große Literatur der Anarchie zu lesen. Er verschlang alles von Bakunin, Chomsky, Camus und Hannah Arendt. Überall las er dasselbe raus.

Widerstand gegen alle Autoritäten!

Die Forderung nach einer besseren Ordnung ohne Herrschaft!

Niemand hat das Recht zu gehorchen! Glaube an eine gerechtere Welt!

Parolen, die ihm eine Gänsehaut bereiteten. Je mehr er sich mit der Idee auseinandersetzte, desto mehr wollte er dem Anarchismus nach Jahrhunderten der Diffamierung wieder Leben einhauchen. Und vor allem wollte er die letzte Hürde des Menschen auf dem Weg in eine bessere Zukunft zerstören: die Herrschaft. Die Elite.

Walter wurde im Geheimen aktiv. Er rief ein untergegangenes anarchistisches Konzept einer vergangenen Zeit zurück ins Leben: die Propaganda der Tat. Durch seinen Enthusiasmus fand er Gleichgesinnte. Sie trafen sich zu geheimen Versammlungen rund um den Planeten, planten Karrieren und Verschwörungen in Hinterzimmern und in geheimen Telefonaten.

Walter formte einen geheimen Kult, dessen Einfluss bis in die Politik, die Wirtschaft und in die Medien reichte. Es entstand eine Sekte voller Gefolgsleute. Ein verschworener Haufen aus Kriegern, Demagogen und Überzeugungstätern: verlorene Seelen, die sich am Feuer einer veralteten, aber reizvollen Vision wärmten. Er vernetzte die weltweit verstrickte Untergrundszene der

Anarchisten über die Jahre hinweg zu einer schlagkräftigen Truppe, deren Ziel es war, die Unterdrückung aus dem Verborgenen zu bekämpfen.

Die Propaganda der Tat brachte Schurken zu Fall, die in Menschenhandel und korrupte Politik verwickelt waren. Sie sorgten für die Verhaftung von Warlords und Militärs oder brachten sie kurzerhand ums Eck. Sie organisierten Krawalle gegen unliebsame Regierungen. Ein Unfall hier, ein Überfall dort, den richtige Staatsanwalt oder das Gang-Mitglied zur rechten Zeit geschmiert … So schlugen sie sich heimlich durch die Weltgeschichte. Die Taten der Propaganda der Tat kamen groß in den Nachrichten, ohne dass das Wirken der Gruppe für die Öffentlichkeit sichtbar wurde.

Eingeschränkt wurden ihre Möglichkeiten vor allem durch fehlende finanzielle Mittel. Daran hatte auch Walter mit all seinem Eifer und Brillanz nichts ändern können.

Doch nun? Nun hatte sich alles geändert! Sie hatten Milliarden! Auch ohne George Bangron.

Zu verdanken hatte Walter den plötzlichen Reichtum zwei Frauen: Intisar und Carmen. Die eine – Intisar – war seit Jahren Teil seiner Organisation gewesen. Hochintelligent, störrisch bis ins Mark und ausgestattet mit dem Talent, andere zu ihren Gunsten zu manipulieren. Eine Quantenphysikerin mit Erfahrung in Engineering. Und sie hatte am CERN gearbeitet: Champions League in Sachen Wissenschaft und Forschung, und war damit natürlich ein Traum für jede Untergrundarmee.

Intisar hatte früh erfahren müssen, dass Herrschaft nur durch Leid, Unterdrückung, Gewalt und Tod entstand – eine Erfahrung, die ihr ganzes Dasein prägte. Sie war zu einer Kriegerin geworden, jederzeit bereit, ihr Leben zu opfern. Die radikalste Anarchistin, die Walter je getroffen hatte, und er kannte wahrlich eine Menge von ihnen. So war Walter nach Intisars Eintritt bei der Propaganda der Tat schnell auf sie aufmerksam geworden und setzte große Hoffnungen auf sie. Doch kaum hatten sie diese verlorene Seele rekrutiert, war sie sogleich wieder hinter Gittern verschwunden, nachdem das FBI sie beim Entwickeln strategischer Sprengsätze erwischt hatte. Sie hatte zu viel auf einmal gewollt. Klassischer Anfängerfehler. Ein Kollateralschaden, mit dem leider immer zu rechnen war, wenn auch sehr ärgerlich. Zum Glück hielten die Verhafteten in der Regel dicht, es befragte sie ja auch niemand zu einer anarchistischen Terrororganisation.

Walter hatte bereits keinen Gedanken mehr an Intisar verschwendet, als er von ihr plötzlich eine Nachricht bekam, die alles veränderte: eine Nachricht darüber, dass hinter den Gefängnismauern, die sie festhielten, ein riesiger Goldschatz schlummerte. Intisars Liebhaberin war die Erfinderin des Bitcoins! Satoshi Nakamoto! Und zu alledem hatte Intisar offenbar Zugriff auf Satoshis sagenumwobenes Bitcoin-Vermögen.

Als Mathematik-Professor hatte sich Walter schon früh für die Technologie hinter Kryptowährungen interessiert: die Blockchain. Diese Einfachheit! Diese Sicherheit! Diese Unabhängigkeit! Schlicht faszinierend. Hinter dieser Erfindung musste ein genialer Kopf stecken.

Trotzdem war Walter von der schnellen Entwicklung überrascht, die Kryptowährungen in den letzten Jahren genommen hatten. Der Wert des Bitcoins war immer weiter gestiegen, hatte sich vom kleinen Dankeschön zwischen Geeks zum Investitionsobjekt institutioneller Anleger entwickelt. Die Bullenralley hatte begonnen – inklusive Blase, deren Platzen und der obligatorischen anschließender Erholung.

Doch die Identität hinter dem Erfinder der ersten Internetwährung blieb mysteriös. Während das Internet an einen genialen Unbekannten glaubte, hatte Walter eher eine mächtige Organisation am Werk vermutet, die aus dem Hintergrund agierte. FBI? CIA? NSA? Ein anderer Geheimdienst? Eine Regierung? Ein superreicher einsamer Wolf? Doch außer Spekulationen war nichts zu erfahren gewesen.

Dann war Intisars Nachricht gekommen, die alles veränderte. Als Walter davon erfahren hatte, beschloss er, persönlich einzugreifen. Er holte Intisar eigenhändig mit Bestechung und einer haarsträubenden Befreiungsaktion, die sie beide fast das Leben gekostet hätte, aus dem Gefängnis raus. Doch es hatte sich gelohnt. Intisar hatte tatsächlich Zugriff auf einen Schatz ungeahnten Ausmaßes.

Doch dann war sie zickig geworden. »Das ist nicht unser Geld! Wir müssen Carmen auf unsere Seite ziehen! Wir brauchen sie!«, äffte Walter Intisars jahrelange Einwände in Gedanken nach.

Carmen war der Grund, wieso sie erst jetzt so richtig loslegten. Das Warten hatte ihn zwar viel Zeit gekostet, doch im Nachhinein war es wahrscheinlich besser so. Denn er hatte einen durchdachten Plan konzipiert, der es in sich hatte. In den letzten Monaten hatten sie das Geld aus dem Bitcoin-Schatz breit angelegt und damit an ökonomischer Macht gewonnen. Klassischer Kapitalismus.

Mit der Gründung von Bangron Industries würden sie den nächsten großen Schritt gehen. Er – Walter – würde George Bangrons Partner werden, und zusammen würden sie eine mächtige Organisation aufbauen, basierend auf einer Blockchain, die die Welt erobern sollte.

Dass das alte Finanzsystem kollabieren würde, war ja absehbar. Die Wetten der Banken machten ein Vielfaches der globalen Realwirtschaft aus und ein kleiner Schubs würde viele Institute bald zum Einsturz bringen. Und das wär's dann mit dem Geld gewesen, wie die Menschheit es bis dahin kannte. Und dann? Wie würde das Geld in Zukunft aussehen?

Es war absehbar, dass sich die Blockchain nicht mehr aufhalten ließ. Die Frage war nur, wer dann eine herausragende Lösung anbieten konnte.

Die Chinesen hatten ihr Geld bereits in eine menschenlenkende Überwachungstechnologie verwandelt. Die »freie Welt« suchte derweil eine Alternative. Und hier würde sich Bangron Industries positionieren und das digitale Geld von morgen schaffen. An sich bereits ganz schön ambitioniert, doch Walters wahre Pläne reichten deutlich weiter. Er plante, das System nach dessen Umbau erneut – und dieses Mal final – zum Einsturz zu bringen und dabei selber zum größten Profiteur zu werden. Er würde unermesslich reich und damit so mächtig werden, dass er die Welt zu einem besseren Ort machen konnte. Eine Welt ohne Herrschaft und Unterdrückung. Eine Welt der heilsamen Anarchie.

Er würde Intisar, die eine Schlüsselposition in seinen Plänen innehielt, in der Organisation weit aufsteigen lassen, ihr und weiteren Agenten Schritt für Schritt die Kontrolle über wichtige Bereiche überlassen und so Bangron Industries eine versteckte Achillesferse wachsen lassen. Ein Trojanisches Pferd unter Walters Befehl.

Intisars Hass auf die Eliten war überwältigend, ihre Opferbereitschaft grenzenlos. Walter musste nur aufpassen, dass sie ihn nicht manipulierte – zuzutrauen war es ihr ohne Zweifel. Sie hatte es ja auch geschafft, Carmen ganz nach ihrem Willen zu formen. Scheinbar mühelos hatte sie sie zu einem Mitglied bei der Propaganda der Tat gemacht und von ihren Plänen überzeugt.

Inzwischen wollte Carmen also mitmachen und verlangte Mitsprache – schließlich werde das alles von »ihrem« Geld bezahlt. Walter hatte widerwillig zugestimmt. Mehr Mitsprache, weniger Kontrolle … Aber er sah schon ein, dass sie Carmen brauchten. Schließlich wollte Walter mit George Bangron das Finanzsystem der Zukunft bauen, die nächste Generation der Blockchain. Und wer war für dieses Vorhaben eine bessere Unterstützung als der leibhaftige Satoshi Nakamoto?

Die enge Zusammenarbeit zwischen ihnen dreien würde nun bald enden und sie würden sich nur noch in absoluten Notsituationen besprechen. Doch heute würden sie sich noch mal treffen und endlich diesen vermaledeiten Konflikt lösen, der unter der Oberfläche vor sich hin köchelte.

»Heute werden sie nachgeben«, murmelte Walter zu sich selbst.

Er stand auf, blickte ins Feuer und erinnerte sich an all die Mühen, die es ihn gekostet hatte, es hierhin zu schaffen.

»Ich darf nicht scheitern!«, dachte er.

Genau in dem Moment schellte es an der Haustüre. Die beiden Frauen trafen ein.

Es eskalierte schnell.

»Das kann nicht euer Ernst sein!«, schrie Walter.

Er hatte damit gerechnet, dass er sich wie immer mit dieser störrischen, radikalen Intisar herumschlagen musste. Aber nun war es ihre Gefährtin, die plötzlich die Führung beim Widersprechen übernommen hatte. »Wir müssen den Plan überarbeiten. Das Ganze läuft sonst komplett rot!« Carmen lief händeringend im Wohnzimmer auf und ab.

»Läuft rot«, dachte Walter und schüttelte den Kopf kaum merklich.

Dass mit Carmen etwas nicht stimmte, war ihm klar, seit er sie das erste Mal getroffen hatte. Sie sah Dinge einfach anders, dachte um merkwürdige Ecken. Er hatte sich lange gefragt, was dahintersteckte. Ihre merkwürdige Art zu sprechen und all die Lexika, die sein Großvater ihn gezwungen hatte zu lesen, brachten ihn schließlich auf die Lösung: Synästhesie. Betroffene verflechten eigentlich voneinander getrennte Sinneswahrnehmungen neurologisch miteinander. Sie koppelten Sinneseindrücke im Gehirn anders als die Mehrheit der Menschen. Lief deren

Hirn wie der gemütliche Verkehr auf einer Landstraße ab, starteten und landeten bei Carmen Chavez Flugzeuge im Ausmaß eines internationalen Drehkreuzes. Sie spürte Farbe, sie roch Schönheit und vor allem sah und hörte sie Zahlen – Fähigkeiten, wie sie Walter noch bei keinem Menschen zuvor erlebt hatte. Ein Gehirn der puren Rationalität. Ein Schatz. Aber natürlich nur, wenn man Kontrolle über sie ausübte. Und genau diese Kontrolle schien ihm gerade jetzt durch das bröckelnde soziale Gefüge zwischen ihnen zu entgleiten.

Carmen und Intisar waren ein Paar. Da war es nur naheliegend, dass sie sich gegen ihn verschworen. Das Gefühl hatte sich seit jenem verhängnisvollen Abend in London verstärkt. Er hatte die beiden Frauen auf der Parkbank zurückgelassen, und als sie am Abend zurückkehrten, waren sie nicht mehr zu trennen gewesen.

Er stand auf, packte Carmen aufgebracht an den Oberarmen und kam ganz nahe an ihr Gesicht heran, sodass seine Bartstoppeln sie fast berührten. »Wir bauen mthilfe eines mächtigen Mannes die Finanzinfrastruktur der Zukunft. Wir lassen die Mächtigen zu nahe an die Sonne fliegen und dann – Wumm!« Walter klatschte laut die Hände zusammen. »Großer Systemcrash!«

»Das riecht nach einer totalen Katastrophe!«

»Natürlich wird vieles zerstört. Jedoch wetten wir mit allem, was wir haben, gegen die Börse. Wir setzen auf fallende Vermögenswerte kurz vor deren Zusammenbruch und machen auf einen Schlag ein Vermögen wie noch niemand in der Geschichte zuvor! Wir schlagen sie mit ihren eigenen Waffen! Mit ihrer Gier!«

»Und dann? Was tun wir dann?«, fragte Carmen.

»Wir werden die reichsten Menschen der Erde sein – und damit auch die einflussreichsten. Wir werden die Welt zu einem besseren Ort machen.«

Carmen schüttelte den Kopf.

Walter drehte sich zu Intisar, die noch keine Regung gezeigt hatte. Doch er ahnte, dass sich die beiden Frauen vorab gegen ihn verbündet hatten. Solch eine Meuterei traute sich Carmen nicht alleine. »Sie hat recht, Walter«, antwortete Intisar leise. »Die Situation wäre nicht zu kontrollieren.«

Walter gab nur ein Murren von sich. Ihm stand die Enttäuschung ins Gesicht geschrieben.

Intisar trat auf ihn zu: »Du weißt, ich will die Häuser der Unterdrücker brennen sehen. Die Kriegstreiber! Die Menschenschinder! Sie alle verdienen ihre Strafe! Aber was ist mit den Staaten? Sie werden eingreifen! Sie werden uns finden und verhaften. Nur reich zu sein, wird uns nicht schützen. Wir müssen an den Kern des Problems.«

»Und was ist eure Alternative?«, fragte Walter zornig.

»Das wissen wir noch nicht«, antwortete Carmen.

Walter lachte laut auf. »Ihr kommt hierher, wollt unseren jahrelang geplanten Coup abblasen und habt keinen eigenen Plan?«

»Wir können nicht einfach einen großen Systemcrash auslösen und dann darauf hoffen, dass alles schon irgendwie zu unseren Gunsten laufen wird. Eine solche Krise kann Millionen Menschenleben kosten.«

»Eine neue Epoche in der Geschichte ist nicht ohne Opfer zu haben. Herrgott, wir verschwören uns hier gegen die mächtigsten Strukturen der Weltgeschichte! Wir haben eine Verpflichtung, die größer ist als einzelne Menschenleben.«

»Und wir entscheiden, welches Schicksal die Leute verdienen? Sollten sie ihr Glück oder Verderben nicht selber wählen?« Erneut ein Einwand von Intisar.

Walter drehte sich von den Frauen weg. Wie konnten diese widerborstigen Weiber es wagen, seinen Plan zu hinterfragen? Sie respektieren offensichtlich weder seine Leistung noch seinen Führungsanspruch! Er wollte der Menschheit eine neue Epoche schenken, ein besseres Leben! Und nun, da es ernst wurde, drohten seine Verbündeten zu kneifen.

Doch er war auf sie angewiesen. Denn es war ja ihr Geld, das sie benötigten – oder zumindest ihr gemeinsames. Walter sah nur eine Lösung: Er musste sie auseinanderbringen.

»Das ist alles dein Werk!«, knurrte er Intisar an. »Was willst du denn tun? Krieg, Verderben und Unrecht auf der Welt weiter tolerieren? Dann förderst du den Krieg! Du bist genauso eine Ideologin wie unsere Feinde!«

»Walter, es reicht!« Intisars Blick wurde noch ernster.

»Und du!« Walter zeigte auf Carmen. »Du bist dieser Frau komplett hörig! Wenn du wüsstest, was sie getan hat.«

»Walter!« Intisar griff nach Walters Arm.

»Wovon redet er, Intisar?«, fragte Carmen.

»Ihr Name ist Ayshe, verdammt noch mal! Ayshe Sadi! Haltet euch jetzt endlich an eure Decknamen.«

Carmen funkelte ihn an und sagte: »Ich bin es leid, wie eine Verbrecherin denken zu müssen!«

»Dann solltest du dich mal um dein Umfeld kümmern und deine Freundin fragen, welche Verbrechen sie vor dir verheimlicht.«

»Intisar, was meint er damit?« In Carmen erwachte eine diffuse Angst, als warnte ihr Unterbewusstsein sie vor der Antwort auf diese Frage.

Intisars warf einen flehenden Blick auf Walter, worauf dieser verstummte. Carmen spürte sofort, dass er sie mit einer Information in der Hand hatte. Was wusste er über sie, was Carmen auf keinen Fall erfahren durfte?

»Was verheimlicht ihr mir?«, fragte sie direkt.

Doch die beiden blieben stumm. Anscheinend hatte Walter beschlossen, es bei der Andeutung zu belassen.

»Entweder ihr sagt mir jetzt, wovon ihr redet, oder ihr könnt unsere letzte gemeinsame Nacht alleine verbringen. Intisar, wir haben es gesagt: keine Geheimnisse mehr! Und keine Lügen!« Sie hob warnend den Zeigefinger.

»Ich, ich …« Intisar stockte. »Ich verheimliche kein Verbrechen vor dir. Ich habe dir alles erzählt, was ich getan habe, Carmen.«

Doch diese wusste, dass sie log. Sie roch es an der bitteren Note ihrer Worte. »Mein Name ist nicht mehr Carmen. Schon vergessen? Tarnnamen. Wie echte Verbrecher.« Damit wandte sie sich von ihren Gefährten ab, nahm ihre Jacke und verschwand in die Amsterdamer Nacht.

Carmen stieg in die Straßenbahn Nummer 13 und fuhr zur Rosengracht im Zentrum Amsterdams. Sie wollte einfach weg. Weg von diesen Terroristen, diesen Dieben, dieser verkorksten Vergangenheit und ihrer emotionalen Abhängigkeit von Intisar.

»Jeff … ach, Jeff …«, dachte sie und wand sich im kratzigen Straßenbahnsitz. Wieder mal vermisste sie ihren Freund so sehr.

Es war kurz vor Mitternacht, als Carmen im Zentrum Amsterdams ausstieg und in das Nachleben der europäischen Metropole eintauchte. Sie fühlte sich aufgewühlt, müde – und vor allem hungrig. In einem asiatischen Take-away stellt sie sich an einen der Hochtische und aß eine dieser salzigen Reisnudelsuppen, die versprachen, jeden noch so beladenen Kopf freizubekommen.

Was sollte sie tun? Flüchten? Nein, dafür liebte sie Intisar zu sehr. Sich fügen? Nein, sie musste diese offensichtliche Lüge enttarnen. Irgendetwas verheimlichten die beiden vor ihr. Vielleicht hatte das ja noch Zeit … Zuerst mussten sie eine Alternative für Walters wahnsinnigen Plan finden. Für sie war klar, dass sie die Welt nicht in einen unkontrollierten Crash geleiten wollte, selbst wenn sie es könnten. Sie teilte den Wunsch, das System zu stürzen – hatte es sie doch bis zum Äußersten gequält. Aber doch nicht ohne Rücksicht auf Verluste …

Als sie aus dem Restaurant auf die dunklen Straßen Amsterdams trat, lag eine besondere Energie in der Luft.

»Dies ist eine ganz besondere Stadt«, dachte sie und streifte einige Zeit ohne besonderes Ziel durch die engen Gassen und entlang der malerischen Grachten.

Für jemanden, der Kentucky bis vor Kurzem noch nie verlassen hatte, war es ein Feuerwerk an Eindrücken:

Massen von Touristen aus aller Herren Länder passierten ihren Weg, aus den berüchtigten Coffeeshops zog süßlicher Marihuana-Duft auf die Straßen und Plätze und ließ die Stadt wie die Schultoiletten ihrer ehemaligen Highschool riechen. Sie lief sowohl an einem Sex- als auch an einem Foltermuseum vorbei und fand sich schließlich in einem Coffeeshop wieder. Carmen ging hinein und bestellte sich einen vorgerollten Joint. Gras hatte sie in ihrer Jugend öfters schon probiert und fand es immer ganz lustig.

Sie saß entspannt auf einem grünen Sessel mit goldfarbenen Nieten, rauchte fünf Züge und legte den Joint in den Aschenbecher vor sich.

»*Nicht übertreiben*«, dachte sie.

Nebenan saßen zwei Frauen, eine mit auffälligen Rastazöpfen, die andere mit roten Haaren. Sie unterhielten sich angeregt, lachten. Carmen grinste freundlich rüber.

»Na, alles gut bei dir?«, meinte die Frau mit den Rastas.

»Ja, klar. Ich habe nur über einiges nachzudenken.«

»Da bist du hier sicherlich nicht verkehrt«, sagte die andere und lachte.

Im Lokal lief außergewöhnlich guter Electroswing. Carmen lehnte sich zurück und genoss einen Moment des Friedens, eine Pause vom analytischen Denken, das sie stets begleitete. Sie fiel in einen meditativen Zustand, eine Phase zwischen Wachsein und Schlaf.

»Scheint mir nicht so zu klappen mit dem Nachdenken bei ihr«, flüsterte nach einigen Minuten eine der beiden Frauen der anderen belustigt zu.

Carmen öffnete die Augen und drehte ihren Kopf zu den beiden. »Vielleicht findet man den Durchblick erst in der Ruhe.«

»Ich kann beim Kiffen nicht den Durchblick bekommen. Ich verstehe nur besser, wie unwichtig die meisten Dinge eigentlich sind«, meinte die Rothaarige.

»Hm, das stimmt«, antwortete Carmen. »Es stehen nur gerade schwierige Entscheidungen an und ich weiß nicht, was ich nun tun soll.«

»Dann bist du hier falsch«, antwortete die rothaarige Frau. »Du solltest gleich über die Gracht und dann rechts in die nächste Gasse gehen.«

»Was ist denn da?«

»Das Land der Fliegenpilze«, antwortete sie und zog ihre Augenbrauen hoch. Carmen glaubte, einen osteuropäischen Akzent zu erkennen.

»Hm, ja. Vielleicht mache ich das noch«, meinte sie, doch sie hatte es eigentlich nicht vor.

Die Rothaarige stand auf und hockte sich vor Carmen hin. »Falls du wirklich auf der Suche nach Wahrheit bist, empfehle ich dir das!«, flüsterte sie und drückte Carmen eine Pille in die Hand. »Die rote Pille – auch wenn sie weiß ist.«

Carmen fand das übergriffig, doch so waren die Europäerinnen wohl. Und sie war froh um jeden entspannten Kontakt. Sie unterhielten sie noch eine Weile, woraufhin die beiden Frauen Hand in Hand den Coffeeshop verließen.

Carmen betrat die Toilette und betrachtete die kleine Pille in ihrer Hand. Sie wollte sie wegwerfen – eine

Anzeige wegen des Besitzes harter Drogen konnte sie gerade wahrlich nicht gebrauchen. Doch dann zögerte sie. Warum eigentlich nicht? Was hatte sie zu verlieren?

»Scheiß drauf! Heute ist Amsterdam!«, dachte sie und spülte die Tablette mit etwas Wasser hinunter.

Sie bezahlte ihre Rechnung und verließ den Coffeeshop. Nachdem sie einige Minuten durch die Gassen geschlendert war, wunderte sie sich darüber, dass sie kaum eine Wirkung spürte. Vielleicht war in der Pille nichts Wildes drin …

Was sie jedoch fühlte, war das Bedürfnis, sich zu bewegen, zu tanzen. Am nächsten Morgen würde sie überlegen, was zu tun sei, doch jetzt wollte sie diese Stadt wie ein ganz normaler Mensch ohne tausend Sorgen feiern. Während sie einen kleinen Club, aus dem laute Hip-Hop-Musik dröhnte, betrat, spürte sie plötzlich, wie ein Rausch sie übermannte und durchströmte. Freiheit!

Sie stellte sich an die Bar und bestellte ein Wasser – und was für eines! Die klare Flüssigkeit durchfloss ihren Rachen wie ein Sturzbach in der freien Natur. Unendlich und nährend. Sie spürte das Wasser deutlich in jedem Körperteil, in jeder Zelle. Heilung schien sie zu durchfließen und dann … ja, dann … verstand sie für einen Moment das Dahinter der menschlichen Existenz, sie hatte einen klareren Blick als je zuvor hinter den Vorhang des Seins. Sie spürte, was die Fäden der Realität bündelte und zusammenkommen ließ. Sie fühlte eine Scharfsichtigkeit, als ob ihre Seele zum ersten Mal eine Brille trug. Die ersten Mikroben, die das Leben auf diesem Planeten begründet hatten, das ewige Ein- und Ausatmen der Welt, die Verbindung mit allen anderen Menschen über einige, wenige Knotenpunkte – sie erkannte das Dasein auf der Erde als eins. Und sie erkannte die Zeit als das einzige Phänomen, das wirklich zählte. Sie sah, sie roch, sie schmeckte das Verrinnen des Lebens und das ewige Sein. Sie empfand es als Zumutung, dass ihre Sinne sie bisher beschränkt und von diesen Erkenntnissen ferngehalten hatten.

Dann betrat sie die Tanzfläche und bewegte sich im Takt der Musik. Sie tauchte ein, wurde selbst zur Musik und existierte nur noch als Schwingung. Sie flog in die Ohren der Menschen, verband als Rhythmus das Schlagen ihrer Herzen im Takt des Beats.

Wie viele Sekunden, Minuten, Stunden sie in diesem körperlosen Zustand wohl verbrachte? Sie wusste es nicht. Verschwitzt und schwer atmend kam sie wieder zur Besinnung, als sie hinter sich einen Körper spürte, der den Kontakt mit ihr zu suchen schien. Carmen wandte sich um und sah das lächelnde Gesicht der rothaarigen Osteuropäerin aus dem Coffeeshop. Zufall? Schicksal? In jedem Fall Freude.

»Na, so was!« Carmen lachte und fiel der Fremden um den Hals.

Sie tanzten zum Rhythmus der Nacht. Carmen flog auf einer Welle der Euphorie in zeitlosen Momenten durch den Kosmos. Als die Rothaarige – Carmen hatte inzwischen erfahren, dass sie Redzhayna hieß – sich langsam an Carmen anschmiegte, spürte sie eine große Lust, und so küssten sie sich noch auf der Tanzfläche.

Als die ersten Idioten rundum sie anfeuerten, nahm Redzhayna ihre Begleitung an der Hand und sie begaben sich in eine längliche Nische hinter dem DJ-Pult. Außer Atem saßen sie nahe beieinander und blickten in die geweiteten Pupillen der jeweils anderen.

»Bleiben wir kurz hier sitzen. Wir sollten etwas Wasser trinken«, schlug Redzhayna vor.

»Woher kommt eigentlich dein Name?«, fragte Carmen.

»Aus Russland. Dort bin ich geboren.«

»Oh, Amerika trifft Russland. Ich hoffe nur, dass du jetzt nicht auch noch eine Spionin bist. Ich hatte genug Räubergeschichten in letzter Zeit!« Carmen lachte.

»Ach was! Ich liebe Amerika. Filme, Cola, Freiheit – davon habe ich als Kind geträumt. Meine Eltern haben mich sogar nach einem amerikanischen Präsidenten benannt: aus Reagan wurde Redzhayna.«

»Was war das eigentlich, was du mir da gegeben hast?«, fragte Carmen.

»LSD. Tolle Wirkung, nicht? Noch mal zurück zu Amerika: Als sich die Sowjetunion auflöste, war ich noch ein junges Mädchen. Ich kann mich noch gut erinnern. Mir ist ein Stapel Lucky-Luke-Hefte in die Hände gefallen. Ich war wie besessen von ihnen. Schneller ziehen als sein Schatten! Wie verrückt ist das denn? Ich habe Stunden, Tage damit zugebracht, im Garten meine Spielpistole schneller als mein Schatten zu ziehen, aber …«

Der Redeschwall fiel vor Carmens Augen in sich zusammen. Das LSD wirkte jetzt auf eine ganz neue Art. Sie driftete ab, nahm nur noch Bruchstücke ihrer Umgebung wahr. Dann sah sie Lucky Luke vor einem Zaun stehen und seinen Schatten erschießen. Wenn er schneller als sein Schatten zieht, zieht er schneller als das Licht … All die Geschichten, die Intisar ihr über Physik erzählt hatte, verknüpften sich zu einer großen Idee … Schneller als das Licht sein … Aber nichts war schneller als das Licht… fast nichts …

Platsch! Ein Glas Wasser traf sie im Gesicht und riss sie aus dem Gedankenstrom.

»Carmen! Antworte! Bist du in Ordnung? Kannst du mich hören?«, hörte sie jemanden durch einen Schleier rufen. Redzhayna.

Sie öffnete die Augen. »Esel, Schifffahrt, Whisky, Glauben, Mond, Eiweiß, Stuhlbein, Kran, Bronze, Schatten, Zwerg, Seife«, spuckte Carmen mit ein wenig Erbrochenem aus. Sie hatte sich die Worte schon so oft nicht mehr vorgesagt und war erstaunt, wie leicht sie ihr von den Lippen gingen. Wie ein tief verankertes Mahnmal.

Anscheinend hatte sie kurzzeitig das Bewusstsein verloren. Redzhayna schaute sie ängstlich an. Hinter ihr standen bereits Sicherheitsleute, die die zwei offensichtlich überbordenden Frauen aus dem Club werfen wollten.

Wenige Minuten später fanden sich die beiden Frauen draußen wieder.

»Du kommst am besten zu mir«, schlug Redzhayna vor.

»Das würde ich gerne, Redzhayna«, antwortete Carmen. »Aber ich muss gehen – jetzt!«

Sie nahm eilig Abschied, stieg in die entgegengesetzte

S-Bahn Nummer 13 und fuhr zurück zu Walters Haus.

Plötzlich fühlte sie sich wieder nüchtern. Die Puzzleteile waren von selber an ihren Platz geflogen. Sie mussten sie nur noch bauen: die Lösung für ihr Problem.

Carmen fand das kleine Haus auf Anhieb wieder. Inzwischen lugte die Sonne bereits über den Horizont, doch sie fühlte sich wach.

Sie rannte die kleine Treppe hinauf und klopfte an der Tür. »Intisar! Ich bin's!«, rief sie gedämpft.

Die Tür öffnete sich und Intisar blickte hinaus. »Um Himmels willen! Was ist los? Wo warst du?«

»Du musst es tun, Intisar!«

Ihre Freundin öffnet die Tür ganz und trat hinaus. »Was muss ich tun? Und denk an die Tarnnamen, Ḥabībati.« Ein mahnender Blick.

»Ach, ja! Entschuldige, Ayshe.« Ein neckisches Augenrollen. »Jedenfalls musst du jetzt dein Versprechen einlösen.«

Carmen trat an die Frau heran, die sie liebte, und flüsterte ihr für einige Minuten etwas ins Ohr.

Die Stirnen der beiden berührten sich, als Intisar leise versprach: »Wir werden dir deinen Computer bauen, Doris!«.

24. SEPTEMBER 2033

Sibirische Hitze

Ruben Ahanfoufs Herz schlug schon seit Tagen wie wild. Trotzdem saß jeder Handgriff, alle Befehle kamen an und jedes Protokoll wurde eingehalten. Und vor allem nutzte er im nötigen Moment die menschlich-animalische Natur für seine Zwecke. Und das war auch nötig: In dieser angeblich zivilen Anlage stand eine bewaffnete Armada unter seinem Kommando – trainiert, instruiert und einem klaren Plan folgend.

In solchen Extremsituationen wie jetzt war das Schicksal zahlloser Menschen von Personen wie Ruben abhängig: von Kriegern, die eine Routine entwickelt haben, um auch unter vollem Adrenalin zuverlässig rationale Entscheidungen zu treffen.

Seine Kindheit und Jugend hatte Ruben im Brüsseler Vorort Molenbeek verbracht. Eigentlich eine ganz schöne, wenn auch bescheidene Zeit in einem internationalen Viertel, das wie ein Basar roch. Seine Eltern waren Akademiker aus Algerien, er selbst ein wacher Bub ohne sprachliche oder soziale Anpassungsschwierigkeiten, ein durchweg guter Schüler.

Doch nach der obligatorischen Schulzeit wurde Ruben klar, dass seine Heimatstadt zwar viele Pöstchen für

Politiker, Beamten und Lobbyisten aus der ganzen Welt bereithielt. Doch für Leute wie ihn schien es vorbestimmt, für die Reichen Fisch zu frittieren, Regale einzuräumen, Böden zu bohnern oder herumzufahren für »fucking Uber«.

Mit Brüssels steigender internationaler Bedeutung vertiefte sich der Graben in der Gesellschaft. Aus offenen und durchmischten Wohnvierteln wurden verbaute Luxusquartiere oder Büro-Areale und Shopping-Meilen. Alternativen für den unteren Mittelstand? Fehlanzeige. Und so massierte sich der soziale Druck auf einem immer kleiner werdenden Raum. Soziale Spannungen schwollen an, Arbeitslosigkeit und Kriminalität stiegen.

Ruben hielt sich als Türsteher in einem Club, der wie ein Brennglas auf das kriminelle Milieu dieser Stadt wirkte, über Wasser. Prostitution, Schutzgelderpressung, Menschenhandel – alles geschah in den dunklen Hinterzimmern des Varieté, wie sich der Schuppen nannte. Ruben wurde Nacht für Nacht beschimpft, bedroht und mehrmals tätlich angegriffen, nicht selten waren Waffen im Spiel. Das härtete ganz schön ab, hatte aber so gar nichts mit dem Leben gemein, das er eigentlich führen wollte.

Und so begann Ruben falsche Entscheidungen zu treffen. Als Ende der Nullerjahre erstmals Krawalle in seiner Nachbarschaft aufflammten und randalierende Jugendliche zündelnd und plündernd durch die Straßen zogen, nutzte auch Ruben die Gunst der Stunde, um ein paar der schönen Dinge abzugreifen, die sich andere so selbstverständlich leisten konnten. In der ersten Nacht lief das glatt. Doch in der zweiten Nacht bewarfen Autonome die Polizisten mit Flaschen, Pflastersteinen und schlussendlich brennenden Molotowcocktails. Das reichte: Wer sich auf der Straße befand, wurde durch erfahrene Spezialkräfte von Militär und Polizei aus dem Verkehr gezogen. Die Folgen für Ruben: eine Kopfwunde, Festnahme, Verurteilung, Bewährung. Und noch weniger Perspektiven.

Derweil machten sich islamistische Radikale den fruchtbaren Boden der Ungleichheit in diesen Gemeinschaften zunutze. Sie nisteten sich in den Köpfen vieler hoffnungsloser, arabischstämmiger Menschen ein. Es entstanden Parallelgesellschaften außerhalb des staatlichen Rechtssystems. 2012 kam es in Molenbeek zu den nächsten, noch massiveren und international beachteten Unruhen, nachdem die Polizei eine Frau gezwungen hatte, ihren Niqab abzulegen – als Durchsetzung eines neuen staatlichen Vermummungsverbots.

Erneut ließ sich Ruben vom aufgestauten Ärger treiben und nahm an den Ausschreitungen teil, obwohl er sich nicht im Geringsten für die verrückten religiösen Fundamentalisten interessierte. Aber er war einfach so wütend! Erneut fand sich Ruben in Gewahrsam wieder. Dieses Mal gab's keine Bewährung und er landete für einige Monate im Knast.

Als er rauskam, wusste er: Er musste weg von hier, ein neues Leben finden. Doch welche Optionen hatte ein Mann mit seiner Geschichte?

Er meldete sich bei der französischen Fremdenlegion und zog fortan für die Grande Nation in Kriege, die offiziell niemals geführt wurden. Er wurde zum erfahrenen Soldaten. Zum Krieger. Zum Mörder. Es war eine traumatische Zeit. Als seine Dienstzeit endlich zu Ende war, kehrte Ruben nach Belgien zurück und arbeitete bei einer Sicherheitsfirma. Doch nicht lange. Denn ein Bekannter bot ihm einen gut bezahlten Auftrag an. Natürlich was Illegales.

Ruben ließ sich darauf ein und bewährte sich. Aus einem Auftrag wurden viele und schließlich eine Art Anstellung (offiziell bezeichnete man ihn als Hausmeister). In Wahrheit arbeitete er schon bald als Auftragskiller, als Person, die Drecksarbeiten erledigte und mit Gewalt Dinge in die Richtung lenkte, die seinen Auftraggebern im Sinne standen. Anfangs tat er schlicht, wie ihm geheißen – ein Soldat hinterfragt schließlich niemals die Motive seiner Befehlsgeber. Doch mit der Zeit blickte er tiefer hinter diese Schattenorganisation, aus deren schwarzen Kassen er bezahlt wurde. Und es gefiel ihm, was er sah.

Über die Jahre stieg Ruben auf, wurde um Rat gefragt und half Aktionen zu planen. Irgendwann gehörte er zum inneren Zirkel und wurde über die geheimen Informationen hinter der Organisation informiert. Seine Loyalität galt dieser Verschwörung, die sich selbst die Propaganda der Tat nannte. Er war stolz auf seine Rolle. Im Grunde kämpfte er hier gegen dasselbe Unrecht wie damals in Molenbeek, nur jetzt eben in Diensten eines Geheimbundes mit echter Schlagkraft.

Mittlerweile war seine Fürsorge ganz auf die Sicherheit der Person gerichtet, die er seit über sieben Jahren bewachte: Doris Wermuth, seine Chefin. Ihr galt all seine Bewunderung. Sie war seine Bestimmung.

Über die Monate und Jahre hinweg war aus einem Beschützer ein Gefährte geworden – als hätte die Kälte Sibiriens die zwei zusammengeschweißt – und sie waren sich ans Herz gewachsen.

Auch jetzt ruht sein Blick auf ihr. Sie spricht gerade mit Wolf – dem Mitglied des Rats des Konsortiums. Sie ist versucht, über ihn Verhandlungen mit der anderen Seite aufzunehmen.

»Dieser Mann führt sich viel zu wenig wie eine Geisel auf«, denkt Ruben. Zu wenig ängstlich. Zu wenig unterwürfig. Zu wenig davon beeindruckt, dass er und seine Entourage aus Secret-Service-Agenten und Marines voll in Rubens Hinterhalt getappt waren. Glücklicherweise hatten sich die meisten von ihnen ergeben, statt sinnlos zu sterben.

Die anderen sind von Ruben gerichtet worden. Opfer, die in Zeiten wie diesen erbracht werden müssen …

Diese Anlagen haben sie seit Jahren auf diese Inspektion vorbereitet. Das unterirdische Gebäude ist dafür gebaut worden, diese Geiseln zu nehmen.

So weit, so gut.

Eigentlich lief es mehr oder weniger nach Plan, bis … ja, bis sie mit ansehen mussten, wie Ayshe Sadi vor versammelter Weltpresse einem Attentat zum Opfer fiel.

Ruben weiß, dass seine Chefin eine ganz besondere Beziehung zu dieser Frau hat. Er kennt sogar die Details – Doris hat ihm im Vertrauen von ihrer tragischen Liebesgeschichte erzählt. Die ist der Grund, wieso seine

Chefin nun so versessen auf Verhandlungen mit dem Feind ist.

Was Ruben für einen großen Fehler hält. Er ist der Meinung, dass Wolf exekutiert gehört. Nur wenn man der Schlange den Kopf abschlägt, macht man sie unschädlich.

Gerade entzündet sich der hitzige Dialog zwischen Doris und Wolf bei der Frage, wie sie mit der anderen Seite Kontakt aufnehmen.

»Teil deinem Funker mit, welche Verbindung wir aufbauen sollen«, sagt Doris.

»Ich werde keine vorgefertigten Statements vorlesen. Ich spreche selber und ohne Waffe am Kopf«, fordert Wolf.

»Wir sprechen alle. Sonst ist das keine Verhandlung.«

Wolf lächelt zynisch. »Man sieht schnell, wenn jemandem die Erfahrung fehlt, mit mächtigen Menschen zu verhandeln. Wir brauchen erst mal einen Zugang.«

»Zugang?«

»Wir können nicht einfach hier aus der Höhle George Bangron anfunken, und schon lässt sich dieses Desaster einfach so auflösen.«

»Wir werden verhandeln.«

»George schießt seine Marschflugkörper auf uns, sobald er von dieser Geiselnahme erfährt. Die wollen keine Verhandlungen! Die wollen euer Ende! Unser aller Ende!«, antwortet Wolf.

»Was sollen wir dann tun?«

»Wir brauchen einen Schleichweg.«

»Was meinst du?«

»Das werde ich mit meinem Funker besprechen.«

Zuerst zögert sie, doch dann seufzte Doris und sagt zu Ruben: »Lass sie alleine.«

»Ma'am, darf ich –«, protestiert dieser.

Doch Doris unterbricht ihn mit wutunterdrückter Stimme: »Lass ihn jetzt mit seinem Scheiß-Funker sprechen!«

»Dass die Einsatzzentrale nichts mehr von uns gehört hat, hat Aufmerksamkeit erregt. Ich bin sicher, dass weitere Einheiten unterwegs sind«, flüstert der Techniker Wolf wenig später in einem stillen Augenblick zu.

»Und was sollen die tun? Die Meeresvögel vom Himmel schießen? In diesen unterirdischen Bunker kommen die nicht mal mit der ganzen Armee rein. Wenn die angreifen, sind wir genauso geliefert.«

»Ruhe da!«, zischt Ruben und das Murmeln verstummt.

Nach einiger Zeit meint Wolf: »Die Leitung wird nun gesichert. Der Funker meldet sich, sobald wir durchgekommen sind.«

»Okay, das ist gut«, antwortet Doris.

Eine kurze Stille folgt, in der etwas Ruhe in der Gruppe eintritt.

Wolf hält sich verzweifelt eine Hand an die Stirn und kann nicht glauben, was ihm hier geschieht: »Meine Güte. Was tut ihr hier nur?«

»Wir sind dir keine Rechenschaft schuldig«, antwortet Doris.

»Rechenschaft? Ich erwartete keine Rechenschaft. Ich frage mich nur, wie ein offensichtlich dilettantisches

Hacker-Kollektiv wie Anonymous einen solchen Schaden anrichten kann.«

»Anonymous?«, fragt Carmen spöttisch.

Ruben lacht leise und sagt: »Anonymous zieht den Schwanz ein, sobald jemand an der Tür klopft, ihnen eine Waffe an den Kopf hält und zu verstehen gibt, dass es Zeit ist, mit den Mätzchen aufzuhören. Wir sind nicht Anonymous.«

»Wer seid ihr dann?«

»Das hat dich nicht zu interessieren. Du solltest nur schauen, dass unsere Verhandlungen gut ablaufen. Wenn nicht, kommt ihr hier nicht lebend raus«, antwortet Ruben.

»Ihr aber auch nicht«, kontert Wolf, dem bewusst ist, dass er sich in einer Schicksalsgemeinschaft mit seinen Entführern befindet. »Glaubt ihr ernsthaft, dass ihr mit einer illegalen App das Finanzsystem ablösen könnt?«, gibt er flehentlich zu bedenken.

»Natürlich können wir das. Mir scheint jedenfalls, die Leute sind ganz wild auf unsere Coins«, antwortet Doris. »Mit jeder Minute laden mehr und mehr Leute den Anonymous Coin herunter. Die Verbreitung, die Klicks, die Downloads: Sie sind es, die zählen! Sie sind das Vertrauen! Niemand kann die Verbreitung des Anonymous Coins mehr verhindern. Er wird zum Leben erwachen, weil die Menschen an ihn glauben.«

»Aber seht ihr denn nicht, dass dies niemals Bestand haben kann? Das Geld entsteht dort, wo die Macht ist.«

Nun steht Carmen auf. Zum ersten Mal, seit sie den Anschlag auf dem Fernseher verfolgt haben, scheint sie wieder die Kontrolle über ihr Verhalten zu verlieren:

»Nein, es ist umgekehrt. Dort, wo Geld ist, entsteht Macht.« Wolf blickt sie ungläubig an, als sie nun in Rage weiterredet: »Es geht nur um Sicherheit. Die ganze Welt hat mit eigenen Augen gesehen, dass nur der Anonymous Coin absolut sicher ist!«

»Nein! So funktioniert das nicht!«

»Doch, genau so ist es! Ihr habt vielleicht die dicksten Kanonen, aber wir die fortschrittlichste Technologie. Unserer Erfindung seid ihr nicht gewachsen!«

»Was … was für eine Technologie?«, fragt Wolf nun in ruhigerem Ton. »Sprichst du über den Anonymous Coin?«

»Quatsch: Der Coin ist doch nur eine einfache Blockchain-Anwendung. Das hätte Bangron Industries alleine hinbekommen.«

»Doris!«, unterbricht Ruben sie eindringlich.

Doris zuckt mit den Mundwinkeln.

Doch Wolf will es nun wissen: »Ich werde ein fairer Vermittler zur anderen Seite sein, aber ich muss wissen, was das für eine Technologie ist. Sonst agiere ich ohne die nötigen Informationen. So kann es keine Verhandlungen geben.«

Doch in dem Moment unterbricht sie der Funker: »Die Leitung steht.«

Wolfs Funkspruch dauert genau fünfzehn Minuten. Er nutzt einen verschlüsselten Kanal, damit seine Entführer ihn nicht abhören können und er gesichert die vertrauenswürdige Quelle seiner Wahl erreicht. Wolf weiß, dass er sich vor seinen Entführern genauso zu fürchten hat wie vor seinen eigenen Verbündeten.

Und zum ersten Mal seit seiner Gefangennahme verbringt er eine kurze Zeit ohne Rubens Waffe auf sich gerichtet. Was für eine Wohltat!

Nach dem Funkspruch kehrt er zu seinen Geiselnehmern zurück und verrät ihnen, wie er die Verhandlungen, die sie sich wünschen, auf den Weg bringen will. Doch für seine Kooperation beharrt er auf seiner Forderung zu erfahren, welche Technologie hinter diesem Angriff steckt.

Carmen berät sich mit Ruben, der mit aller Vehemenz davon abrät, einem feindlichen Agenten die Geheimnisse dieser Anlage preiszugeben. Doch Carmen sieht es als eine der wenigen Chancen, hier lebend und möglichst ohne weitere Todesopfer rauszukommen. Und vor allem als einzige Möglichkeit, um Intisar zu retten, nachdem sie offensichtlich enttarnt und unter falscher Flagge attackiert worden war. Falls sie denn noch lebt. Der Schock sitzt Carmen noch tief in den Gliedern.

»Es war so schrecklich, das zu sehen.« Sie sieht vor sich die Fernsehbilder … verschwommen …

Es steht zwar immer noch viel zwischen Intisar und ihr, doch ihren gewaltsamen Tod hautnah mitzuerleben, ist das Letzte, was Carmen je wollte.

Seit der Ankündigung der Inspektion hat sie nicht mehr geschlafen. Und sie hat mit Soldaten verkehren müssen, nachdem die Einheit gelandet war. Seit der Zeit im Gefängnis fühlt sie sich in Anwesenheit uniformierter Männer mehr als unwohl. Und dann die ganze Gewalt, als Ruben sie mit seinen Leuten überwältigte … Carmen fröstelt es, als sie daran zurückdenkt.

Im Moment ist sie jedenfalls froh, als Vertreter der Geiseln mit einem Zivilisten statt eines Armee-Generals zu kommunizieren. Sosehr es ihr widerstrebt: Sie ist gezwungen, Wolf ein Stück weit zu vertrauen, um das Leben der Frau zu retten, die er als Ayshe Sadi kennt. Dieser ist offensichtlich ganz erpicht darauf, die Geheimnisse des großen Hacks zu erfahren: das Pfand für seine Position als Vermittler. Was blieb ihr anderes übrig?

»In der Zeit, in der wir auf den Beginn der Verhandlungen warten, werde ich dich herumführen. Aber dafür erwarte ich volle Kooperation«, bietet Carmen an.

»Einverstanden«, willigt Wolf ein.

Carmen ruft Ruben zu sich und treibt ihm sich anbahnende Mätzchen mit einem scharfen Blick aus. Gemeinsam mit weiteren Wachen gehen sie durch einen engen Kellerweg und über mehrere Treppen immer tiefer in die Bunkeranlage hinab. Es riecht muffig, trotz hochmoderner Lüftungsanlagen an den steinigen Wänden.

Je tiefer sie gelangen, desto mehr Personen kreuzen ihren Weg. Der Gang wird breiter und heller, und sie passieren jetzt offen stehende Räume, die mit allerlei Hightech ausgerüstet sind. Mit jedem weiteren Meter verwandelt sich der Komplex in eine hochmoderne Kommandozentrale mit einer Besatzung aus Sicherheitskräften, Wissenschaftlern und Betriebspersonal.

»Woher haben die bloß das Geld dafür?«, fragt sich Wolf.

Carmen öffnet ein großes Eisentor, und dann stehen sie in einem riesigen, von Neonlichtern beleuchteten

Serverraum. Als Erstes fällt Wolf das futuristische Summen auf – eine Mischung aus Baustellenlärm und einer Alienankunft in einem Ufo-Streifen. Die Töne entstammen einer riesigen Maschine in der Mitte des Raumes mit eingebauten Sensoren und Servern, die rot, blau und weiß blinken. Wolf schätzt die Dimension etwa so hoch wie das Brandenburger Tor ein. Auf dem Ungetüm klettern Wissenschaftler und Ingenieure mit Helmen umher und bedienen Knöpfe, Schalter und Paneele. Rund um die Maschine herrscht ebenfalls emsiges Treiben, was durch ihre Anwesenheit keinen Abbruch findet. Menschen sitzen an Computern oder stehen in Gruppen beisammen und führen Gespräche. Eine Atmosphäre wie an einem hochmodernen Arbeitsplatz, etwa bei der NASA … oder in einem militärischen Kommandobüro.

»Was zur Hölle ist das hier?«, staunt Wolf mit offenem Mund und zeigt auf die riesige Maschine mitten im Raum.

»Ein Computer«, antwortet Carmen.

»Er ist gigantisch!«

»Nicht nur das. Es ist der leistungsstärkste Computer, der je gebaut wurde.«

»Ein Quantencomputer!«, entfährt es Wolf. Genau wie Walter Drexler es in Yale vorausgesagt hat!

Wolf ist im Kern stets Ingenieur geblieben, und so kann er nicht anders, als beeindruckt das Bauwerk zu bestaunen. Er tritt näher heran. Eine Ausgeburt modernster Technologie. Er will sie berühren, doch Ruben hält ihn mit einem dunklen Blick und einem angedeuteten Griff zur Waffe davon ab.

Wolf dämmert langsam, was er hier vor sich sieht. Dies ist die geheime Waffe dieser Terrororganisation! Ein Quantencomputer, gesteuert durch Qubits, die schnellen elektronischen Schaltungen auf subatomarer Ebene, die nicht nur Eins oder Null, sondern mehrere Zustände zur selben Zeit annehmen können. Ein Computer aus den elementarsten Grundbausteinen der Welt – viel schneller und leistungsstärker als alle anderen Geräte der Geschichte.

Was für eine Entwicklung an diesem unerwarteten Ort!

»Dafür braucht ihr das Kraftwerk!« Wolfs Augen weiten sich. »Mit dem Strom betreibt ihr dieses … dieses Ding … und damit habt ihr auch den Anonymous-Hack ausgeführt!« In dem Moment fällt ihm ein weiterer Fetzen aus dem Gespräch mit Walter Drexler ein. »Aber das reicht doch nicht! Eine moderne Blockchain könnt ihr nicht mit einem Quantencomputer hacken! Wie habt ihr …?«

»Ruhe jetzt!«, unterbricht ihn Ruben schroff.

»Nein! Ich muss es verstehen, sonst kann ich nicht helfen!« Wolf zögert einen Moment, dann sagt er um Deeskalation bemüht: »Wir sitzen im selben Boot. Ihr könnt sicher sein, dass ich mich und meine Soldaten hier lebend rausbringen will. Aber da draußen gibt es Leute mit der Befehlsgewalt über panzerbrechende Raketen, die unser Verschwinden bemerken werden. Und die werden nicht zögern, hier alles in die Steinzeit zu bomben. Geiseln hin, russisches Territorium her!« Alles schweigt ein paar Sekunden, bis Wolf erneut beharrt:

»Ich muss wissen, wie ihr den Anonymous-Hack ausgeführt habt. Wie sollen wir sonst verhandeln können?«

Carmen öffnet ihren Mund für eine schnelle Antwort, doch dann besinnt sie sich eines Besseren, seufzt und geht einen Schritt zur Seite. Sie zeigt hinter den Computer. Wolfs Blick folgt ihrer Handbewegung. Dort sieht er ein großes Loch in der Wand, in das ein langer Tunnel hineinführt. Der Schacht ist hoch und breit genug, damit ein Mann bequem darin laufen kann, und in der Mitte führt eine Röhre hinein. Aus dem Loch entströmt ein leises Ticken und eine Lüftung pumpt frische und kalte Luft hinein.

»Was ist das?«, fragt Wolf.

Seine Entführer zögern, offensichtlich geht es jetzt ums Eingemachte.

»Es ist ein Teilchenbeschleuniger«, bekennt Carmen.

»Doris!«, wird sie eindringlich von Ruben angezischt, doch sie redet weiter. »Es ist die modernste und größte ringförmige Partikelrennbahn der Welt.«

»Eine Partikelbahn?«, fragt Wolf verwirrt.

»Ja, und sie ist mit dem Quantencomputer verbunden«, sagt Carmen.

»Aber warum?«

»Selbst ein Quantencomputer braucht Millionen von Jahre, bis er eine Blockchain gehackt hat. Praktisch unmöglich … aber theoretisch eben doch nicht unmöglich.« Wolf blickt sie verständnislos an. Carmen versucht es anders: »Stell dir Folgendes vor: Ich gebe dir eine Münze und verlange von dir, diese so in die Luft zu werfen, dass sie auf der Kante liegen bleibt. Natürlich wirst du scheitern. Doch wenn du es für sehr, sehr lange Zeit immer und immer wieder versuchst, wird es dir irgendwann gelingen. So ist es auch mit dem Quantencomputer.«

»Ihr gebt dem Quantencomputer unbegrenzte Rechenpower?«, fragt Wolf.

»Genau. Eine Blockchain zu hacken, ist, als müsste man Chicken-Nuggets zurück in ein Huhn verwandeln. Fast unmöglich, aber nur fast, denn die Informationen, die Bausteine – die sind ja da. Wenn man eine Ewigkeit Zeit hat, um jede Zelle, jedes Molekül wieder an seinen Platz zu packen, kann man aus einer Keule ein Bein machen.«

»Aber diese Zeit hat man nicht. Auch ein Quantencomputer nicht.«

»Darum haben wir diese Partikelbahn gebaut. Sie stellt dem Quantencomputer diese Millionen Jahre Rechenzeit zur Verfügung, wodurch er sogar eine Blockchain hacken kann.«

»Aber wie macht der Quantencomputer das? Was sind das für Prozesse?«

»Es sind Zeitreisen.«

Wolf schnaubt lauf auf. »Wollt ihr mir hier etwa erzählen, dass ihr eine Zeitmaschine gebaut habt?«,

»So kann man es sagen. Im Tunnel werden Qubits so lange beschleunigt, bis sie schneller als das Licht durch die Röhre reisen.«

Sie zeigt auf das Loch in der Wand. »Das Kraftwerk betreibt den Teilchenbeschleuniger und den Quantencomputer …«

»Ganz schöne Stromfresser«, ergänzt Ruben, der sich damit abgefunden hat, nicht zu seiner Chefin durchzudringen.

»Wir beschleunigen Qubits im Teilchenbeschleuniger auf Überlichtgeschwindigkeit. Weil aber nichts schneller als das Licht sein darf, beugen die Qubits den Raum und reisen in der Zeit. Sie verschwinden für Nanosekunden und tauchen in der Zukunft wieder auf. Sie reisen einen Sekundenbruchteil durch die Zeit.«

»Und in dem Augenblick, in dem sie in die Zukunft reisen ...«, sagt Wolf und es dämmert ihm.

»Genau dann führen diese Teilchen die elektronischen Schaltungen im Quantencomputer aus!«

Wolf versteht es endlich. »Darum ist euer Quantencomputer in der Lage, alles zu hacken. Die Qubits schalten, prüfen den Erfolg und reisen bei Misserfolg zurück in die Vergangenheit, wo der Vorgang wiederholt wird. Und das so lange, bis die korrekte Lösung gefunden wurde – und die Münze auf der Kante landet. Die Qubits kommen immer erst dann in der Zukunft an, wenn sie die richtige Lösung auf die schwersten Rechenaufgaben gefunden haben.« Wolf zögert einen Moment. »Meine Güte, dieser Quantencomputer kann buchstäblich jedes digitale Sicherheitssystem überwinden. Es ist die ultimative Entschlüsselungstechnologie.«

Carmen nickt. »Erst wenn das angegriffene System – zum Beispiel eine Blockchain – entschlüsselt ist, endet die unendliche Überprüfung, die nie stattgefunden hat, und die Zeit läuft wie gewohnt weiter. Falsche Rechenergebnisse werden aussortiert, als wären sie niemals geschehen.

Ihre zeitliche Dimension hat nie existiert.« Sie bläst sich in die Hände und öffnet die Finger wie eine Zauberin, die eine Münze verschwinden lässt.

Wolf wird schwindlig. Ist er hier in einen James-Bond-Film geraten? »Aber das ist doch Wahnsinn! Wenn ihr eine solche Maschine erfunden habt, müsst ihr sie allen zur Verfügung stellen und nicht die Menschen damit terrorisieren!«

Carmen gerät aus der Fassung. »Terrorisieren? Wir werden sie befreien!«

»Das sind Überzeugungstäter«, wird es Wolf bewusst. Verschwörer, die es sich zum Ziel gesetzt haben, die gesamte zivilisierte Welt in den Abgrund zu stürzen. Eiskalte Profis mit scheinbar unendlichen finanziellen Mitteln.

Was haben diese Gesetzlosen hier nur erschaffen? Woher haben sie Zugriff auf diese unfassbaren, technologischen Entwicklungen? Alles ist perfekt organisiert, eiskalt geplant und rational durchdacht. Nur eines versteht Wolf nicht: Was tun sie noch hier? Ihre Enttarnung ist doch nur noch eine Frage von Minuten … höchstens Stunden. Er beschließt, seine Entführerin damit zu konfrontieren »Wieso macht ihr euch nicht einfach aus dem Staub? Woher kommt dieser Drang zu verhandeln?«

Statt einer Antwort dreht sich Carmen weg.

»Wir müssen aufhören, Geheimnisse voreinander zu haben. Wir teilen ein Schicksal. Wir alle müssen von hier verschwinden!«, beharrt Wolf.

»Wir können nicht gehen!«, unterbricht ihn Carmen.

Offensichtlich liegt es nun an ihm, Kompromisse zu machen.

»Einverstanden. Ich werde alles in meiner Macht Stehende tun, um sie zu schützen.« Wolf blickt seiner Entführerin in die Augen: »Wenn sie denn noch lebt.«

3. AUGUST 2020

Seuche, Pflege und Verrat

Das Fieber traf Carmen hart. Schmerzen im Brustbereich, Kurzatmigkeit und 41,5 Grad auf dem Fieberthermometer. Dazu kompletter Geruchs- und Geschmacksverlust – nicht, dass sie außer Hühnersuppe noch etwas runterbrachte. Sie war sicher, sie würde es nicht überstehen.

Sie sah die Nachrichten, las die Artikel und folgerte, dass sie, wie so viele ihrer Landsleute, das Pech hatte, eine der Personen zu sein, die von der Seuche, die der Welt den Atem stahl, hart getroffen wurden. Doch sie konnte nicht ins Krankenhaus. Ihre falsche Identität war nicht so wasserfest wie die von Intisar. Was sollte sie tun, wenn jemand genauere Nachforschungen anstellte?

Und trotzdem: Sie brauchte Behandlung. Also organisierte Walter sie. Eine Koryphäe für Infektionskrankheiten besuchte Carmen inoffiziell, gab ihre Diagnose ab, die diese auch selber hätte stellen können, und überließ sie ihrem Schicksal und mehreren Packungen Hydroxichloroquin und Remdesivir – ein mehr als knappes Gut zu der Zeit. Nicht, dass diese Mittel eine klinisch bewiesene Wirkung hatten, sie waren aktuell einfach die beste Vermutung.

Carmen glaubte nicht, dass es an den Pillen lag, doch glücklicherweise ging es ihr nun – rund einen Monat später – wieder besser. Die Angst, den nächsten Tag nicht mehr zu erleben, war verflogen. Trotzdem war beileibe nicht alles gut: Herzrasen, Schweißausbrüche und ein unbestimmbares Brennen im Körper plagten sie nun schon seit Wochen und wollten einfach nicht aufhören. Am schlimmsten war jedoch die ständige Erschöpfung, die »Fatigue«, wie es der Doktor bei seinen weiteren Besuchen nannte.

Sie war die letzten Monate sehr aktiv gewesen, arbeitete in einem Vorort von Boston in der Nähe der Universität Yale. Sie hatte geniale Wissenschaftler und Ingenieure rekrutiert, die an Unterprojekten zur Entwicklung eines neuartigen Quantencomputers arbeiteten. Finanziert wurde das Ganze über schwarze Kassen bei Bangron Industries. Natürlich alles immer streng geheim, sodass die meisten Mitarbeiter nie erfahren würden, für wen sie wirklich arbeiteten.

Carmen selbst war keine große Technikerin, aber schlussendlich war es doch alles nur Mathematik. Ihre Vision aus Amsterdam war die theoretische Basis. Eine Oper, die sie in ihrem Kopf bereits geschrieben hatte. Nun brauchte sie ein Orchester, das nach dieser Vorgabe spielte. Es sollte eine Aufgabe für die nächsten Jahre sein.

Doch im Moment zweifelte sie daran, ob sie es schaffen würde. Sie scheiterte bereits daran, den Müll runterzubringen oder einen Spaziergang um den Block zu machen. Schwierigste Formeln und Probleme zu berechnen: Das war im Moment völlig undenkbar. Sie musste möglichst schnell wieder gesund werden. Was sollte sonst nur aus ihrem Projekt werden?

Wie jeder Kranke sehnte sich auch Carmen nach ihrer Liebsten. Sie nutzte einen sicheren Kanal und rief Intisar an.

»Ḥabībati, ich brauche dich«, flüsterte sie als einzige Worte ins Telefon.

Sie wusste, Intisar würde sich sofort auf den Weg machen.

Ein Identitätsdiebstahl ist nie folgenlos. Und so fröstelte es Intisar beim Blick in den Badezimmerspiegel, der in Carmens Apartment hing.

Natürlich hatte Intisar keine Sekunde gezögert, als Carmen sie rief. Noch am selben Tag hatte sie ihre Koffer gepackt und sich auf den Weg zum Flughafen gemacht. Die aktuelle Einreisesperre in den USA galt nicht für internationale VIPs.

Sie trat näher an ihr Spiegelbild, hob ihr Augenlied und versuchte so tief wie möglich unter ihre Augenhöhle zu blicken. In letzter Zeit versuchte sie so immer wieder, unter die Haut ihres Gesichts zu sehen. Vielleicht, um dort etwas Verlorengegangenes zu finden.

Sie trat zurück und verengte die Augen. Dieses fremde Gesicht … Dieses süße Antlitz von Ayshe Sadi, an deren Stelle sie vor drei Jahren getreten war.

Seitdem fühlte es sich oft so an, als betrachtete sie ihr Leben durch einen Schleier. Fetzen der Vergangenheit und der Gegenwart erschienen wie ein alter Film vor ihrem inneren Auge. Sie verstand zwar, was um sie herum geschah, doch war das noch ihr Wille? War ihr Handeln noch frei? Oder war sie längst zur Puppe geworden, gefangen im Netz mysteriöser Zwänge?

Sie und Ayshe waren zu jemand Neuem verschmolzen. Zu einer Person, über die Intisar immer wieder die Kontrolle verlor, mit oftmals unabsehbaren Folgen. Meist war der Ursprung dieser Blackouts ihre alles durchdringende Wut. Diese führte zu Hass und der Hass verwandelte sich in Angst. Dann war es manchmal so, als blickte Intisar von außen auf ihren Körper herab, staunend über dessen automatisiertes Handeln. Rational. Berechnend. Zerstörerisch.

Ein Traum plagte Intisar Nacht um Nacht und ließ sie immer wieder stöhnend aufschrecken. Darin skalpierte sie eine junge Frau und zog sich ihre Erscheinung wie eine Maske über.

»Gar nicht so fern von der Wahrheit«, dachte sie dann und saß mit wild schlagendem Herzen auf der Bettkante.

War sie einfach verrückt geworden? Auszuschließen war das nicht, bei allem, was in den letzten Jahren passiert war. Die Geschehnisse im Irak, die Zeit in Europa und im Gefängnis, Amsterdam, ihre Mission, Carmen, Walter …

Walter! Intisar schnaubte, als sie an ihn dachte. War er der Puppenspieler, von dessen Willen sie unbewusst abhängig war? Durchaus möglich. Zumindest hatte er das ganze Desaster eingefädelt.

Er war es gewesen, der die echte Ayshe über eine Gesichtserkennungssoftware in einem marokkanischen Internat ausfindig gemacht hatte. Sie war das perfekte

Opfer für den benötigten Identitätsdiebstahl gewesen: aus bestem Hause, abgeschirmt bis auf wenige Kontakte, kurz davor ein europäisches Jetsetter-Leben zu beginnen, weit weg von der bisherigen Heimat. Und vor allem sah sie Intisar zum Verwechseln ähnlich. Wie eine jüngere Schwester … Eine einmalige Gelegenheit.

Sie alle hatten große Opfer zu erbringen – insbesondere die echte Ayshe Sadi, die mittlerweile in einem Neubau-Betonpfeiler in Rabat ruhte. Doch auch für sie – Intisar – war es schwer gewesen. Sie musste sich operieren, jünger machen lassen. Eine neue Nase, verengte Augen, ein schmaleres Kinn, Fettabsaugung. Der Operateur war ein Meister seines Faches, und so sah Intisar nach den Eingriffen ihrem Opfer zum Verwechseln ähnlich.

Doch die Strapazen endeten nicht bei Äußerlichkeiten. Intisar musste ihr gesamtes Leben neu entwerfen. Den marokkanischen Dialekt erlernen, Ayshes Stimme imitieren. Doch wie so oft hatte Intisar durch Gelehrsamkeit, Perfektionismus sowie besessenen Ehrgeiz auch diese Prüfungen gemeistert.

Nach der Nacht in Amsterdam hatten sich die Ereignisse dann überschlagen. Sie änderten ihren Plan und beschlossen, Carmens Vision eines Quantencomputers in die Tat umzusetzen.

Intisar musste zugestehen, dass das Risiko groß war – und Walter war dagegen gewesen. Jedoch war er von den Frauen überstimmt worden und hatte sich schlussendlich gefügt.

Was blieb ihm auch anderes übrig?

Carmen hatte seitdem bis zu ihrer Erkrankung Tag und Nacht an der Entwicklung des Quantencomputers gearbeitet, den ihr genialer Geist in der Theorie gefertigt hatte. Natürlich wollte auch Intisar als Ingenieurin die technischen Details hinter dem geplanten Quantencomputer verstehen.

Doch gleichzeitig musste sie weiter an ihrer Karriere im internationalen Energiesektor arbeiten, unterstützt vom Geld und den Beziehungen der Propaganda der Tat. Über gesteuerte Presseberichte war sie in den letzten Monaten zu einer Frau der Öffentlichkeit geworden. Eine »Mogulin aus bestem Haus«, wie das TIME Magazine getitelt hatte.

Jetzt, in Carmens Wohnung nahe Boston, fühlte sie sich eher wie ein Mensch, der nur schwer mit sich leben konnte.

Ein letzter Blick in den Spiegel. Wieder fröstelte es sie. Sie drehte sich schnell um und lief zurück ins Wohnzimmer. Dort lag Carmen erschöpft auf dem Sofa und hielt sich die Finger auf die Augen.

Intisar legte sich neben sie und streichelte ihren Rücken.

Sie suchte so viel körperliche Nähe wie möglich, auch wenn sie nicht wusste, ob ihre Freundin gar noch ansteckend war.

»Ein Virus!« Intisar schüttelte den Kopf. Da hatte sie schon ganz anderes überstanden!

Und natürlich war sie wie immer bereit, alles zu opfern für ihre Ideale – auch sich selbst. Sogar Carmen!

Sie wollte nur das Beste für sie. Doch sie musste auch dafür sorgen, dass Carmen wieder auf die Beine kam. Sie musste weiter am Quantencomputer arbeiten.

Sie schämte sich dafür, dass der Fanatismus in ihr Carmen als Werkzeug missbrauchte. Doch deshalb liebte sie sie nicht minder.

»Ḥabībati, ich muss dir etwas sagen«, flüsterte Carmen und drehte sich um.

In ihren letzten gemeinsamen Tagen war spürbar mehr Leben in sie gekehrt. Doch mit der Besserung ihres Zustandes wuchs in Carmen ein schlechtes Gewissen heran. Nachdem sich Intisar so um sie gekümmert hatte, war es Zeit ihr einen Fehltritt zu gestehen, der sie schon so lange belastete.

»Kannst du dich noch an den Abend in Amsterdam erinnern?«

»Natürlich kann ich das. Du bist verschwunden und kamst mit diesem unglaublichen Plan zurück.«

»Ja, es war eine erlebnisreiche Nacht.« Carmen seufzte. »Leider war es nicht nur eine Nacht, in der ich eine Eingebung hatte, sondern auch getanzt habe.«

Intisar blickte sie erwartungsvoll an.

»Ich habe mit einer anderen Frau getanzt. Und nicht nur das …«

»Was meinst du?«, fragte Intisar.

»Ich habe sie auch geküsst.« Carmen drehte sich weg, als fürchtete sie, geschlagen zu werden. Sie wusste, dass Intisar zum Zorn neigte und sehr eifersüchtig sein konnte.

Doch sie blickte sie nur an. »Gefühle?«, fragte sie nach dem Moment der Stille.

»Nein!«, beteuerte Carmen.

»Dann lassen wir es gut sein.«

Und damit war das Thema gegessen. Zumindest für den Moment.

Doch als Carmen an diesem Abend in ihrem Bett lag, ließ Intisars Nachsicht sie nachdenklich zurück. Es passte so gar nicht zum Charakter ihrer Freundin! Carmen wurde das Gefühl nicht los, dass Intisar ihr Fremdküssen so einfach verzieh, weil sie selber ein schlechtes Gewissen hatte. Irgendetwas stimmte hier nicht.

Drei Tage später verließ Intisar Carmen wieder. Beide waren traurig, doch sie hatten Verpflichtungen und es ging nicht anders. Auch Carmen würde nun wieder ihre Pflicht tun können.

Doch das Gefühl, etwas Wichtiges nicht zu wissen, verflüchtigte sich nicht mit Intisars Abreise. *»Bestimmt geht es hier um dasselbe Geheimnis, das sie mir bereits in Amsterdam vorenthielt«*, dachte sie.

Wenn sie nur wüsste, was es war! Sie musste es wissen. Sie konnte nicht anders …

25. SEPTEMBER 2033

Elefanten und Hunde

Tick-tack.

George Bangron liebt klassische Schweizer Uhren.

Tick-tack.

An seinem Handgelenk blitzt eine automatisch betriebene TAG Heuer. Sie wird nicht von einer Batterie betrieben, sondern durch Georges Körperbewegungen. Von Zeit zu Zeit muss er die Uhr trotzdem aufziehen. Doch er schätzt dies, weil es den Fokus an den richtigen Ort lenkt: die Zeit. Wie oft wird er wohl das goldbesetzte Schmuckstück von vorne starten können?

Tick-tack.

Keine Sekunde seines Lebens will er verschwenden. Vor zwölf Jahren ist er bei einem Helikopterabsturz über Los Angeles fast ums Leben gekommen. Seitdem ist er noch ehrgeiziger geworden. Jeder Augenblick muss seinem großen Ziel dienen: möglichst viel Geld. Maximaler Einfluss. Fußstapfen, wie von einem Elefanten.

Tick-tack.

Blick in das reflektierende Außenfenster des Gebäudes, wo er sich gerade zehn Atemzüge frischer Luft gönnt. Wer ist dieser grau gewordene Herr in der Spiegelung?

Hat ihn diese Woche so altern lassen? So viel Lebensenergie gekostet?

Tick-tack.

Der nächste Blick zum Handgelenk. Die Zeit läuft gegen ihn. Jede Sekunde kostet ihn Millionen und die Zerstörung seines Vermögens endet erst, wenn dieser verdammte Geist wieder in seiner Flasche ist.

Tick-tack.

Sobald er die Augen schließt, sieht er jedes Mal die schreckliche Anonymous-Maske vor sich. Die hässliche Fratze stiehlt ihm die letzten Stunden Schlaf und lässt ihn sofort aus jedem dösenden Moment aufschrecken:

Alles elektronische Geld wird am 26. September 2033 um 18 Uhr mitteleuropäische Zeit vernichtet!

Sein Geld!

»*Verdammt! Noch knapp sechzehn Stunden*«, denkt George.

Tick-tack.

Er denkt an das Statement, das er mit Pennington nach dem Anschlag vor der Presse gehalten hat:

»*Erneut haben wir erfahren müssen, dass die Terroristen auch vor brutalster Gewalt nicht zurückschrecken. Wir bedauern vermelden zu müssen, dass zwei Mitglieder des Rates, Ayshe Sadi und Soul-Young, durch einen terroristischen Anschlag ums Leben kamen. Der Täter wurde erschossen und wir informieren so bald wie möglich über seine Identität.*

Wir – und mit uns die ganze zivilisierte Welt – sprechen den Familien der Gefallenen unser tief empfundenes Beileid aus. Sie sind als Helden im Kampf für die Freiheit und Sicherheit der Weltgemeinschaft gefallen.

Um sie zu ehren, werden wir den Kampf gegen das Unrecht mit noch größerer Härte weiterführen. Wir werden diese Terroristen jagen, fangen und sie ihrer gerechten Strafe zuführen.

Heute haben wir das wahre Gesicht von Anonymous gesehen.

Sie sind Mörder.

Sie haben keine Skrupel.

Sie sind Ungeziefer, das ausgerottet gehört.«

Er zählte weitere Gräueltaten von Anonymous auf: Belgien, Kolumbien, Guatemala … Überall haben die Attentäter ihre Finger im Spiel!

Der Flughafen Heathrow ist inzwischen zur Einsatzzentrale geworden. Hier steuern sie diesen internationalen Ausnahmezustand. Die Flughafen-Infrastruktur, die zu normalen Zeiten über hundert Millionen Passagiere pro Jahr abfertigt, bietet ideale Bedingungen für ihre Mission. George läuft dorthin zurück und betritt die große Vorhalle. Es riecht nach Kaffee und Schweiß, auf den Tischen stapeln sich Koffeinpillen und Energydrinks verschiedenster Sorten. Mitarbeiter des Rates wimmeln an Telefonen die Nachfragen von Präsidenten, Diktatoren, Monarchen und Konzernbossen ab. Der ganze Flughafen vibriert unter einer nie da gewesenen Spannung.

Da baut sich die zierliche Gestalt von Pennington vor ihm auf – umringt von mehreren Bodyguards mit Kopfhörern in den Ohren. »Was zur Hölle sollte das mit Soul-Young?«, fragt sie erregt.

»Sprechen wir gleich darüber. Wir müssen zu Raum 2«, antwortet George.

Gemeinsam laufen sie durch grau-bräunliche Flure, während sich die US-Präsidentin weiter darüber beschwert, dass Soul-Young ohne Absprache mit ihr exekutiert wurde. Die bläuliche Ader über ihrem Auge pocht.

Sam Kruger tritt zu ihnen. Man riecht sein würziges Parfüm. Offensichtlich hat er Penningtons Beschwerden mitbekommen, denn er sagt: »Wir brauchen eine Mehrheit im Rat. Soul-Young war unzuverlässig.«

»Wir können nicht einfach Leute umbringen, weil sie nicht nach unserer Pfeife tanzen«, entgegnet sie.

»Soul Young war ein unfähiger Idiot. Jetzt müssen wir uns nicht mehr darum kümmern, dass er seinen Job schlecht macht.« Ein Moment des Schweigens folgt. »Und außerdem ging er jedem auf den Sack«, ergänzt Kruger.

»Ruhig Blut, jetzt!«, zischt Bangron. »Es war nötig, es war glaubwürdig und wir haben jetzt endlich ein gutes Blatt auf der Hand.« Er öffnet die Tür zum Raum 2, in dem sie das Verhör durchführen wollen. »Da sitzt unser Trumpf!«, meint George triumphierend und zeigt mit der Hand hinein.

Sie betreten den großen Raum mit Metallwänden, der normalerweise vom Zoll und der Flughafenpolizei genutzt wird. Es riecht nach Eisen, nach Blut. In der Mitte des Zimmers sitzt Ayshe Sadi auf einem Stuhl, mit Ketten gefesselt und geknebelt. Offensichtlich ist sie verletzt, was an den roten Flecken auf dem T-Shirt sichtbar wird.

»So eine Ladung Schrot haut ganz schön rein, was?«, fragt Krüger, schließt die Tür und beseitigt den Knebel.

»Ihr Schweine! Was soll das? Lasst mich sofort gehen!«, ruft die Frau, unterbrochen von heftigen Atemzügen, offensichtlich noch immer benommen.

»Na na, Ayshe. Oder sollte ich besser sagen: Intisar?«, fragt Kruger.

Sein Gegenüber verstummt.

»Aha, jetzt hast du nichts mehr zu sagen. Aber keine Sorge, wir haben Erfahrung darin, Unwillige zum Sprechen zu bringen.«

Angst ist auf dem Gesicht der Gefesselten erkennbar. Sie erblasst und schreit: »Das könnt ihr nicht machen! Ich bin Mitglied des Rates!«

»Du bist hier gar nichts mehr! Die Leute da draußen haben dich sterben sehen! Das Einzige, was du noch bist, ist so gut wie tot. Die Frage ist, wie dein Sterben sein wird. Kurz und schmerzlos oder lang und qualvoll? Du kannst es dir aussuchen! Ein gnädiges Schicksal für eine Ratte wie dich!« Krugers Augen funkeln sie an.

Noch bevor Intisar antworten kann, öffnet sich im hinteren Teil des Raumes eine Schiebetür und ein Mann mit einem Deutschen Schäferhund betritt die Szenerie. Der Hund knurrt und zeigt seine scharfen Zähne.

»Ah! Bitte bindet mich los!«, stöhnt Intisar und reißt an ihren Ketten.

»Darf ich vorstellen?«, höhnt Kruger, ohne auf das Flehen einzugehen. »Chacco! Geboren, um Menschen wie dich gefügig zu machen … ja, geradezu schwatzhaft.« Seine Zähne blinken weiß auf.

»Du Schwein. Ich werde hier gar nichts verraten!«,

schimpft Intisar und reißt an ihren Fesseln, die ihre Arme bereits blutig gescheuert haben.

Sam schaut auf den nun gespannt sitzenden Hund und dann in Ayshes Gesicht. »Mit genau diesem Satz fängt jedes dieser Verhöre an. Aber du kannst mir glauben, damit hören sie niemals auf! Nie!«

»Ihr seid Widerlinge!«, meint Pennington. »Ich bin hier raus. Sobald Neuigkeiten da sind, will ich sofort informiert werden.«

»Ich ebenfalls«, ergänzt George. »Bring sie nicht um, Sam! Wir müssen wissen, wo die Terroristen ihre Basis haben und wie wir ihren Scheiß-Virus stoppen können. Erst dann können wir ihr den Stecker ziehen.«

»Keine Sorge, ich bleibe hier. Ich will dabei sein, wenn sie spricht«, sagt Kruger und lächelt teuflisch.

Gerade als George den Raum verlassen hat, sagt ihm ein Wachmann, dass Detective Foley erneut mit ihm sprechen will.

»Guter Mann«, denkt George. *»Bisher konnte man den gebrauchen. Ich höre mir das besser kurz an.«* Er wird in ein weiteres kleines Sitzungszimmer geführt, wo er erneut auf den Polizisten aus New York trifft. »Ich hoffe, Sie haben wichtige Neuigkeiten. Meine Zeit ist sehr knapp«, meint George gereizt.

»Ja, ich glaube, es wird Ihnen gefallen. Ich hoffe aber auch, dass die Informationen zu meinem Vorteil sein werden.«

»Natürlich. Kommen Sie zur Sache.«

»Nachdem wir ja einen Volltreffer bei diesem Mordfall in Louisville gelandet hatten, habe ich mir die Ermittlungen dazu noch einmal genauer angesehen. Zu Anfang war der Tod dieses Jungen – Jeff Fredrickson – als Selbstmord eingeschätzt und nicht groß weiterverfolgt worden. Der Fall wurde dann aber Jahre später noch einmal von Neuem eröffnet und untersucht, damals sind auch die Überwachungsbilder entstanden, die uns auf die richtige Fährte gebracht hatten. Ich habe mich gefragt, wieso dieser Fall so viel später ein zweites Mal aufgerollt worden war, und habe ein paar Leute darauf angesetzt. Der Grund war, dass sich eine Person im Jahr 2020 um dessen Aufklärung bemüht hat. Doch nach ersten Abklärungen verlor sie plötzlich das Interesse und verschwand. Ihr Name: Carmen Chavez.«

George denkt nach, doch mit diesem Namen kann er nichts anfangen.

»Ich habe dann die Recherchen auf diese Frau ausweiten lassen«, erklärt Foley. »Und raten sie mal, wo diese Carmen Chavez einsaß: im Correctional Institute for Women in Louisville, Kentucky. Dasselbe Loch, in dem auch diese Intisar steckte – und auch noch zur selben Zeit. Das schien mir verdächtig. Vielleicht kannten sich die zwei. Also habe ich mir die Gefängnisbilder von Carmen Chavez zukommen lassen und erneut eine Gesichtserkennungssoftware drüber laufen lassen. Und wie bereits bei Intisar Karim haben wir auch hier einen perfekten Match für eine Person mit anderer Identität erhalten: Doris Wermuth.«

George denkt nach. Diesen Namen hat er schon einmal gehört – nur wo?

Foley fährt fort: »Sie ist Geschäftsführerin eines großen, maritimen Kraftwerks –«

»In Sibirien!«, ruft George aus, der sich plötzlich an die Unterlagen erinnert, die er vor Kurzem quergelesen hat.

Die Anlage in Russland, die Wolf inspiziert! Er hat ihn ganz vergessen in der Aufregung der letzten Stunden. Wie Schuppen fällt es ihm von den Augen.

»*Wir haben sie! Spät, aber wohl gerade noch rechtzeitig. Wir müssen sofort ein Bombardement einleiten!*«, denkt er und eilt ohne ein weiteres Wort aus dem Raum. Dort hinterlässt er einen verdutzten Foley, der offensichtlich noch mehr zu berichten gehabt hätte.

George eilt schnell zum Raum zurück, in dem Kruger sein Verhör durchführt. Als er die Zimmertür aufstößt, hört er laute Schreie und das Gebell des Hundes. Das Bild vor ihm ist grauenvoll. In der Mitte des Raumes sitzt Ayshe Sadi, nackt, festgebunden wie zuvor. Vor ihr der Hund, der sie anbellt und von seinem Halter instruiert wird. Offensichtlich hat er Intisar schon mehrfach gebissen und schrecklich zugerichtet. Ihr linker Arm hängt reglos an der Seite runter. Überall ist Blut. Derweil verabreicht ihr Sam Kruger Stromstöße von der Seite. Tränen laufen ihr über die Wangen, während Sam sie mit Fragen löchert.

»Wo ist euer dreckiges Rattennest? Sag's mir!«, brüllt er.

George stockt. Er ist höchstens zwanzig Minuten weg gewesen, doch schien die Frau, die er seit vielen Jahren zu kennen glaubte, bereits nicht mehr zu existieren. Hat Sam sie bereits gebrochen?

»Sam! Lass die Frau! Wir haben ihr Versteck. Wir treffen uns mit Pennington im Raum 7.«

»Was meinst du mit ›lass die Frau‹?«

»Wir schießen jetzt zuerst dieses Terroristenpack in Grund und Boden. Ich weiß, wo sie stecken. Und wenn der Spuk vorbei ist, schauen wir, ob und wofür wir noch Verwendung für die haben.« Er zeigt auf Intisar. »Und gib ihr was, damit sie schläft, verdammt!«

28. OKTOBER 2020

Heimkehr

Endlich wieder atmen, ohne dass es rasselt. Carmen war überzeugt, dass die Zeit mit Intisar ihre Heilung beschleunigt hatte. Seit einigen Wochen war sie nun beinahe symptomfrei – zumindest, was die klassischen Grippesymptome betraf. Auch ihr Geruchs- und Geschmackssinn waren zurückgekehrt. Gott sei Dank!

Allerdings wurde sie diese vermaledeite Erschöpfung nicht los. Sie zwang sie immer wieder zurück ins Bett oder auf die Couch, was ihr das Gefühl gab, ein partieller Pflegefall zu sein. Manchmal ging es für ein paar Stunden besser, doch dann lag sie wieder für Tage flach. Der von Walter erneut gesandte Arzt hatte nur ein Schulterzucken dafür übrig. »Chronisches Erschöpfungssyndrom«, dagegen gebe es keine Medizin. Nur Zeit könnte dies heilen, und auch nur manchmal.

Das war ein großes Problem, denn sie hatte ja wahrlich einen Haufen Arbeit zu erledigen und eine Horde kostspieliger Wissenschaftler unter ihrer Führung, die dringend Anweisungen benötigten. Und so schleppte sie sich Tag für Tag aus der Wohnung und an die Arbeit. Doch dort war sie ein Totalausfall, der sich stets nur danach sehnte, zurück ins Bett zu schleichen, wo die

Grausamkeit des Seins am wenigsten beschwerlich war.

Eines Sonntagnachmittags döste sie auf der Couch, als ein sehnsüchtiger Gedanke an ihre alte Heimat ihren Geist streifte – etwas, was in letzter Zeit häufiger geschah. Seit ihrer Erkrankung hatte sie sich immer mal wieder in Tia Marias Facebook-Account gehackt, wo zwar nicht sehr häufig, aber doch regelmäßig etwas über ihre Tante zu erfahren war. Seit sie es das erste Mal getan hatte, war es zu einer leichten Sucht geworden und es verging, wenn sie ehrlich war, kein Tag mehr, an dem Carmen nicht zumindest einmal kurz reinschaute.

Auf diese Weise war sie ihrem alten Leben so nahe wie seit Jahren nicht mehr. Sie sah sich Tia Marias Timeline und Fotos an. Und sie las ihre Chats. Und manchmal hackte sie sich auch in die Handykamera ihrer Tante und schaute sie wie durch ein Objektiv an. Sie war alt geworden und schien viel Zeit allein zu verbringen.

Carmen wusste nicht genau, was sie damit zu finden hoffte. Vielleicht ein wenig Einfachheit? Sie hatte erfahren, dass Angel einen großen Fisch aus dem kleinen See in der Nähe gefischt hatte und dass ihre Schwester Martha in Mexiko nun bereits vierfache Mutter geworden war.

Doch als sie sich an diesem Nachmittag auf Tia Marias Profil einloggte, erfasste eine kalte Hand Carmens Herz und drückte erbarmungslos zu. Auf der Timeline ihrer Tante waren lauter QEPD- und RIP-Nachrichten sowie kleine Gebete gepostet worden. Carmen versuchte, sich damit zu beruhigen, dass die Nachrichten jemanden aus Tia Marias Verwandten- oder Familienkreis betrafen. Doch eine kurze Internetrecherche brachte traurige Klarheit: Tia Maria war einer Borreliose-Infektion zum Opfer gefallen.

Im ersten Moment führte es Carmen in eine bisher unbekannte Unruhe der Verleugnung. Sie lief im Zimmer auf und ab, kaute an den Nägeln und fühlte seit Langem keinerlei Erschöpfung. »Es ist nicht wahr, es kann nicht wahr sein«, versuchte sie sich zu beruhigen und suchte nach einer rationalen Erklärung für einen Fehler im Offensichtlichen.

Dann kam der Zusammenbruch. Sie weinte ihrer Tante und einem verlorenen Leben über Stunden nach. Tia Marias Tod fühlte sich wie eine Sünde aus einem früheren Leben an. Vielleicht hätte sie mit einer guten Krankenversicherung überlebt? Carmen hätte diese problemlos stemmen können. Doch seit ihrer Verwandlung in Doris Wermuth durfte sie keinen Kontakt mehr zu ihrem alten Umfeld haben – was sich seit ihrer Haftstrafe sowieso bereits auf ein Minimum reduziert hatte. Drei Tage schaffte sie es anschließend nicht mehr aus dem Bett.

Als die Nachfragen aus den Labors und Werkstätten, in denen der Quantencomputer gebaut wurde, immer lauter wurden, kam Walter aus New York vorbei.

Er hämmerte an die Tür. »Carmen«, rief er. »Mach auf!«

Keine Antwort.

»Carmen, bist du da? Öffne jetzt oder ich lasse die Türe eintreten!«

Keine Antwort.

Er zögerte. »Ich habe Fritten dabei.« Eine Anspielung auf ihre erste Begegnung und Carmens bekannte Liebe für knusprige Kartoffelstreifen.

»Was willst du Walter?«, hörte er ein dunkles Flüstern von der anderen Seite.

»Was ist los, Carmen? Bei der Arbeit warten alle auf dich!«

»Ich bin krank.«

Walter seufzte. »Du weißt, dass du nicht krank sein darfst.«

Wieder keine Antwort.

»Carmen, lass mich bitte rein.«

Sie öffnete ihm die Tür und Walter sah eine Gestalt mit verweinten Augen und hängenden Schultern vor sich.

»Um Himmels willen: Was ist denn mit dir passiert?«

»Meine Tante ist gestorben.«

»Tanten sterben …«

»Sie war wie meine Mutter.«

Nun schwieg Walter. Die eigene schwierige Beziehung zu seinen Eltern weckte sein Mitgefühl. »Verstehe«, antwortete er und blickte zu Boden.

»Morgen ist die Beerdigung und ich dachte, ich könnte vielleicht …«

»Das ist vollkommen ausgeschlossen.«

Sie fing wieder an zu weinen. »Ich kann nicht mehr, Walter.«

Er seufzte. Druck schien hier kontraproduktiv. »Wenn du dort hingehen kannst, können wir dann wieder auf dich zählen?«

»Ich weiß es nicht. Es ist ja nicht, dass ich nicht will.

Es geht im Moment einfach nicht.«

»Dann kannst du nicht gehen.«

Carmen schwieg ein paar Sekunden. »Verpasse ich diese Beerdigung, verliere ich meinen Willen.«

Walter schnaubte und sagte: »Ich schicke dir jemanden vorbei. Du gehst. Aber inkognito!«

Noch am selben Abend setzte sich Carmen in ein Privatflugzeug und flog nach Kentucky. Sie mietete sich nach ihrer Ankunft in Louisville einen weißen, unauffälligen Mitsubishi und buchte ein Hotelzimmer direkt am Flughafen. Am nächsten Tag fuhr sie über langgezogene Landstraßen zu ihrer alten Wohngegend. Sie ließ das Fenster offen und genoss die trockene Luft und die Vegetation dieser Stadt, ihrer Heimat. Für Momente vergaß sie den traurigen Anlass ihres Besuchs. Dieser Heimkehr wohnte mehr Zauberhaftes inne als jedem Anfang, den sie erlebt hatte.

Sie näherte sich der Kirche, deren Adresse sie seit der Kindheit kannte. Es war diejenige, in der sie sich damals bei ihrer ersten amourösen Erfahrung zum Gespött gemacht hatte. Arme Deborah. Was wohl aus ihr geworden war? Die Traurigkeit der letzten Tage nahm erneut Besitz von ihr, je näher sie kam.

Als sie angekommen war, setzte sich in die hintere Reihe, weinte leise und hörte dem spanischen Gebet des Priesters zu, der die rund zweihundert Mitglieder zählende Gemeinde über die Frömmigkeit und Selbstlosigkeit ihrer Tante aufklärte. Hier unter dem vertrauten Geruch des Weihrauchs vermisste Carmen sie wie nie zuvor.

Sie erkannte viele der Besucher, doch sie wurde selber scheinbar von niemandem erkannt. Walters Mann hatte ganze Arbeit geleistet und ihr noch vor ihrem Abflug in Windeseile eine wasserfeste Tarnung verpasst. Eine Kurzhaarperücke, eine große Sonnenbrille und permanentes Make-up. Selbst der stark gealterte Angel lief mit verweinten Augen an ihr vorbei, ohne den geringsten Verdacht zu schöpfen.

Als die Trauerfeier vorbei war, segnete der Priester das Grab, während Carmen ganz im Hintergrund wartete. Wenig später war der Friedhof verlassen und sie blieb allein zurück. Sie schenkte sich ein paar einsame Minuten am Grab ihrer Tante.

Dann streifte ein anderer Gedanke ihren Geist: Jeff. Er war auf demselben Friedhof bestattet und sie beschloss, sein Grab zu besuchen. Nach einigem Suchen fand sie es und stellte fest, dass die Blumen verwelkt und der Grabstein beschädigt war. Sie sprach mit dem Gärtner, gab ihm dreihundert Dollar und bat ihn, sich um Jeffs Grab zu kümmern, was dieser ihr versprach. Sie verließ den Friedhof und wollte sich gerade ins Auto setzen, als ihr Handy klingelte. Intisar.

Carmen ging ran. »Ḥabībati?«

»Wo bist du?«, fragte Intisar.

Carmen hörte Nervosität in ihrer Stimme. »Ich bin in Louisville, aber keine Sorge: Walter hat alles abgesegnet.«

»Du musst zurückkommen. Das ist viel zu gefährlich. Du könntest entdeckt werden.«

»Ich bin keine zwölf Jahre alt«, antwortete Carmen ärgerlich, doch Intisar beharrte weiter darauf, dass

Carmen Louisville wieder verließ.

Carmen stieg ins Auto, das Handy zwischen Kinn und Schulter geklemmt. »Ich muss jetzt Schluss machen. Keine Sorge: Ich bin auf dem Sprung zurück.« Sie legte auf.

Intisar hatte am Telefon komisch geklungen, irgendwie matt und … Vielleicht war es Angst? Sie hatte Intisar noch nie ängstlich erlebt. Warum nur war sie so erpicht darauf, dass Carmen von hier verschwand? Es war doch offensichtlich, dass keine Gefahr drohte, erkannt zu werden.

Sie blickte in den Rückspiegel. Merkwürdig: Direkt hinter ihr parkte ein schwarzer Mercedes. In dieser Gegend fuhren die Leute sonst eher Pick-ups oder alte Klassiker. War ihr dieses Automodell nicht gestern auf dem Freeway hierher aufgefallen?

Sie fuhr los zum Hotel. Prompt folgte ihr der Mercedes.

»Das kann doch nicht sein«, dachte sie.

Wurde sie verfolgt? Und wenn ja, von wem? Polizei? Wohl kaum. Die Propaganda der Tat? Schon eher. Spätestens seit sie über die Hintergründe von Intisars Identitätsdiebstahl erfahren hatte, wusste sie, dass der Propaganda alles zuzutrauen war. Intisar und Walter schwiegen sich über schmutzige Details ihrer Operationen lieber aus – und Carmen wollte darüber nichts wissen. Aber warum überwachten sie sie? Hatten sie Angst, dass sie desertierte? Untertauchte?

Sie blickte in den Rückspiegel. Noch immer folgte ihr der Mercedes um eine Kurve, nun um einen Wagen versetzt.

»Vielleicht hat er einfach dasselbe Ziel«, dachte sie. Doch ihr Bauchgefühl sagte was anderes.

Wenig später bog sie in das Parkhaus ihres Hotels ein. Der Mercedes fuhr vorbei und in die Einbahnstraße dahinter.

»Ein guter Platz für weitere Bespitzelung«, dachte sie. Und dann: *»Jetzt oder nie!«*

Carmen löste kein Ticket, sondern schaltete in den Rückwärtsgang. Schnell fuhr sie aus dem Parkhaus hinaus, drehte den Wagen so, dass er Heck an Heck mit dem Mercedes stand und brauste davon. Sie raste, nahm hier eine Abzweigung, da eine schnelle Kurve, blickte immer wieder in den Rückspiegel. Doch sie sah nichts mehr.

Nach fünf Minuten glaubte sie, den Verfolger abgehängt zu haben – wenn es denn tatsächlich einen gab. Sie bog auf einen McDonald's-Parkplatz ein, atmete heftig und blickte in den Rückspiegel. Das Auto war nicht zu sehen.

»Zum Glück haben diese Mietwagen ziemlich Saft«, dachte sie.

Wahrscheinlich war alles nur ein Hirngespinst gewesen. Trotzdem trieb ihr Instinkt sie weg vom exponierten Parkplatz. Sie schnappte sich ihre Umhängetasche vom Beifahrersitz, ließ das Auto stehen und ging auf die andere Straßenseite in ein kleines Café. Dort bestellte sie ein Malzbier und blickte aus dem Fenster.

»Ich bin paranoid«, dachte Carmen schon, doch genau in dem Moment bog der schwarze Mercedes in die Einfahrt, auf dem ihr Wagen stand. Ein schwarzhaariger, drahtiger Mann stieg aus und lief eiligen Schrittes in das Fastfood-Restaurant.

»Offensichtlich werde ich nicht nur überwacht, sondern sie haben auch mein Auto mit einem Peilsender versehen«,

dachte sie schockiert und duckte sich tief in ihren Sitz, sodass sie von der anderen Straßenseite nicht erkannt werden konnte. »Wenn er wieder rauskommt, wird er sicherlich mit seinem Auftraggeber telefonieren«, flüsterte sie zu sich und öffnete ihren Laptop, den sie in der Umhängetasche hatte. Sie startete das Gerät und loggte sich in ein Programm ein, das es ihr erlaubte, die Handystrahlen rund um ihren Standort abzufangen und zu entschlüsseln – zumindest, wenn sie nicht über eine Telefongesellschaft liefen. Da kam der Verfolger aus dem Restaurant gelaufen und hatte tatsächlich das Telefon am Ohr, wie sie es gehofft hatte.

»Bitte nutz einen Internet-Messenger zum Telefonieren«, dachte sie und beeilte sich, die Signale rundum zu orten. *»Wenn er ein Profi ist, übermittelt er wohl verschlüsselt«*, dachte sie. Von daher war die Chance nicht groß, doch auch Verbrecher begehen Fehler und vielleicht war er ja …

Da! Ein Signal! Ein Internet-Messenger-Anruf! Jetzt musste es nur noch der richtige sein.

Sie hörte ihn mit einer Sekunde Zeitverzögerung sprechen, aber sie konnte die Worte auch von seinen Lippen lesen.

»Ich weiß nicht, wo sie ist! Sie hat wohl gemerkt, dass ich sie verfolge!«

»Geh zurück zum Friedhof und frag den Gärtner, was sie über Jeff und sein Grab wissen wollte«, antwortete eine sehr vertraute Stimme an der anderen Seite der Leitung. Und die Welt wurde dunkel.

Sie hörte, wie Intisar dem Mann mit dem Mercedes

Befehle gab. Was für ein Vertrauensbruch! Sie wurde das Gefühl nicht los, dass sich diese Reihe unglücklicher Umstände um das Geheimnis drehte, das Walter und Intisar partout nicht mit ihr teilen wollten. Die Geschichte aus Amsterdam.

Woher kam dieses Interesse an Jeff? Sie hatte mit Intisar über ihn gesprochen, aber das war kein Grund, jegliches Interesse, das sie an ihm zeigte, zu sabotieren. Die Frage, die im Raum stand, raubte ihr den Atem: Hatte Intisar etwas mit Jeffs Tod zu tun?

Als der Mann in seinem Mercedes davongebraust war, verließ Carmen das Café und fuhr in einem Greyhoundbus zur nächsten Autovermietung. Dort besorgte sie sich unter ihrem alten Namen ein neues Mietauto – einen günstigen, unauffälligen Ford. Sie wollte von der Propaganda der Tat nicht gefunden werden und beschloss, erst mal erstmal in Louisville unterzutauchen, um ein paar Dinge in die Hand zu nehmen.

Doch zuerst musste sie einen Ort finden, wo sie unterkommen konnte. Die Propaganda der Tat würde jede ihrer Identitäten ausfindig machen. Doch sie hatte eine Idee.

Carmen fuhr zu Jeffs Großvater, der eine wichtige Bezugsperson ihres ehemals besten Freundes gewesen war. Sie hatte den knorrigen, aber großzügigen alten Mann stets gemocht und viele Stunden in seiner Küche zugebracht, wo es oft leckere Lasagne gab.

Nach einigem Suchen fand sie sein kleines, braunes Holzhaus, das von einem hohen Holzzaun umrahmt war. Noch im Auto zog sie die Perücke aus und ihr lockiges Haar kam zum Vorschein. Sie hoffte inständig, dass Jeffs Großvater sie wiedererkannte. Sie klingelte an der Tür.

»Carmen«, rief Jeffs Großvater, nachdem er geöffnet hatte. Er hatte sie sofort erkannt – das war schon mal glattgegangen.

»Hallo Mr. Fredrickson.« Sie lachte ihn gequält an.

Der alte Mann bat sie herein. »Wie geht es dir, um Gottes willen? Ich habe dich ja nicht mehr gesehen seit ja, seit …« Sie hatten sich zuletzt an Jeffs Beerdigung gesehen. Offensichtlich konnte er seinen Tod nicht mit Worten ausdrücken. Er blickte zur Seite.

»Ja, ich weiß«, antwortete Carmen und legte ihm eine Hand auf den Arm. Sie lächelte traurig.

Sie sprachen für längere Zeit über vergangene Zeiten, bis Mr. Fredrickson sie direkt darauf ansprach, was sie von ihm wollte.

»Ich habe ein Problem mit meinem Ex-Freund«, bekannte sie und vermied den freundlichen Blick des alten Mannes.

»Ach, Jeff hatte mir mal gesagt, du seist …« Er fuchtelte mit den Händen, traute sich aber nicht weiterzusprechen.

»Dieser Ex-Freund ist hinter mir her, gewalttätig und auf Drogen. Ich weiß nicht, was passiert, wenn er mich findet.« Sie schämte sich dafür, diesen den netten Mann anzulügen.

»Um Gottes willen!« Er bekreuzigte sich. »Wie kann ich dir helfen?«

»Ich brauche einen Ort, an dem ich untertauchen kann. Jeff und ich waren ja öfters bei der Waldhütte, die

Sie hinter Fort Knox haben. Wäre es möglich, dass ich dort ein paar Tage einziehe? Ich würde natürlich auch dafür zahlen.«

»Ach, Carmen. Ich bin froh, wenn die Hütte nicht über Wochen leer steht. Warte, ich hole die Schlüssel.«

Mr. Fredrickson stand auf und schlurfte in seine Küche, während Carmen auf dem Sofa sitzenblieb. Als er wiederkam, versuchte sie, ihm ein paar Hundert Dollar zu geben, doch der alte Mann lehnte vehement ab – ganz im Sinne der so gastfreundlichen Tradition dieser Gegend. Schlussendlich einigten sie sich dann doch auf zweihundert Dollar und Jeffs Großvater schien froh über den Zustupf.

»Bleib so lange, wie du willst. Gib mir einfach kurz Bescheid, wenn du wieder abreist«, sagte er zum Abschied.

Am selben Abend noch richtete sie sich in der Hütte ein und plante ihr weiteres Vorgehen. Sie suchte im Internet nach Privatdetektiven und entschied sich für die Dienste einer renommierten Detektei. Sie schlief unruhig, doch wachte ohne Erschöpfung wieder auf. Überraschenderweise ging es mit ihrem Zustand steil bergauf, seit sie beschlossen hatte, die wahren Begebenheiten hinter Jeffs Tod aufzuklären, als hätte ihr Körper eine solche Aufgabe gebraucht, um die ständige Erschöpfung endlich abzuschütteln.

Am nächsten Morgen fuhr sie in die Stadt. Dort hatte sie einen Termin mit dem Privatdetektiv. Dieser sollte seine Kontakte zur Polizei dafür nutzen, Jeffs Fall erneut untersuchen zu lassen. Der Mann verstand seinen Job, und so dauerte es nur wenige Tage, bis sich ein Polizist mit Carmen treffen wollte. Sie zögerte nicht, den Beamten zu treffen – die letzten Tage hatte sie wie auf Nadeln in der Hütte verbracht.

Der Polizist war äußerst engagiert. »Wie heißen Sie?«, fragte er sie direkt, nachdem Carmen ihm in seinem Büro gegenübersaß.

Sie zögerte. Sie hatte geschworen, ihren richtigen Namen nie mehr zu nutzen. Und doch … »Carmen Chavez.«

»Mhm, Sozialversicherungsnummer?«

Carmen holte ihren alten Führerschein aus der Tasche. Eigentlich hatte sie auf Anraten von Walter und Intisar alle anderen Ausweise vernichtet. Doch eine Intuition hatte sie dazu gebracht, dieses Schriftstück eben doch in die alte Heimat mitzunehmen. Alte Programmierer-Weisheit: Man braucht immer eine Hintertür.

»Gut. Vielen Dank, dass Sie uns auf den Fall aufmerksam gemacht haben«, meinte der Polizist. »Ich habe mir die Autopsie-Fotos von Jeff Fredricksons Leichnam angesehen und bin der Meinung, dass dies keinesfalls nach typischen Suizid-Verletzungen aussieht.«

Carmens Herz schlug schneller. »Jeff wurde ermordet?«

»Wir können noch keine endgültigen Schlüsse ziehen, aber ich habe viele Jahre in der Mordkommission gearbeitet, und das sieht klar nach Tod durch Strangulieren aus.«

»Aber wieso hat die Polizei das damals nicht gemerkt?«, fragte sie mit erstickter Stimme.

Der Polizist blickte auf seinen aufgeräumten Schreibtisch. »Ehrlich gesagt haben die Kollegen damals nicht gut gearbeitet.«

»Ja, oder jemand Mächtiges hatte Interesse daran, es zu vertuschen.«

»Was meinen Sie damit?«, fragte der Polizist skeptisch.

Sie blickte zu Boden. *»Keine voreiligen Schritte«*, dachte sie.

»Es wird sehr schwierig, den Täter zu finden«, fuhr der Polizist fort. »Nach so langer Zeit sind die meisten Spuren verwischt. Aber ich kann Ihnen versichern, dass wir es zumindest versuchen werden.«

»Und was werden Sie tun?«, fragte Carmen.

»Nun, Sie haben damals ja in einem etwas …«, er zögerte, »liberaleren Viertel gewohnt, wo viele Sicherheitskameras hängen. Wir speichern diese Daten eine Zeit lang …«

»Ich weiß«, dachte Carmen.

»Tatsächlich habe ich bereits Bilder vom Tatzeitpunkt aus unserer Datei gesammelt. Schauen wir doch rein!«

»Jetzt?«, fragte Carmen. Damit hatte sie nicht gerechnet.

»Klar. Vielleicht kennen Sie jemanden. Kommen Sie. Setzen Sie sich zu mir – und ach, bitte lassen Sie die Tür offen.« Er holte einen Ordner vom Sideboard hinter dem Schreibtisch und öffnete ihn.

Carmen umrundete den Schreibtisch und setzte sich neben den Mann, der sich einen Mund-Nasen-Schutz anzog und ihr die Fotos zeigte. Sie fragte sich, ob der sehr gut bezahlte Privatdetektiv den Mann geschmiert hatte, dass er sich so ins Zeug legte. Oder lag es daran, dass die Polizei gerade jedes Wohlwollen gebrauchen konnte, nachdem im ganzen Land und insbesondere in

Louisville große Demonstrationen gegen die omnipräsente Polizeigewalt stattfanden?

Der Mann legte ihr Bild für Bild vor. Viel zu langsam für sie – ihre Synapsen glühten.

Und dann kam Nummer zweiundvierzig! Intisar! Oder besser: Ayshe Sadi. Sie war bereits operiert worden, und so hätte sie auf keinen Fall mehr in Louisville sein dürfen. Intisar hatte ihr mehrfach versichert, dass sie nach ihrer Operation für viele Jahre die USA nicht mehr betreten hatte.

Diese Lüge und Jeffs offensichtlich fingierter Selbstmord ließen nur einen Schluss zu: Intisar war in Jeffs Tod verstrickt. Alles fiel in sich zusammen wie ein Kartenhaus! War die Liebe ihres Lebens wirklich Jeffs Mörderin? Und falls ja, warum?

Sie wollte das Revier so schnell wie möglich verlassen und keine Tränen vor dem Polizisten vergießen.

»Ich kann mich nicht mehr konzentrieren. Bitte! Können wir unser Treffen verschieben? Ich war vor Kurzem noch sehr krank … keine Sorge – nicht mehr ansteckend.«

»Klar. Ich bringe Sie hinaus. Verlassen Sie sich auf uns: Wir kriegen den Kerl, Ma'am«, sagte der Polizist und geleitete sie aus der Tür.

Als sie auf dem Parkplatz war, stieg Carmen in ihr Auto und fuhr an dem immer noch freundlich winkenden Polizisten vorbei.

Sie fuhr noch ein paar Straßen weiter, bevor sie in ein Parkhaus einkehrte und auf dem Rücksitz hemmungslos zu weinen begann.

Der Abend dämmerte bereits, als Carmen es zurück zur Hütte schaffte.. Ihre Gedanken drehten sich unablässig um Intisars Verstrickungen in Jeffs Tod.

»Ist sie wirklich seine Mörderin?«, fragte sie sich immer wieder bange. »Hat sie mich jemals geliebt oder immer nur ausgenutzt?«

Carmen parkte das Auto vor der Hütte. Da erblickten ihre müden Augen glimmenden Schein aus dem Innern. Feuer!

»Scheiße! Habe ich etwas brennen lassen?«, denkt Carmen und eilt in die Hütte, bereit, einen Brand zu löschen.

Doch es ist kein offenes Feuer, sondern der brennende Kamin. Und an diesem Kamin sitzen auf zwei Stühlen Walter und Intisar.

»Was … Wie …?«, fragt Carmen schockiert.

»Wie wir dich gefunden haben? Denkst du, du kannst unter deinem alten Namen zur Polizei gehen und wir finden dich nicht? Wir sind die Propaganda der Tat«, antwortet Walter grimmig. Verärgerung steht ihm ins Gesicht geschrieben.

Doch Carmen beachtet ihn gar nicht. Ihr Blick ist auf Intisar gerichtet, die nach einigen Sekunden mit gesenktem Blick und unterdrückter Stimme sagt: »Carmen, wir wissen, dass du bei der Polizei warst. Das ist brandgefährlich. Willst du uns etwa verraten?«

»Verrat? Ich?« Eine Welle der Wut braust durch Carmens Körper. Sie baut sich vor Intisar auf: »Kannst du mir sagen, was du direkt vor Jeffs Tod bei der Tankstelle in Louisville zu suchen hattest? Du hast gesagt, dass du nie mehr in den USA warst, nach deiner Gesichtsoperation!«

»Es war gelogen, Carmen. Aber nur zu deinem Besten!« Intisar scheint ehrlich erstaunt darüber, was Carmen bereits weiß.

»Ach, wirklich?« Carmen lacht unterdrückt auf. »Hast du mich dann auch nur zu meinem Besten überwacht?«

»Carmen, du verstehst nicht …«, unterbricht Walter.

»Oh, doch. Ich verstehe sehr gut. Mein bester Freund stirbt auf mysteriöse Art und Weise und wenige Tage später steht ein Mann vor meiner Tür, der mich für eine Terrororganisation rekrutieren will – und das auch noch schafft, weil ich auf die Lügen der Person hereinfalle, die mir als einzige noch etwas bedeutet. Und du!«, sie zeigt mit dem Finger auf Intisar. »Du hast ihn …« Sie rennt auf sie los und packt sie am Kragen. »Hast du Jeff umgebracht?«

Walter reißt sie von ihr weg. »Beruhige dich, um Gottes willen!«

»Lass sie, Walter! Sie hat recht! Wir sind Lügner – und wir sind Mörder!« Intisar versucht, Carmen an den Schultern zu fassen, doch diese weicht angewidert zurück. Nun glänzen auch in Intisars Augen Tränen: »Unser Kampf ist schmutzig. Das weißt du. Wir dürfen nicht zögern.«

»Ich wusste, dass wegen uns Menschen sterben. Aber Jeff war mein bester Freund.«

»Ohne Opfer keine Siege«, sagt Walter leise, doch Carmen beachtet ihn nicht.

Mit wässrigen Augen tritt Carmen vor Intisar, so nah, dass sie ihren Körper riecht. »Hast du Jeff ermordet? Sag mir die Wahrheit. Ich weiß, wenn du lügst.«

»Jeff war nicht gut für dich, Carmen«, antwortet Intisar. »Mit ihm hättest du ein unwürdiges Leben geführt, deine Gabe verschwendet. Wäre er nicht gestorben, wärst du heute Hausfrau, hättest Kinder, würdest versuchen, über die Runden zu kommen … und wärst mehr als unglücklich.«

»Also hast du …?«, unterbricht sie Carmen ungeduldig.

Intisar blickt in den Kamin. »Jeder denkt, ich wäre kalt. Doch eigentlich bin ich das Feuer. Ich habe mir so viel Schuld aufgeladen … Wo immer ich bin, sterben die Menschen – seit ich denken kann. Ich will …« Eine Pause folgt. »Ich muss daran glauben, dass dies nicht ohne Grund geschieht. Ich muss daran glauben, dass das Feuer in mir die Welt reinigt.« Sie blickt hoch. »Darum musste auch Jeff gehen.«

»Oh mein Gott!« Intisars Geständnis trifft Carmen ins Mark. Mit den Händen vor dem Mund fällt sie auf die Knie. »Wie konntest du nur? Er hat dir nichts getan!«, keift sie Intisar von unten an – und dann: »Ich will dich nie mehr sehen!«

»Carmen, du verstehst das falsch«, schaltet sich Walter erneut in die Unterhaltung ein. »Intisar hat Jeff nicht ermordet.«

»Was?«, ächzt Carmen.

»Ich war es.«

»Du?«

»Ja, Intisar wollte das ganze Projekt Bangron Industries scheitern lassen, als sie dich mit Jeff gesehen hat. Sie war überzeugt, dass du ihn liebst und sie keine Chance mehr bei dir hat. Sie wollte dir das Bitcoin-Vermögen zurückgeben.«

»Aber wieso hast du dann …?«

»Carmen, ich hatte jahrelang auf dich gewartet …«, antwortet Walter. »Du warst mir versprochen. Deshalb habe ich eine Killerin auf Jeff angesetzt, als alles zu scheitern drohte.«

»Aber ich habe doch Intisar auf dem Foto gesehen …«

»Ja, als sie von dem Attentat erfuhr, versuchte sie, die Mörderin aufzuhalten. Sie kam um Minuten zu spät. Es war bereits vollbracht.«

Carmen steht auf. »Wie kannst du es wagen, mir das zu beichten?«, fragt sie mit weit aufgerissenen Augen.

»Hätte Jeff weitergelebt, hättest du dich für ihn entschieden – und nicht für ein Leben voller Entbehrungen bei der Propaganda der Tat. Es geht um Größeres hier, unsere Leben sind unbedeutend.«

»Du Mörder!«, schreit Carmen voller Wut und Hass. Dann blickt sie auf Intisar. »Wieso hast du mich die ganze Zeit belogen?«

»Du durftest nicht wissen, dass ich an seinem Tod mitschuldig bin. Wie hätte ich dir gestehen sollen, dass du ihn wegen meiner Entscheidungen verloren hast? Wie hätte ich dich sonst bitten können, mir zu folgen?«

Carmen kann nicht glauben, was sie hört. »Ich, ich … Aarrh!«, ruft sie, steht auf und läuft in das Zimmer, in dem sie in den letzten Nächten im Bett von Jeffs Großvater geschlafen hat.

»Hey, wo gehst du hin?«, fragt Walter und will ihr folgen. Doch sie ist bereits hinter der Holztür verschwunden.

Sie weiß genau, hinter welcher Diele sich die alte Büchse von Mr. Fredrickson befindet. Sie löst das Brett vom Boden, nimmt aus der Einbuchtung darunter das Gewehr heraus und lädt in dem Moment durch, als Intisar und Walter den Raum betreten.

»Carmen! Um Himmels willen! Leg das Gewehr weg!«

»Ihr Mörder!«, schreit sie. »Raus! Raus ins Wohnzimmer und setzt euch in die Sessel!« Carmen legt die Jagdwaffe an und zielt auf die beiden, die mit erhobenen Händen zurückweichen und sich setzen.

»Carmen, du wolltest die Wahrheit erfahren«, sagt Intisar und senkt beschwichtigend die Hände.

»Ich wusste nicht, dass es die Wahrheit ist, vor der ich mich am meisten zu fürchten habe«, keift sie mit finsterem Blick. Sie richtet ihre Waffe auf Walter. »Du bist es! Vor dir muss ich mich fürchten! Ich werde dich …« Ihre Hand beginnt zu zittern.

Ein Schuss löst sich.

Er zischt einen Meter an Walter vorbei und landet im Feuer.

»Warte! Carmen!«, ruft Intisar, versucht sie aufzuhalten. »Er hat uns in der Hand. Er ist angesehener Professor, steinreich, hat alle Beweise gegen uns! Wir sind ehemalige Insassinnen, haben falsche Identitäten. Glaubst du, dass er sich nicht abgesichert hat und wir mit einem Mord an ihm durchkommen? Wenn wir ihn umbringen, gehen wir wieder in den Knast – und dieses Mal für immer!« Sie richtet sich auf. »Er ist ein Schwein, aber er hat dieselben Ziele wie wir. Und wir brauchen ihn! Wir müssen uns verbünden!«

»Erwartest du etwa, dass ich weiter mit diesem Bastard zusammenarbeite?«, fragt Carmen und zeigt voller Abscheu mit der Waffe auf Walter.

»So ist Politik!«, antwortet dieser voller Angst in den Augen.

»Es geht nicht um unsere Befindlichkeiten«, sagt Intisar. »Es geht um den Plan, um deinen Plan, Carmen.« Sie hält ihr die Hand zur Versöhnung hin. »Lassen wir die Sünden der Vergangenheit ruhen!«

»Ich … ich weiß es nicht. Es … es riecht nach … Es ist nicht gut … Gar nicht.«

»Es tut mir leid, Carmen. Was kann ich tun, um unseren Deal nicht platzen zu lassen?«, fleht sie jetzt Walter an. Er zittert sichtbar um sein Lebenswerk.

Carmen jedoch scheint seine Worte auszublenden und sich in eine Zwischenwelt geflüchtet zu haben. »Wir können das System zum Einsturz bringen, doch was machen wir dann? Wie können wir den Menschen Vertrauen bringen, wenn wir uns selber nicht vertrauen können?«, flüstert sie zu sich und läuft langsam rückwärts zum Ausgang. »Ich werde nun gehen«, sagt sie plötzlich wieder klar und senkt das Gewehr.

»Was willst du tun? Gehst du zur Polizei?«, fragt Walter.

Carmen hebt erneut die Waffe, zielt auf ihn und sagt: »Verbrecher reden nicht mit der Polizei.«

Sie dreht sich um und läuft zur Tür hinaus. Draußen müssen sich ihre Augen zuerst an die Dunkelheit gewöhnen. Einundzwanzig, zweiundzwanzig … Dann beginnt sie zu rennen, hinein in den umliegenden Wald.

Hinter sich hört sie Intisars Rufe. »Carmen, komm zurück! Wo gehst du hin?«

Doch sie rennt und rennt, so schnell sie ihre Beine tragen, einfach weg von hier.

Sie kommt schneller aus der Puste als gedacht. Sie bleibt stehen und blickt sich um. Sie ist weit genug von der Hütte weg, um deren Lichtschein nicht mehr zu sehen. Aber es ist kalt und eine unterschwellige Angst gleitet unter ihre Haut. Sie darf sich nicht verlaufen. Die Wälder in dieser Gegend sind endlos und giftige Ottern und Spinnen keine Seltenheit – und auch Hyänenrudel streunen durch die Gegend.

»Ich werde zurückgehen müssen«, denkt sie. *»Es führt kein Weg daran vorbei. Es ist zu spät, um unsere Pläne in den Wind zu schießen und aufzugeben. Ich steckte zu tief drin.«* Und trotzdem spürt sie, dass gerade eine fundamentale Änderung in ihr geschehen ist. »Wir stürzen Menschen ins Chaos. Aber was sie brauchen, ist das Gegenteil: Vertrauen. Etwas, woran sie wirklich glauben können.«

Sie braucht einen neuen Plan.

Es war die Geburtsstunde des Anonymous Coins.

26. SEPTEMBER 2033

Petrow-Momente

Sam Kruger lutscht an seinem rechten Daumen wie ein Vampir an seinem Opfer. Das Blut daran schmeckt nach Sieg!

»Ich bin das Schwert des Krieges«, denkt er.

Sam weiß, was es für eine Wirkung auf Menschen hat, wenn sich jemand in seiner Position nicht zu schade ist, sich die eigenen Finger schmutzig zu machen. Selber Gewalt anzuwenden.

»Und gib ihr was, damit sie schläft, verdammt!«, hat George vor wenigen Minuten befohlen. Doch bevor er Ayshe Sadi von ihren Qualen befreite, rammte Sam ihr noch mal mit voller Wucht seine Faust ins Gesicht.

Ein herbeigeeilter Mediziner verabreichte ihr eine Beruhigungsspritze und versorgte ihre Wunden behelfsmäßig.

»Pennington kommt in den Meeting-Raum. Gehen wir!«, drängt George von der Seite.

»Dann los!«, antwortet Sam.

Die beiden Männer und ihr Gefolge drehen sich zum Gehen, als die Tür aufspringt und eine Frau mit ernster Miene den Raum betritt.

»Jocelyne Cortez?«, stammelt Kruger.

Hinter der Grand Dame des Rates des Konsortiums betritt auch Neha Kumar den Raum, flankiert von Sicherheits- und Wachleuten.

Georges Kiefer fällt vor Überraschung herunter, als er die beiden Frauen aus dem Rat des Konsortiums erkennt, deren ständige Anrufe er in den letzten Stunden von seinen Assistenten vertrösten ließ.

»Schon lange nicht mehr an uns gedacht?«, fragt Neha die beiden Männer.

»Ich … äh, was tut ihr hier?«, fragt George verblüfft.

»Da ihr jede Kommunikation mit uns verweigert, haben wir beschlossen, uns aufzuzwingen.« Jocelyn Cortez reckt ihren Kopf und erblickt Ayshe Sadi und den zur Salzsäure erstarrten Mediziner vor ihr. »Um Gottes willen! Ist das Ayshe? Was ist mit ihr passiert? Ich dachte, sie wäre einem Attentat zum Opfer gefallen.«

»Was tut ihr hier?«, fragt Kruger statt einer Antwort, offensichtlich immer noch um Fassung ringend über das überraschende Auftauchen seiner Ratskolleginnen.

»Wir sind Mitglieder des Rates des Konsortiums. Wir kommen überall hin. Was ist mit Ayshe geschehen?«

»Josy, hör mir zu«, beeilt sich George zu erklären. »Das ist nicht Ayshe Sadi. Sie ist eine Betrügerin, die mit den Terroristen unter einer Decke steckt.« George gibt seinen Ratskolleginnen einen kurzen Einblick in die Erkenntnisse über Ayshes wahre Identität.

»Wenn sie mit den Terroristen unter einer Decke steckt, wieso erschießen sie dann ihre Personen im innersten Zirkel des Feindes?«, fragt Neha in ihrem makellosen Englisch. Trotzdem hört man auch jetzt wieder ihren leichten indischen Akzent heraus.

»Friendly Fire oder ein Verteidigungsschuss von unseren Sicherheitsleuten. Wir wissen es noch nicht.«

»Und wie kommt es, dass ihr Ayshe für tot erklärt habt? Mir scheint jedenfalls, dass sie noch lebt«, fragt Jocelyne und blickt erneut über Krugers Schulter. Der Anblick lässt sie schaudern. »Zumindest atmet sie noch«, ergänzt sie.

»Josy, wir müssen konsequent sein. Niemand darf erfahren, dass sich ein Spion in den Rat eingeschlichen hat. Das wäre unser Ende«, sagt Kruger und knirscht mit zusammengebissenen Kiefern.

Jocelyne schweigt als Antwort.

»Du weißt, wie Politik läuft«, ergänzt George und fährt fort: »Lasst uns dies bitte später besprechen. Es gibt jetzt Wichtigeres. Das Ultimatum läuft in weniger als zwölf Stunden ab. Bis dahin müssen wir die Probleme gelöst und die Bande ausgeschaltet haben. Wir … Wir wollten gerade sowieso zu euch …«, beeilt sich George zu versichern. »Wir müssen uns sofort mit Pennington treffen. Ich weiß, wo die Terroristen stecken. Wir müssen sie sofort …«

»In Sibirien stecken sie«, antwortet Neha Kumar.

Georges Kinnlade fällt hinunter. »Woher weißt du das?«

»Von Wolf. Möchtest du mit ihm sprechen? Ich habe ihn in der Leitung.«

Cortez hebt ihr Handy hoch und es erscheint Wolfs Bild darauf. Das Ratsmitglied sitzt in einem fensterlosen Raum, umrundet von einer Frau und zwei maskierten Männern, die mit Maschinenpistolen bewaffnet sind.

»Hallo, George«, sagt Wolf mit metallener Stimme.

»Was … Was soll das?«, fragt Kruger.

»Sie möchten mit uns verhandeln, George. Und wir denken, dass wir uns dem stellen sollten!«, antwortet Jocelyne.

George bleibt der Atem weg. »Wir verhandeln nicht mit …« Ein Hustenanfall unterbricht seine wütende Antwort. Dann krächzt er: »Verhandeln? Seid ihr wahnsinnig geworden? Das sind Terroristen, die den Planeten ins Chaos stürzen wollen! Wenn wir mit denen verhandeln, erkennen wir sie an. Was glaubt ihr eigentlich, was hier ab morgen los ist, wenn wir denen nicht das Handwerk legen?«

»Das sind ein paar hochkriminelle IT-Nerds, denen wir das Licht ausblasen. Dann ist der ganze Spuk hier vorbei!«, ergänzt Kruger.

»Neha und ich möchten diese Verhandlungen führen«, beharrt Jocelyne. »Natürlich möchte das auch Wolf – darum ist er uns zugeschaltet. Von eurer Seite sehe ich nur zwei Stimmen. Und da die arme Frau dort hinten«, sie zeigt auf Ayshe, »wohl nicht für sich sprechen kann, sind die Regeln des Rates …«

»Wolf wird als Geisel gehalten, verdammt. Er kann nicht frei entscheiden«, protestiert Kruger.

»Umso mehr sollten wir ihm zumindest Gehör schenken«, antwortet Neha.

George zögert. Dann erklärt er das Gefecht mit einem tiefen Seufzen als verloren. »Okay, ein Militärschlag benötigt ja sowieso noch Planungszeit. Öffnen wir diesen Gesprächskanal – vielleicht wollen sie ja kapitulieren«, schlägt er vor.

»Sehr gut. Das wollte ich hören«, meint Jocelyne Cortez. »Wir haben auch bereits einen Raum eingerichtet für eine Videokonferenz. Bitte informiert Präsidentin Pennington, dass wir sie da erwarten. Dann können wir sofort starten.« Sie wendet sich um zum Gehen, doch drehte sich noch einmal um, zeigt auf Ayshe und ergänzt trocken: »Und nehmt die Frau mit rauf!«

Wolf sitzt hinter seiner Entführerin. Sein Blick führt über ihre Schulter auf einen Monitor, auf dem er seit wenigen Sekunden seine Ratskollegen erkennen kann. Die Frau, die er als Doris kennengelernt hat, führt die Verhandlungen, während er in einem engen Stahlstuhl mit hartem, schwarzem Polster sitzt. Neben ihm steht Ruben und auf der anderen Seite ein weiterer Wachmann. Beide haben ihre Waffen auf ihn gerichtet. Dieser Zustand der Wehrlosigkeit flößt ihm eine lähmende Angst ein.

Während sich die Männer neben ihm vermummt haben, verbirgt Doris ihr Gesicht unter dem Schatten der Kapuze der roten Jacke. Darunter lugen die schwarzen Locken hervor.

Hinter ihnen ragt der riesige Quantencomputer mit der Partikelbahn in die Höhe – gut sichtbar auch für die Gegenpartei. Sollten die Mächtigen der Welt ruhig sehen, dass sie es hier nicht mit Amateuren zu tun haben!

Wolf darf frei sprechen, und doch gilt höchste Vorsicht. Kommt es zur Eskalation, droht er zum ersten Opfer zu werden. Und das, obwohl er mit den Geiselnehmern kooperiert hat, um überhaupt noch Einfluss auf das Geschehen zu haben. Er hat über seinen Funker einen Kontakt zu Jocelyne Cortez hergestellt und ihr erzählt, was ihm zugestoßen ist. Er bat sie darum, dass sie sich mit Neha in die Machenschaften von George und Kruger einschaltete, die hinter ihren Rücken abliefen.

Auch US-Präsidentin Chloé Pennington ist inzwischen eingetroffen, stets flankiert von Beratern und Secret-Service-Agenten. »Wir machen die Geschütze bereit«, wispert sie George und Kruger im Vorbeigehen zu. »Aber geschossen wird ausschließlich auf meinen Befehl hin.«

Alle wissen, dass Penningtons Befehl der wichtigste ist. Militärische Macht ist immer noch das entscheidende Primat der Staaten und Nationen. Auch wenn noch so viele andere Gesellschaftsbereiche inzwischen privatisiert und ökonomisch strukturiert sind: Die Macht über die legitimierte Gewalt haben die Nationalstaaten des Westens nie aus ihren Händen gegeben. Im Speziellen gilt dies für die Vereinigten Staaten: Sie sind immer noch die Nation mit der deutlich schlagkräftigsten, modernsten und tödlichsten Armee der Erde – und mittlerweile auch des Alls.

Pennington ist die Königin dieses Schachspiels.

Carmen ist nervös. Doch sie versucht, sich die nassen Hände, den hohen Puls und das flaue Gefühl im Magen nicht anmerken zu lassen.

Die beiden Frauen des Rates in London strahlen Ernsthaftigkeit und Seriosität aus. Pennington setzt ihr Pokerface auf. Daneben steht Kruger mit verschränkten Armen, jederzeit bereit, jeglichen Funken Mäßigung durch beißenden Sarkasmus zu desavouieren. Doch das bedrohlichste Bild strahlt ganz klar George Bangron aus. Seine Haut ist fahl, seine Augensäcke dunkel und schwer. Die ergrauten, ungekämmten Haare leuchten fettig. Er funkelt die Kamera aus müden Augen an, als könnten seine Blicke sie auf der anderen Seite der Welt wie eine Bombe treffen.

»So sieht der also hinter der Bühne aus«, denkt Carmen. Sie weiß, dass dieser Mann sie lieber heute als morgen tot sehen würde.

»Könnt ihr uns einen Grund verraten, wieso wir euch nicht direkt dem Erdboden gleichmachen sollen?«, fragt Pennington mit drohender Miene.

»Es gibt mehrere Gründe. Erstens haben wir die Geiseln inklusive eines Ratsmitglieds in unserer Gewalt, die bei einem Angriff ebenfalls ums Leben kämen. Zweitens hat der Anonymous Coin die kritische Download-Grenze überschritten und wird ohne unser Zutun sein Werk vollenden. Und drittens haben wir durchaus Angebote, die für euch von Interesse sein können – es gibt Verhandlungsmaße«, antwortet Carmen.

»Was fordert ihr?«, fragt Neha Kumar.

»Zuerst will ich Ayshe Sadi sehen.«

»Ayshe Sadi ist tot. Ihr habt sie umgebracht«, antwortet Kruger zähneknirschend.

»Ihr lügt!«, ruft Carmen aus. »Das war eine False-Flag-Attacke! Ich bin sicher, dass sie noch am Leben ist, damit ihr möglichst viele Informationen aus ihr herausfoltern könnt. Zeigt sie mir oder die Verhandlungen sind jetzt beendet und ihr könnt der Öffentlichkeit das nächste Todesopfer aus eurem Rat präsentieren … Doch dieses Mal wird es wirklich durch unsere Hand sterben.« Ruben hält drohend seine Waffe an Wolfs Schläfe und lädt sie durch.

»Holt Ayshe rein!«, befiehlt Jocelyne Cortez.

Ein Wachmann schiebt kurze Zeit darauf die nun an einen Rollstuhl gefesselte Frau in den Saal. Sie ist inzwischen bekleidet worden, doch Verletzungen sind noch klar zu erkennen. Zudem steht sie offensichtlich unter Drogen.

Carmen beugt sich weit vor, offensichtlich bestrebt, einen guten Blick auf sie zu werfen. »Was habt ihr mit ihr gemacht?«, ruft sie mit schrillem Tonfall, als sie ihren Zustand erkennt. Sie sieht Prellungen, Wunden und … Bisse? Carmen hält die Hand von den Mund.

In London zieht Jocelyne Cortez derweil George zur Seite und fragt ihn flüsternd außerhalb der Hörweite der Mikrofone: »George, habt ihr Ayshe so zugerichtet?«

»Josy, sie ist eine Verräterin! Was hätten wir der Öffentlichkeit erzählen sollen? Dass wir bis in den Rat infiltriert wurden? Wer würde uns jemals wieder etwas glauben?«

»Und was ist mit Soul-Young?«

»Es war ein Unfall.« George senkt den Kopf.

Der Anblick der offensichtlich verletzten Intisar lässt Carmen für einige Sekunden zögern. Als die Gespräche unter Geflüster aus dem Hintergrund weitergehen, ist Carmen der Schock an ihrem bleichen Gesicht anzusehen.

»Das werdet ihr bereuen«, murmelt sie und schnieft.

»Lassen wir uns nicht von Gefühlen leiten und konstruktiv werden. Was sind eure Forderungen?«, fragt Pennington.

Carmen fährt sich mit dem Ärmel über die Augen und sagt: »Ayshe Sadi wird vor versammelter Weltpresse für lebend erklärt und an einen von uns vorgegebenen Ort mit einem Hubschrauber geflogen. Sie erhält öffentliche Garantien auf ein Leben ohne Verfolgung, eine völlige Amnestie durch den Rat des Konsortiums und die amerikanische Regierung.«

»Ausgeschlossen!«, ruft Kruger entsetzt.

»Was habt ihr uns dafür anzubieten?«, fragt Pennington unbeirrt weiter, ohne sich um Sams Einwurf zu kümmern.

»Eine ganze Menge. Die Geiseln und eine revolutionäre Technologie: den Quantencomputer, den ihr hinter mir seht.« Sie zeigt auf die riesige Maschine hinter sich.

»Er war es, der euer absolut sicheres System gehackt hat. Und jetzt könnt ihr ihn haben.«

»Die Geiseln sind ein relativ kleines Opfer, wenn man bedenkt, was auf dem Spiel steht. Und wer weiß schon, was euer Computer da hinten wirklich wert ist«, antwortet Bangron.

»Das Schicksal von Ayshe Sadi ist für uns zweitrangig. Hier sollten sich Lösungen finden lassen«, fährt Chloé Pennington weiterhin unbeirrt fort.

Kruger und Bangron schauen sie schockiert an. Was tut sie hier? Will sie tatsächlich mit Terroristen verhandeln? Zugeständnisse machen? Wieso lässt sie sich erpressen?

Pennington nennt nun ihre Forderungen: »Ihr müsst öffentlich verkünden, dass der Anonymous Coin ein

Betrug ist und dass niemals eine Auszahlung stattfinden wird. Und diese Transaktionen dürfen natürlich auch niemals geschehen.« Sie räuspert sich und fährt dann fort: »Außerdem müsst ihr verkünden, dass es nie einen Hack auf unsere Systeme gegeben hat und dass die Ersparnisse und Besitztümer der Menschen absolut sicher sind.«

Carmen blickt finster, flüstert dem Mann an ihrer Seite etwas zu und antwortet anschließend: »Wir sind bereit, öffentlich zu versichern, dass wir uns geeinigt haben und dass bestehende Vermögen von uns nicht attackiert werden. Aber die Ausschüttungen des Anonymous Coins werden geschehen. Das ist nicht verhandelbar.«

Ein Moment der Stille tritt ein, als beide Parteien begreifen, dass sich bei der Frage nach den Auszahlungen des Anonymous Coin ihre roten Linien treffen.

»Lass mich mit Pennington alleine sprechen«, flüstert Wolf seiner Geiselnehmerin zu. »Solange ich von euch direkt bedroht werde, habe ich hier keine unabhängige Stimme. Vielleicht kann ich die Situation retten.«

Carmen denkt nach. Was bleibt ihr anderes übrig, wenn sie Intisar retten will? Sie gewährt Wolf die Möglichkeit und lässt ihn alleine in ein kleines Zimmer sperren, in dem er eine zusätzliche Schalte nach London aufbauen kann.

»Die hören natürlich jedes Wort mit«, knurrt Sam Kruger, als er von diesem neuen Verbindungsaufbau erfährt.

Doch Jocelyne, Neha und Pennington unterstützen die parallele Verhandlung.

George blickt auf seine Uhr. Noch acht Stunden. Er kann nur hoffen, dass Pennington wirklich alles für den Militärschlag vorbereitet hat. Für ihn gibt es keinen Zweifel, dass diese Scharade mit einem großen Knall enden wird. Er versteht nicht, wieso dies nicht bereits geschehen ist. Ihnen läuft doch die Zeit davon.

Zugegeben: Bei einem US-geführten Angriff auf Russland war eine Kettenreaktion zu befürchten, die bis zu einem direkten Konflikt der Atommächte führen kann, und sie wissen auch nicht, ob mit der Zerstörung des Terroristen-Hauptquartiers der Anonymous Coin tatsächlich aufgehalten werden kann. Und doch macht sich keinerlei Zweifel in Georges Brust breit. *»Der Einsatz ist zu hoch«*, denkt er.

Endlich wieder mal keine Waffe am Kopf!

Wolf staunt darüber, wie sich diese ganze Notsituation auf sein Denken ausgewirkt hat. Als habe er in den letzten Stunden mehr Ängste, Gefühle und verstörende Gedanken erlebt als in seinem gesamten bisherigen Leben. Die Zeit war dabei dickflüssig wie Melasse zerronnen. Gleichzeitig hatte er nie so sehr im Augenblick gelebt wie jetzt, wo jeder Moment sein letzter sein konnte.

Seine Gedanken waren seit der Geiselhaft regelmäßig an seine Frau Claudine abgeschweift. Was sie jetzt wohl tat? Wusste sie bereits, dass es wohl um ihn geschehen war? Würde er sie wirklich nie mehr sehen? Und falls doch… Was musste sich ändern?

Aber jetzt richtet er seinen Fokus wieder auf die vor ihm stehenden Aufgaben und nicht auf Träumereien von einer fernen, ungewissen Zukunft.

»Stockholm, vergiss das Stockholm-Syndrom nicht«, denkt er, während er ein Mikrofon an einen neuen Computer anschließt. Er will auf keinen Fall ein positives emotionales Verhältnis mit seinen Entführern aufbauen, auch wenn er im Moment mit ihnen kooperiert. Und doch muss er sich eingestehen, dass er davon beeindruckt ist, mit was für ausgeklügelten Strategien die Terroristen agieren.

Nun sitzt er allein in dem kleinen Raum, in dem er abgeschottet von den Geiselnehmern mit den Leuten in London sprechen kann. Jenen Personen, die er alle gut kennt und die nun ein Interesse daran haben, dass er das Ganze nicht übersteht. Und so mischt sich die Erleichterung, keine Waffe mehr auf sich zu spüren, mit bleierner Angst vor seinem bevorstehenden Tod. Wie ein schweres Gewicht lastet sie auf seinen Schultern.

»Okay, jetzt mach ihnen den Quantencomputer schmackhaft«, denkt er zu sich, als er die anderen begrüßt. Es wird keine einfache Mission, doch er spürt, dass die Maschine seine beste Chance ist. Er schaut auf den Bildschirm vor sich und fokussiert George und Pennington, was sich durch die Kamera jedoch als schwierig erweist.

»Ich befürchte, dass wir zu keiner Lösung kommen werden, wenn wir weiterhin auf der Einstellung des Anonymous Coins bestehen. Lassen wir ihnen doch ihre Spinner-Währung. Wir werden sie mit repressiven, staatlichen Maßnahmen bekämpfen und seine Verbreitung durch Repression unterbinden«, schlägt Wolf nach einer sehr kurz gehaltenen Begrüßung vor. Er klingt verzweifelter als erhofft.

»Wolf, du willst deine Haut retten, das verstehen wir«, antwortet George. »Aber wir dürfen auf keinen Fall nachgeben. Der Coin verbreitete sich wie ein Lauffeuer. Wenn wir ihn nicht stoppen, sind wir alle geliefert.«

»George, wenn du wüsstest, was die hier gebaut haben!«, antwortet Wolf. »Das ist ein funktionierender Quantencomputer, der zuvor noch nie gebaut wurde. Die führen komplizierteste Rechenprozesse ohne Zeitaufwand durch und können jedes digitale System hacken. Diese Technologie ist wertvoller als jede Währung.« Seine Stimme zittert. »Gewalt ist hier das falsche Mittel.«

George Bangron und Sam Kruger hingegen blicken stumm und mit verschränkten Armen auf den Boden vor sich. Jocelyne Cortez und Neha Kumar schauen kritisch, aber scheinen eventuell überzeugbar. Doch die entscheidende Frage ist: Was meint Pennington?

Die US-Präsidentin holt tief Luft und sagt: »Wir müssen die Dimensionen sehen. Ein Angriff auf russisches Territorium? Ich habe bereits mit dem russischen Präsidenten gesprochen und dieser droht unverhohlen mit einem Vergeltungsschlag. Ich bin nicht bereit, eine gewaltsame Kettenreaktion zwischen zwei Atommächten zu riskieren.« Sie denkt einen Moment nach und ergänzt dann: »Wir lassen Ayshe Sadi frei. Sie und ihre Kumpane können wir auch zu einem anderen Zeitpunkt noch hochgehen lassen. Wir lassen sie ihren Coin starten – so wie es aussieht, können wir dessen Auszahlung ja sowieso nicht verhindern.«

»Jeder, der das Ding nutzt, gehört hinter Gitter«, flüsterte George Sam im Hintergrund ins Ohr.

»Dafür erhalten wir die Garantie, dass keine bestehenden Konten gehackt werden«, führt Pennington weiter aus. »Außerdem kriegen wir den Quantencomputer – und damit einen technologischen Vorteil im globalen Wettbewerb. Meine Entscheidung steht: Wir greifen nicht an! Wir nehmen den Deal an!«

»Das kannst du nicht tun!«, schreit George voller Entsetzen und tritt auf Pennington zu. »Versteht ihr das denn nicht? Wenn wir die erste Auszahlung nicht verhindern, kriegen wir den Geist nie mehr in die Flasche zurück. Es wird sich verbreiten wie ein Lauffeuer. Eine freie, unabhängige Währung ohne staatliche Kontrolle mit einem Grundeinkommen? Wie sollen wir das jemals wieder stoppen? Alles wird im Chaos versinken!«

»George, die Entscheidung ist gefallen«, antwortet Pennington bestimmt.

»Das ist das Ende von Bangron Industries!«, denkt George. *»Mein Ende!«* Er greift sich an den Hals.

»Wir sind erledigt …«, flüstert er Kruger trocken zu, während sie die Verbindung zu Wolf abbrechen und die andere zu den Terroristen erneut starten, um ihre Entscheidung zu verkünden.

Doch Kruger wispert verschwörerisch: »Es ist noch nicht vorbei!«

Die Verbindung entsteht erneut und Carmen sieht ganz vorne die US-Präsidentin stehen. Wolf wird gerade wieder hineingeführt.

»Wir haben uns entschieden«, beginnt Pennington zu sprechen. Ihr Tonfall klingt versöhnlich und in Russland schöpft Carmen Hoffnung auf ein gutes Ende.

Doch dann erblickt sie den Hintergrund des Bildes und die Worte der US-Präsidentin verlieren ihre Farbe und verschwimmen in ihren Ohren. Sie sieht, wie Kruger zu einem Wachmann schleicht, der unter seinem Befehl steht. Er flüstert ihm etwas ins Ohr.

Der Wachmann macht große Schritte auf Intisar zu, die immer noch benommen auf ihrem Stuhl sitzt.

Carmen schreit: »Nein! Haltet ihn auf!« Sie zeigt auf den Wachmann.

Doch in London blicken sie nur verständnislos in die Kameras.

In dem Moment öffnet Intisar die Augen und blickt auf. »Ḥabībati«, sagt sie und lächelt, als sie Carmens Gesicht auf dem Bildschirm vor sich erkennt. Es ist ihr letztes Wort.

Der Wachmann hinter ihr zieht seine Waffe und schießt ihr in den Kopf. Blut und Hirnmasse spritzen auf den Boden des Raumes. Geschrei legte sich über den Raum in London – und auch über den in Sibirien.

»Verhaftet den Mann! Sofort!«, ruft Pennington nach dem ersten Schock ihren Sicherheitsleuten zu, die den Wachmann, der Intisar ermordet hatte, abführen.

»Und ihn auch!«, brüllt die US-Präsidentin und zeigt auf Kruger.

Sam wird im Polizeigriff von zwei Mitgliedern des präsidialen Sicherheitsdispositiv aus dem Raum geführt.

Jocelyne Cortez hält sich die Hand vor den Mund und blickt auf den schwarzen Bildschirm. Nach dem Mord brach die Verbindung nach Sibirien innerhalb von Sekunden ab.

»Das war Mord! Eiskalter Mord«, stammelt Neha Kumar neben ihr. Sie setzt sich auf einen eisernen Bürostuhl und verbirgt das Gesicht in den Händen.

»Was fällt euch ein? Wie konntet ihr sie einfach ermorden?«, fährt Pennington George an.

»Ich habe mit der Sache nichts zu tun«, erwidert dieser und hebt abwehrend die Hände. Tatsächlich hat Kruger auch ihn mit der Aktion überrascht, doch kann er nicht sagen, dass er sie nicht gutheißt. *»Ein echter Mann der Tat«*, denkt er und fühlt zum ersten Mal seit Ewigkeiten etwas Optimismus.

Eilig herbeigerufenes Personal wischt die sterblichen Überreste des ehemaligen Ratsmitglieds aus dem Raum. Jeder, der dabei war, hat Blutspritzer auf seinen Kleidern. Sie beschließen, sich schnell in den Raum auf der anderen Seite des Flures zu begeben, um dem hartnäckigen Geruch des Blutes und den unappetitlichen Reinigungsarbeiten aus dem Weg zu gehen.

»Was tun wir denn jetzt?«, fragt Neha, als sie sich am neuen Ort um einen Konferenztisch gesammelt haben, und ringt noch immer um Fassung.

»Unser Deal ist wohl tot, nachdem unser Pfand keinen Kopf mehr hat«, raunt George und zeigt mit offenen Handflächen in die Richtung des Raumes, den sie soeben verlassen hatten.

»Halt die Klappe, George. Sonst lasse ich dich auch rausschmeißen«, herrscht ihn Pennington an.

In dem Moment verschwindet das Licht im Raum. Für zwei Sekunden. Dann geht es flackernd wieder an.

»Notstrom«, wispert einer der Sicherheitsleute im Raum, der sich mit solchen Szenarien auskennt.

Die Tür springt auf und ein Berater Penningtons stürmt herein. »Mrs. President! Kommen Sie schnell! Das müssen Sie sich ansehen!«

Alle eilen aus dem Raum und in den obersten Stock des hohen Gebäudes, in dem sie sich befinden. Sie rennen zum nächsten Fenster, von wo aus sie eine gute Übersicht über London haben.

Schwärze.

Der Strom in der ganzen Stadt ist weg. So weit sie schauen nur Dunkelheit, durchdrungen von wenigen Lichtstrahlen aus Notstromaggregaten, die wie blasse Sterne an einem dunklen Nachthimmel glühen.

»Die attackieren uns mit diesem Quantencomputer! Die hacken unsere Infrastruktur«, flüstert Jocelyne Cortez, während sie gebannt auf das schwarze London blickt.

»Wir müssen jetzt angreifen!«, fährt George die US-Präsidentin an. »Wer weiß, welche Schurkenstaaten hinter diesem Terroristenpack stecken? Das schaffen die doch niemals alleine! Es geht jetzt um die militärische Vorherrschaft der USA!«

Pennington blickt mit müden Augen auf das Dunkel. Dann wendet sie sich dem General neben sich zu. »Starten Sie die Raketen!«

Admiral Jamal N. Lewis läuft von der Schiffspitze des Flugzeugträgers zum Kommandozentrum.

Der Befehl ist klar, auch wenn er es nicht glauben kann. »Angriff auf russisches Territorium mit panzerbrechenden Tomahawks! Fünfunddreißig Stück! Auf jegliche Gegenwehr wird adäquat geantwortet! Nukleare Sprengköpfe in Gefechtsbereitschaft halten! Auch unter Wasser und in der Luft!«

Er blickt noch einmal auf die ruhige See, die er seit seiner Kindheit so liebt. Damals war er jeden Tag zum Hafen seiner Heimatstadt New Orleans gepilgert, wo er die Frachter bewunderte, die groß wie Hochhäuser über ihre Besucher ragten. Als er sich für eine Militärkarriere entschieden hat, war klar, dass nur die Navy für ihn infrage kam.

Er sieht auf eines seiner Begleitschiffe neben ihm. Dahinter glaubt er in der Ferne das Teleskop des U-Boots zu erkennen. An Deck der USS Gerald R. Ford spürt er zu jeder Zeit, dass sie Teil der mächtigsten Seemacht aller Zeiten sind, während sie in bis zu dreißig Metern Höhe durch das Wasser des Nordpazifiks pflügen.

Und doch weiß Admiral Lewis: Für einen zu erwartenden massiven, vielleicht nuklearen Gegenschlag mit Langstreckenraketen sind sie nicht gewappnet. Diese Bomben können in großer Entfernung explodieren und trotzdem verheerende Wirkung auf ihn, die Mannschaft und die gesamte Flotte haben.

Er betritt die Treppe zur Kommandobrücke, die aus der Mitte des riesigen Flugzeugträgerdecks aufragt.

Was soll er nur tun, fragt er sich, während er die Stufen erklimmt. Soll er Stanislaws Petrows Beispiel folgen und den Schießbefehl verweigern? Kann er wirklich eine

Meuterei anzetteln, um so vielleicht einen Weltkrieg zu verhindern?

Vor der Tür zum Befehlsraum stockt Jamal N. Lewis. Der große Moment seines Lebens ist gekommen. Er sinnt über einen Ausweg. Denn er weiß, dass er nach dem Öffnen der Tür seine Meinung nicht mehr ändern kann. Wankelmut führt keine militärischen Einheiten.

»*Ich kann diesen Befehl verweigern*«, denkt er bei sich. »Nein, ich muss diesen Befehl sogar verweigern und sei es nur, um den Politikern mehr Zeit zu geben, damit sie sich einigen.«

Doch so schnell wie sein Mut gekommen ist, verlässt er ihn auch wieder. Er hat doch keine Ahnung, was hinter den Kulissen geschieht.

»Nein, es hängt nicht an mir«, sagt er zu sich. Seine Rolle in der Geschichte soll keine große sein. Er öffnet die Tür und betritt den Kommandoraum forschen Schrittes.

»Captain, sind alle Systeme bereit für den Angriff?«, fragt er seinen direkten Untergebenen.

»Ja, Admiral. Aber wir haben anscheinend Probleme mit der Elektronik.«

Eigentlich nichts Ungewöhnliches auf so einem Schiff, auf dem Hunderte von Kilometer an Kabeln ausgelegt sind. Gerade mit den Aufzügen haben sie seit Jahren Problemen – besonders nach der letzten Revision wieder. Aber jetzt darf natürlich nichts schiefgehen.

»Was meinen sie damit?«, fragt Admiral Lewis deshalb ärgerlich.

»Unsere elektronischen Befehle werden teilweise nicht ausgeführt. Es ist, als ob etwas unsere Signale stört.«

Ist das ein Zeichen?

»Können Sie trotzdem die Tomahawks bei einem entsprechenden Befehl starten?«

»Ja, das sollte möglich sein. Der Raketenstart ist in erster Linie eine mechanische Funktion. Aber unsere Abwehrsysteme sind geschwächt.«

Admiral Lewis denkt nach. Kann ihn das vor der fatalen Entscheidung bewahren? Nein, das ist kein Ausweg. Er hat kein Recht, den Gehorsam zu verweigern.

»Starten der Raketen auf das definierte Ziel«, hört er sich selbst sagen.

Der Captain tippt auf dem Monitor einen Befehl ein, worauf ein roter Knopf unter seinem Pult vorfährt. Dieser ist in einen Plastikschutz gehüllt, den Admiral Lewis mit einem Schlüssel öffnet.

»Feuer!«, sagt er und der Captain drückt den roten Knopf mit dem Daumen herunter.

Ein ohrenbetäubendes Zischen durchfährt das Schiff, als aus den Tomahawks auf der Backbordseite die panzerbrechenden Raketen in die Luft schießen.

»Überwachen Sie den Flug!«, befiehlt der Admiral.

»Raketen sind auf Kurs, Sir!«, antwortet der Captain.

Sie beobachten die weißen Punkte auf dem Monitor, die unaufhaltsam ihrem Ziel entgegenziehen. Lewis zögert einen Moment. Lässt sich ablenken. Vielleicht ist es ja doch noch nicht zu spät und er kann diesen Wahnsinn noch abblasen.

Plötzlich entsteht Unruhe um ihn herum. »Sir, die Raketen kommen vom Kurs ab … Sie stürzen ins Meer!«

»Was? Lassen Sie mich sehen!« Lewis beugt sich über den Monitor.

Tatsächlich: Die weißen Punkte auf der digitalen Karte sind alle verschwunden. Wie kann das sein?

»Sind alle Raketen abgestürzt?«

»Nein, Sir. Eine hat den Kurs geändert, Sir … Sie hat gedreht. Oh mein Gott! Sie fliegt zu uns zurück!« Unfassbar: Da ist tatsächlich noch ein einzelner Punkt, der sich gemäß GPS genau auf sie zubewegt.

»Mayday! Mayday! Alle auf Gefechtsstation!«, schreit Lewis panisch in sein Funkgerät.

»Leite Phalanx ein!« Ein geistesgegenwärtiger, junger Leutnant sitzt bereits an der Steuerung der Abwehrsysteme und zielt mit einem Joystick auf das Ziel auf seinem Monitor. Er feuert. »Phalanx versagt! Elektronik außer Kontrolle!«

Admiral Jamal N. Lewis blickt aus dem Fenster und in den Himmel. Der Nebel hatte sich inzwischen verzogen, als wollte er ihnen die Sicht auf ihren Untergang nicht nehmen. Da kommt die Rakete! Wie gut man sie sehen kann. Wie ein Stern, der vom Himmel fällt. Lewis weiß: Ihnen bleiben nur noch Sekunden.

»Gott stehe uns bei!«, flüstert er.

Carmen hat noch nie solchen Schmerz gespürt. Intisars Ermordung ist gerade vor ihren Augen geschehen.

Sofort unterbricht sie die Verbindung.

Sie atmet tief durch. *»Jetzt bloß nicht zusammenbrechen«*, denkt sie.

Sie spürt Rubens Hand auf der Schulter und blickt in

seine rot-unterlaufenen Augen. »Es tut mir leid«, sagt er.

»Mocking Jay«, antwortet sie.

»Protokoll Mocking Jay!«, raunt Ruben in sein Funkgerät, und sogleich leuchten die Monitore wieder hell auf. Es öffnen sich Satellitenbilder und Fenster mit Codes.

Ringsherum öffnen sich Türen des Verhandlungsraums. Männer und Frauen, alt und jung, offensichtlich aus aller Herren Länder eilen in den Raum, setzen sich an einen für sie reservierten Platz und starten ihre Rechner, die mit dem Quantencomputer verbunden sind.

Wolf schaut voller Erstaunen zu. Während der Raum heller wird, spürt er, wie der Quantencomputer erwacht. Ein Höllenlärm dröhnt durch die riesige, unterirdische Anlage. Große Kühlanlagen blasen mit einem Röhren kalte Luft durch die Maschinen. Grelle Lichtblitze schießen durch die Glasröhren im Tunnel, der an die Computeranlage angeschlossen ist. Unzählige atomare Teilchen, schneller als die Lichtgeschwindigkeit, die den Raum und die Zeit verschmelzen.

Ruben legt Wolf Handschellen an und fixiert ihn am Ende eines massiven Stahlrohrs in der Ecke des Raumes. Ein Bewaffneter mit Maschinenpistole wird zu seiner Bewachung abgestellt.

»London ist ausgeknipst!«, ruft ein junger Mann mit einer Mütze vor einem der Computer-Bildschirme und hebt den Arm, als wäre er bei einer Auktion.

»Die führen Krieg. Krieg gegen das System. Krieg gegen uns«, dämmert es Wolf. Und trotzdem fragt er sich, was der Mann mit ausgeknipst meint.

»Videokonferenz zwischen den Nationalbankpräsidenten unterbrochen!«, ruft eine andere Person an ihrem Laptop.

»Sie treffen uns an unserer Achillesferse: der Informationsinfrastruktur«, denkt Wolf.

Eine Frau ruft aus der gegenüberliegenden Ecke: »Von den besprochenen Konten sind bereits fünfzig Prozent geplündert!«.

»Kann das wirklich sein?«, fragt sich Wolf. *»Hacken die gerade die weltweite digitale Infrastruktur mit nur einer Maschine? Oder war das alles ein Bluff?«*

Carmen blickt inzwischen der reibungslos laufenden und offensichtlich von langer Hand geplanten Operation schweigend zu.

»Was tut ihr da?«, ruft Wolf ihr zu.

»Was wir tun? Wir berauben die Räuber ihrer Vermögen, greifen kriegerische Stellungen mit Cyberattacken an. Wir verhindern die Kommunikation zwischen hohen Regierungs- und Militärstellen. Und treiben die Finanzwelt ins Chaos.«

Carmen blickt voller Stolz auf ihr Werk, das zuverlässig wie ein Uhrwerk funktioniert. Alles, was als unmöglich gilt, führt sie mit spielerischer Leichtigkeit aus. Die am besten gesicherten Cybersysteme des Planeten fallen ihr reihenweise zum Opfer.

Die Frauen und Männer, die sie so lange rekrutiert und ausgebildet hat, funktionieren als perfekt eingespieltes Team. Nichts anderes als ihr Spiel hat mehr eine Bedeutung. Im Rausch des Erfolgs vergisst Carmen die traumatischen Bilder, die sie eben noch so verstörten. Doch im Unterbewusstsein weiß sie, dass sie im Schatten der nächsten ruhigen Minute unerbittlich auf sie lauern.

Dann kommt der Angriff der USS Gerald R. Ford. »Ma'am: Gegenangriffe aus dem Pazifik!«

»Mein Gott, das war's dann!«, denkt Wolf. »Diese Terroristen können unmöglich mithilfe von nur einem Computer die größte Militärmacht der Geschichte besiegen.«

Doch der Quantencomputer ortet sofort die Raketen und hackt sich in deren Lenkungssysteme.

»Was sollen wir mit den Raketen tun?«, fragt einer von Carmens Helfern.

»Ich übernehme«, antwortet sie.

Sie sitzt an den Bildschirm und übernimmt mit einem schwarzen Joystick mit rotem Knopf die Kontrolle über die Raketen. Sie lässt sie mit einem Wisch über den Bildschirm alle auf einmal ins Meer fallen. Außer eine. Die steuerte sie zurück zur Flotte, von der der Angriff gekommen ist.

»Bumm!«, ruft sie.

Sie lässt die Tomahawk-Rakete in der Nähe der Schiffe einschlagen, doch so, dass sie nicht direkt getroffen werden. Der Einschlag im Meer wird durch eine gekaperte Satellitenkamera auf einem Bildschirm über ihren Köpfen übertragen. Die Beiboote der Flotte und sogar der riesige Flugzeugträger werden von meterhohen Wellen und einer massiven Druckwelle erfasst und von Grund auf durchgerüttelt. Doch untergehen tun sie nicht.

Jubel bricht aus, als die Frauen und Männer am Quantencomputer die absolute Übermacht ihrer Technologie mit eigenen Augen betrachten.

»Das hat wohl geschaukelt«, witzelt Ruben.

»Die werden es sich gut überlegen, noch mal anzugreifen!«, antwortet Carmen.

Wolf ist sich sicher, dass sie wahnsinnig geworden ist.

Tick-tack.

Erneut blickt George zur Uhr, während sie nervös auf dem Flur stehen und die neuesten Informationen erwarten. Nur noch zwei Stunden bis zur ersten Auszahlung. Merkwürdigerweise ist nicht viel zu erfahren, doch was sie hören, klingt nicht gut.

Ein General, der schon seit Stunden versucht, Pennington und ihre Begleiter auf dem Laufenden zu halten, kommt um die Ecke gerannt. Außer Atem und mit kreideweißem Gesicht berichtet er über die Situation: »Ma'am, die Gerald Ford meldet, dass ihre Flotte attackiert wurde. Trägersysteme sind unkontrollierbar und abgeschossene Tomahawks werden zurück auf unsere Schiffe gelenkt. Wir haben Stromausfälle rund um den Globus, in wichtigen Städten, Behörden und Firmen. Bei Börsen und Banken ist Panik ausgebrochen. Gelder verschwinden von Konten, ohne dass wir wissen, wie. Ma'am, unsere Kommunikation bricht komplett zusammen. Wir werden von einer nicht zu kontrollierenden Macht angegriffen.«

»Verdammte Scheiße!«, schreit George und krallt sich mit weißen, runzligen Knöcheln an der Stuhllehne vor sich fest. »Wir müssen die großen Geschütze auffahren! Atombomben! Die werden doch noch von alten Disketten kontrolliert! Die können sie bestimmt nicht hacken!«

»Bist du komplett wahnsinnig?«, fährt Pennington ihn an. »Atombomben? Und wenn sie deren Trägersysteme auch kapern und sie auf unsere Städte umlenken?«

George verstummt einen Moment und fährt dann fort: »Wir brauchen Boots on the ground! Wir müssen das Militär nach Sibirien senden! Sofort!«

»Bis wir da sind, ist der Anonymous Coin längst gestartet. Uns bleiben nur noch knapp zwei Stunden! Außerdem müssen wir mit Russland verhandeln. Die werden keine Invasion ihres Territoriums dulden. Willst du die Welt unbedingt in Schutt und Asche legen?«

»Aber wir müssen etwas tun! Die dürfen nicht davonkommen!«

Schweiß rinnt von Georges faltiger Stirn.

»Ich habe jemanden am Apparat«, tönt es aus dem Hintergrund.

Sie drehen sich um und sehen Jocelyne Cortez, die seit geraumer Zeit versucht, Wolf auf seinem Handy zu erreichen.

»Wen hast du am Apparat? Wolf? Gib ihn mir!«, schreit George und seine Stimme überschlägt sich.

»Nein, ich übernehme das!«, bestimmt Pennington auf eine Art, die keinen Widerspruch duldet.

»Hallo, Wolf! Bist du es?«, fragt sie, als sie sich den Apparat ans Ohr hält.

»Wolf ist verhindert. Er kann nicht sprechen«, schallt es blechern aus dem Telefon.

»Holen Sie Doris oder … Carmen … ans Telefon. Wir müssen verhandeln. Was hier passiert, ist Wahnsinn!«, fleht die US-Präsidentin.

Es knarzt und sie warten eine Minute, dann hören sie Carmens klare Stimme. »Was wollt ihr, Mörder?« Sie hören Hass.

»Carmen, das ist Wahnsinn, was Sie da tun! Sie werden damit nicht durchkommen!«

»Na, dann gibt es ja auch keinen Grund aufzuhören.«

»Bitte, lassen Sie uns verhandeln. Ayshe Sadis Tod war ein Alleingang von Kruger. Wir wollten das nicht. Jetzt können wir noch Frieden schließen und Sie müssen den Rest Ihres Lebens nicht hinter Gittern verbringen.«

»Ach ja? Geht es mir dann so wie Julian Assange? Wie Edward Snowden? Wie Chelsea Manning? Wie all den anderen, die noch folgten? Auf die Gnade dieses Systems kann ich verzichten. Hört auf, uns anzugreifen, dann werden wir auch nicht mehr zurückschlagen – zumindest nicht mit Raketen …« Es klickt in der Leitung und das Freisprechzeichen erklingt.

Erneut macht sich Ratlosigkeit breit. Was sollen sie tun? Sie beschließen, einen Flottenverband so schnell wie möglich nach Sibirien zu senden und gleichzeitig besänftigend auf Russland einzuwirken. Doch das würde einige Stunden in Anspruch nehmen. Zeit, die sie nicht mehr haben.

Es ist für eine ganze Weile das Letzte, worauf sich die mächtigsten Männer und Frauen der Welt einigen können. Und so sitzen sie noch immer in dem Raum in London, diskutieren, streiten und suchen nach Lösungen, als die erste Anonymous-Auszahlung geschieht.

Und die Angriffe abrupt enden.

26. SEPTEMBER 2033

Die zweite Anonymous-Nachricht

Die erste Anonymous-Zahlung war geschehen. Kurz darauf kam der Quantencomputer erneut zum Einsatz. Er hackte sich in die globalen Kommunikationssysteme, wie er es schon bei der ersten Anonymous-Nachricht getan hatte. Das Wesen mit der Guy-Fawkes-Maske und der blechernen Stimme erschien erneut auf den Bildschirmen der Welt.

Menschen der Erde,

Erneut wurden letzte Nacht Millionen von Konten von uns gehackt und geplündert. Überall, wo zu viel Geld war, haben wir es entsorgt. Immense Summen wurden von den Konten der Reichen und Herrschenden gelöscht und für immer vernichtet. Sie können es sich wieder gutschreiben, doch es wird nie mehr sicher sein.

Dafür wurde die erste Zahlung auf die Anonymous-Coin-Konten ausgezahlt. Das erste weltweite Grundeinkommen!

Milliarden von euch haben Geld erhalten, das deflationär wirkt – also immer weniger wird. Solange ihr ein internetfähiges Gerät habt, könnt ihr nun immer knapper werdende Coins miteinander tauschen – unabhängig von jeglicher Herrschaft.

Der Anonymous Coin ist die Währung der Freiheit. Das perfekte Geld.

Vernetzt euch! Zahlt Coins aus für Großherzigkeit, für Aufmerksamkeit, für Güte, für Liebe, für Tiere und Pflanzen. Für was immer ihr wollt. Baut etwas Neues! Schöpft aus dem Wind der Veränderung!

Es war ein harter Weg. Wir wissen, dass viele von euch verunsichert sind und denken, wir wären die Bösen. Doch wir haben keine Gewalt angewendet. Die Angriffe auf Ayshe Sadi und Soul-Young waren False-Flag-Attacken. Wie bedauern ihr Ableben zutiefst.

Glaubt Ihr nicht, dass euch die Mächtigen anlügen? Die Verhandlungen zwischen uns und dem Rat des Konsortiums wurden aufgezeichnet und werden von uns öffentlich gemacht. Ihr werdet sehen, wie Ayshe Sadi gefoltert und ermordet wird. Ihr werdet davon erfahren, wie Rats- und Regierungsmitglieder sich verschwören und einen Atomkrieg in Kauf nehmen – nur um ihre geraubten Vermögen zu schützen. Seht zu, wie der Krake sich seinem Untergang entgegenwindet und ihn doch nicht verhindern kann.

Unsere Mission ist erfüllt. Weitere Angriffe auf Vermögen wird es von uns bis auf Weiteres nicht mehr geben. Unser Anliegen war es, eine universelle Währung zu schaffen. Sie muss nicht die einzige sein.

Ihr fragt euch sicher, wie wir diesen Sieg gegen einen übermächtigen Gegner erreichen konnten. Es gelang uns mit einer Technologie, die es auf der Welt so noch nie gab: ein Quantencomputer – die leistungsfähigste

Maschine der Geschichte.

Unsere Feinde werden sich bald Zugriff auf dieses unsagbar wertvolle Gerät verschaffen, doch sie sollen diese Technologie nicht als einzige besitzen. Zusammen mit den erwähnten Video-Mitschnitten werden wir die Ingenieursanleitung für den Quantencomputer veröffentlichen.

Mögen wir diese Technologie klug einsetzen.

Wir sind Anonymous.

Wir sind die Legion.

Wir haben vergeben, doch wir vergessen nicht.

Erwartet uns.

Seid mit uns.

Gezeichnet,

Anonymous

05. NOVEMBER 2036

Epilog

Es war der Tag nach der Wahl.

Chloé Pennington war erneut für weitere vier Jahre zur US-Präsidentin gewählt worden. Florida, Michigan, Ohio: Hier hatte sie bereits vor vier Jahren ihre bedeutendsten Siege gefeiert – und so war es auch dieses Mal gewesen.

Sie war frühmorgens vor ihre Anhängerinnen und Anhänger getreten, hatte sich frenetisch feiern lassen und eine kurze Rege gehalten. Aufschwung, Fortschritt, Veränderung: der übliche Mist.

Kurz darauf gestand ihr Rivale seine Niederlage ein, doch er drohte bereits von der Bühne aus, dass seine Bewegung nicht zu stoppen sei, sie schon bei den Zwischenwahlen den Senat zurückgewinnen würde und so weiter und so fort…

»Bla, bla, bla«, murmelte Chloé vor sich hin.

Doch sie wusste, dass ihre Gegner nicht zu unterschätzen waren – vor allem, weil deren Kampagne von einem reichen Krisengewinner unterstützt wurde. Dieser hatte kurz vor der Anonymous-Krise riesige Börsenwetten auf einstürzende Märkte abgeschlossen und Tonnen von Gold und Silber in irgendwelchen Kellern gebunkert.

Was ihn zum reichsten Mann der Welt gemacht hatte. Doch niemand schien sich zuständig zu fühlen, ihn für den offensichtlichen Insiderhandel zur Rechenschaft zu ziehen.

Sein Name: Walter Drexler.

Er war die dunkle Macht hinter einer Horde ambitionierter Strohmänner in der Politik, die die Macht im Staat an sich reißen wollten. Schon erstaunlich, dass all die Männer ihr dieses Leben neideten – abgeschottet und isoliert von allem, was Freude machte.

Sie hasste ihren goldenen Käfig.

Nur ab und zu durfte sie mal in einem handverlesenen Kindergarten ein Buch vorlesen oder an großen Volksfesten eine Wurst essen – alles natürlich von langer Hand als PR-Aktion geplant. Dabei war sie immer durch den Sicherheitsdienst abgeschirmt, stets begleitet von mächtigen Einflüsterern, und jeder Moment wurde digital bebildert und millionenfach geteilt.

Nur alle paar Wochen schaffte sie es, auszubrechen und ein paar Stunden alleine zu verbringen. Sie verkleidete sich dann mit einer großen, schwarzen Sonnenbrille, die ihre markante Nase verdeckte. Dazu trug sie einen modischen, braunen Hut und eine schwarzhaarige Perücke, die ihr langes, weißblondes Haar verdeckte und den Betrachtern einen modischen Kurzhaarschnitt vorspiegelte. Dazu ein paar alte Turnschuhe und einen Tick zu viel Make-up: Fertig war die unbekannte Businessfrau im legeren Outfit, wie man sie im Zentrum Washingtons zuhauf antraf, ohne ihr Beachtung zu schenken.

Durch einen Vertrauten innerhalb des Hausdienstes schaffte sie es jeweils an den wachsamen Augen der

Sicherheitsagenten vorbei und unbemerkt aus dem Weißen Haus hinaus ins Freie. Dann schlenderte sie auf den schmalen, bewaldeten Wegen des East Potomac Parks entlang, führte den kleinen, weißen Hund ihrer Tochter Gassi oder saß am Wasser und träumte von einem anderen Leben.

Doch es gab keine Alternative. Ihre Mission war größer als ihre Existenz. Sie war Geschichte!

Auch heute Abend hatte sie sich verkleidet und plante, für ein paar Stunden zu verschwinden. Doch dieses Mal würde es kein kurzer Abstecher in das Vergnügen der Einsamkeit sein. Sie musste jemanden treffen. Seit Jahren hatten sie keinen Kontakt mehr zueinander gehabt, doch den Tag nach ihrer Wiederwahl hatten sie als den ihres Wiedersehens bestimmt. Sie hatte es ihr fest versprochen.

Als sie um zweiundzwanzig Uhr an der verabredeten Stelle am Potomac River ankam, setzte sie sich auf eine kleine, vereinsamte Bank. Wie friedlich das Wasser vor sich hin rauschte!

»Würde sie wirklich auftauchen?«, fragte sie sich und blickte den kleinen Steinweg entlang, hinter dem der Mond über der einbrechenden Nacht thronte.

Ein Mann mit Hund tauchte aus der Dunkelheit auf und stolzierte uninteressiert an ihr vorbei. Nach einigen Minuten Ruhe war es eine Joggerin, die mit Kopfhörern in den Ohren vorbeilief. Pennington schaute bei allen Passanten zur Seite. Obwohl ihre Verkleidung hochprofessionell war, blieb immer ein Quäntchen Angst, dass sie eben doch erkannt werden würde. Doch würde *sie* sie so überhaupt finden?

DANK

Den Start ins neue Jahrtausend habe ich in Kentucky erlebt, dem US-Staat, in dem ein großer Teil dieses Buches spielt. Im diesem östlichen Kernland Amerikas lernte ich eine Kultur lebensfroher und sehr gastfreundlicher Menschen kennen. Darum gilt mein erster Dank den Leuten, die mir mitten im amerikanischen ›Corn Belt‹ ein Zuhause geschenkt haben. Joane, Ben, Max, Brent und Laura – ich werde die Zeit in eurer Familie nie vergessen.

Ich habe dort weitere gute Freunde gefunden. Jeff, Phil und Freddy sind besonders zu nennen. Freddy lieh der Hauptperson dieses Romans ihren Nachnamen. Ich hoffe, sie erweist sich als würdig.

Als ich wieder zuhause war, war vieles anders. Doch etwas war gleichgeblieben: die unendliche Unterstützung meiner Mutter, die wie keine Zweite immer an mich geglaubt hat. Das hat sich bis heute nicht geändert. Auch die ersten Entwürfe des Satoshi-Manuskripts hat sie mehr als gründlich und gleichwohl ermutigend zerrissen.

Auch andere Menschen haben mich mit ihrer Hilfe, Kritik und Wertschätzung weitergebracht: Marlon und Franca. Papa, Myrta, Polo, Carla, Patrick, Niklas, Mael, Michael Kaindl, Martin, Amadeus Tobias, Jeremie und das Baker-Street-Team.

Dank gebührt auch Catherine Strefford für das Buch-Design und den Mitarbeiterinnen und Mitarbeitern bei